W0048069

MANESSE BIBLIOTHEK

John Steinbeck

# DER WINTER UNSERES MISSVERGNÜGENS

Roman

Aus dem amerikanischen Englisch
übersetzt von Bernhard Robben

Nachwort von Ingo Schulze

MANESSE VERLAG

John Steinbeck

# DER WINTER UNSERES MISSVERGNÜGENS

Roman

MANESSE VERLAG

*Für Beth, meine Schwester,*
*deren Licht hell strahlt.*

Leser, die danach trachten, hier beschriebene Gestalten und Orte der Fantasie näher zu bestimmen, täten besser daran, in ihrem Herzen oder in ihrer unmittelbaren Umgebung zu suchen, denn dieses Buch handelt größtenteils vom heutigen Amerika.

# Erster Teil

## 1

Kaum wurde Mary Hawley vom schönen goldenen Aprilmorgen geweckt, drehte sie sich zu ihrem Gatten um, nur um zu sehen, wie er ihr mit seinen kleinen Fingern einen Froschmund zog.

«Du bist albern, Ethan», sagte sie. «Hör auf, herumzukaspern.»

«Ach, sag an, Miss Mäuschen, willst du mich heiraten?»

«Bist du schon albern aufgewacht?»

«Das Jahr beginnt mit diesem Tag, der Tag mit diesem Morgen.»

«Sieht ganz danach aus. Weißt du wenigstens, dass heute Karfreitag ist?»

Mit dumpfer Stimme verkündete er: «Die niederträchtigen Römer sammeln sich zum Marsch auf Golgatha.»

«Nun lästere nicht auch noch. Erlaubt Marullo dir heute, den Laden um elf zu schließen?»

«Liebste Gluckenblume, Marullo ist Katholik und obendrein Itaker. Der lässt sich heute bestimmt nicht blicken. Ich mache über Mittag zu, bis die Hinrichtung vorbei ist.»

«Das ist Pilgervätergerede und gar nicht nett.»

«Unsinn, Marienkäferchen. Das kommt von meiner mütterlichen Seite, ist also Piratengerede. Und wie du weißt, ist's ja wirklich eine Hinrichtung gewesen.»

«Die waren gar keine Piraten. Walfänger waren sie, hast du selber gesagt, und du hast auch gesagt, sie hätten dafür Freibriefe oder so was vom Kontinentalkongress[1] gehabt.»

«Die Besatzung der Schiffe, auf die sie feuerten, haben sie jedenfalls für Piraten gehalten. Und die römischen Kommissköpfe hielten es für eine Hinrichtung.»

«Jetzt bist du sauer. Albern mag ich dich lieber.»

«Ich bin doch albern. Weiß jeder.»

«Du machst mich immer ganz konfus, dabei kannst du wirklich stolz auf dich sein – Pilgerväter und Walfangkapitäne in ein und derselben Familie.»

«Wären sie's?»

«Wie bitte?»

«Wären meine großartigen Vorfahren stolz, wenn sie wüssten, dass sie einen gottverdammten

10

Verkäufer in einem gottverdammten Itakerladen in jener Stadt hervorgebracht haben, die einmal ihnen gehört hat?»

«Bist du doch gar nicht. Du bist fast so was wie der Geschäftsführer, führst die Bücher, bringst das Geld zur Bank und bestellst die Ware.»

«Klar doch, und ich fege aus, trage den Müll nach draußen, katzbuckle vor Marullo, und wär ich ein gottverdammter Kater, würde ich auch noch seine Mäuse fangen.»

Sie legte ihre Arme um ihn. «Komm, lass uns lieber albern sein», sagte sie. «Und bitte fluch nicht am Karfreitag. Ich liebe dich doch.»

«In Ordnung», sagte er nach einem Moment. «Das behaupten sie alle, aber glaub bloß nicht, deshalb dürftest du splitterfasernackt neben einem verheirateten Mann liegen.»

«Ich wollte dir von den Kindern erzählen.»

«Sind sie im Gefängnis?»

«Jetzt bist du wieder albern. Vielleicht wäre es besser, sie erzählen es dir selbst.»

«Verflixt, warum...»

«Margie Young-Hunt liest mir heute wieder die Karten.»

«Sie liest die Karten wie ein Buch? Wer ist denn diese Margie Young-Hunt? Was hat sie nur, dass so viele Verehrer...»

«Weißt du, wenn ich eifersüchtig wäre... Ich meine, es heißt ja, wenn ein Mann so tut, als würde er eine hübsche junge Frau nicht sehen...»

«Ach, die meinst du. Junge Frau? Die war schon zweimal verheiratet.»

«Der zweite Mann ist gestorben.»

«Ich hätte jetzt gern mein Frühstück. Glaubst du an diesen Kokolores?»

«Na ja, das mit meinem Bruder wusste Margie aus den Karten. Eine mir teure und nahestehende Person, hat sie gesagt.»

«Ich verpasse einer mir teuren und nahestehenden Person gleich einen Tritt in den Allerwertesten, wenn sie nicht bald den Tisch deckt...»

«Ich geh ja schon... Eier?»

«Na klar. Warum heißt es eigentlich Passionszeit? Wo bleibt denn da die Leidenschaft?»

«Ach, du», sagte sie, «immer musst du Witze machen.»

Der Kaffee war fertig, und die Eier lagen in einer Schüssel neben dem Toast, als Ethan Allen Hawley sich in die Essnische am Fenster schob.

«Ich fühle mich voller Energie», sagte er. «Warum heißt es eigentlich Passionszeit?»

«Frühjahr», tönte es vom Herd herüber.

«Frühjahrsleidenschaft?»

«Frühjahrsmüdigkeit. Sind die Kinder schon auf?»

«Träum weiter. Diese faulen kleinen Biester. Los, peitschen wir sie aus den Federn.»

«Du redest schrecklich dummes Zeug, wenn du so albern bist. Kommst du zwischen zwölf und drei nach Hause?»

«Nö.»

«Warum nicht?»

«Weiber. Schmuggle sie in den Laden. Vielleicht sogar diese Margie.»

«Bitte, Ethan, jetzt rede nicht so. Margie ist eine gute Freundin. Die würde dir ihr letztes Hemd schenken.»

«Ach ja? Woher hat sie denn das Hemd?»

«Das ist wieder Pilgervätergerede.»

«Ich möchte wetten, dass wir verwandt sind. Die hat Piratenblut in den Adern.»

«Ach, und jetzt bist du wieder albern. Hier ist die Liste.» Sie stopfte sie ihm in die Brusttasche. «Sieht nach viel aus, aber denk dran, es ist Ostern – und noch zwei Dutzend Eier, nicht vergessen. Du kommst zu spät.»

«Ich weiß. Marullo gehen bestimmt ein paar lumpige Kröten durch die Lappen. Warum zwei Dutzend?»

«Zum Färben. Allen und Mary Ellen haben

13

extra drum gebeten. Und jetzt mach dich lieber auf den Weg.»

«Okay, mein Käferblümchen – aber kann ich vorher nicht noch eben nach oben laufen und Allen und Mary Ellen windelweich prügeln?»

«Du verwöhnst die beiden viel zu sehr, Eth. Das weißt du doch.»

«Na dann, leb wohl, meine Staatsfregatte[2]», sagte er, knallte die Fliegengittertür hinter sich zu und trat in den grüngoldenen Morgen hinaus.

Er warf einen Blick zurück auf das prächtige alte Haus, das Haus seines Vaters und Urgroßvaters, ein weiß gestrichenes Holzhaus mit einem Lünettenfenster über der Tür, barocken Türmchen und einem Witwengang[3] auf dem Dach. Es lag tief eingebettet im grünen Garten inmitten hundert Jahre alter Fliederbüsche mit mannsdicken Stämmen und knospenden Blüten. Frische Triebe färbten die ineinander verschlungenen Kronen der Ulmen entlang der Elm Street gelb, und die Sonne lugte soeben über das Bankgebäude, spiegelte sich im silbrigen Gasometer und ließ aus dem alten Hafenbecken den Geruch nach Tang und Salzwasser aufsteigen.

So früh war in der Elm Street nur ein einziges lebendes Geschöpf zu sehen, Mr. Bakers roter Setter, genannt Red Baker, der Hund des Ban-

kiers, der mit bedächtiger Würde die Straße ab-
schritt und nur gelegentlich innehielt, um an den
Stämmen der Ulmen zu erschnüffeln, wer bereits
des Wegs gekommen war.

«Guten Morgen, der Herr. Ich heiße Ethan Allen Hawley. Ich sah Euch hier schon des Öfteren
Eure Geschäfte erledigen.»

Red Baker blieb stehen und erwiderte den
Gruß mit einem langsamen Wedeln der buschi-
gen Rute.

Ethan sagte: «Gerade habe ich mir mein Haus
angesehen. Früher wussten die Leute noch, wie
man ein Haus baut.»

Red legte den Kopf schief, winkelte ein Hinter-
bein an und kratzte sich damit leger die Rippen.

«Und warum auch nicht? Sie hatten Geld.
Das Walöl der sieben Meere und weißer Amber.
Wisst Ihr, was weißer Amber ist?»

Red ließ ein winselndes Seufzen hören.

«Verstehe, Ihr wisst es nicht. Ein helles, lieblich
nach Rosen duftendes Öl aus der Schädelhöhle
des Pottwals. Lest ‹Moby Dick›, verehrter Hund.
Einen besseren Rat kann ich Euch nicht geben.»

Der Setter hob ein Bein am schmiedeeisernen
Zaunpfosten neben dem Rinnstein.

Während Ethan sich abwandte, um weiterzugehen, sagte er über die Schulter: «Und schreibt

bitte eine Buchbesprechung. Könnte mein Sohn was von lernen. Der weiß nicht mal, wie man ‹Amber› buchstabiert – oder sonst irgendein Wort.»

Zwei Querstraßen hinter Ethan Allen Hawleys Haus stößt die Elm Street im rechten Winkel auf die High Street. Auf halbem Weg zur ersten Querstraße balgte sich eine Schar rüpeliger Hausspatzen auf dem grünenden Rasen vor dem Haus der Elgars. Ein Spiel war das nicht; sie hüpften, pickten und hackten so wild und lärmend aufeinander ein, dass sie Ethan nicht näher kommen hörten. Er blieb stehen, um sich die Schlacht anzusehen.

«Vögel in ihren kleinen Nestern vertragen sich», sagte er. «Und warum könnt ihr das nicht? Also das nenne ich einen Haufen Pferdemist. Nicht mal an diesem schönen Morgen könnt ihr Winzlinge euch vertragen, dabei seid ihr die kleinen Scheißerchen, zu denen der Heilige Franziskus nett gewesen ist. Zum Teufel mit euch!» Er stürmte auf sie zu, trat um sich, und die Spatzen stoben mit leisem Flügelflattern, aber lautem Gezwitscher davon, das wie kreischende Türangeln klang. «Eins noch», rief Ethan ihnen nach, «um die Mittagszeit wird sich die Sonne verdunkeln, eine Finsternis legt sich über die Erde,

16

und ihr werdet euch ängstigen.» Er kehrte zum Bürgersteig zurück und setzte seinen Weg fort.

Das alte Haus der Familie Phillips kurz vor der zweiten Querstraße war mittlerweile eine Pension. Joey Morphy, Kassierer in der First National, trat vor die Tür. Er bohrte mit einem Zahnstocher im Gebiss, strich seine karierte Weste glatt und rief Ethan einen Gruß zu. «Wollte gerade bei Ihnen vorbeischauen, Mr. Hawley.»

«Warum heißt es eigentlich Passionszeit?»

«Geht aufs Lateinische zurück», erwiderte Joey. «Passius, passilius, passum[4] – heißt so viel wie ‹lausig›.»

Joey hatte ein Gesicht wie ein Pferd, und er lächelte wie ein Pferd, zog die lange Oberlippe hoch und fletschte die großen, viereckigen Zähne. Joseph Patrick Murphy, auch Joey Morphy oder Joey-Boy genannt, kurz «Morph» – ein ziemlich beliebter Bursche, wenn man bedachte, dass er erst ein paar Jahre in New Baytown wohnte. Ein Witzbold, der seine Scherze wie ein Pokerspieler vorbrachte, ohne mit der Wimper zu zucken, die Scherze anderer Leute aber immer mit lautem Wiehern quittierte, selbst wenn er sie schon mal gehört hatte. Ein kluger Kerl, dieser Morph, wusste über alles Bescheid – und über jeden, von der Mafia bis zu Lord Mountbatten –, aber wenn er etwas davon verriet, dann hob er zum Satzende leicht die Stimme an, fast als würde er nur eine Frage stellen. Auf diese Weise klang er nicht wie ein Besserwisser, schloss seine Zuhörer mit ein und erlaubte ihnen, das soeben Gehörte als eigene Weisheit weiterzuverbreiten. Joey war ein faszinierender Vogel – ein Spieler, auch wenn niemand je erlebt hatte, dass er sich auf eine Wette einließ, ein guter Buchhalter und ausgezeichneter Kassierer. Mr. Baker, Präsident der First National, vertraute Joey so sehr, dass er ihm nahezu alle Arbeiten übertrug. Morph kannte Hinz und Kunz folglich in- und auswendig, redete aber keinen Menschen mit Vornamen an. Ethan blieb für ihn stets Mr. Hawley. Margie Young-Hunt war für Joey nur Mrs. Young-Hunt, auch wenn man hinter vorgehaltener Hand munkelte, die beiden hätten was miteinander. Er hatte keine Familie, war ungebunden, lebte allein in einer Zweizimmerwohnung mit Bad im alten Haus der Phillips' und nahm sämtliche Mahlzeiten im «Foremaster Grill» ein. Seine Laufbahn im Bankgeschäft war Mr. Baker und der Versicherungsgesellschaft bekannt, ein makelloser Werdegang, doch konnte Joey-Boy Geschichten, die anderen passiert waren, so erzählen, als hätte er sie selbst erlebt; und falls das zutraf, war er wirklich ziemlich weit herumgekommen. Weil er aber diesen Ruhm nie für sich beanspruchte, mochten die Leute ihn erst recht. Seine Fingernägel hielt er sauber, er war meist gut und korrekt gekleidet, trug ausnahmslos ein sauberes Hemd, und die Schuhe waren immer blank geputzt.

Die beiden Männer schlenderten zusammen die Elm Street zur High hinunter.

«Was ich Sie schon immer fragen wollte: Sind Sie mit Admiral Hawley verwandt?»

«Meinen Sie vielleicht Admiral Halsey[5]?», fragte Ethan zurück. «Wir hatten eine Menge Kapitäne in der Familie, aber von einem Admiral habe ich noch nie gehört.»

«Man sagt, Ihr Großvater sei ein Walfangkapitän gewesen, das hat mich wohl auf den Admiral gebracht.»

«Eine Stadt wie diese hat ihre Mythen», erwiderte Ethan. «So erzählt man sich, meine Vorfahren väterlicherseits wären einstmals dem Piratenhandwerk nachgegangen, und die Familie mütterlicherseits sei mit der ‹Mayflower› ins Land gekommen.»

«Ethan Allen», sagte Joey. «Mein Gott, mit dem sind Sie auch verwandt?»

«Kann sein. Muss wohl», antwortete Ethan. «Was für ein Tag – haben Sie je einen schöneren erlebt? Weshalb wollten Sie mich eigentlich sprechen?»

«Ach so, ja. Ich nehme an, Sie schließen den Laden von zwölf bis drei? Könnten Sie mir für halb zwölf ein paar Sandwiches machen? Ich komm vorbei und hol sie ab. Und dazu eine Flasche Milch.»

«Die Bank bleibt geöffnet?»

«Die Bank schließt, aber ich arbeite weiter. Der kleine Joey bleibt drinnen hocken, angekettet an die Bücher. Vor langen Wochenenden kommt Gott und die Welt, um Schecks einzulösen.»

«Hab ich noch nie dran gedacht», erwiderte Ethan.

«Aber ja, Ostern, Memorial Day, Independence Day, Labor Day,[6] also vor jedem verlängerten Wochenende. Wenn ich eine Bank überfallen wollte, ich tät's kurz vor einem langen Wochenende. Dann liegt der Zaster abholbereit da.»

«Haben Sie schon mal einen Überfall erlebt?»

«Nein, aber ein Freund von mir schon zweimal.»

«Und was hat er so erzählt?»

«Hatte Schiss, sagt er. Hat jeden Befehl befolgt. Sich auf den Boden gelegt und denen alles überlassen. Sagte, das Geld sei besser versichert als er.»

«Ich bring Ihnen die Sandwiches, wenn ich

den Laden schließe. Klopfe an die Hintertür. Was genau hätten Sie denn gern?»

«Machen Sie sich keine Umstände, Mr. Hawley. Ich brauche ja nur gerade über die Gasse zu huschen – ein Roggenbrot mit Schinken, eins mit Käse, beide mit Salat und Mayonnaise. Und für später vielleicht noch eine Flasche Milch, außerdem eine Cola.»

«Hab feine Salami da – beste Marullo-Qualität.»

«Nein, danke. Wie geht's der Ein-Mann-Mafia denn so?»

«Ganz gut, glaube ich.»

«Tja, auch wenn einem Guineen nicht viel bedeuten, muss man doch bewundern, was für ein Vermögen dieser Kerl zusammenscheffeln konnte – dabei hat er bloß mit einem Handkarren angefangen. Schon ziemlich clever, der Mann. Und die Leute wissen gar nicht, wie viel er auf der hohen Kante liegen hat. Sollte ich vielleicht nicht sagen. Bin schließlich Bankangestellter.»

«Sie haben ja auch nichts gesagt.»

Sie waren zu der Stelle gekommen, an der die Elm die High Street kreuzte, blieben automatisch stehen und richteten den Blick auf den rosafarbenen Ziegel- und Verputzhaufen, ehemals das «Bay Hotel», das nun dem neuen Woolworth weichen musste. Ein gelb angestrichener Bulldozer und der große Kran mit der Abrissbirne warteten stumm wie Raubtiere im frühen Morgenlicht.

«Das wollte ich immer schon mal machen», sagte Joey. «Ich stell mir das ziemlich aufregend vor, so eine Stahlkugel zu schwingen und zuzusehen, wie die Mauern fallen.»

«Das hab ich in Frankreich oft genug gesehen», sagte Ethan.

«Stimmt, Ihr Name steht ja auf dem Denkmal unten am Meer.»

«Hat man die Gangster eigentlich geschnappt, die Ihren Freund überfallen haben?» Ethan war fest davon überzeugt, dass es sich bei diesem Freund um Joey selbst handelte. Jeder wäre davon überzeugt gewesen.

«Na klar. Haben sie gefangen wie Mäuse. Zum Glück sind Ganoven selten besonders helle. Wenn unsereins mal ein Buch darüber schreiben würde, wie man eine Bank ausraubt, würden die Cops keinen einzigen mehr fangen.»

Ethan lachte. «Und wie würden Sie's anstellen?»

«Ich hab da so meine Quellen, Mr. Hawley. Und ich lese Zeitungen. Außerdem war ich ziemlich gut bekannt mit jemandem, der selbst lange

22

Polizist gewesen ist. Zwei Dollar, und ich gebe Ihnen die Kurzfassung.»

«Lieber die Fassung für fünfundsiebzig Cent. Muss nämlich den Laden aufmachen.»

«Meine Damen und Herren», begann Joey, «ich will Ihnen heute Morgen... Ach was, hören Sie zu! Wie fängt man Gangster, die eine Bank überfallen haben? Regel Nummer eins: übers Vorstrafenregister – die meisten wurden früher schon mal geschnappt. Nummer zwei: Die Gang verkracht sich wegen der Beute, und irgendwer verliert die Nerven. Nummer drei: die Damenwelt. Sie können die Finger einfach nicht von den Frauen lassen, und das führt uns zu Nummer vier: Sie geben das Geld aus. Man achte nur darauf, wer plötzlich mit Geld um sich wirft, und schon hat man die Täter.»

«Und zu welcher Methode würden Sie nun raten, verehrter Herr Professor?»

«Ist doch sonnenklar: Man tue in allen Punkten genau das Gegenteil. Man raube niemals eine Bank aus, wenn man schon einmal verhaftet wurde oder bereits gesessen hat. Man ziehe niemanden ins Vertrauen, mache es allein und erzähle keiner Menschenseele davon. Finger weg von den Frauen! Und nichts ausgeben. Lieber das Geld verstecken, vielleicht sogar jahrelang. Sobald man einen Grund vorbringen kann, warum man plötzlich zu Geld gekommen ist, legt man es nach und nach in kleinen Beträgen an. Niemals bar damit bezahlen.»

«Und falls der Gangster beim Überfall erkannt wird?»

«Wer sollte ihn erkennen, wenn er sich vermummt und kein Wort redet? Haben Sie schon mal die Aussagen von Augenzeugen gelesen? Völliger Humbug. Mein Freund, der Polizist, sagt, wenn er selbst bei einer Gegenüberstellung mit in der Reihe steht, zeigen die Leute immer auf ihn. Sie schwören Stein und Bein, er hätte was auch immer angestellt. Und das macht fünfundsiebzig Cent.»

Ethan steckte eine Hand in die Tasche. «Ich fürchte, die muss ich Ihnen schuldig bleiben.»

«Sie können mich auch mit Sandwiches bezahlen», sagte Joey.

Die beiden überquerten die Straße und bogen in die Gasse ein, die dort rechtwinklig von der High Street abging. Auf seiner Seite der Gasse betrat Joey die First National Bank durch die Hintertür, während Ethan auf seiner Gassenseite die Tür zu Marullos «Obst und Delikatessen» aufschloss. «Schinken und Käse?», rief er.

«Auf Roggenbrot, mit Salat und Mayonnaise.»

Aus der schmalen Gasse drang nur wenig, durch staubige, vergitterte Fenster grau gefiltertes Licht in den Lagerraum. Ethan verharrte zwischen den bis zur Decke reichenden Regalen voller Kartons und Holzkisten mit Dosenobst, Gemüse, Fisch, Fleisch oder Käse und sog prüfend die Luft ein, um festzustellen, ob es nach Mäusen roch, nahm aber nur die vorherrschenden Gerüche von Mehl, getrockneten Erbsen und Bohnen wahr, das Papier-und-Tinte-Odeur der Cornflakes-Kartons, das schwere, fettige, säuerliche Aroma von Wurst und Käse, Schinken und Speck, den fauligen Gestank von Kohlblättern, alten Salatköpfen und Rübenenden aus den silbrig glänzenden Abfalltonnen neben der Hintertür. Da ihm kein ranzig-muffiger Mäusegeruch in die Nase drang, machte er die Tür zur Gasse wieder auf und brachte die Abfalltonnen nach draußen. Ein grauer Kater wollte ins Innere huschen, doch Ethan scheuchte ihn weg.

«Nein, du kommst mir nicht ins Haus», sagte er zum Kater. «Mäuse und Ratzen sind Futter für Katzen, aber du bist ein Wurststibitzer. Hinfort! Hörst du mich – hinfort!» Der Kater hockte da und leckte an seiner gekrümmten rosigen Pfote, beim zweiten «Hinfort!» indes verzog er sich mit hochgerecktem Schwanz und verschwand über den Bretterzaun hinter der Bank. «Muss ein Zauberwort sein», sagte Ethan laut, ging dann in den Lagerraum zurück und zog die Tür hinter sich zu.

Nun durch das staubige Lager zur Schwingtür in den Laden – als er jedoch an der Toilette vorbeikam, hörte er das leise Murmeln von fließendem Wasser. Er öffnete die Sperrholztür, knipste das Licht an, betätigte die Spülung, zog die breite Tür mit dem Drahtgitter vor dem verglasten Guckloch weit auf und schob mit dem Zeh einen Holzkeil fest unter die Tür.

Die vor dem großen Schaufenster herabgelassene Markise tauchte den Laden in grünes Zwielicht. Abermals Regale bis zur Decke, säuberlich gefüllt mit Lebensmitteln in glänzenden Dosen und schimmernden Gläsern, eine Bibliothek für den Magen. Auf einer Seite Tresen, Kasse, Tüten, Schnur und jene Pracht aus Edelstahl und weißem Emaille, die Kühltheke, deren Kompressor leise vor sich hin wisperte. Ethan legte einen Schalter um und überflutete Aufschnitt, Käse, Würstchen, Koteletts, Steaks und Fisch mit kaltem blauem Neonschein. Indirektes Kirchenlicht erfüllte den Laden, ein diffuses Licht wie in der Kathedrale von Chartres. Ethan hielt inne, um den Anblick zu genießen, die Orgelpfeifen der Dosentomaten, die Kirchtürme aus Senf- und Olivengläsern, die aberhundert ovalen Gräber der Sardinendosen.

«Unimum et unimorum», intonierte er mit nasaler Stimme. «Uni unimaus quod unibug in omnem unim,[7] domine – Ahhahamen», sang er und meinte seine Frau zu hören, wie sie sagte: «Du bist wieder albern. Außerdem könntest du damit die Gefühle anderer Leute verletzen, so was tut man nicht.»

Ein Verkäufer in einem Lebensmittelladen – in Marullos Lebensmittelladen –, ein Mann mit einer Frau und zwei liebreizenden Kindern. Wann ist er allein? Wann darf er je allein sein? Kunden am Tag, Frau und Kinder am Abend. «Im Bad, da geht's», sagte Ethan laut – und eben jetzt, in diesem Augenblick, ehe ich das Schleusentor öffne. Ach, die staubige, muffige, usselig-pusselige Zeit – die liederlich-liebliche Zeit. «Wessen Gefühle könnte ich jetzt schon verletzen, Zuckerfüßchen?», sagte er zu seiner Frau. «Ist ja kein Mensch hier, der irgendwas fühlt. Nur ich und mein unimum unimorum, bis… ja, bis ich die gottverdammte Tür öffne.»

Aus einer Thekenschublade neben der Kasse nahm er eine saubere Schürze, faltete sie auf, zog die Bänder straff, schlang sie sich zweimal um die schmalen Hüften und führte sie mit beiden

Händen hinter den Rücken, um die Schleife zu binden.

Die Schürze war lang, sie reichte ihm fast bis zu den Knöcheln. Er hob die rechte, leicht gewölbte, nach oben geöffnete Hand und verkündete in feierlichem Ton: «Hört mich an, o ihr Dosenbirnen, ihr Eingemachtes und Eingelegtes: ‹Und als es Tag ward, sammelten sich die Ältesten des Volks, die Hohenpriester und Schriftgelehrten und führten ihn hinauf vor ihren Rat…›[8] – ‹und als es Tag ward›. Die Mistkerle haben früh angefangen, nicht? Haben keine Zeit vergeudet. Wie geht's weiter? ‹Und es war um die sechste Stunde› – damit ist wohl zwölf Uhr gemeint – ‹und es ward eine Finsternis über das ganze Land bis an die neunte Stunde, und die Sonne verlor ihren Schein›.[9] Wieso fällt mir das jetzt ein? Großer Gott, Er hat lange gebraucht, um zu sterben – entsetzlich lang.» Er ließ die Hand sinken und blickte verwundert auf die Regale, als erwartete er von ihnen eine Antwort. «Warum redest du nicht mit mir, Maria, mein Klößchen? Bist du nicht eine der Töchter Jerusalems? ‹Weinet nicht über mich›, hat Er gesagt. ‹Weinet über euch selbst und über eure Kinder… Denn so man das tut am grünen Holz, was will am dürren werden?›[10] Bricht mir immer noch das Herz, diese Stelle. Tante Debo-

28

rah hat mehr bewirkt, als sie ahnen konnte. Aber noch hat die sechste Stunde nicht begonnen – noch nicht.»

Er zog die grüne Jalousie vor dem Schaufenster hoch und rief: «Komm herein, Tag!» Dann schloss er die Ladentür auf. «Tritt ein, Welt.» Schwungvoll öffnete er die mit Eisenstäben verstärkten Türen und hakte sie ein. Sanft ergoss sich das Licht der Morgensonne über das Pflaster, ganz wie es sich gehörte, stieg im April die Sonne doch genau dort auf, wo die High Street in die Bucht auslief. Ethan ging zur Toilette zurück, um einen Besen zu holen und den Bürgersteig zu fegen.

Ein Tag, ein Tag, lang wie ein Leben, ist nicht eines, sondern vieles. Er ändert sich nicht allein mit dem zum Mittag zunehmenden, zum Abend wieder abnehmenden Licht, sondern auch hinsichtlich Beschaffenheit und Stimmung, in Ton und Bedeutung, verzerrt von den abertausend Facetten der Jahreszeit, von Hitze oder Kälte, von Windstille oder dem Wind aus mancherlei Richtung, geprägt von Gerüchen, Aromen und dem Gespinst von Eis oder Gras, Knospe, Blatt oder schwarz schraffierten, kahlen Ästen. Und wie der Tag sich ändert, so ändern sich auch jene, die ihn erleben, Käfer und Vögel, Katzen, Hunde, Schmetterlinge und Menschen.

Mit Ethan Allen Hawleys stillem, dämmrigem, beschaulichem Tag war es vorbei. Der Mann, der am Morgen im Takt eines Metronoms den Bürgersteig fegte, war nicht der Mann, der Konservendosen Predigten halten konnte, nicht der ‹unimum unimorum›-Mann, nicht einmal der albernde, kalbernde Mann. Er fegte Zigarettenstummel, Kaugummipapier, die Knospenkapseln der pollenverbreitenden Bäume, aber auch schlichten Staub zusammen, um diese Anhäufung des Verfalls dann in den Rinnstein zu kehren, wo sie auf die Männer der städtischen Müllabfuhr mit ihrem silberfarbenen Laster warten würde.

Von seinem Haus in der Maple Street spazierte Mr. Baker gemessenen, reputierlichen Schritts zur roten Ziegelsteinbasilika der First National Bank. Und wenn seine Schritte nicht alle die gleiche Länge hatten, dann vielleicht, weil er sich aus alter Gewohnheit Mühe gab, seiner Mutter nicht das Rückgrat zu brechen?[11]

«Guten Morgen, Mr. Baker», sagte Ethan und hörte mit dem Fegen auf, um die Hosenbeine des Bankiers nicht einzustauben.

«Morgen, Ethan. Ein schöner Morgen.»

«Sehr schön», erwiderte Ethan. «Der Frühling ist da, Mr. Baker. Das Murmeltier hatte wieder recht.»[12]

«Wohl wahr, wohl wahr.» Mr. Baker hielt kurz inne. «Ich wollte schon länger mal mit Ihnen reden, Ethan. Das Geld, das Ihre Frau aus dem Nachlass ihres Bruders bekommen hat – über fünftausend, nicht?»

«Sechsfünf, nach Abzug der Steuern», sagte Ethan.

«Tja, das liegt einfach so auf Ihrem Konto rum. Sollte aber investiert werden. Würde mich gern mal mit Ihnen darüber unterhalten. Geld muss arbeiten.»

«Was können sechstausendfünfhundert Dollar schon erarbeiten? Die sind höchstens für Notfälle.»

«Ich halte nicht viel von brachliegendem Geld, Ethan.»

«Na ja, es dient ja einem Zweck – ist eben da und wartet.»

Die Stimme des Bankiers wurde eisig. «Genau das verstehe ich nicht», wobei sein Ton besagte, dass er es sehr wohl verstand, aber dumm fand, und dieser Ton weckte in Ethan eine Verbitterung, die ihn zu einer Lüge drängte.

Der Besen zirkelte eine elegante Kurve gegen den Rinnstein. «Es ist nun mal so, Mr. Baker. Das Geld ist als vorläufige Sicherheit für Mary gedacht, falls mir etwas zustößt.»

«Dann sollten Sie einen Teil dazu nutzen, Ihr Leben zu versichern.»

«Es ist nur eine vorläufige Sicherheit. Bei dem Geld handelt es sich um den gesamten Nachlass von Marys Bruder, aber ihre Mutter lebt noch und lebt vielleicht noch viele Jahre.»

«Verstehe. Alte Leute können eine wahre Last sein.»

«Die sitzen manchmal auf ihrem Geld.» Ethan blickte Mr. Baker ins Gesicht, während er ihm seine Lüge auftischte, und sah über dem Hemdkragen des Bankiers einen Anflug von Farbe aufsteigen. «Wissen Sie, wenn ich Marys Geld investiere, könnte ich es verlieren, so wie ich mein eigenes Geld verloren habe und wie mein Vater sein Vermögen verloren hat.»

«Ist doch Schnee von gestern, Ethan... Schnee von gestern. Ich weiß ja, dass Sie ein gebranntes Kind sind. Aber die Zeiten ändern sich, und es bieten sich neue Chancen.»

«Ich hatte meine Chance, Mr. Baker, hatte mehr Chancen als Verstand. Vergessen Sie nicht, gleich nach dem Krieg hat mir dieser Laden noch gehört. Musste einen halben Straßenzug Baugrund verkaufen, um ihn mit Ware zu füllen – unser letztes Geschäftsvermögen.»

«Ich weiß, Ethan. Immerhin bin ich Ihr Bankier. Ich kenne Ihre Geschäftslage wie Ihr Arzt Ihren Puls.»

«Sicher kennen Sie die. Habe keine zwei Jahre gebraucht, um fast bankrottzugehen. Bis auf mein Haus musste ich alles verkaufen, um die Schulden abzahlen zu können.»

«Aber daran waren Sie doch nicht allein schuld. Frisch aus der Armee entlassen und ohne jede Berufserfahrung. Vergessen Sie auch nicht, dass Sie gleich zu Beginn in eine Wirtschaftskrise geraten sind, selbst wenn wir nur von Rezession geredet haben. Da sind sogar ein paar ziemlich versierte Geschäftsleute untergegangen.»

«Ich bin jedenfalls untergegangen. Zum ersten Mal in der Geschichte wurde ein Hawley zum Verkäufer im Lebensmittelladen eines Spaghettifressers.»

«Aber das ist es ja, was ich nicht verstehe, Ethan. Jeder kann mal pleitegehen. Ich begreife nur nicht, warum Sie pleite bleiben wollen, ein Mann aus einer solchen Familie, mit Ihrer Herkunft und Bildung. Das lässt sich doch ändern, Ethan, falls Sie nicht allen Mumm verloren haben. Was hat Sie denn eigentlich zu Fall gebracht? Und warum bleiben Sie am Boden?»

Ethan setzte zu einer wütenden Antwort an – natürlich begreifen Sie das nicht, Sie mussten ja auch nie –, dann aber fegte er Kaugummipapier und Zigarettenstummel zu einer kleinen Pyramide zusammen und schob die Pyramide in die den Rinnstein. «Männer werden nicht zu Fall gebracht, oder besser gesagt, gegen Großes kann man ankämpfen. Was sie umbringt, ist der langsame Verschleiß, der sie ins Versagen abdrängt. Nach und nach bekommen sie Angst; und ich *habe* Angst. Die Long-Island-Elektrizitätswerke könnten mir das Licht abdrehen. Meine Frau braucht Kleider, meine Kinder Schuhe und ihr Vergnügen. Was ist, wenn ich ihnen keine Ausbildung bezahlen kann, nicht die monatlichen Rechnungen, den Arzt, die Zahnbehandlungen, die Mandeloperation? Und schlimmer noch, was ist, wenn ich mal krank werde und diesen verdammten Bürgersteig nicht mehr fegen kann? Natürlich begreifen Sie das nicht. Es geschieht ja so langsam. Lässt einen innerlich verrotten. Ich kann nicht weiter denken als bis zur nächsten Monatsrate für den Kühlschrank. Ich hasse meine Arbeit und habe trotzdem Angst, sie zu verlieren. Wie könnten Sie das begreifen?»

«Und was ist mit Marys Mutter?»

«Das habe ich Ihnen doch gesagt. Die sitzt drauf. Und wird wohl bis zu ihrem Tod drauf sitzen bleiben.»

«Das wusste ich nicht. Ich hab gedacht, Mary stamme aus einer armen Familie. Aber wenn man krank ist, das weiß ich, dann braucht man Medizin, vielleicht eine Operation oder auch einen Schock. Unsere Vorfahren waren wagemutige Leute. Das wissen Sie. Die ließen sich nicht von Kleinigkeiten den Wind aus den Segeln nehmen. Und jetzt ändern sich die Zeiten. Es bieten sich Gelegenheiten, von denen unsere Altvorderen nicht einmal geträumt haben. Und diese Gelegenheiten machen sich Ausländer zunutze. Ausländer übernehmen unser Land. Wachen Sie endlich auf, Ethan.»

«Und was ist mit dem Kühlschrank?»

«Verzichten Sie drauf, wenn's nicht anders geht.»

«Und was ist mit Mary und den Kindern?»

«Vergessen Sie die mal für eine Weile. Denen werden Sie noch teurer sein, wenn Sie aus Ihrem Loch kriechen. Denn dass Sie sich Sorgen um sie machen, hilft Mary und den Kindern nicht weiter.»

«Und Marys Geld?»

«Schlimmstenfalls verlieren Sie es, aber lassen Sie es arbeiten. Und mit etwas Sorgfalt und einigen guten Ratschlägen werden Sie es schon behalten. Risiko ist schließlich nicht gleich Verlust.

Unsere Vorfahren sind stets risikobewusste Menschen gewesen, und sie haben keineswegs verloren. Was ich Ihnen jetzt sage, Ethan, wird Sie vielleicht schockieren: Für den alten Käpt'n Hawley wären Sie eine Enttäuschung. Sie sind seinem Andenken verpflichtet. Ihm und meinem Daddy hat mal die ‹Belle-Adair› gehört, eines der letzten und prächtigsten Walfangschiffe. Reißen Sie sich zusammen, Ethan. Sie schulden der ‹Belle-Adair› ein bisschen Mumm. Und zum Teufel mit den Krediten.»

Mit der Besenspitze pfriemelte Ethan einen widerspenstigen Fetzen Zellophan aus der Rinnsteinspalte und erwiderte leise: «Die ‹Belle-Adair› ist verbrannt und abgesoffen.»

«Das weiß ich doch, aber hat uns das aufgehalten? Nein.»

«Das Schiff war versichert.»

«Selbstverständlich.»

«Tja, ich war's nicht. Ich konnte nur mein Haus retten, sonst nichts.»

«Das müssen Sie endlich vergessen. Sie trauern Vergangenem nach, dabei sollten Sie lieber ein bisschen Mumm zusammenkratzen, etwas Wagemut. Und deshalb rate ich Ihnen, Marys Geld zu investieren. Ich versuche nur, Ihnen zu helfen, Ethan.»

«Danke, Mr. Baker.»

«Und jetzt ziehen Sie endlich diese Schürze aus. Das sind Sie Käpt'n Hawley schuldig. Der würde ja seinen Augen nicht trauen.»

«Wohl nicht.»

«Das ist die richtige Einstellung. Wir ziehen Ihnen diese Schürze schon noch aus.»

«Wenn bloß Mary und die Kinder nicht wären...»

«Ich rate Ihnen, denken Sie nicht länger an die Familie – zu deren eigenem Besten. Hier in New Baytown werden demnächst einige interessante Dinge passieren, und Sie könnten mit von der Partie sein.»

«Ich danke Ihnen, Mr. Baker.»

«Lassen Sie mich nur erst drüber nachdenken.»

«Mr. Morphy sagt, er werde arbeiten, wenn die Bank über Mittag schließt. Ich mache ihm ein paar Sandwiches. Soll ich Ihnen auch welche bringen?»

«Nein, danke. Ich überlasse Joey die Arbeit, er ist ein guter Mann. Außerdem gibt es da noch einige Grundstücke, die ich mir ansehen will. Beim Stadtsekretär[13], meine ich. Von zwölf bis drei ist es da schön ruhig. Könnte auch was für Sie dabei sein. Wir sprechen uns bald wieder. Bis dann.»

Mit einem langen Schritt wich er einem Riss im Pflaster aus und ging an der Hintertür vorbei zum Haupteingang der First National Bank. Ethan lächelte seinem entschwindenden Rücken nach.

Rasch fegte er die letzten Meter, denn die Leute tröpfelten und strömten jetzt zur Arbeit. Am Ladeneingang stellte er die Auslagen mit frischem Obst auf. Dann vergewisserte er sich, dass gerade niemand vorbeikam, nahm drei übereinandergestapelte Dosen Hundefutter aus dem Regal und zog aus der Lücke den schäbigen kleinen Beutel mit dem Kleingeld hervor, stellte das Hundefutter zurück, drückte die Taste «Kein Verkauf» und klemmte die Zwanzig-, Zehn-, Fünf- und Eindollarscheine unter die jeweiligen Haltebügel in ihrem Fach. Und in die Eichenholzfächer der Kassenschublade verteilte er die Halb- und Vierteldollar- sowie die Zehn-, Fünf- und Eincentmünzen, ehe er die Lade wieder zustieß. Nur wenige Kunden ließen sich blicken, Kinder, die man losgeschickt hatte, einen Laib Brot zu holen, einen Karton Milch oder ein Pfund vergessenen Kaffee, kleine Mädchen mit schlafverwuscheltem Haar.

Margie Young-Hunt trat ein, keckbrüstig in einem lachsfarbenen Pullover. Der Tweedrock umschmiegte liebevoll ihre Schenkel und saß knapp überm stolzen Gesäß, doch was Ethan in

ihren Augen sah, in den braunen, kurzsichtigen
Augen, würde seine Frau nie sehen, da man es
nicht sehen konnte, wenn Frauen in der Nähe
waren. Dies hier war ein Raubtierweibchen, eine
Jägerin, eine Artemis auf Hosenhatz. Einen «vaga-
bundierenden Blick» hätte der alte Käpt'n Hawley das wohl genannt. Man merkte es auch ihrer
Stimme an, diesem samtigen Schnurren, das sich
in Gegenwart von Frauen zu einem sanften, hohen, vertraulichen Ton änderte.

«Morgen, Eth», sagte Margie. «Ein toller Tag
für ein Picknick!»

«Morgen. Lassen Sie mich raten: Sie haben keinen Kaffee mehr?»

«Hätten Sie gesagt, ich habe kein Alka-Seltzer
mehr, müsste ich Ihnen in Zukunft aus dem Weg
gehen.»

«Lange Nacht?»

«So schlimm auch wieder nicht. Eine Geschichte mit einem Handlungsreisenden. Geschiedene
Frauen haben nichts zu befürchten. Aktentasche
voller Gratisproben. Ein typischer Klinkenput-
zer. Vielleicht kennen Sie ihn. Heißt Bigger oder
Bogger und ist für B.B.D. & D. auf Achse. Ich
komme nur auf ihn, weil er gesagt hat, dass er hier
noch vorbeischauen will.»

«Wir kaufen meist bei Waylands.»

«Tja, falls Mr. Bugger[14] sich heute Morgen besser fühlt als ich, ist er womöglich gerade dabei, neue Kunden an Land zu ziehen. Sagen Sie, könnten Sie mir vielleicht ein Glas Wasser geben? Dann nehm ich gleich jetzt ein paar von den Sprudeldingern.»

Ethan ging in den Lagerraum und kehrte mit einem Pappbecher voll Leitungswasser zurück. Sie warf drei der flachen Tabletten ein, ließ sie sprudeln und sagte: «Auf Ihr Wohl!», ehe sie das Wasser hinunterstürzte. «Und jetzt macht euch ans Werk, ihr kleinen Teufelchen.»

«Ich habe gehört, dass Sie Mary heute die Zukunft vorhersagen wollen?»

«Himmel! Hätte ich fast vergessen. Ich sollte das zu meinem Beruf machen. Könnte ein Vermögen damit verdienen.»

«Mary liebt so was. Können Sie das gut?»

«Gehört nicht viel dazu. Man lässt die Leute – will sagen, die Frauen – über sich reden, erzählt ihnen dasselbe noch mal, und schon glauben sie, man hätte das Zweite Gesicht.»

«Der hochgewachsene, gut aussehende Fremde?»

«Der auch, klar. Aber wenn ich wirklich die Zukunft vorhersehen könnte, würd ich mit den Kerlen nicht immer solche Bruchlandungen erleben. Mannomann! Ein paarmal hab ich wirklich gründlich danebengelegen.»

«Ist Ihr erster Mann nicht gestorben?»

«Nein, mein zweiter, Friede seiner Asche, diesem Sch... Ach, lassen wir das. Wie gesagt: Friede seiner Asche.»

Eilfertig grüßte Ethan die jetzt eintretende ältliche Mrs. Ezyzinski, ließ sich Zeit für die Übergabe eines Viertelpfunds Butter und brachte sogar ein, zwei gefällige Worte über das Wetter an, während Margie Young-Hunt entspannt lächelnd die goldenen Deckel der *Pâté de foie gras*-Gläser und die winzigen Schmuckdöschen mit Kaviar musterte, die weiter hinten auf der Theke gleich neben der Kasse standen.

«Also...», sagte Margie, nachdem die alte, auf Polnisch vor sich hin brabbelnde Dame nach draußen gewackelt war.

«Also was?»

«Ich habe nur gerade nachgedacht – würde ich die Männer so gut kennen wie die Frauen, könnte ich das wirklich zu meinem Beruf machen. Kommen Sie, bringen Sir mir alles über die Männer bei, ja, Ethan?»

«Sie wissen schon genug. Eher sogar zu viel.»

«Ach, jetzt seien Sie nicht so. Haben Sie denn kein bisschen Humor?»

«Wollen wir gleich anfangen?»

«Lieber am Abend.»

«Gut», sagte er. «Eine Gruppe. Mary, Sie und die beiden Kinder. Thema: Männer – ihre Schwächen, ihre Dummheit, und wie man sie manipulieren kann.»

Margie ignorierte seinen Ton. «Arbeiten Sie denn nie bis spätabends – die Monatsabrechnung am Ersten, so was in der Art?»

«Klar doch, aber ich nehme die Arbeit mit nach Hause.»

Sie hob die Arme über den Kopf und fuhr sich mit den Fingern durchs Haar.

«Warum?», fragte sie.

«Warum ist die Banane krumm?»

«Sehen Sie, es gibt jede Menge, was Sie mir beibringen könnten.»

Ethan sagte: «‹Und da sie ihn verspottet hatten, zogen sie ihm seine Kleider an und führten ihn hin, dass sie ihn kreuzigten. Und indem sie hinausgingen, fanden sie einen Menschen von Kyrene mit Namen Simon; den zwangen sie, dass er ihm sein Kreuz trug. Und da sie an die Stätte kamen mit Namen Golgatha, was so viel heißt wie Schädelstätte…›»[15]

«Ach, um Gottes willen!»

«Ja… ja, das ist korrekt…»

42

«Wissen Sie eigentlich, was Sie für ein Drecks-kerl sind?»

«Aber ja, o Tochter Zion[16].»

Plötzlich lächelte sie. «Wissen Sie, was ich tun werde? Ich sage heute eine wahrhaft teuflische Zukunft voraus. Und Sie werden darin eine große Rolle spielen, denn alles, was Sie von nun an in die Hand nehmen, wird zu Gold – Sie sind ein wahrer Anführer!» Rasch ging sie zur Tür, drehte sich aber noch einmal um und grinste. «Ich wette, Sie trauen sich nicht, meine Vorhersage zu erfül-len, und ich wette, Sie trauen sich ebenso wenig, es nicht zu tun. Leben Sie wohl, Sie Heilsbrin-ger!» – Wie befremdlich hochhackige Schuhe auf dem Pflaster klingen, wenn jemand verärgert ist.

Gegen zehn Uhr wurde alles anders. Die große Glastür der Bank faltete sich auf, und ein Strom von Leuten hob Geld ab und trug es in Marullos Laden, um jene Lebensmittel mitzunehmen, die das Osterfest gebot. Bis die sechste Stunde schlug, huschte Ethan so eifrig hin und her wie ein Was-serläufer.

Die Feuerglocke in der Kuppel auf dem Rat-haus läutete zornig die sechste Stunde ein, und die Kunden gingen mit Tüten voller Bratenfleisch heim. Ethan holte die Obstauslage herein und schloss die Ladentür, um dann, einzig damit sich

43

eine Dunkelheit über die Welt und über ihn senke, die schwere grüne Jalousie herabzulassen, sodass sich eine Dunkelheit auch über den Laden senkte. Nur das Neonlicht der Kühltheke schimmerte in gespenstischem Blau.

An der Theke schnitt er vier Scheiben Roggenbrot ab, bestrich sie großzügig mit Butter, öffnete die Schiebetür der Kühltheke und nahm zwei Scheiben Schmelzkäse sowie drei Scheiben Schinken heraus. «Kopfsalat und Käse», trällerte er. «Kopfsalat und Käse. Wer heiratet, dem vergehn die Späße.» Er bestrich die unteren Brotscheiben mit Mayonnaise aus dem Glas, legte die Deckhälften darauf und schnitt an den Rändern den überstehenden Salat und den Schinkenfettrand ab. Jetzt noch einen Karton Milch und Wachspapier zum Einwickeln. Er faltete gerade sorgsam die Papierenden, als an der Ladentür ein Schlüssel klapperte und Marullo hereinkam, breit wie ein Bär und mit derart mächtiger Brust, dass die Arme zu kurz wirkten und aussahen, als stünden sie ab. Den Hut hatte er sich in den Nacken geschoben, sodass die steifen eisengrauen Locken darunter vorlugten. Marullos Augen waren feucht, der Blick ebenso verschlagen wie verschlafen, und die Goldkronen seiner Schneidezähne schimmerten im Licht der Kühltheke. Die oberen zwei Knöpfe seiner Hose standen offen, weshalb die grobe graue Unterwäsche zu sehen war. Er hakte die kleinen dicken Daumen in den Hosenwulst unter seinem Bauch und blinzelte ins Halbdunkel.

«Morgen, Mr. Marullo. Oh, ist wohl schon Nachmittag.»

«Tag, Jungchen. Sie haben den Laden ja schnell dichtgemacht.»

«Die ganze Stadt macht dicht. Dachte, Sie wären in der Messe.»

«Gibt heute keine. Einziger Tag im Jahr ohne Messe.»

«Was Sie nicht sagen. Das hab ich nicht gewusst. Kann ich irgendwas für Sie tun?»

Die kurzen, dicken Arme streckten sich, dann wurden die Ellbogen hin und her geschwenkt. «Die Arme tun mir weh, Jungchen. Arthritis... Wird immer schlimmer.»

«Kann man nichts dagegen machen?»

«Ich mach ja schon alles: heiße Umschläge, Haifischöl, jede Menge Pillen – tun aber immer noch weh. Alles ordentlich aufgeräumt und der Laden dicht. Da können wir uns ja mal bisschen unterhalten, was, Jungchen?» Die Zähne blitzten.

«Stimmt was nicht?»

«Wie? Was stimmt nicht?»

45

«Na gut, können Sie bitte noch einen Augenblick warten? Ich bring nur schnell diese Sandwiches zur Bank. Mr. Morphy hatte drum gebeten.»

«Sind 'n prima Jungchen. Kunde ist König. Sehr gut.»

Ethan ging durch den Lagerraum, überquerte die Gasse, klopfte an die Hintertür der Bank und überreichte Joey Milch und Sandwiches.

«Danke, aber das wäre wirklich nicht nötig gewesen.»

«Der Kunde ist König. Hat Marullo mir gerade erklärt.»

«Heben Sie ein paar Cokes für mich auf, ja? Mein Mund ist ganz trocken vor lauter Nullen.»

Als Ethan zurückkam, sah er, wie Marullo die Abfalleimer inspizierte.

«Worüber wollen Sie mit mir reden, Mr. Marullo?»

«Gucken Sie mal hier, Jungchen.» Er zog einige Blumenkohlblätter aus der Tonne. «Zu viel abgeschnitten.»

«Nur so viel, dass es ordentlich aussieht.»

«Blumenkohl ist nach Gewicht. Sie werfen Geld in die Abfalltonne. Ich kenn einen Griechen, schlauer Kopf, wo hat bestimmt zwanzig Restaurants oder so. Er sagt, das große Geheimnis ist, Abfalltonnen im Auge behalten. Wirfst du was

46

weg, kannst du's nicht mehr verkaufen. Ein wirklich kluger Kopf.»

«Ja, Mr. Marullo.» Ethan eilte ruhelos in den vorderen Ladenteil, und Marullo folgte ihm, wobei er unablässig die Ellbogen schwenkte.

«Und Sie sprenkeln Wasser übers Gemüse, genau wie ich gesagt habe?»

«Natürlich.»

Der Chef griff sich einen Salatkopf. «Fühlt sich trocken an.»

«Ach, zum Teufel, Marullo, ich will den Salat doch nicht ertränken – besteht sowieso schon zu einem Drittel nur noch aus Wasser.»

«Sehen sie knackig, hübsch und frisch von außen. Oder glauben Sie, ich weiß nicht, von was ich rede? Mit einem Karren hab ich angefangen. Einem einzigen. Natürlich ich weiß Bescheid. Müssen Sie lernen die Tricks, Jungchen, oder Sie gehen Bach runter. Jetzt zum Fleisch – Sie zahlen zu viel.»

«Na ja, wir machen Reklame für Eins-a-Rindfleisch.»

«A, b, c – wer weiß das? Steht doch da angeschrieben! Ist gut, dass wir beide mal in Ruhe miteinander reden. Bei uns ist zu viel totes Kapital. Wer nicht zahlt bis zum Fünfzehnten – kein Kredit mehr.»

47

«Aber das können wir nicht machen. Manche dieser Leute kaufen seit über zwanzig Jahren bei uns ein.»

«Hören Sie zu, Jungchen. In den großen Kaufhäusern nicht mal John D. Rockefeller kriegt was auf Pump, nicht für fünf Cent.»

«Mag sein, aber unsere Leute zahlen ihre Schulden, die meisten jedenfalls.»

«Was heißt ‹zahlen›? Schulden binden Geld. Die Kaufhäuser kriegen ihre Ware lastwagenweise angekarrt. Wir können das nicht. Sie müssen noch viel lernen, Jungchen. Sicher – sind bestimmt nette Leute. Aber Geld ist auch nett. Zu viele Wurststreifen in der Tonne.»

«Bloß Fettränder und Pellen.»

«Ist nur okay, wenn Sie vorm Abschneiden gewogen haben. Achten Sie immer auf Regel Nummer eins. Wenn Sie's nicht tun, wer dann achtet auf Regel Nummer eins? Sie müssen noch viel lernen, Jungchen.» Die Goldkronen funkelten nicht mehr, denn wie eine Falle waren die Lippen fest geschlossen.

Ehe Ethan es sich versah, brandete eine Wut in ihm auf, die ihn selbst überraschte. «Ich bin kein Betrüger, Marullo!»

«Was für Betrug? Ist gutes Geschäftsgebaren, und gute Geschäfte sind die einzigen Geschäfte,

48

wenn man länger im Geschäft bleiben will. Oder glauben Sie, Mr. Baker verteilt Gratisproben von seine Banknoten?»

Da platzte Ethan endgültig der Kragen. «Jetzt hören Sie mal zu», schrie er. «Seit der Mitte des siebzehnten Jahrhunderts leben wir Hawleys hier. Das können Sie nicht wissen, weil Sie Ausländer sind. Seit all der Zeit verstehen wir uns mit unseren Nachbarn, und wir verhalten uns anständig. Wenn Sie jetzt glauben, Sie könnten aus Sizilien einfach so hier reinschneien und das ändern, dann irren Sie sich. Und wenn Sie meinen, Sie könnten meine Arbeit besser machen als ich, bitte sehr, tun Sie's – gleich hier und jetzt. Und nennen Sie mich nicht noch mal Jungchen, oder ich verpasse Ihnen eins auf die Nase …»

Jetzt blitzten wieder all seine Zähne. «Gut, gut. Regen Sie sich nicht so auf. Ich will Ihnen doch nur Gefallen tun.»

«Nennen Sie mich nie wieder Jungchen. Meine Familie lebt seit zweihundert Jahren hier.» Selbst in seinen eigenen Ohren klang das kindisch, und die Wut verrauchte.

«Mag sein, mein Englisch ist nicht besonders. Für Sie Marullo ist Itakername, Name von Spaghettifresser, von Kanake. Aber mein *genitori*, mein Name, der ist, kann sein, zwei-, dreitausend

49

Jahre alt. Marullus kam aus Rom, Valerius Maximus hat von ihm geschrieben. Was sind da schon zweihundert Jahre?»

«Von hier kommen Sie jedenfalls nicht.»

«Vor zweihundert Jahren von Ihrer Familie hat auch noch keiner hier gelebt.»

Jetzt verflog auch der letzte Rest seiner Wut, und Ethan sah etwas, was einen Menschen an der Beständigkeit der Realität außerhalb seiner selbst zweifeln lassen kann. Er sah, wie sich der Einwanderer, der Itaker, der Händler mit dem Obstkarren vor seinen Augen veränderte, sah die Wölbung der Stirn, die kräftige Adlernase, die tiefsitzenden, wilden, furchtlos blickenden Augen, sah den Kopf, gehalten von mächtigen Muskelsträngen, und sah einen Stolz, so groß und selbstgewiss, dass er sich als Demut ausgeben konnte. Die Entdeckung schockierte ihn dermaßen, dass er sich fragte: Wenn ich all das übersehen konnte, was habe ich sonst noch alles übersehen?

«Sie müssen sich mir gegenüber nicht einen Kanaken nennen», sagte er leise.

«Gutes Geschäft. Ich Ihnen bringe bei, wie man gutes Geschäft macht. Achtundsechzig Jahre bin ich. Meine Frau ist gestorben. Arthritis! Tut weh. Ich versuche, Ihnen zu zeigen, wie man Geschäft macht. Vielleicht Sie lernen nix. Die meisten Leute lernen nix. Gehen pleite.»

«Sie brauchen mir nicht immer von Neuem unter die Nase zu reiben, dass ich bankrottgegangen bin.»

«Nein. Sie verstehen falsch. Ich will Ihnen gutes Geschäft beibringen, damit Sie pleitegehen nie wieder.»

«Tja, Pech, ich habe nämlich kein Geschäft.»

«Sie sind noch jung.»

Ethan sagte: «Jetzt hören Sie mal zu, Marullo. Ich führe diesen Laden ja praktisch für Sie. Ich kümmere mich um die Buchhaltung, bringe das Geld zur Bank, mache die Bestellungen. Sorge dafür, dass uns die Kunden erhalten bleiben. Dass sie zu uns zurückkommen. Ist das etwa kein gutes Geschäft?»

«Klar – Sie haben was gelernt. Sind kein Jungchen mehr. Regen sich sogar auf, wenn ich Sie nenn Jungchen. Aber was soll ich sonst sagen? Ich sag Jungchen zu alle.»

«Versuchen Sie es doch mal mit meinem Namen.»

«Klingt nicht nett. Jungchen ist netter.»

«Aber nicht respektvoll.»

«Respektvoll ist nicht freundlich.»

Ethan lachte. «Wenn man Verkäufer in einem

51

Itakerladen ist, braucht man Respekt – allein wegen der Frau, den Kindern. Verstehen Sie?»

«Ist Schwindel.»

«Natürlich. Erwiese man mir echten Respekt, bräuchte ich mir keine Gedanken darüber zu machen. Fast hätte ich vergessen, was mir mein alter Vater einmal kurz vor seinem Tod gesagt hat. Er sagte, die Höhe der Schwelle zur Beleidigung sei direkt proportional zur Höhe von Intelligenz und Sicherheit. Er sagte, das Wort ‹Hurensohn› könne nur für den eine Beleidigung sein, der sich, was seine Mutter angeht, nicht ganz sicher ist, wie aber wollte man Albert Einstein damit beleidigen? Der hat damals noch gelebt. Also, wenn Sie wollen, können Sie gern weiterhin Jungchen zu mir sagen.»

«Sehn Sie, Jungchen? Ist netter.»

«Na schön, aber was wollten Sie mir übers Geschäft beibringen, was ich noch nicht weiß?»

«Geschäft ist Geld. Geld ist nicht nett. Jungchen, vielleicht Sie sind zu nett – zu freundlich. Geld ist nicht freundlich. Geld will keine Freunde, will nur mehr Geld.»

«Das ist doch Unsinn, Marullo. Ich kenne jede Menge nette, freundliche, ehrenwerte Geschäftsleute.»

«Klar, Jungchen, solange sie nicht machen Geschäfte. Finden Sie schon noch raus. Nur, wenn Sie's rausfinden, es ist zu spät. Sie führen den Laden auf nette Art, aber wenn's Ihr Laden ist, gehen Sie vielleicht auf nette Art pleite. Ich geb Ihnen richtigen Unterricht, genau wie in der Schule. Ciao, Jungchen.» Marullo winkelte die Arme an, marschierte zur Ladentür hinaus und zog sie hinter sich ins Schloss. Ethan spürte die Dunkelheit der Welt.

Ein scharfes, metallisches Pochen an der Tür. Ethan schob den Vorhang beiseite und rief: «Wir haben bis drei geschlossen.»

«Lassen Sie mich rein. Ich möchte mit Ihnen reden.»

Der Fremde trat ein – ein schmächtiger, ewig junger Mann, der nie jung gewesen war, geschmackvoll gekleidet, das glänzende, schüttere Haar eng am Kopf, die Augen fröhlich, der Blick ruhelos.

«Tut mir leid, dass ich Sie jetzt noch behellige. Muss raus aus der Stadt. Wollte vorher aber noch allein mit Ihnen reden. Dachte schon, der Alte würde sich nie verziehen.»

«Marullo?»

«Ja. Stand drüben auf der andern Straßenseite.»

Ethan musterte die makellosen Hände und entdeckte am Mittelfinger der linken Hand einen Goldring mit einem großen Katzenaugenstein.

Der Fremde bemerkte seinen Blick. «Ist kein Überfall», sagte er. «Ich habe gestern Abend eine Freundin von Ihnen getroffen.»

«Ach ja?»

«Mrs. Young-Hunt. Margie Young-Hunt.»

«Und?»

Ethan konnte den ruhelos schnüffelnden Geist des Fremden nahezu spüren, die Suche nach einem Zugang, einer Gemeinsamkeit, an die er anknüpfen konnte.

«Nette Kleine. Hat mächtig von Ihnen geschwärmt. Und deshalb dachte ich mir – ich heiße übrigens Biggers und bin in dieser Gegend für B.B.D. & D. unterwegs.»

«Wir kaufen bei Waylands.»

«Weiß ich doch. Deshalb komme ich ja. Dachte, Sie möchten Ihren Lieferantenkreis vielleicht ein bisschen erweitern. Wir sind neu in diesem Bezirk, aber das Geschäft wächst rasant. Und um einen Fuß in die Tür zu bekommen, müssen wir ein paar Zugeständnisse machen. Könnte sich für Sie lohnen.»

«Darüber müssen Sie mit Mr. Marullo reden. Er hat bislang ausschließlich mit Waylands verhandelt.»

Der Fremde senkte nicht gerade die Stimme, aber sein Ton wurde verschwörerisch. «Die Bestellungen machen Sie?»

«Ja, das schon. Wissen Sie, Marullo leidet unter Arthritis, außerdem hat er noch andere Geschäftsinteressen.»

«Wir könnten die Preise ja ein bisschen drücken.»

«Ich fürchte, Marullo hat sie schon so weit gedrückt, wie es nur geht. Sie sollten lieber mit ihm reden.»

«Genau das will ich nicht. Ich wollte mit dem Mann reden, der die Bestellungen macht, und das sind Sie.»

«Ich bin nur der Verkäufer.»

«Aber Sie bestellen die Ware, Mr. Hawley. Fünf Prozent wären für Sie drin.»

«Marullo lässt sich bestimmt auf den Rabatt ein, falls die Qualität gleich bleibt.»

«Sie verstehen mich nicht. Mir geht's nicht um Marullo. Diese fünf Prozent gibt es in bar – keine Schecks, nichts Schriftliches, keine Scherereien mit dem Finanzamt, nur saubere, schöne grüne Scheinchen aus meiner Hand in Ihre und von Ihrer Hand in Ihre Tasche.»

«Und warum können Sie diesen Rabatt nicht Marullo einräumen?»

«So lauten nun mal unsere Preisvereinbarungen.»

«Also gut. Was ist, wenn ich die fünf Prozent nehme und sie dann an Marullo weitergebe?»

«Ich fürchte, Sie kennen die Menschen nicht so gut wie ich. Geben Sie ihm die fünf Prozent, wird er sich fragen, wie viel Sie für sich behalten. Ist ganz natürlich.»

Ethan senkte die Stimme. «Sie wollen, dass ich den Mann hintergehe, für den ich arbeite?»

«Wer spricht denn von hintergehen? Er verliert nichts, und Sie verdienen sich was dazu. Und jeder hat schließlich das Recht, sich ein bisschen was dazuzuverdienen. Margie meinte, Sie seien ganz schön gewitzt.»

«Heute ist ein dunkler Tag», sagte Ethan.

«Nein, gar nicht. Sie haben bloß die Jalousie runtergelassen.» Der schnüffelnde Verstand witterte Gefahr – eine Maus, hin- und hergerissen zwischen Fallengeruch und Käseduft. «Wissen Sie was», sagte Biggers, «denken Sie einfach drüber nach. Und ich schau vorbei, wenn ich wieder in der Gegend bin. Ich komme alle zwei Wochen. Hier ist meine Karte.»

Ethans Hand rührte sich nicht. Biggers legte die Karte oben auf die Kühltheke. «Und hier noch ein kleines Andenken für neue Freunde.»

Aus seinem Jackett zog er eine Brieftasche, ein edles, schönes Exemplar aus Robbenfell, und legte sie neben seine Karte aufs weiße Porzellan. «Hübsches kleines Ding. Ideal für Führerschein und Visitenkarten.»

Ethan gab keine Antwort.

«In ein paar Wochen schaue ich wieder vorbei», sagte Biggers. «Denken Sie drüber nach. Ich komme auf jeden Fall, hab schließlich ein Date mit Margie. Scharfe Braut.»

Als erneut keine Antwort kam, fuhr er fort: «Ich finde allein hinaus. Bis bald.» Doch dann trat er plötzlich auf Ethan zu. «Seien Sie kein Dummkopf. Jeder macht es», sagte er. «Wirklich jeder!» Und dann ging er rasch zur Tür und schloss sie leise hinter sich.

In der dämmrigen Stille konnte Ethan das tiefe Brummen des Transformators für das Neonlicht der Kühltheke hören. Langsam wandte er sich dem übereinandergestapelten und ordentlich aufgereihten Publikum auf den Regalen zu.

«Und ich habe euch für meine Freunde gehalten! Keine Hand habt ihr für mich gerührt, ihr Schönwetteraustern, Schönwettergurken, Schönwetterbackmischungen. Kein ‹unimus› mehr für euch. Frage mich, was der Heilige Franziskus gesagt hätte, wenn er von einem Hund gebissen worden wäre oder wenn ein Vogel auf ihn ge-schissen hätte. ‹Besten Dank, Herr Hund, *grazie tanto*, Signora Vogel›?» Er wandte den Kopf, als er am Hintereingang ein lautes Klopfen und Häm-mern hörte, und durchquerte rasch den Lager-raum, während er vor sich hin brummte: «Mehr Kunden, als wenn der Laden geöffnet hätte.»

Joey Morphy taumelte herein, eine Hand an der Kehle. «Um Himmels willen», stöhnte er. «Helft mir – oder reicht mir zumindest eine Pepsi-Cola, mich dürstet. Warum nur ist es so dunkel hier drinnen? Lassen meine Augen mich gar im Stich?»

«Die Jalousie ist runtergezogen. Zur Abschre-ckung durstiger Bankleute.»

Ethan ging voran zur Kühltheke, fischte eine eiskalte Flasche heraus, öffnete sie und nahm gleich noch eine zweite. «Ich glaub, ich gönn mir auch eine.»

Joey-Boy lehnte sich an die beleuchtete Glas-scheibe und trank die halbe Flasche aus, ehe er sie wieder absetzte. «Mann!», sagte er. «Irgendwer hat hier seinen Goldschatz liegen lassen.» Er griff nach der Brieftasche.

«Ein kleines Geschenk von diesem B.B.D. & D.-Handelsvertreter. Er will unbedingt mit uns ins Geschäft kommen.»

«Tja, er lässt sich jedenfalls nicht lumpen. Das ist gute Qualität. Sind sogar Ihre Initialen drauf, in Gold.»

«Ehrlich?»

«Wollen Sie sagen, Sie hätten das nicht gewusst?»

«Er ist erst vor einer Minute gegangen.»

Joey klappte die Brieftasche auf und fuhr mit dem Finger die Plastikstecktaschen entlang. «Tja, sieht aus, als müssten Sie jetzt einigen Vereinen beitreten», sagte er und öffnete die Rückseite. «Also, das nenn ich fürsorglich.» Mit Zeige- und Mittelfinger zog er einen neuen Zwanzigdollarschein heraus. «Ich wusste ja, dass die in der Gegend hier Fuß fassen wollen, habe aber nicht geahnt, dass sie so schwere Geschütze auffahren. Ist jedenfalls ein Andenken, an das man sich gern erinnert.»

«War der Schein schon drin?»

«Glauben Sie etwa, ich hätte den reingesteckt?»

«Joey, ich würde gern was mit Ihnen bereden. Dieser Kerl hat mir fünf Prozent auf alle Waren angeboten, die ich bei ihm bestelle.»

«Na prima! Endlich ein bisschen Wohlstand. Und er gibt sich nicht mit leeren Versprechen ab. Sie sollten ein paar Cokes springen lassen. Ein großer Tag für Sie.»

«Sie wollen doch nicht sagen, ich soll sein Angebot annehmen...»

«Warum denn nicht? Solange die es nicht auf die Preise aufschlagen, verliert doch keiner dabei.»

«Er meinte, ich soll Marullo nichts davon sagen, weil der sonst glaubt, ich würde noch mehr einstreichen.»

«Da hat er recht. Was ist denn los mit Ihnen, Hawley? Sind Sie nicht ganz bei Trost? Fürchte, das liegt am Licht. Sie sehen ja ganz grün aus. Sehe ich auch so grün aus? Sie denken doch nicht ernstlich daran, das Angebot abzulehnen?»

«Ich konnte mir nur mit Mühe verkneifen, ihm einen Tritt in den Hintern zu verpassen.»

«Ach, so ist das. Sie halten es mit den Ewiggestrigen.»

«Er sagte, alle täten es.»

«Aber nicht jeder bekommt die Chance. Sie gehören offenbar zu den Glücklichen.»

«Das ist doch unehrlich.»

«Ach ja? Und wem tut's weh? Oder verstößt es gegen irgendein Gesetz?»

«Sie meinen, Sie würden das Angebot annehmen?»

«Annehmen? Ich würd mich dafür auf die Hinterfüße setzen und Männchen machen. In mei-

nem Metier wurden längst sämtliche Schlupf-
löcher gestopft. Fast alles, was man in einer Bank
machen könnte, verstößt gegen das Gesetz – es
sei denn, man ist ihr Präsident. Ich verstehe Sie
nicht. Warum zögern Sie? Wenn Sie Ihrem Alfio was wegnehmen würden, wär das nicht ganz
sauber, aber so ist es ja nicht. Sie tun Ihrem neuen
Partner einen Gefallen, und Sie tun sich selbst
einen Gefallen – einen hübschen, knisternden
grünen Gefallen. Seien Sie nicht dumm. Sie haben Frau und Kinder, an die sollten Sie denken.
Und Kinder aufzuziehen wird auch nicht billiger.»

«Mir wäre es lieber, Sie würden jetzt gehen.»

Joey Morphy knallte die halb geleerte Flasche
auf die Theke. «Mr. Hawley – nein, Mr. Ethan
Allen Hawley», sagte er kühl, «wenn Sie glauben,
ich wäre unehrlich oder würde Ihnen raten, etwas
Unehrliches zu tun, dann können Sie mich mal
kreuzweise.»

Joey stapfte in Richtung Lagerraum.

«So hab ich es doch nicht gemeint. Ehrlich
nicht, Joey. Ich musste heute nur schon ein paar
ziemliche Schocks verkraften, und außerdem ist
dies ein schrecklicher Feiertag, wirklich ganz
fürchterlich.»

Morphy hielt inne. «Wie meinen Sie das? Ach

so, ja, ich weiß. Ich weiß Bescheid. Glauben Sie mir, ich weiß es.»

«Seit ich ein Kind war, nur wird es von Jahr zu Jahr schlimmer, weil… vielleicht weil ich besser verstehe, was sie bedeuten, diese einsamen Worte ‹lama asabthani›[17].»

«Das weiß ich doch, Ethan, ich weiß es. Aber es ist ja schon fast vorbei – fast vorbei, Ethan. Vergessen Sie einfach, dass ich gerade aus dem Laden stürmen wollte, ja?»

Und dann dröhnte die eherne Feuerwehrglocke – ein einziger Schlag.

«Jetzt ist es vorbei», sagte Joey-Boy. «Alles vorbei – für ein Jahr vorbei.» Leise verschwand er durch den Lagerraum und zog behutsam die Tür hinter sich zu.

Ethan kurbelte die Markise hoch und öffnete den Laden wieder, doch das Geschäft lief schlecht – ein paar Kinder, die eine Flasche Milch oder einen Laib Brot holten, ein kleines Lammkotelett sowie eine Dose Erbsen für das warme Abendessen von Miss Borcher. Es waren kaum Leute auf der Straße. In der halben Stunde vor sechs Uhr, als Ethan sich daranmachte, den Laden zu schließen, ließ sich kein Mensch blicken. Dann sperrte er ab und begab sich auf den Heimweg, als ihm einfiel, dass er die Lebensmittel für Mary vergessen hatte – also ging er zurück, schloss wieder auf, packte alles in zwei große Tüten und schloss erneut ab. Er wollte den Weg entlang der Bucht nehmen, wollte den grauen Wellen zwischen den Stützpfeilern der Docks zusehen, das Meerwasser riechen und mit einer Möwe reden, die auf einem Anlegeplatz den Schnabel in den Wind hielt. Ihm fiel ein Gedicht ein, geschrieben vor langer Zeit von einer Frau, die beim Anblick des gleitenden Spiralflugs einer Möwe regelrecht in Ekstase geraten war. Es begann mit den Worten: «Ach, glücklicher Vogel – was begeistert dich so?»[18] Die Dichterin hatte es nie herausgefunden, wollte es vielleicht auch gar nicht wissen.

Die schweren Taschen aber verleideten ihm diesen Spaziergang. Müde trottete Ethan die High Street entlang, bog in die Elm Street ein und schritt langsam auf das alte Haus der Familie Hawley zu.

2

Mary eilte vom Herd herbei, um ihm eine der beiden großen Tüten abzunehmen.

«Ich hab dir so viel zu erzählen. Kann es kaum erwarten.»

Er gab ihr einen Kuss, doch kaum spürte sie seine weichen Lippen, fragte sie: «Was ist los?»

«Bisschen müde.»

«Aber der Laden war doch drei Stunden geschlossen.»

«Viel zu tun.»

«Du bläst mir doch nicht Trübsal, oder?»

«War ein trübseliger Tag.»

«Ach was, wunderbar war er. Wart nur, bist du das Neueste hörst.»

«Wo sind die Kinder?»

«Oben vorm Radio. Sie haben dir auch was zu erzählen.»

«Gibt's Ärger?»

«Warum sagst du so was?»

«Keine Ahnung.»

«Dir geht's nicht gut.»

«Verdammt, nein, mir geht's nicht gut.»

«Dabei ist so viel Schönes passiert – ich warte mit unserem Teil bis nach dem Essen. Du wirst staunen.»

Allen und Mary Ellen polterten die Treppe herunter und kamen in die Küche. «Er ist zu Hause», riefen sie.

«Paps, gibt's Peeks bei dir im Laden?»

«Du meinst dieses Müsli? Aber sicher, Allen.»

«Könntest du das nicht mal mitbringen? Die

Packung mit der Mickymausmaske, die man ausschneiden kann?»

«Bist du nicht schon ein bisschen zu alt für eine Mäusemaske?»

Ellen sagte: «Wenn man den Kartondeckel und zehn Cent einschickt, kriegt man dafür so ein Bauchrednerdings und eine Anleitung. Haben wir gerade im Radio gehört.»

Mary sagte: «Erzählt eurem Vater, was ihr vorhabt.»

«Also, wir machen beim landesweiten ‹Ich liebe Amerika›-Aufsatzwettbewerb mit. Der erste Preis ist eine Reise nach Washington zum Präsidenten – *mit* Eltern –, und es gibt noch jede Menge andere Preise.»

«Wie schön», sagte Ethan. «Und was müsst ihr dafür tun?»

«Für die Hearst-Zeitungen[19]», krähte Ellen. «Gibt's überall im Land. Man soll einen Aufsatz darüber schreiben, warum man Amerika liebt. Und alle Preisträger kommen ins Fernsehen.»

«Wär das nicht toll?», sagte Allen. «Nach Washington, ins Hotel, abends eine Show, Treffen mit dem Präsidenten, das volle Programm…»

«Und wie steht's mit den Schularbeiten?»

«Ist ja erst im Sommer. Die Preisträger werden am Unabhängigkeitstag bekannt gegeben.»

«Na, dann ist es ja gut. Liebt ihr denn wirklich Amerika? Oder liebt ihr die Preise?»

«Ach», sagte Mary, «jetzt verdirb ihnen nicht den Spaß.»

«Ich wollte nur die Mausmaske vom Müsli trennen. Geht ja hier alles durcheinander.»

«Paps, wo könnten wir so was nachgucken?»

«Was denn?»

«Na ja, was andere Leute zu dem Thema gesagt haben …»

«Dein Urgroßvater besaß ein paar prächtige Bücher. Sie stehen auf dem Dachboden.»

«Was denn für welche?»

«Ach, da wären die Reden von Abraham Lincoln, Daniel Webster und Henry Clay. Ihr könntet auch Thoreau aufschlagen, Walt Whitman oder Emerson,[20] sogar Mark Twain. Sind alle oben auf dem Dachboden.»

«Hast du sie gelesen, Paps?»

«Er war mein Großvater. Manchmal hat er mir daraus vorgelesen.»

«Vielleicht könntest du uns ja helfen bei den Aufsätzen.»

«Dann wären es aber nicht mehr eure.»

«Na gut», sagte Allen. «Aber vergiss nicht, Peeks mitzubringen. Die sind voll mit Eisen und so.»

«Ich versuche, dran zu denken.»

«Dürfen wir ins Kino?»

Mary sagte: «Ich dachte, ihr wollt mir beim Färben der Ostereier helfen! Sie kochen gerade. Nach dem Abendessen könnt ihr sie mit rausnehmen auf die Veranda.»

«Dürfen wir auf den Dachboden gehen und nach den Büchern suchen?»

«Nur wenn ihr hinterher das Licht ausmacht. Einmal hat es eine Woche lang gebrannt. Weil du es angelassen hast, Ethan.»

Sobald die Kinder fort waren, sagte Mary: «Freust du dich nicht darüber, dass sie an diesem Wettbewerb teilnehmen?»

«Klar, wenn sie's gut machen.»

«Was ich dir unbedingt sagen muss: Margie hat mir heute wieder aus den Karten gelesen, dreimal, weil sie gesagt hat, so was hätte sie noch nie erlebt. Dreimal! Ich hab mit eigenen Augen gesehen, wie sie die Karten aufgedeckt hat.»

«Ach herrje.»

«Du wärst nicht so misstrauisch, wenn du mir mal zuhören würdest. Immer machst du deine Witzchen über irgendwelche groß gewachsenen, gut aussehenden Fremden, aber du errätst nie, worum es heute ging. Was ist – willst du raten?»

Er sagte: «Mary, ich will dich warnen.»

«Mich warnen? Aber wieso, du weißt doch noch gar nichts. *Du* bist mein Reichtum, hat sie gesagt.»

Ihm entfuhr ein leises, bitteres Wort.

«Was hast du gesagt?»

«‹Magere Ausbeute›.»

«Das denkst du, aber die Karten denken was anderes. Dreimal hat sie sie mir gelegt.»

«Karten denken?»

«Sie wissen Bescheid», sagte Mary. «Margie hat mir aus den Karten gelesen, und dabei ging es nur um dich. Du wirst zu einem der bedeutendsten Männer dieser Stadt – das sind *meine* Worte –, ein wirklich bedeutender Mann. Es dauert auch nicht mehr lang. Ist schon bald so weit. Jede Karte, die sie aufgedeckt hat, versprach Geld, Geld und noch mehr Geld. Du wirst ein reicher Mann.»

«Liebling», sagte er, «bitte, ich muss dich warnen.»

«Du wirst Kapital anlegen.»

«Und wovon?»

«Na ja, ich hab an das Geld von meinem Bruder gedacht.»

«Nein!», rief er. «Das würde ich niemals anrühren. Es gehört dir und soll deins bleiben. Bist du auf diese Idee gekommen, oder hat …»

«Sie hat dieses Geld mit keinem Wort erwähnt.

Und die Karten haben dazu auch nichts gesagt. Du wirst es im Juli anlegen, und von da an geht es Schlag auf Schlag, eins gleich nach dem andern. Klingt doch gut, oder? Sie hat es so formuliert: ‹Dein Reichtum ist Ethan. Er wird noch ein sehr vermögender Mann werden, vielleicht sogar einer der einflussreichsten Männer dieser Stadt.›»

«Gott verfluche sie! Dazu hatte sie kein Recht.»

«Ethan!»

«Weißt du, was sie tut? Weißt du, was du tust?»

«Ich weiß, dass ich eine gute Ehefrau bin und Margie eine gute Freundin ist. Außerdem will ich nicht mit dir streiten, wenn die Kinder uns hören könnten. Margie Young ist meine allerbeste Freundin. Ich weiß, du kannst sie nicht leiden. Ich glaube tatsächlich, du bist eifersüchtig auf meine Freundinnen – ja, das glaube ich. Ich hab so einen schönen Nachmittag verbracht, und jetzt kommst du und willst ihn mir verderben. Das ist nicht nett.» Vor Wut, Enttäuschung und Rachsucht auf das, was sich ihren Tagträumereien in den Weg stellte, bekam Mary rote Flecken im Gesicht.

«Du hockst einfach da, Herr Schlaumeier, und trittst Leute in den Dreck. Du glaubst, Margie hätte sich das alles nur ausgedacht, aber das hat sie nicht, denn ich habe die Karten dreimal mit eigener Hand abgehoben – und selbst wenn, welchen anderen Grund hätte sie haben können als den Wunsch, zuvorkommend und freundlich zu sein und uns ein bisschen Hilfe anzubieten? Sag mir das, Herr Schlaumeier! Du findest bestimmt irgendeinen ekelhaften Grund.»

«Wenn ich's nur wüsste», sagte er. «Vielleicht ist es der reine Mutwille. Sie hat keinen Mann und keine Arbeit, also ja, vielleicht ist es Mutwille.»

Mary senkte ihre Stimme und sprach mit Verachtung. «Du redest von Mutwille, dabei würdest du Mutwillen nicht mal erkennen, wenn man dich mit der Nase draufstößt. Und du hast keine Ahnung, was Margie durchmacht. Da gibt es zum Beispiel Männer in dieser Stadt, die ständig hinter ihr her sind. Einflussreiche Männer, verheiratete Männer, die ihr zuflüstern, sie bedrängen – ekelhaft. Manchmal weiß sie nicht mehr, wohin. Und deshalb braucht sie mich, eine Freundin. O ja, sie hat mir Sachen erzählt – von Männern, du würdest es nicht glauben. Ein paar von denen tun in der Öffentlichkeit sogar so, als könnten sie Margie nicht leiden, um dann heimlich zu ihrem Haus zu schleichen oder sie anzurufen, weil sie sich mit ihr treffen wollen – scheinheilige Männer, die Moral predigen und dann so was machen. Und da redest du von Mutwille.»

«Hat sie gesagt, wer diese Männer sind?»

«Nein, hat sie nicht, und das ist ein weiterer Beweis. Margie will niemandem wehtun, auch dann nicht, wenn ihr selbst wehgetan wird. Allerdings hat sie gesagt, dass es da einen gebe, dem ich so was nie zutrauen würde. Und wenn ich es wüsste, sagte sie, bekäme ich graue Haare.»

Ethan holte tief Luft, hielt den Atem an und stieß dann einen tiefen Seufzer aus.

«Ich frage mich, wer das sein könnte», sagte Mary. «So wie sie darüber redet, muss es jemand sein, den wir gut kennen, dem wir so was aber niemals unterstellen würden.»

«Unter gewissen Umständen würde sie den Namen vielleicht verraten», sagte Ethan leise.

«Nur wenn man sie dazu zwingt. Das hat sie selbst gesagt. Nur wenn sie keinen anderen Ausweg sieht, wenn ihre Ehre, ihr guter Name oder was weiß ich auf dem Spiel steht. Hast du eine Ahnung, wer das sein könnte?»

«Ich glaube, ich kenne ihn.»

«Du kennst ihn? Wer ist es?»

«Ich.»

Ihr fiel die Kinnlade herunter. «Ach, du Witzbold», sagte sie. «Ich fall doch jedes Mal wieder drauf rein, wenn ich nicht aufpasse. Na ja, ist mir lieber, als wenn du Trübsal bläst.»

«Was für ein Dilemma: Mann gesteht Sünden der Fleischeslust mit bester Freundin der Gattin und erntet nur Hohn und Spott.»

«Red nicht so dummes Zeug.»

«Vielleicht hätte der Mann es abstreiten sollen, dann hätte die Gattin ihn wenigstens mit ihrem Misstrauen geehrt. Mein Liebling, bei allem, was mir heilig ist, schwöre ich dir, dass ich nie versucht habe, mich Margie Young-Hunt zu nähern, weder in Worten noch in Taten. Glaubst du mir jetzt, dass ich schuldig bin?»

«Ach, du.»

«Meinst du, ich bin nicht gut genug, nicht begehrenswert genug, mit anderen Worten, meinst du, ich hätte keine Chance bei ihr?»

«Ich hab was übrig für gute Witze, weißt du, aber das hier ist nichts, worüber man sich lustig machen sollte. Hoffentlich durchwühlen die Kinder da oben nicht sämtliche Koffer. Sie räumen die Sachen nie zurück.»

«Ich versuche es noch einmal, holdes Weib. Aus Gründen, die nur sie selbst kennt, hat mich eine gewisse Dame, deren Initialen M. Y.-H. lauten, mit Fallen umstellt, und ich schwebe in größter Gefahr, in eine oder mehrere dieser Fallen zu tappen.»

«Und warum denkst du nicht lieber an deinen

Reichtum? Die Karten haben Juli vorhergesagt, und das dreimal – ich habe es selbst gesehen. Du kommst zu Geld, zu jeder Menge Geld. Denk doch *daran*.»

«Liebst du Geld denn so sehr, mein Wollschwänzchen?»

«Ob ich Geld liebe? Wie meinst du das?»

«Wünschst du dir Geld so sehr, dass du selbst Nekromantie, Thaumaturgie, Juju²¹ oder sonst irgendwelche dunklen Praktiken gerechtfertigt findest?»

«Du hast das doch gesagt! Du hast damit angefangen. Und ich lasse nicht zu, dass du dich hinter Worten verkriechst. Ob ich Geld liebe? Nein, das nicht, aber ich liebe auch keine Sorgen. Ich gehe gern hoch erhobenen Hauptes durch unsere Stadt. Und ich habe es nicht gern, wenn die Kinder sich schämen, weil sie nicht so gut angezogen sind wie andere Kinder. Ja, ich liebe es, den Kopf hoch tragen zu können.»

«Und Geld würde deinen Kopf stützen?»

«Es würde dafür sorgen, dass deinen vornehmen Fatzkes das verächtliche Grinsen vergeht.»

«Kein Mensch grinst verächtlich über uns Hawleys.»

«Das glaubst auch nur du! Du kriegst es bloß nicht mit.»

«Vielleicht, weil ich nicht danach Ausschau halte.»

«Kommst du mir jetzt mit deinen ach so heiligen Hawleys?»

«Nein, Liebling, die eignen sich heutzutage kaum noch als Argument.»

«Tja, freut mich, dass du es endlich einsiehst. In dieser wie in jeder anderen Stadt ist ein Verkäufer in einem Lebensmittelladen nichts weiter als ein Verkäufer, auch wenn er Hawley heißt.»

«Wirfst du mir vor, ich hätte versagt?»

«O nein, natürlich nicht, aber ich werfe dir durchaus vor, dass du dich in deinem Elend suhlst. Du könntest längst auf dem Weg nach oben sein, wenn du nicht deinen altmodischen, überkandidelten Ideen nachhängen würdest. Alle Welt lacht doch über dich. Ein großspuriger Gentleman ohne Geld ist nichts als ein Penner.» Das Wort explodierte geradezu in ihrem Kopf, danach schwieg sie beschämt.

«Tut mir leid», sagte Ethan. «Ich habe heute etwas von dir gelernt, ich dummer Esel – vielleicht sogar dreierlei, denn dreierlei scheint man niemals zu glauben: das Wahre, das Wahrscheinliche und das Logische. Aber immerhin weiß ich jetzt, woher ich das Geld für meinen Reichtum bekomme.»

«Und woher?»

«Ich überfalle eine Bank.»

Die kleine Stoppuhr am Herd begann in langsamen Abständen zu piepen.

Mary sagte: «Geh, ruf die Kinder. Der Schmorbraten ist fertig. Sag ihnen, sie sollen das Licht ausmachen.» Und sie hörte, wie sich seine Schritte entfernten.

3

Meine Frau, meine Mary, schläft ein wie eine Schranktür, die ins Schloss fällt. So oft habe ich ihr neidisch dabei zugesehen. Ihr schöner Leib räkelt sich einen Moment, als schmiegte er sich in einen Kokon, dann seufzt sie einmal, schließt die Augen, und ihre Lippen verziehen sich sorgenfrei zum weisen, fernen Lächeln einer uralten griechischen Göttin. Im Schlaf lächelt sie die ganze Nacht, und der Atem schnurrt ihr aus der Kehle, kein Schnarchen, nein, das Schnurren eines Kätzchens. Für einen kurzen Moment steigt ihre Temperatur an, sodass ich ihre Glut neben mir im Bett fühlen kann, dann kühlt sie wieder ab, und Mary ist fort. Ich habe keine Ahnung, wohin. Sie behauptet, sie träume nie, aber natürlich träumt sie. Vielleicht will sie mir nur sagen, dass ihre Träume sie kaum behelligen oder doch so wenig, dass sie schon vor dem Aufwachen alles wieder vergessen hat. Sie schläft gern, und der Schlaf heißt sie willkommen. Ich wünschte nur, so wäre es auch bei mir. Ich wehre mich gegen den Schlaf und sehne mich zugleich nach ihm.

Ich denke, der Unterschied könnte daher rühren, dass meine Mary weiß, sie wird ewig leben, wird so leichthin von diesem Leben in ein anderes übergehen, als glitte sie aus dem Schlaf ins Wachsein. Ihr ganzer Körper weiß dies, weiß es durch und durch, weshalb sie ebenso wenig darüber nachdenkt wie über das Atmen. So hat sie Zeit zu schlafen, Zeit zu ruhen, Zeit, eine Weile nicht zu sein.

Ich dagegen weiß in meinem Innersten, fühle es bis in meine Knochen, dass ich eines Tages, früher oder später, nicht weiterleben werde, also kämpfe ich gegen den Schlaf an und flehe ihn zugleich herbei, versuche gar, ihn mit List anzulocken. Mein Augenblick des Einschlafens ist ein großer Schmerz, eine Qual. Ich weiß das, weil ich in dieser Sekunde aufgewacht bin und den vernichtenden Schlag noch spüren kann. Und wenn ich denn einmal schlafe, geht es bei mir sehr turbulent zu. Meine Träume zeigen die Probleme des Tages ins Absurde übersteigert, ein wenig wie Tänzer, die Hörner und Tiermasken tragen.

Ich schlafe viel weniger als Mary. Sie sagt, sie brauche viel Schlaf, und ich stimme ihr zu, behaupte aber, dass ich weniger brauche, wovon ich jedoch keineswegs überzeugt bin. In jedem menschlichen Körper gibt es nur eine begrenzte, durch Nahrung auf natürliche Weise stets wieder aufgefrischte Energie. Man kann sie rasch verbrauchen, so wie Kinder Süßigkeiten in sich hineinstopfen, man kann sie aber auch langsam auspacken. Und es gibt immer ein kleines Mädchen, das sich einen Teil der Süßigkeiten für später aufhebt, sodass ihm noch was bleibt, wenn die anderen längst alles verschlungen haben. Ich glaube, meine Mary wird viel länger leben als ich. Sie hebt sich einen Teil ihres Lebens für später auf. Allerdings, wenn ich jetzt so dran denke, glaube ich, dass die meisten Frauen länger leben werden als die Männer.

Karfreitag ist noch nie leicht für mich gewesen. Schon als Kind hat mich das Leid tief bewegt, nicht die Qual der Kreuzigung, sondern die elende Einsamkeit des Gekreuzigten. Und dieses Leid habe ich nie wieder vergessen, einst aufgezeichnet von Matthäus und mir vorgelesen von meiner Großtante Deborah aus Neuengland mit ihrer strengen, abgehackt klingenden Stimme.

Dieses Jahr war es womöglich noch schlimmer. Wir nehmen uns jene Geschichte zu Herzen und identifizieren uns mit ihr. Heute hat Marullo mich zum ersten Mal so, dass ich es auch verstand, über die Natur des Geschäftslebens aufgeklärt. Und gleich danach wurde ich zum ersten Mal in meinem Leben bestochen. Das mag in meinem Alter merkwürdig klingen, aber ich erinnere mich tatsächlich an keinen anderen vergleichbaren Vorfall. Ich muss an Margie Young-Hunt denken. Ist sie wirklich so verschlagen? Was hat sie vor? Ich weiß, sie hat mir etwas versprochen und mir gedroht für den Fall, dass ich mich weigern sollte, es anzunehmen. Kann der Mensch sein Leben planen? Oder muss er sich einfach mit dem abfinden, was geschieht?

So viele Nächte lang habe ich wach gelegen und Marys leisem Schnurren gelauscht. Starrt man in die Dunkelheit, verschwimmt alles zu roten Pünktchen vor den Augen, und die Zeit einem wird lang. Mary liebt ihren Schlaf so sehr, dass ich versuche, ihn zu beschützen, auch wenn ich selbst ganz kribbelig bin. Wenn ich aus dem Bett steige, wird sie wach und macht sich Sorgen. Da sie Schlaflosigkeit nur kennt, wenn sie krank ist, glaubt sie, mir gehe es nicht gut.

In dieser Nacht musste ich aufstehen. Mary

schnurrte sanft, und ich konnte das archaische Lächeln auf ihren Lippen sehen. Vielleicht träumte sie vom Glück, von dem Vermögen, das ich bald verdienen würde. Mary wäre so gern stolz auf mich.

Seltsam, dass wir glauben, an bestimmten Orten besser nachdenken zu können als an anderen. Ich habe einen solchen Ort, habe ihn schon immer gehabt, wobei ich weiß, dass ich dort nicht denke, sondern meinen Gefühlen, Erfahrungen oder Erinnerungen nachhänge. Es ist ein sicherer Ort – jeder hat wohl so ein Plätzchen, auch wenn man nur selten drüber spricht. Heimliche, leise Bewegungen wecken einen Schläfer öfter als entschlossenes, normales Handeln. Außerdem habe ich keine Zweifel, dass der Geist eines Schlafenden in die Gedanken anderer Menschen eindringt. Ich redete mir ein, das Bad aufsuchen zu müssen, und kaum war ich davon überzeugt, stand ich auf. Anschließend lief ich leise die Treppe hinunter, die Kleider in der Hand, um mich in der Küche anzuziehen.

Mary sagt, ich nähme mir fremder Menschen Sorgen zu sehr zu Herzen. Mag sein, aber in der dämmrigen Küche lief vor meinem inneren Auge eine kleine Theaterszene ab: Mary wird wach und sucht mit sorgenvoller Miene das Haus nach mir ab. Also habe ich ihr einen Zettel geschrieben: «Liebes, ich konnte nicht schlafen. Mache einen Spaziergang. Bin bald zurück.» Ich habe ihn mitten auf den Küchentisch gelegt, damit er das Erste ist, was sie sieht, sobald sie das Licht anknipst.

Dann öffnete ich leise die Tür und roch die frische Luft. Es war kalt; weißer Raureif hing in der Luft. Ich wickelte mich in einen dicken Mantel und zog mir eine gestrickte Fischermütze über die Ohren. Die elektrische Küchenuhr summte. Viertel vor drei; seit elf hatte ich im Dunkeln gelegen und rote Pünktchen gesehen.

Unser New Baytown ist ein hübsches altes Städtchen, eine der ältesten planmäßig angelegten Städte ganz Amerikas. Die ersten Siedler und meine Vorfahren waren, soweit ich weiß, die Nachkommen jener rastlosen, rauflustigen, wortbrüchigen, habgierigen Seefahrer, die dem Europa unter Elisabeth I. nur Kopfzerbrechen bereitet hatten, unter Cromwell[22] die karibischen Inseln eroberten und im Norden der Ostküste schließlich Fuß fassten, einen Freibrief des zurückgekehrten Charles Stuart[23] in Händen. Sie haben Piraterie und Puritanismus erfolgreich vereint, die sich, denkt man darüber nach, gar nicht so unähnlich sind, haben sie doch beide eine starke Abneigung gegen jede Art von Widerspruch und einen sehr einnehmenden Blick für das Hab und Gut anderer Leute. Wo Piraterie und Puritanismus verschmolzen, brachte dies einen harten, überlebensfähigen Menschenschlag hervor. Ich weiß das, weil mein Vater es mir eingetrichtert hat. Er war ganz versessen auf seine Vorfahren, und mir ist immer schon aufgefallen, dass jene, denen die Vorfahren so überaus wichtig sind, die Qualitäten ebender Ahnen vermissen lassen, die sie derart verehren. Mein Vater war ein sanfter, wohlbelesener, schlecht beratener, manchmal genialischer Narr. Er allein verlor an Land, Geld, Prestige und Zukunft, was die Allens und Hawleys über Jahrhunderte angehäuft hatten, verlor alles bis auf den Namen – an dem allein meinem Vater gelegen war. Er hat mir das erteilt, was er seine «Altvorderenlektionen» nannte, und deshalb weiß ich so viel über diese alten Knaben. Vielleicht bin ich deshalb auch Verkäufer in einem sizilianischen Lebensmittelgeschäft in einem Viertel, das den Hawleys einmal gehört hat. Ich wäre froh, wenn es mir nicht so viel ausmachen würde. Unser Ruin waren schließlich weder Wirtschaftskrisen noch schwere Zeiten.

Eigentlich wollte ich nur sagen, dass New Baytown ein hübsches Städtchen ist. Von der Elm

Street bog ich nach rechts statt nach links ab und ging zügig zur Porlock, einer leicht schiefen Parallelstraße zur High. Wee Willie, unser beleibter Wachtmeister, würde in der High in seinem Streifenwagen sitzen und vor sich hin dösen, und ich wollte mich um diese Uhrzeit nicht auf einen Schwatz mit ihm einlassen. «Was treiben Sie sich so spät noch nach draußen rum, Eth? Bisschen über den Durst getrunken, wie?» Wee Willie fühlt sich oft einsam, weshalb er gern redet, und später redet er dann über das, worüber er gerade erst geredet hat. Willies Einsamkeit hat jedenfalls schon so manchen bösen Skandal heraufbeschworen. Tagsüber ist Stonewall Jackson Smith unser Polizist. Das ist kein Spitzname. Er wurde Stonewall Jackson getauft, damit er sich von allen anderen Smiths im Land unterscheidet. Ich weiß nicht, warum die Stadtpolizisten immer gegensätzlicher Natur sein müssen, aber meist sind sie es. Stoney Smith ist ein Mann, der einem nicht mal verraten würde, was für ein Wochentag ist, sofern er nicht unter Eid aussagen müsste. Chief Smith leitet das Polizeirevier der Stadt, und er ist engagiert, studiert stets die neusten Methoden und hat die FBI-Ausbildung in Washington mitgemacht. Ein besserer Polizist lässt sich wohl schwerlich finden: hochgewachsen, wortkarg und mit Augen wie blinkende kleine Metallstücke. Wer die Verbrecherlaufbahn einschlägt, sollte dem Chief lieber aus dem Weg gehen.

An all dies dachte ich auf dem Weg zur Porlock Street eigentlich nur, weil ich mich nicht mit Wee Willie unterhalten wollte. Entlang der Porlock stehen die schönen Häuser von New Baytown. Man muss nämlich wissen, dass Anfang des neunzehnten Jahrhunderts über hundert Walfänger zur Stadt gehörten. Und wenn die Schiffe, die weit hinaus bis in die Antarktis oder ins Chinesische Meer gefahren waren, nach ein, zwei Jahren zurücksegelten, waren sie mit Öl und Reichtümern beladen. Sie waren aber auch in fremden Häfen gewesen und hatten von dort allerhand Dinge und Ideen mitgebracht. Deshalb findet man so viele Chinoiserien in den Häusern an der Porlock Street. Und einige dieser alten Kapitäne besaßen einen ausgezeichneten Geschmack. Mit ihrem Geld leisteten sie sich englische Architekten, die ihnen ihre Häuser bauten. Deshalb ist in der Porlock Street der Einfluss von Robert Adam[24] und der neogriechischen Bauweise nicht zu übersehen. Die war in England damals nämlich Mode. Doch trotz der vielen Lünettenfenster, kannelierten Säulen und auf alt getrimmten Fliesenbänder haben sie es nie versäumt, auf dem Dach einen Witwengang an-

zubringen. Die sollten es den treuen, ans Haus ge-
bundenen Frauen erlauben, nach heimkehrenden
Schiffen Ausschau zu halten, und die eine oder
andere hat dies vielleicht auch getan. Meine Familie, die Hawleys, aber auch die Familien Phillip,
Elgar und Baker waren viel älter. Sie blieben in der
Elm Street wohnen, und ihre Häuser stammen aus
jener Zeit, die man die frühamerikanische nennt,
Häuser mit Spitzdächern und Bretterwänden.
Und so sieht auch mein Zuhause aus, das ehrwür-
dige Domizil der Hawleys. Die riesigen Ulmen
sind übrigens so alt wie die Häuser.

Porlock Street hat die Gaslaternen behalten,
nur sind sie jetzt mit elektrischen Glühbirnen
bestückt. Im Sommer kommen Touristen, um
die Architektur zu bewundern und das, was sie
den «Charme der Alten Welt» nennen. Warum
bloß wird dieser Charme allein der Alten Welt
zugebilligt?

Ich habe vergessen, wie sich die Vermont Allens mit den Hawleys verbandelt haben. Das muss
schon bald nach der Revolution geschehen sein.
Natürlich könnte ich es herausfinden. Oben auf
dem Dachboden gibt es bestimmt ein entspre-
chendes Dokument. Aber als Vater starb, hatte
Mary von der Familiengeschichte der Hawleys
mehr als genug, weshalb ich sie, als sie vorschlug,

all die Sachen unters Dach zu verbannen, nur zu gut verstand. Die Familiengeschichte anderer Leute kann einem irgendwann ziemlich auf die Nerven gehen. Und Mary kommt nicht mal aus New Baytown. Sie entstammt einer Familie mit irischen Wurzeln, ist aber nicht katholisch. Das hat sie immer wieder betont. Eine Familie aus Ulster, hat sie dann gesagt. Sie selbst ist aus Boston.

Eigentlich stimmt das nicht. Kennengelernt habe ich sie in Boston. Vor meinem geistigen Auge sehe ich uns beide, heute womöglich deutlicher als damals, ein nervöser, verängstigter Leutnant Hawley auf Wochenendurlaub und mein sanfter, liebreizend duftender Engel mit Blütenblattwangen – und all dies noch vielfach verstärkt durch Krieg und strenge Regeln. Wie ernst wir doch waren, wie tödlich ernst. Ich würde im Krieg fallen, und sie war bereit, ihr Leben dem Gedenken ihres Helden zu widmen. Unser Traum war einer von Millionen identischer Träume von Millionen Frauen und Männern in olivgrünen Uniformen und Baumwollkleidern. Es hätte durchaus mit einem der typischen «Lieber John»-Briefe enden können, nur hatte Mary sich ganz ihrem Recken verschrieben. Ihre Briefe, so tröstlich in ihrer Beständigkeit, folgten mir überallhin, die geschwungene, klare Handschrift in dunkelblauer

Tinte auf hellblauem Papier, sodass mein ganzer Zug bald ihre Briefe kannte und jeder Mann sich eigenartigerweise für mich freute. Selbst wenn ich Mary nicht hätte heiraten wollen, hätte mich ihre Beharrlichkeit dazu genötigt, allein damit der Traum der Welt von der schönen und treuen Frau erhalten blieb.

Sie ist in ihrem Entschluss nie wankend geworden, nicht, als sie vom irischen Viertel in Boston ins alte Hawley-Haus in der Elm Street verpflanzt wurde, und auch nicht, als es mit meinem Geschäft bergab ging, als unsere Kinder zur Welt kamen oder während der lähmenden Tage meines langen Verkäuferdaseins. Sie kann warten – das weiß ich inzwischen. Nur fürchte ich, dass sie langsam genug hat vom Warten. Nie zuvor schimmerte der blanke Stahl ihrer Wünsche durch, denn meine Mary ist keine Spötterin und Verachtung nichts, wovon sie Gebrauch machen würde. Sie war stets allzu sehr damit beschäftigt, aus allzu vielen Situationen das Beste zu machen. Bemerkenswert schien mir nur, dass das Gift zum Vorschein kam, da dies noch nie zuvor passiert war. Wie rasch die Bilder zum Klang über Raureif knirschender Schritte auf nächtlicher Straße doch in mir aufstiegen.

Spaziert man in den frühen Morgenstunden

durch New Bayton, gibt es keinen Grund, dies heimlich zu tun. Zwar reißt Wee Willie darüber seine kleinen Witze, doch nehmen die meisten Leute, die mich morgens um drei Uhr zur Bucht gehen sehen, gewiss an, dass ich angeln will, und denken sich nichts weiter dabei. Was das Angeln betrifft, haben wir hier alle unsere Theorien, manche so geheim wie Familienrezepte, und Angeln gilt als ehrenwert und wird respektiert.

Im Licht der Straßenlaternen blitzte der harte weiße Raureif auf Rasen und Gehweg wie Millionen winziger Diamanten. Bei solchem Frost ist jeder Fußabdruck zu erkennen, und es war keiner zu sehen. Seit meiner Kindheit finde ich es eigenartig aufregend, über unberührten Schnee oder Raureif zu gehen. Es ist, als wäre man der erste Mensch in einer neuen Welt, das tiefe, befriedigende Gefühl, etwas Sauberes, Neues zu entdecken, etwas Unbenutztes, Unbeschmutztes. Katzen, die üblichen Gefährten der Nacht, laufen nur ungern über Raureif. Ich weiß noch, wie ich einmal bei einer Mutprobe mit bloßen Füßen über einen raureifbedeckten Weg gegangen bin und dass es sich angefühlt hat, als würden meine Füße brennen. Jetzt aber, in Stiefeln und mit dicken Socken, brachte ich diesem glitzernden Neuland die ersten Schrammen bei.

Wo die Porlock die Torquay kreuzt, beim Fahrradladen gleich hinter der Hicks Street, war der saubere Raureif von den langen Spuren schlurfender Schritte durchzogen. Danny Taylor, dieser ruhelose, unstete Geist, der stets woanders sein will und sich dahinschleppt. Danny, der Stadtsäufer. Ich fürchte, jede Stadt hat so einen. Danny Taylor – viele Bürger wiegen bedenklich das Haupt: Ehrbare Familie, alteingesessen, der Letzte seines Geschlechts, gute Schule, aber hat er auf der Akademie nicht irgendwelchen Ärger gehabt? Und warum fängt er sich nicht wieder? Bringt sich mit Alkohol um, und das ist grundverkehrt, denn Danny ist ein Gentleman. Eine Schande, dass er um Geld für Schnaps bettelt, doch ein Trost, dass seine Eltern das nicht mehr miterleben müssen. Es würde sie ins Grab bringen – wenn sie nicht schon tot wären. So wird in New Baytown über ihn geredet.

Für mich ist Danny frei von Schuld und zugleich Anlass zu herbem Kummer. Eigentlich sollte ich in der Lage sein, ihm zu helfen, und habe es auch versucht, aber er lässt mich nicht. Danny steht mir so nah wie der Bruder, den ich nie hatte: gemeinsame Kindheit, dasselbe Alter und Gewicht, die gleiche Körperkraft. Vielleicht rührt mein Schuldgefühl auch daher, dass ich meines Bruders Hüter[25] bin und ihn nicht retten kann. Bei einem so tiefsitzenden Gefühl bringen Entschuldigungen, selbst triftige, keine Erleichterung. Die Taylors – eine Familie so alt wie die Hawleys, die Bakers oder sonst eine der ehrwürdigen Sippen in New Baytown. Ich kann mich an kein Picknick während meiner Kindheit erinnern, an keinen Zirkus, keinen Wettkampf, kein Weihnachten ohne Danny an meiner Seite, mir nahe wie der rechte Arm. Hätten wir gemeinsam das College besucht, wäre es vielleicht nie so weit gekommen. Ich ging nach Harvard – schwelgte in Sprachen, suhlte mich in Geisteswissenschaften, hauste im Alten, Schönen, Obskuren, ergötzte mich an Wissen, das, wie sich nur allzu bald zeigen sollte, für das Führen eines Lebensmittelladens völlig nutzlos war. Und stets habe ich mir gewünscht, Danny könnte mich auf dieser hellen, aufregenden Pilgerfahrt begleiten, nur war er für die Seefahrt bestimmt. Wir waren noch Kinder, da galt seine Anmeldung an der Marineakademie bereits als ausgemacht und gewiss. Sein Vater ließ sich die Anmeldung von jedem neuen Kongressabgeordneten, den wir bekamen, bestätigen.

Drei ehrenvolle Jahre und dann von der Akademie verwiesen. Seine Eltern habe das ins Grab gebracht, erzählt man sich, und fast hätte es auch Danny das Leben gekostet. Übrig blieb allein dieses schlurfende Elend, das sich ein paar Cent für billigen Fusel zusammenschnorrt. Ich glaube, man nennt das auch «sich abschießen», und so etwas schmerzt stets den mehr, der abdrückt, als jenen, der getroffen wird. Danny ist längst zum Nachtwanderer geworden, zu einem Frühmorgenmensch, einer einsamen, dahinwankenden Kreatur. Bettelt er um einen Viertelliter Rachenputzer, flehen seine Augen dich an, ihm zu vergeben, da er sich selbst nicht vergeben kann. Er schläft in einem Schuppen hinten auf der Bootswerft, wo Wilburs früher Schiffe gebaut hat. Ich beugte mich über seine Spur, um zu sehen, ob er nach Hause ging oder von dort kam. Den Abdrücken im Raureif nach zu urteilen, kam er von der Werft; ich könnte ihm also unterwegs irgendwo begegnen. Wee Willie würde ihn niemals einsperren. Wozu sollte das auch gut sein?

Es stand außer Frage, wohin ich wollte. Ich hatte mein Ziel vor mir gesehen, es gespürt und gerochen, noch ehe ich aus dem Bett gestiegen war. Mittlerweile ist der Alte Hafen ziemlich heruntergekommen. Seit man die neue Mole und den Stadtkai gebaut hat, werden Sand und Schlick angespült, und das einst tiefe, von den zackigen

Gipfeln des Whitsun Reef geschützte Ankerbecken wird stetig seichter. Einst hat es hier Werften, Seilerbahnen, Lagerhäuser gegeben; ganze Familien von Böttchern stellten Walölfässer her, und über den Docks ragte der Bugspriet der Walfänger mitsamt Bugkopf[26] oder Galionsfigur auf. Meist waren es Dreimaster mit Rahsegeln, der Achtermast oft zusätzlich mit Gaffel- und Besansegel bestückt – bauchige Schiffe, die jahrelang bei jedem Wetter die See befahren würden. Der Klüverbaum war ein eigenes Rundholz, und der doppelte Stampfstock diente zugleich als Gaffel fürs Sprietsegel.

Ich besitze einen Stahlstich vom Alten Hafen mit Schiffen dicht an dicht, auch so manches verblasste Foto auf Blech, die ich aber eigentlich gar nicht brauche. Ich kenne den Hafen, und ich kenne die Schiffe. Großvater hat sie mir mit seinem Stock aus Narwalhorn in den Sand gemalt, und er hat mir die richtigen Bezeichnungen eingebläut, hat bei jedem Wort mit dem Stock gegen einen von der Flut freigespülten Pfosten der ehemaligen Werft der Hawleys geschlagen, ein feuriger alter Greis mit weißer Schifferkrause, den ich so lieb hatte, dass es wehtat.

«Also gut», sagte er mit einer Stimme, die auch oben auf der Brücke kein Megaphon brauchte, «jetzt zähle mir die gesamte Takelage auf, aber laut. Ich kann Geflüster nicht ausstehen.»

Ich legte los, und er schlug mit seinem Narwalstock den Takt dazu an den alten Pfosten: «Fliegender Klüver» (peng), «Außenklüver» (peng), «Innenklüver... Klüver» (peng, peng).

«Lauter! Du flüsterst ja.»

«Vorgeschirr, Vormarssegel, Vorbramsegel, Voroberbramsegel, Vor...», und jedes Mal ein Schlag an den Pfosten.

«Jetzt der Großmast, aber laut!»

«Großsegel, Großmarssegel...» (peng, peng).

Mit zunehmendem Alter jedoch wurde er manchmal müde. «Vergiss den Großmast», rief er dann. «Mach gleich mit dem Besanmast weiter. Laut jetzt!»

«Aye, Sir. Kreuzskystenge, Kreuzroyalstenge, Kreuzbramstenge, Kreuzmarsstenge...»

«Und?»

«Besanmast.»

«Takelung?»

«Spiere und Gaffel, Sir.»

Peng – peng – peng hämmerte der Narwalstock an den mit Wasser vollgesogenen Pfosten.

Je stärker sein Gehör nachließ, desto heftiger warf er den Leuten vor, nur zu flüstern. «Ob's nun stimmt oder ob's nicht stimmt und du es bloß glaubst, sag es laut», brüllte er oft.

Gegen Ende seines Lebens wurde sein Gehör immer schlechter, aber das Gedächtnis funktionierte noch einwandfrei. Mir war, als könnte er die Tonnage und Geschichte eines jeden einzelnen Schiffs aufzählen, das je durch die Bucht gesegelt war, und er wusste außerdem, was es geladen und wie man die Ladung nach der Heimkehr aufgeteilt hatte; seltsam fand ich nur, dass die große Zeit des Walfangs fast vorüber war, ehe er Kapitän wurde. Petroleum nannte er «Stinktieröl», und Petroleumlampen waren für ihn nur «Stinkpötte». Als elektrisches Licht aufkam, interessierte ihn das kaum, vielleicht genügten ihm aber auch einfach seine Erinnerungen. Sein Tod war für mich kein Schock. Über seinen Tod hatte mir der alte Mann so viel beigebracht wie über die Schiffe. Ich wusste in- und auswendig, was zu tun war.

Am Rand des verschlickten, versandeten Alten Hafens, gleich da, wo die Werft der Hawleys gewesen war, kann man immer noch das Steinfundament sehen. Bei Ebbe liegt es auf Höhe des Wasserspiegels, und die Flut umspült das eckige Mauerwerk. Zehn Fuß davon entfernt gibt es einen kleinen Durchlass mit gewölbter Decke, etwa vier Fuß breit, vier Fuß hoch und fünf Fuß tief. Vielleicht gehörte er einmal zu einem Abwassergraben, Sand und Geröll aber verstopfen den landwärts gelegenen Eingang. Dies ist mein Ort, so einer, wie ihn jeder Mensch braucht. Nur vom Meer aus ist er einsehbar. Im Alten Hafen stehen heute nichts weiter als ein paar Muschelfischerhütten, klapprige Bauten, im Winter meist verlassen, aber Muschelfischer sind sowieso ein ziemlich wortkarger Haufen. Von morgens bis abends reden sie kaum eine Silbe und gehen mit gesenktem Kopf, die Schultern eingezogen.

Das war der Ort, zu dem ich unterwegs war. Ich habe die Nachtflut dort verbracht, ehe man mich zur Armee einzog, die Nachtflut, ehe ich meine Mary geheiratet habe, und einen Teil jener Nacht, in der sie Ellen unter so großen Schmerzen geboren hat. Es war wie ein Drang, dorthin zu gehen, drinnen zu hocken, die kleinen Wellen an den Stein klatschen zu hören und zum gezackten Fels des Whitsun Reef hinaufzusehen. Ich stellte mir diesen Fels vor, wenn ich im Bett lag und den Tanz der roten Pünktchen beobachtete, und wusste, dort sollte ich sitzen. Große Veränderungen führen mich her – große Veränderungen.

South Devon liegt an der Küste, und am Strand stehen von braven Bürgern aufgestellte Laternen, die verliebten Pärchen Ärger ersparen sollen. Sie müssen woandershin. Laut einer Vorschrift der Stadtverwaltung soll Wee Willie einmal die Stunde hier patrouillieren, aber am Strand ist niemand – keine Menschenseele, was ungewöhnlich ist, denn irgendwer geht eigentlich immer zum Angeln oder angelt schon, jedenfalls kommt hier normalerweise ständig irgendwer vorbei. Ich kletterte über den Rand, ließ mich hinabgleiten, fand den vorstehenden Stein und kroch in die kleine Höhle. Und kaum hatte ich es mir gemütlich gemacht, fuhr Wee Willies Wagen vorüber. Zweimal in dieser Nacht hatte ich es also geschafft, einem Schwatz mit ihm auszuweichen.

Es mag sich unbequem und albern anhören, dass jemand wie ein nabelschauender Buddha mit gekreuzten Beinen in einer Höhle hockt, aber irgendwie hat sich der Stein mir oder ich mich ihm angeglichen. Bestimmt bin ich schon so oft dort gewesen, dass mein Gesäß sich dem Gestein angepasst hat. Und was das Alberne betrifft, nun, so kümmert es mich nicht. Manchmal macht es riesigen Spaß, albern zu sein wie Kinder, die spielen, sie wären stumme Statuen, und sich dann vor Lachen kringeln. Und manchmal helfen Albernheiten auch, den normalen Lauf der Dinge zu durchbrechen und einen Neuanfang zu ermöglichen. Wenn ich in Schwierigkeiten stecke, spiele ich gern den Albernen, den Clown, damit ich meine Liebste nicht mit meinen Problemen behellige. Das hat sie noch nicht spitzgekriegt, und falls doch, lässt sie es sich nicht anmerken. Es gibt so vieles, was ich über meine Mary nicht weiß, schon gar nicht, wie gut sie mich eigentlich kennt. So glaube ich zum Beispiel nicht, dass sie über diesen Ort Bescheid weiß. Wie denn auch? Ich habe nie jemandem davon erzählt. Er hat keinen Namen, in Gedanken nenne ich ihn nur den Ort – keine Rituale sind daran geknüpft, keine Verhaltensregeln oder sonst irgendwas. Es ist ein Fleckchen Erde, an dem man sich Fragen stellt. Im Grunde kennt kein Mensch einen anderen Menschen ganz genau. Im besten Fall kann er nur von der Annahme ausgehen, dass der andere wie er selbst ist. Wie ich jetzt so an meinem Ort sitze, windgeschützt, um im Licht der Bürgerlampen zuzusehen, wie die Flut hereinkommt, schwarz unter schwarzem Himmel, frage ich mich, ob alle Menschen einen Ort haben, einen solchen brauchen oder sich einen wünschen, aber keinen haben. Manchmal ist mir ein Blick in fremden Augen aufgefallen, ein wilder, animalischer Blick, so als würde ein stiller, geheimer Ort dringend benötigt, an dem Seelenschauder abklingen können, an dem ein Mensch er selbst sein und Bilanz ziehen kann. Natürlich kenne ich die Theorien von der Rückkehr in den Mutterleib, dem Todeswunsch, die auf manche Menschen zutreffen mögen, doch glaube ich nicht, dass das bei mir der Fall ist, höchstens in dem Sinne, dass sie auf vereinfachte Weise besagen, dass irgendwas nicht ganz so leicht ist. Was an jenem Ort geschieht, nenne ich «Bilanz ziehen». Manche würden es womöglich «beten» nennen, und vielleicht besteht da eine Ähnlichkeit. Nachdenken ist es jedenfalls nicht. Wollte ich es in ein Bild fassen, würde ich an ein nasses Tuch denken, das in einer hübschen Brise flattert und trocknet, sodass sein Weiß immer heller leuchtet. Was hier auch geschieht, es ist das Richtige für mich, ob es nun gut ist oder nicht.

Es gab eine Menge Dinge zu bedenken, und sie sprangen auf und ab und schnipsten mit den Fingern wie Kinder in der Schule. Dann hörte ich das langsame Tuckern eines Schiffsmotors, ein Einzylinder, ein Fischerkahn. Das Mastlicht glitt am Whitsun-Fels vorbei nach Süden. Ich musste alles andere hintanstellen, bis die roten und grünen Positionslampen sicher den Kanal erreicht hatten, ein einheimischer Fischer, der mit Leichtigkeit den Zugang fand. Im seichten Wasser fiel der Anker, und zwei Männer setzten im

Beiboot an Land. Kleine Wellen schlugen an den Strand, und die aufgestörten Möwen brauchten eine Weile, bis sie auf dem Anlegeplatz wieder zur Ruhe kamen.

Punkt eins: Über meine liebe Mary nachdenken, die noch schlief, ein rätselhaftes Lächeln auf den Lippen. Ich hoffte nur, sie wachte nicht auf und suchte nach mir. Doch selbst wenn, würde sie mir je davon erzählen? Ich bezweifelte es. Ich glaube, Mary, die scheinbar über alles redet, sagt letzten Endes sehr wenig. Dann über das Vermögen nachdenken. Wollte Mary ein Vermögen? Oder wollte sie es nur für mich? Die Tatsache, dass es dabei um ein fingiertes Vermögen ging, das Margie Young-Hunt ihr aus mir unbekannten Gründen vorgespiegelt hatte, tat dabei nichts zur Sache. Ein fingiertes Vermögen war so gut wie jedes andere, und es scheint durchaus möglich, dass alle Vermögen ein wenig fingiert sind. Jeder halbwegs vernünftige Mann kann Geld verdienen, wenn er das will. Meist aber will er lieber Frauen, Kleider oder Bewunderung, und das lenkt ihn ab. Die großen Künstler der Finanzwelt, Leute wie Morgan oder Rockefeller, ließen sich nicht ablenken. Sie wollten und bekamen Geld, einfach nur Geld. Was sie anschließend damit anstellten, steht auf einem andern Blatt. Ich hatte immer den Eindruck, sie fürchteten den Geist, den sie heraufbeschworen hatten, und versuchten, ihn zu bestechen.

Punkt zwei: Geld bedeutete für Mary neue Vorhänge, eine gesicherte Ausbildung für die Kinder und die Berechtigung, den Kopf ein wenig höher zu tragen, weil sie dann stolz auf mich wäre, statt – sei ehrlich – sich für mich zu schämen. Es mochte ihr im Zorn herausgerutscht sein, dennoch war es wahr.

Punkt drei: Wollte ich Geld? Nein, eigentlich nicht. Irgendetwas in mir verabscheute mein Leben als Verkäufer. In der Armee hatte ich es bis zum Hauptmann gebracht, aber ich wusste genau, weshalb ich in die Offiziersausbildung aufgenommen worden war. Nur wegen meiner Familie und durch Beziehungen, nicht wegen meiner hübschen Augen, allerdings bin ich ein ganz passabler Offizier gewesen, ein guter Offizier. Hätte 'mir das Kommandieren wirklich gefallen, hätte es mir gefallen, anderen meinen Willen aufzuzwingen und sie springen zu lassen, wäre ich vielleicht in der Armee geblieben und inzwischen vermutlich Oberst. Stattdessen jedoch wollte ich die Zeit in der Armee nur hinter mich bringen. Man sagt, ein guter Soldat trägt eine Schlacht aus, niemals einen Krieg, aber das gilt für Zivilisten.

Punkt vier: Marullo hatte mir die Wahrheit über das Geschäftsleben aufgezeigt; es geht dabei allein ums Geld. Und Joey Murphy war ebenso ehrlich zu mir, auch Mr. Baker und der Handelsvertreter. Sie alle hatten die Wahrheit gesagt. Warum aber widerte sie mich an und hinterließ einen Geschmack wie von faulen Eiern? War ich so gut, so gütig, so gerecht? Ich glaube nicht. War ich so stolz? Nun, da mag was dran sein. War ich faul, zu faul, um mich auf etwas Neues einzulassen? Es herrscht kein Mangel an tatenloser Freundlichkeit, die im Grunde nur Faulheit ist, weil sie Ärger, Verwirrung und Anstrengung vermeiden will.

Lange vor dem ersten Licht macht sich ein Hauch, eine Ahnung von Dämmerung bemerkbar. Genau die lag jetzt in der Luft, der Wind ließ nach, am Horizont im Osten stieg ein neuer Stern oder Planet auf. Eigentlich hätte ich wissen müssen, was für ein Stern, für ein Planet es war, aber ich wusste es nicht. Der Wind frischt auf oder lässt nach in dieser falschen Dämmerung. Das tut er wirklich. Und ich würde bald nach Hause zurückmüssen. Der aufsteigende Stern war zu spät dran, um vor dem anbrechenden Tageslicht noch lange zu leuchten. Wie hieß es doch? «Die Sterne machen nur geneigt, sie zwingen nicht.»[27] Nun, ich habe gehört, dass so mancher seriöse Bankier zum Astrologen geht, um sich beim Aktienkauf beraten zu lassen. Versprechen die Sterne eine Hausse? Wird der AT&T-Konzern von den Sternen beeinflusst? Nichts leuchtete in meiner Zukunft so hell und fern wie ein Stern, da gab es bloß eine Packung abgenutzter und gezinkter Tarotkarten in den Händen einer müßigen, mutwilligen Frau. Machen Karten geneigt? Oder zwingen sie? Tja, die Karten haben mich jedenfalls gedrängt, mitten in der Nacht an meinen Ort zu gehen, und sie haben mich gedrängt, länger als eigentlich gewollt über ein Thema nachzudenken, das mir im Grunde zuwider war. Ein ziemliches Gedränge. Könnten sie mich auch dazu drängen, einen Geschäftssinn zu entwickeln, den ich nie besessen habe, einen mir fremden Erwerbssinn? Könnten sie in mir die Neigung wecken, etwas zu wollen, was ich nie wollte? Man frisst oder wird gefressen. Für den Anfang keine schlechte Regel. Sind die Fresser unmoralischer als die Gefressenen? Letzten Endes werden wir schließlich alle gefressen – alle –, verschlungen von der Erde, auch wenn wir noch so ungestüm und durchtrieben sind.

Die Hähne auf dem Clam Hill krähen schon lang, und ich habe sie gehört und zugleich auch nicht. Wie gern würde ich bleiben, um an meinem Ort die Sonne aufgehen zu sehen.

Ich habe gesagt, mit dem Ort sei kein Ritual verknüpft, was nicht ganz stimmt. Bei jedem Besuch lasse ich irgendwann den Alten Hafen vor meinem inneren Auge wiederaufstehen – die Werften und Lagerhäuser, den Wald an Masten mit seinem Unterholz aus Tauwerk und Segeltuch. Und meine Ahnen, meine Blutsverwandten: die Jüngeren an Deck, die Erwachsenen in der Takelage, die reifen Herren auf der Brücke. Kein Gerede über Einkäufe auf der Madison Avenue, über zu viel abgeschnittene Kohlblätter. Damals gab es noch so etwas wie Würde, Format, man konnte noch atmen.

So hat mein Vater geredet, der Narr. Der alte Käpt'n erinnerte sich an die Scherereien wegen der Anteile, an den Ärger mit den Lagerhäusern, jede Planke, jedes Kielschwein von Misstrauen getränkt, an die Prozesse und ja, auch an die Morde – wegen Frauen, Ruhm, Abenteuer? Nein, gar nicht, wegen Geld! Nur wenige Konsortien, sagte er, hielten auch bloß für die Dauer einer einzigen Reise; fast immer kam es hinterher zu wütenden Fehden, die selbst dann noch andauerten, wenn ihr Anlass längst vergessen war.

Es gab einen Groll, den der alte Käpt'n Hawley

nie verwand, ein Verbrechen, das er nicht vergeben konnte. Er muss mir oft davon erzählt haben, wenn wir am Rand des Alten Hafens standen oder saßen. Dort haben wir viel Zeit verbracht, er und ich. Und ich sehe ihn noch vor mir, wie er mit seinem Narwalstock auf das Riff zeigte.

«Siehst du am Whitsun Reef den dritten Felsen?», fragte er. «Hast du ihn? Jetzt zieh eine gerade Linie zur Spitze von Porty Point bei Flut. Bist du so weit? In Ordnung – eine halbe Kabellänge abseits dieser Linie liegt sie, zumindest ihr Kiel.»

«Die ‹Belle-Adair›?»

«Genau, die ‹Belle-Adair›.»

«Unser Schiff.»

«Zur Hälfte, ein Konsortium. Sie lag vor Anker und ist verbrannt, abgebrannt bis auf den Rumpf. Ich habe nie geglaubt, dass es ein Unfall war.»

«Du meinst, sie wurde in Brand gesetzt?»

«Allerdings.»

«Aber … aber das ist doch nicht dein Ernst!»

«O doch.»

«Und wer hat's getan?»

«Das weiß ich nicht.»

«Und warum?»

«Wegen der Versicherung.»

«Dann macht's doch keinen Unterschied.»

«Nein.»

«Den muss es aber geben.»

«Er liegt in einem einzigen Mann – bloß ein einzelner Mann. Nur der wäre dazu fähig – ein Mann allein. Durfte sich auf keinen andern verlassen.»

Er habe nie wieder ein Wort mit Käpt'n Baker gewechselt, erzählte mein Vater, seinem Sohn aber, dem Bankier Baker, habe er nichts nachgetragen. Das käme für ihn ebenso wenig in Frage, wie ein Schiff in Brand zu stecken.

Großer Gott, ich musste nach Hause, also machte ich mich auf den Weg und hastete, leer im Kopf, die High Street entlang. Es war noch dunkel, doch lag über dem Meer ein erster Lichtstreif und färbte die Wellen eisengrau. Ich umrundete das Kriegerdenkmal und lief an der Post vorbei. Ich hätte mir denken können, dass Danny Taylor im Eingang stehen würde, die Hände in den Taschen, den Kragen seines zerschlissenen Mantels hochgeschlagen und die Ohrenklappen seiner alten Jagdmütze heruntergezogen, das Gesicht blaugrau vor Krankheit und Kälte.

«Eth», sagte er, «tut mir leid, dass ich dich belästige, wirklich, aber ich brauch einen Schluck. Du weißt, ich würde dich nicht fragen, wenn es nicht so dringend wäre.»

«Ich weiß. Will sagen, ich weiß es nicht, aber ich glaube dir.» Ich gab ihm einen Dollar. «Reicht das?»

Seine Lippen zitterten, so wie die Lippen eines Kindes zittern, kurz bevor es zu weinen beginnt. «Danke, Eth», sagte er. «Ja, das dürfte für den ganzen Tag reichen, vielleicht sogar noch für die Nacht.» Allein bei dem Gedanken daran besserte sich sein Aussehen.

«Danny, du musst damit aufhören. Glaubst du, ich hätte es vergessen? Du warst wie ein Bruder für mich, Danny. Bist es immer noch. Ich würde alles tun, was in meiner Macht steht, um dir zu helfen.»

Ein bisschen Farbe kehrte in seine hageren Wangen zurück. Er sah auf das Geld in seiner Hand, und es war, als hätte er bereits den ersten Schluck vom billigen Fusel getrunken. Dann blickte er mich mit harten, kalten Augen an.

«Erstens geht dich das verdammt noch mal nichts an. Und zweitens hast du keinen Schimmer, Eth. Du bist genauso blind wie ich, nur auf andere Weise.»

«Hör mir doch mal zu, Danny.»

«Warum? Schließlich bin ich besser dran als du. Ich habe nämlich noch ein Ass im Ärmel. Erinnerst du dich an unseren Landsitz?»

«Wo das Haus abgebrannt ist und wir früher im Kellerloch gespielt haben?»

«Du erinnerst dich also. Das gehört mir.»

«Du könntest es verkaufen, Danny, und neu anfangen.»

«Ich verkaufe es aber nicht. Der Kreis nimmt sich jedes Jahr ein bisschen für die Steuern, aber die große Wiese gehört mir noch.»

«Und warum verkaufst du sie nicht?»

«Weil die Wiese und ich eins sind. Sie ist Daniel Taylor. Solange ich sie besitze, kann mir kein verdammter Christensohn befehlen, was ich zu tun habe, und kein Dreckskerl kann mich zu meinem eigenen Besten einsperren. Verstehst du?»

«Hör zu, Danny…»

«Nein, ich höre nicht zu. Wenn du glaubst, ein Dollar gebe dir das Recht, mir eine Predigt zu halten, dann – hier! Nimm ihn zurück.»

«Behalte ihn.»

«Gut, du weißt nämlich nicht, wovon du redest. Du bist nie ein… ein Säufer gewesen. Und ich sag dir ja auch nicht, wie du deinen Speck einwickeln sollst. Wenn du jetzt gehst, klopfe ich an ein gewisses Fenster und kaufe mir ein bisschen Fusel, aber vergiss nicht, ich bin besser dran als du. Ich bin kein Verkäufer.» Er drehte sich um und drückte den Kopf in eine Ecke des Hauseingangs wie ein Kind, das die Welt verschwinden lässt, indem es die Augen schließt. Und so verharrte er, bis ich aufgab und ging.

Wee Willie parkte vor dem Hotel, wachte aus seinem Nickerchen auf und kurbelte das Fenster seines Chevrolets herunter. «Morgen, Ethan», sagte er. «Sind Sie schon auf oder noch?»

«Beides.»

«Müssen ja eine flotte Biene aufgetrieben haben.»

«Na klar, Willie, 'ne ganz scharfe Braut.»

«Sie wollen mir doch nicht sagen, Eth, Sie hätten eine Bordsteinschwalbe aufgegabelt, oder?»

«Aber sicher.»

«Ich glaube Ihnen kein Wort. Jede Wette, Sie waren angeln. Wie geht's der Missus?»

«Schläft.»

«Werd ich auch tun, sobald die Schicht vorbei ist.»

Ich trabte weiter, ohne ihn daran zu erinnern, dass er ja schon die ganze Zeit geschlafen hatte.

Leise ging ich die Stufen zum Hintereingang hinauf und knipste das Licht in der Küche an. Mein Zettel lag noch auf dem Tisch, etwas links von der Mitte, dabei hätte ich schwören können, ich hätte ihn genau in die Mitte gelegt.

Ich setzte Kaffee auf, wartete, dass er durchlief,

und er begann gerade zu tröpfeln, als Mary nach unten kam. Mein Liebling sah aus wie ein kleines Mädchen kurz nach dem Wachwerden. Man mochte gar nicht glauben, dass sie die Mutter von zwei großen Gören war. Ihre Haut roch angenehm, wie frisch gemähtes Gras, und ich kenne keinen Geruch, der so anheimelnd ist, so tröstlich.

«Wieso bist du denn schon putzmunter?»

«Gut, dass du fragst. Nimm bitte zur Kenntnis, dass ich fast die ganze Nacht auf war. Sieh dir meine Stiefel neben der Tür an. Fühle, wie feucht sie sind.»

«Und wo warst du?»

«Unten am Meer in einer kleinen Höhle, mein zerzaustes Entlein. Ich bin reingekrochen und habe die Nacht studiert.»

«Moment mal…»

«Und dann sah ich einen Stern aus dem Meer aufsteigen, und da er niemandem zu gehören schien, nahm ich ihn, zähmte ihn und warf ihn ins Wasser zurück, damit er noch ein bisschen größer wird.»

«Du bist schon wieder albern. Ich glaube, du bist gerade erst aufgestanden, und davon bin ich wach geworden.»

«Wenn du mir nicht glaubst, frag Wee Willie. Ich hab mit ihm gesprochen. Du kannst auch

Danny Taylor fragen. Ich hab ihm einen Dollar gegeben.»

«Das solltest du nicht. Davon besäuft er sich nur.»

«Ich weiß, aber er wollte es so. Wo kann unser Stern nur schlafen, mein Süßfarn?»

«Wie gut der Kaffee riecht! Ein Glück, dass du wieder rumalberst. Ich find's fürchterlich, wenn du so miesepetrig bist. Und die Sache mit dem Geld tut mir leid. Ich wollte nicht, dass du denkst, ich sei unglücklich.»

«Mach dir keine Sorgen, schließlich sagen die Karten nur Gutes voraus.»

«Wie jetzt?»

«Kein Scherz, ich werde uns ein Vermögen verdienen.»

«Nie weiß ich, was du denkst.»

«Tja, das ist das größte Problem beim Wahrsagen. Kann ich zur Feier der Wiederauferstehung des Herrn unsere Kinder ein bisschen verprügeln? Ich verspreche auch, ihnen keine Knochen zu brechen.»

«Ich hab mir noch nicht mal das Gesicht gewaschen», antwortete sie, «weil ich mir einfach nicht denken konnte, wer in der Küche rumrumort.»

Kaum war sie ins Bad gegangen, steckte ich meine Nachricht an sie in die Tasche. Und ich

wusste es immer noch nicht. Kennt man jemals
mehr als den äußersten Rand eines anderen Menschen? Wie bist du da drinnen? Mary – hörst du
mich? Wer bist du da drinnen?

## 4

Dieser Samstagvormittag schien nach einem bestimmten Muster zu verlaufen. Ich frage mich,
ob das nicht für alle Tage gilt. Es war ein in sich
gekehrter Tag. Ich musste an das graue Geflüster
meiner Tante Deborah denken: «Natürlich ist
Jesus tot. Dies ist der einzige Tag unter all den
Tagen der Welt, an dem er tot ist. Und alle Männer und Frauen sind gleichfalls tot. Jesus ist in der
Hölle. Morgen aber … Wart's einfach ab. Morgen
wirst du etwas erleben.»

Ich erinnere mich nicht sehr deutlich an sie,
wie man sich nicht an jemanden erinnert, der
so dicht neben einem stand, dass man ihn nicht
wahrnahm, doch hat sie mir aus der Heiligen
Schrift vorgelesen, als wäre sie die Tageszeitung,
und ich glaube, das war sie auch für meine Tante,
etwas, was sich ewig wiederholte, aber dennoch
neu und aufregend war. Jede Ostern stand Jesus
tatsächlich von den Toten auf, eine Explosion, er-

wartet, aber immer wieder neu. Für sie war das nicht zweitausend Jahre her, es geschah heute. Und etwas von diesem Gefühl hat sie mir mitgegeben.

Ich kann mich nicht erinnern, jemals der Ladenöffnung entgegengefiebert zu haben. Ich glaube, für mich ähnelte jeder Morgen einer verhassten, trägen Schlampe. An diesem Tag aber wollte ich gehen. Ich liebe meine Mary von ganzem Herzen, in gewisser Weise mehr als mich selbst, und doch stimmt es auch, dass ich ihr nicht immer aufmerksam zuhöre. Wenn sie mir ihre Tageschronik erzählt, über Kleider, Gesundheit oder Gespräche redet, die ihr gefallen und sie etwas gelehrt haben, höre ich gar nicht hin, weshalb sie manchmal ausruft: «Aber das hättest du wissen müssen. Ich habe es dir gesagt. Ich weiß noch genau, dass ich dir Donnerstagfrüh davon erzählt habe.» Und daran besteht nicht der geringste Zweifel. Sie hat es mir erzählt. In gewisser Hinsicht erzählt sie mir alles.

An diesem Morgen hörte ich nicht nur nicht zu, ich wollte fort. Vielleicht wollte ich mit mir selbst reden, auch wenn ich nichts zu sagen hatte – denn gerechterweise muss ich wohl anführen, dass sie mir ebenso wenig zuhört, was manchmal auch sein Gutes hat. Sie lauscht auf Töne, Betonungen, entnimmt ihnen ihre Fakten über mein Befinden, meine Stimmung, ob ich müde oder bester Laune bin. Und das ist gewiss so gut wie jede andere Methode. Wenn ich jetzt darüber nachdenke, muss ich gestehen, dass sie mir nicht zuhört, weil ich in Wahrheit nicht mit ihr rede, sondern mit irgendeinem geheimnisvollen Zuhörer in mir selbst. Und sie redet in Wirklichkeit gleichfalls nicht mit mir. Geht es allerdings um die Kinder oder um irgendeine dramatische Krise, ist das natürlich etwas anderes.

Ich habe schon häufig darüber nachgedacht, wie sich das Erzählen mit dem Wesen des Zuhörers ändert. Meine inneren Ansprachen richten sich oft an Leute, die tot sind, etwa an meine kleine Tante Deborah aus Plymouth Rock oder an den alten Käpt'n. Und ich ertappe mich dabei, wie ich mit ihnen streite. Ich weiß noch, dass ich dem alten Käpt'n nach ermüdendem, banalem Gezänk einmal zurief: «Muss ich denn wirklich?» Woraufhin er klar und deutlich erwiderte: «Natürlich musst du. Und hör auf zu flüstern.» Er hat mir nicht widersprochen, das tat er eigentlich nie, sagte nur, ich müsse, also habe ich es getan. Daran ist nichts Mystisches oder Rätselhaftes. Man richtet sich an jenen inneren Teil in einem selbst, der geformt und festgefügt ist, und sucht nach einer Ausrede oder hofft auf einen Rat.

Und was das reine Reden angeht, das nur eine andere Art ist, Fragen zu stellen, so eignen sich meine ebenso stummen wie vielsagenden, in Dosen oder Flaschen abgefüllten Lebensmittel ganz ausgezeichnet dafür. Oder auch jedes vorbeikommende Tier. Sie geben keine Widerworte und erzählen nichts weiter.

«Willst du jetzt schon los?», fragte Mary. «Dir bleibt noch eine halbe Stunde. Das hast du nun vom frühen Aufstehen.»

«Muss jede Menge Kisten auspacken», erwiderte ich. «Sachen ins Regal räumen, ehe ich aufmache. Wichtige Entscheidungen stehen an. Dürfen Tomaten und eingelegte Gurken in dasselbe Regal? Vertragen sich Aprikosen mit Pfirsichen? Du weißt ja von Kleidern, wie wichtig es ist, Farben aufeinander abzustimmen.»

«Du machst dich über alles lustig», sagte Mary, «aber ich bin froh drüber. Besser, als wenn du miesepetrig wärst wie so viele Männer.»

Und ich war wirklich früh dran. Selbst Red Baker war noch nicht unterwegs. Nach diesem Hund – wie übrigens nach jedem Hund – konnte man seine Uhr stellen. In exakt einer halben Stunde würde er gemessenen Schritts mit seinem Rundgang beginnen. Und Joey Murphy würde ich auch nicht begegnen. Zwar blieb die Bank heute geschlossen, aber das würde kaum bedeuten, dass Joey sich nicht seine Bücher vornahm. Die Stadt war sehr still, natürlich nicht zuletzt, weil viele Leute übers Osterwochenende fortgefahren waren. Ostern, der Unabhängigkeitstag und der Tag der Arbeit waren die wichtigsten Feiertage im Jahr. An denen fuhren die Leute fort, selbst wenn sie gar nicht fortfahren wollten. Ich glaube, sogar die Spatzen in der Elm Street hatten sich auf und davon gemacht.

Stonewall Jackson Smith jedoch sah ich im Dienst. Er kam gerade von einer Tasse Kaffee aus dem «Foremaster Coffee Shop», und er war so spröde und hager, dass Pistole und Handschellen übernatürlich groß an ihm wirkten. Er hatte sich die Mütze keck in den Nacken geschoben und stocherte mit einer angespitzten Gänsefeder in den Zähnen.

«Viel zu tun, Stoney. Ein langer, harter Tag des Geldverdienens.»

«Hä?», machte er. «Ist doch keiner in der Stadt.» Womit er sagen wollte, dass auch er viel lieber fort wäre.

«Kein Mord aufzuklären, Stoney, oder sonst eine grausige Untat?»

«Ist ziemlich ruhig», erwiderte er. «Ein paar Jungs sind mit dem Auto gegen die Brücke ge-

114

fahren, aber was soll's, es war ihr eigenes Auto. Der Richter wird sie dazu verdonnern, für den Schaden an der Brücke aufzukommen. Haben Sie von dem Banküberfall in Floodhampton gehört?»

«Nein.»

«Auch nicht aus dem Fernsehen?»

«Wir haben noch keins. Geht's um viel Geld?»

«Dreizehntausend, heißt es. Gestern, kurz vor Geschäftsschluss. Drei Typen. Werden in vier Staaten gesucht. Willie ist gerade draußen auf dem Highway, zu seinem großen Ärger.»

«Der kriegt genug Schlaf.»

«Ich weiß, ich aber nicht. War die ganze Nacht unterwegs.»

«Meinen Sie, man wird sie schnappen?»

«Ach, glaub schon. Ist meist der Fall, wenn's um Geld geht. Die Versicherungsgesellschaften machen Druck. Geben nie auf.»

«Wäre doch gut, wenn Sie die in die Finger kriegen.»

«Ja, klar.»

«Sagen Sie, Stoney, könnten Sie vielleicht mal nach Danny Taylor schauen? Ich finde, er sieht ziemlich krank aus.»

«Sobald ich Zeit habe», erwiderte Stoney, «kümmere ich mich um ihn. Ist eine Schande. So ein anständiger Kerl. Aus anständiger Familie.»

«Es bringt mich noch ins Grab. Ich mag ihn.»

«Tja, mit dem ist nichts mehr anzufangen. Übrigens wird's heute regnen, Eth. Willie hasst es, wenn er nass wird.»

Soweit ich weiß, war es das erste Mal, dass ich vergnügt in die Gasse ging und mich darauf freute, die Hintertür aufzuschließen. Der Kater saß davor und wartete. Ich kann mich an keinen Morgen erinnern, an dem dieser magere, gewiefte Bursche nicht versucht hätte, durch die Hintertür zu huschen, aber jedes Mal habe ich einen Stock nach ihm geworfen oder ihn sonst wie verscheucht. Meines Wissens hat er es nie in den Laden geschafft. Ich halte ihn für ein Männchen, weil er von irgendwelchen Straßenkämpfen eingerissene Ohren hat. Sind Katzen seltsame Tiere? Oder ähneln sie uns, weshalb wir sie so possierlich finden wie Affen? Bestimmt sechs- oder achthundertmal hat der Kater versucht, in den Laden zu huschen, und es doch nie geschafft.

«Heute erwartet dich eine grausame Überraschung», verriet ich dem Kater, der da vor mir hockte, den Schwanz um sich geringelt, die zuckende Spitze zwischen den Vorderpfoten. Ich ging in den dunklen Laden, nahm eine Dose Milch aus dem Regal, drückte ein Loch hinein und spritzte einige Tropfen in eine Tasse, die ich dann in den Lagerraum trug und an die offen gelassene Tür stellte. Der Kater verfolgte meine Bewegungen mit ernstem Blick, dann wandte er sich ab und verschwand über den Bretterzaun hinter der Bank.

Ich sah ihm noch nach, als Joey Murphy in die Gasse kam, den Schlüssel zur Hintertür der Bank bereits in der Hand. Er sah elend aus und blass, als wäre er gar nicht im Bett gewesen.

«Hallo, Mr. Hawley.»

«Ich dachte, die Bank bleibt heute geschlossen.»

«Fürchte, bei mir ist nie geschlossen. Ein Fehlbetrag von sechsunddreißig Dollar. Habe gestern bis um Mitternacht dran gesessen.»

«Zu wenig?»

«Nein – zu viel.»

«Ist doch gut.»

«Nein, überhaupt nicht. Ich muss den Fehler finden.»

«Sind Banken wirklich so ehrlich?»

«Banken schon, nur manche Menschen nicht. Falls ich von den Feiertagen was haben will, muss ich vorher den Fehler finden.»

«Wenn ich doch nur mehr wüsste über Ihren Beruf.»

«Was man dafür wissen muss, kann ich in einem Satz zusammenfassen: Geld zeugt Geld.»

«Hilft mir nicht viel weiter.»

«Mir auch nicht, aber dafür kann ich Ihnen noch einige Tipps geben.»

«Zum Beispiel?»

«Zum Beispiel: Nimm nie das erste Angebot an, oder: Wenn jemand verkaufen will, gibt es dafür einen Grund, oder: Der Wert einer Sache hängt davon ab, wie sehr ein anderer sie begehrt.»

«Das ist der Schnellkurs?»

«Schon, aber er ist nichts wert ohne die erste Regel.»

«Geld zeugt Geld?»

«Was die meisten unter uns außen vor lässt.»

«Manche Leute leihen doch auch Geld.»

«Klar, aber dafür braucht man Sicherheiten, und die sind wiederum eine Art Geld.»

«Dann bleib ich wohl lieber Verkäufer.»

«Gute Idee. Haben Sie schon das mit der Bank in Floodhampton gehört?»

«Stoney hat's mir erzählt. Komisch, dass wir erst gestern drüber geredet haben.»

«Hab einen Freund dort. Drei Männer – einer spricht mit Akzent, einer humpelt. Drei Kerle, die kriegen sie bestimmt. Eine Woche. Vielleicht zwei.»

«Wird sicher nicht leicht.»

«Ach, ich weiß nicht. So durchtrieben sind die

nicht. Gibt ein Gesetz gegen das Durchtrieben-
sein.»

«Tut mir leid wegen gestern.»

«Vergessen Sie's. Ich rede zu viel. Ist eine weitere Regel – nicht reden. Werd ich nie lernen.
Übrigens sehen Sie aus wie das blühende Leben.»

«Kann eigentlich nicht sein. Hab nicht viel geschlafen.»

«Jemand krank?»

«Nein, bloß eine dieser ruhelosen Nächte.»

«Kenn ich nur zu gut...»

Ich fegte den Laden aus, zog die Jalousien hoch
und wusste nicht, ob ich es gern tat oder hasste.
Joeys Regeln schwirrten mir im Kopf herum. Also
besprach ich mich mit meinen Freunden auf den
Regalen, leise oder auch laut, das weiß ich nicht.

«Verehrte Anwesende», sagte ich, «wenn es so
einfach ist, warum riskieren es dann nicht viel
mehr Leute? Und warum machen fast alle immer
und immer wieder dieselben Fehler? Wird stets
aufs Neue etwas vergessen? Vielleicht ist Güte
die wahre, grundlegende Schwäche. Marullo behauptet, Geld hat kein Herz. Müsste man dann
nicht auch sagen, dass Güte bei jedem Geldmen-
schen eine Schwäche ist? Wie kriegt man anstän-
dige, normale Menschen dazu, in einem Krieg

andere abzuschlachten? Sicher, es hilft, wenn der Feind anders aussieht, anders redet. Was aber nicht für Bürgerkriege gilt. Nun, die Yankees haben Babys gefressen, und die Rebellen ließen ihre Gefangenen verhungern. Hat auch geholfen. Ich komme sofort zu euch, ihr Champignons und Rote Beten. Ich weiß, ihr wollt, dass ich über euch rede. Das wollen alle, und ich bin gleich so weit – fehlt nur noch der Bezugspunkt. Wenn die Gesetze des Denkens die Gesetze des Dinglichen sind, ist auch die Moral relativ, ebenso Sitte und Sünde – auch die sind relativ in einem relativen Universum. Muss so sein. Führt kein Weg dran vorbei. Der Bezugspunkt, ich weiß.

Du, Müsli mit der Mickymausmaske auf der Schachtel und dem Bauchrednerdings für zehn Cent, dich werde ich heute nach Hause mitnehmen, jetzt aber spitz die Ohren und hör zu. Was ich Mary wie im Scherz erzählt habe, ist wahr. Meine Vorfahren, jene hochgeschätzten Schiffseigner und Kapitäne, hatten während der Revolution und später im Jahr 1812[28] den Auftrag, einen Seehandelskrieg zu führen. Sehr patriotisch und tugendhaft. Für die Briten aber waren sie Piraten, da sie behielten, was sie in die Finger bekamen. Aus diesen Anfängen erwuchs jenes Familienvermögen, das mein Vater wieder verlor. Daher also kam das Geld, das neues Geld zeugte. Wir können stolz darauf sein.»

Ich holte einen Karton mit Tomatenmark, schlitzte ihn auf und stapelte die charmanten, schlanken kleinen Dosen ins leer geräumte Regal. «Ihr wisst es vielleicht nicht, weil ihr so was wie Ausländer seid, aber Geld hat nicht nur kein Herz, es hat auch keine Ehre und kein Gedächtnis. Geld verschafft automatisch Respekt, auch wenn man es nur vorübergehend besitzt. Ihr dürft nicht glauben, dass ich schlecht übers Geld rede. Nein, ich bewundere es sogar. Meine Herren, darf ich euch mit diesen Neulingen in unserer Gemeinschaft bekannt machen? Mal sehen, ich stelle sie neben den Ketchup. Und sorgt bitte auch dafür, dass sich die eingelegten Gürkchen in dieser neuen Umgebung wohlfühlen. Sie sind waschechte New Yorker, hier geboren, zerschnippelt und eingeweckt. Gerade habe ich mit meinen Freunden über Geld geredet. Eine unserer besten Familien – ach, ihr kennt den Namen! Alle Welt kennt den Namen, denke ich. Nun, ihre gloriosen Anfänge nahm sie mit Fleisch, das sie an die Briten verkaufte, als unser Land mit England im Krieg lag, und deren Vermögen wird ebenso geschätzt wie jedes andere, die Familie übrigens auch. Und eine andere Dynastie zählt zu den bedeutendsten Bankiers. Ihr Gründer hat dreihundert Gewehre von der Armee erworben, die sie abstieß, weil sie defekt und folglich gefährlich waren. Er bekam sie billig, vielleicht für fünfzig Cent das Stück. Kurz darauf war General Frémont bereit, zu seinem heroischen Treck gen Westen aufzubrechen,[29] und er kaufte die Gewehre unbesehen für zwanzig Dollar pro Stück. Niemand ist je zu Ohren gekommen, ob den Soldaten die Waffen in den Händen explodierten. Jedenfalls war dies Geld, das neues Geld zeugte. Es ist egal, wie man es verdient, Hauptsache, man hat es und setzt es ein, um mehr zu bekommen. Das meine ich gar nicht zynisch. Marullo, unser Herr und Meister mit dem altrömischen Namen, hat völlig recht. Geld setzt alle üblichen Regeln außer Kraft. Warum rede ich nur mit euch Lebensmitteln? Vielleicht weil ihr diskret seid. Ihr erzählt nichts weiter, klatscht und tratscht nicht. Über Geld zu reden ist nur dann unfein und taktlos, wenn man es hat. Arme Leute finden Geld faszinierend. Aber meint ihr nicht auch, dass jemand, der sich für Geld interessiert, ein bisschen über dessen Wesen, Charakter und Neigungen Bescheid wissen sollte? Ich fürchte, nur sehr wenige Menschen, seien sie große Künstler oder Geizhälse, interessieren sich für Geld an sich. Und dabei muss man noch all jene Geizhälse ausklammern, die allein von Furcht getrieben werden.»

Mittlerweile lag auf dem Boden ein großer Haufen leerer Kartons. Ich trug sie in den Lagerraum, um sie flach zu falten und zu stapeln. Viele Leute trugen ihre Einkäufe darin nach Hause, und wie Marullo sagen würde: «So sparen wir uns die Tüten, Jungchen.»

Da war das «Jungchen» wieder. Es machte mir nichts mehr aus. Sollte er mich doch «Jungchen» nennen, mich gar für ein «Jungchen» halten. Während ich die Kartons stapelte, wurde plötzlich an die Ladentür gehämmert. Ich blickte auf meine große, alte silberne Eisenbahnertaschenuhr und stellte fest, dass ich zum ersten Mal in meinem Leben das Geschäft nicht um Punkt neun geöffnet hatte. Es war schon Viertel nach. Die Debatte mit den Dosen hatte mich völlig aus dem Konzept gebracht. Durch die eisengesicherte Türscheibe konnte ich Margie Young-Hunt erkennen. Eigentlich hatte ich sie mir noch nie richtig angeschaut, sie nie eingehend gemustert. Vielleicht hatte sie mir deshalb das mit dem baldigen Vermögen angetan – nur um sicherzugehen, dass ich von ihrer Existenz wusste. Dennoch sollte ich mich hüten, meine Meinung vorschnell zu ändern.

Ich riss die Tür auf.

«Ich wollte Sie nicht stören.»

«Nicht doch, ich bin zu spät dran.»

«Ach ja?»

«Klar, ist schon nach neun.»

Sie schlenderte in den Laden. Rundlich und prachtvoll wölbte sich ihr Gesäß und wackelte bei jedem Schritt auf und ab. Vorn war sie so gut bestückt, dass sie ihren Busen nicht zu betonen brauchte. Er war einfach da. Margie ist, was Joey-Boy gewiss und vielleicht sogar mein Sohn Allen einen «heißen Feger» nennen würde. Vielleicht sah ich sie wirklich zum ersten Mal. Die Gesichtszüge regelmäßig, die Nase ein bisschen lang, die Lippen voller nachgezogen, als sie von Natur aus waren, vor allem die untere. Das Haar hatte sie in einem satten Kastanienbraun gefärbt, wie es in der Natur nicht vorkam, trotzdem hübsch. Ihr Kinn war zart, tief eingekerbt, die Wangen jedoch wirkten durchaus muskulös, die Wangenknochen ziemlich breit. Die Augen hatte sie sorgfältig geschminkt; ihre Farbe schwankte je nach Licht zwischen haselnussbraun und stahlblau. Es war ein strapazierfähiges Gesicht, das viel verkraftet hatte und verkraften konnte, vielleicht sogar Gewalt, einen Fausthieb. Ihr Blick huschte durch den Laden, über mich hinweg, über die Lebensmittel und zu mir zurück. Ich nahm an, dass sie eine aufmerksame Beobachterin war, zudem eine, die selten etwas vergaß.

«Ich hoffe, es ist nicht dasselbe Problem wie gestern, was Sie zu mir führt.»

Sie lachte. «Nein, nein. Einen Handelsvertreter habe ich nicht alle Tage. Diesmal ist mir tatsächlich der Kaffee ausgegangen.»

«Passiert den meisten Leuten.»

«Wie meinen Sie das?»

«Tja, den ersten zehn Leuten, die morgens in meinen Laden kommen, ist der Kaffee ausgegangen.»

«Ach, tatsächlich?»

«Ja. Übrigens, ich wollte mich dafür bedanken, dass Sie mir den Handelsvertreter vorbeigeschickt haben.»

«War seine Idee.»

«Aber Sie haben ihn darauf gebracht. Was für eine Sorte Kaffee?»

«Ist egal. Ich mache aus jeder Sorte ein grässliches Gebräu.»

«Verwenden Sie den Messlöffel?»

«Klar, aber er schmeckt trotzdem grauenhaft. Kaffee ist einfach… jetzt hätte ich fast gesagt, ‹nicht mein Bier›.»

«Und nun haben Sie's doch gesagt. Versuchen

Sie es mal mit dieser Mischung.» Ich zog eine Dose vom Regal, und als sie ihre Hand ausstreckte, um sie mir abzunehmen… Allein bei dieser kleinen Geste rührte, regte, verriet sich jede Faser ihres Körpers. Ich bin hier, das Bein. Ich auch, der Schenkel. Keiner schöner als ich, der weiche Bauch. Alles war neu, mit neuem Blick gesehen. Es verschlug mir den Atem. Mary behauptet, eine Frau könne ihre Signale aussenden oder auch nicht, ganz wie sie wolle. Und wenn das so ist, dann verfügte Margie über ein Kommunikationssystem, das von ihrer kunstledernen Schuhspitze bis hin zum schwungvollen kastanienbraunen Haar reichte.

«Scheint, als hätte sich Ihre Laune gebessert.»

«Hat mich gestern schlimm erwischt. Keine Ahnung, wo dieser Anfall herkam.»

«Das kenne ich nur zu gut! Manchmal packt es mich, und ich weiß nicht, warum.»

«Mit Ihrem prophezeiten Vermögen haben Sie ganz schön was ins Rollen gebracht.»

«Sauer deswegen?»

«Nein, ich hätte nur gern gewusst, wie Sie's angestellt haben.»

«Sie glauben doch sowieso nicht dran.»

«Mit Glauben hat das nichts zu tun. Sie haben einen wunden Punkt getroffen. Haben Dinge aufgeführt, an die ich gedacht oder die ich getan habe.»

«Zum Beispiel?»

«Zum Beispiel habe ich gedacht, dass es Zeit ist für eine Veränderung.»

«... Sie glauben, ich hätte die Karten gezinkt, stimmt's?»

«Wie auch immer. Nur, falls Sie es getan haben – was hat Sie veranlasst? Haben Sie darüber schon mal nachgedacht?»

Sie sah mir direkt in die Augen, misstrauisch, bohrend, fragend. «O ja», erwiderte sie leise. «Nein, wollte ich sagen, ich habe nie darüber nachgedacht. Was mich dazu gebracht hat, die Karten zu zinken, sollte ich sie denn gezinkt haben? Das wäre ja, als würde man den Betrug betrügen.»

Mr. Baker steckte den Kopf durch die Tür. «Morgen, Margie», sagte er. «Ethan, haben Sie über meinen Vorschlag nachgedacht?»

«Aber sicher, und ich würde gern mit Ihnen reden.»

«Jederzeit, Ethan.»

«Tja, unter der Woche komme ich hier nicht raus. Sie wissen ja, Marullo ist so gut wie nie da. Sind Sie morgen zu Hause?»

«Nach der Kirche, klar. Gute Idee. Kommen

Sie doch so um vier vorbei, und bringen Sie Mary mit. Während die Damen über ihre Osterhüte[30] tratschen, können wir uns verdrücken ...»

«Ich habe tausend Fragen an Sie. Werde sie wohl besser aufschreiben.»

«Was ich weiß, verrate ich Ihnen gern. Also dann bis morgen. Schönen Tag noch, Margie.»

Als er die Tür schloss, sagte Margie: «Sie fangen ja schnell an.»

«Muss wohl einiges nachholen. Übrigens – wissen Sie, was interessant wäre? Wenn Sie die Karten noch mal auslegen, aber diesmal mit verbundenen Augen. Nur um zu sehen, wie nahe sie dem gestrigen Ergebnis kommen.»

«Nein!», sagte sie. «Das funktioniert so nicht. Aber Sie nehmen mich auf den Arm – oder interessiert Sie das wirklich?»

«In meinen Augen hat das mit Glauben nicht viel zu tun. Ich glaube nicht an übersinnliche Wahrnehmung, an Blitze, an die Wasserstoffbombe, nicht mal an Veilchen oder Fischschwärme – trotzdem weiß ich, dass es sie gibt. Ich glaube nicht an Geister, und trotzdem habe ich welche gesehen.»

«Jetzt nehmen Sie mich aber wirklich auf den Arm.»

«Nein, gar nicht.»

«Sie kommen mir heute vor wie ein ganz anderer Mensch.»

«Bin ich auch. Vielleicht bleibt niemand über längere Zeit derselbe.»

«Und woran liegt's, Eth?»

«Weiß ich nicht. Gut möglich, dass ich es satthabe, Lebensmittelverkäufer zu sein.»

«Wurde auch höchste Zeit.»

«Haben Sie Mary wirklich gern?»

«Sicher, warum fragen Sie?»

«Nun, Sie scheinen mir nicht die… na ja, ihr seid so unterschiedlich, ihr beiden.»

«Ich verstehe, was Sie meinen, aber ich mag sie wirklich. Ich hab sie richtig lieb.»

«Ich auch.»

«Glückspilz.»

«O ja, das bin ich.»

«Ich meinte Mary. Tja, dann will ich mal los, meinen grässlichen Kaffee machen. Und über die Sache mit den Karten denke ich nach.»

«Je früher, desto besser, sonst verlieren wir's aus den Augen.»

Sie tippelte nach draußen, die strammen Pobacken hüpften wie Gummibälle. Ich hatte Margie nie zuvor gesehen und frage mich jetzt, wie viele Leute ich mein Leben lang angeschaut, aber eigentlich nie gesehen habe. Wieder mal der Be-

zugspunkt. Wenn sich zwei Menschen kennenlernen, wird jeder durch den anderen verändert, was
zwei neue Menschen ergibt. Vielleicht bedeutet
das… herrje, ist das kompliziert. Ich versprach
mir, in einer der nächsten schlaflosen Nächte weiter darüber nachzudenken. Dass ich vergessen
hatte, den Laden pünktlich zu öffnen, machte mir
Angst. Das war, als würde man nach einem Mord
sein Taschentuch am Tatort vergessen oder seine
Brille, wie es einer der beiden Jungs in Chicago[31]
fertiggebracht hatte. Was war das denn plötzlich?
Was für ein Verbrechen? Was für ein Mord?

Mittags machte ich vier Sandwiches mit Schinken und Käse, Salat und Mayonnaise. Schinken
und Käse, Schinken und Käse, wer heiratet, dem
vergehn die Späße. Zwei Sandwiches und eine
Flasche Coke brachte ich an die Hintertür der
Bank und gab sie Joey-Boy.

«Den Fehler gefunden?»

«Noch nicht. Wissen Sie, ich bin zu dicht dran,
um noch was sehen zu können.»

«Warum lassen Sie die Sache nicht bis Montag
liegen?»

«Geht nicht. Banken sind ein verrückter Haufen.»

«Manchmal findet man die Lösung, wenn man
nicht länger drüber nachdenkt.»

«Ich weiß. Danke für die Sandwiches.» Er sah nach, um sich zu vergewissern, dass wirklich Salat und Mayonnaise darauf war.

Ein Samstagnachmittag vor Ostern ist im Lebensmittelhandel, was mein prachtvoller, doch ungebildeter Sohn «für die Katz» nennen würde. Dennoch geschah zweierlei, wodurch mir letztlich bewiesen wurde, dass tief in mir drinnen etwas in Bewegung geraten war. Schließlich hätte ich gestern – wie auch an allen Gestern zuvor – nicht getan, was ich nun tat. Ist wie Tapetenmuster anstarren, bloß habe ich wohl ein neues Muster ausgerollt.

Als Erstes kam Marullo herein. Seine Arthritis machte ihm arg zu schaffen. Wie ein Gewichtheber winkelte er fortwährend die Arme an.

«Wie läuft's?»

«Bescheiden, Alfio.» Ich hatte ihn noch nie zuvor mit Vornamen angesprochen.

«Kein Mensch in der Stadt…»

«Mir ist es lieber, wenn Sie mich ‹Jungchen› nennen.»

«Ich dachte, Sie mögen das nicht.»

«Hab's mir anders überlegt, Alfio.»

«Alle verreist.» Seine Schultern brannten offenbar, als hätte er heißen Sand in den Gelenken.

131

«Wann sind Sie eigentlich aus Sizilien hergekommen?»

«Vor vierzig Jahren. Lange her.»

«Sind Sie je wieder drüben gewesen?»

«Wozu? Hat alles sich geändert.»

«Macht Sie das nicht neugierig?»

«Nicht besonders.»

«Leben dort noch Verwandte von Ihnen?»

«Klar, mein Bruder, seine Kinder, und die haben auch wieder Kinder.»

«Ich finde, Sie sollten sie besuchen.»

Er sah mich an, wie ich Margie angesehen hatte, so als erblickte er mich zum ersten Mal.

«Was Sie haben im Sinn, Jungchen?»

«Tut mir einfach leid, Sie mit Ihrer Arthritis zu sehen. Und ich habe daran gedacht, wie warm es in Sizilien ist. Könnte Ihnen die Schmerzen austreiben.»

Er musterte mich misstrauisch. «Was ist los mit Ihnen?»

«Wie meinen Sie das?»

«Sie sehen anders aus.»

«Ach, nur ein paar gute Neuigkeiten.»

«Sie wollen kündigen, ja?»

«Jedenfalls nicht gleich. Falls Sie nach Italien fahren möchten, könnte ich Ihnen versprechen, noch so lange hierzubleiben.»

«Was für gute Neuigkeiten?»

«Kann ich Ihnen noch nicht verraten. Es geht um…» Ich bewegte meine offene Hand vor und zurück.

«Geld?»

«Schon möglich. Hören Sie, Sie sind doch reich – fahren Sie einfach nach Sizilien und Sie zeigen denen, wie ein wohlhabender Amerikaner aussieht. Aalen Sie sich ein bisschen in der Sonne. Ich kümmere mich derweil ums Geschäft. Das wissen Sie ja.»

«Sie wollen nicht kündigen?»

«Nein, verdammt. Sie kennen mich gut genug, um zu wissen, dass ich Sie nicht sitzen lassen würde.»

«Sie sich haben verändert, Jungchen. Wieso?»

«Ich hab's Ihnen erzählt. Fahren Sie nur, wiegen Sie die Bambinos im Arm.»

«Ich gehöre da nicht mehr hin», sagte er, aber ich wusste, ich hatte ihm eine Idee in den Kopf gesetzt. Und ich wusste auch, er würde spät am Abend noch einmal vorbeischauen und die Bücher durchgehen. Er ist ein misstrauischer alter Gauner.

Er war kaum fort, da kam – genau wie gestern – der Handelsvertreter von B.B.D. & D.

«Heute nichts Geschäftliches», sagte er. «Fahre

übers Wochenende nach Montauk raus. Dachte, ich guck mal rein.»

«Freut mich», sagte ich. «Ich wollte Ihnen das hier zurückgeben.» Ich reichte ihm die Brieftasche, aus der gut sichtbar der Zwanziger ragte.

«Mensch, ist doch nur ein Zeichen meines Entgegenkommens. Außerdem hab ich Ihnen schon gesagt, dass ich nicht in Geschäften hier bin.»

«Nehmen Sie's!»

«Was soll das denn?»

«Bei uns zu Hause wäre es eine Art Vertrag, wenn ich das hier annehme.»

«Was ist bloß mit Ihnen? Sind Sie sauer?»

«Ganz und gar nicht.»

«Und warum dann?»

«Nehmen Sie es! Noch liegen nicht alle Angebote auf dem Tisch.»

«Du meine Güte – hat Waylands Ihnen was Besseres geboten?»

«Nein.»

«Wer denn – etwa diese verdammten Discounter?»

Ich schob ihm den Zwanzigdollarschein in die Brusttasche, gleich hinter das spitzgefaltete Ziertaschentuch. «Die Brieftasche behalte ich», sagte ich. «Die ist hübsch.»

«Hören Sie, ich kann Ihnen kein neues Angebot machen, ohne vorher mit der Zentrale zu reden. Sagen Sie bis Dienstag nichts zu. Ich ruf Sie an. Wenn ich sage, Hugh ist am Apparat, wissen Sie, dass ich es bin.»

«Es ist Ihr Geld, das Sie in den Apparat stecken.»

«Egal, Hauptsache, Sie sagen nichts fest zu, okay?»

«Also schön», sagte ich. «Angeln Sie?»

«Höchstens Damen. Hab diese flotte Biene Margie gefragt, ob sie mit mir rausfährt, aber die wollte nicht. Hätte mir fast den Kopf abgerissen. Versteh einer die Frauen.»

«Sie werden ülkiger und ülkiger.»[32]

«Das können Sie laut sagen», erwiderte er; dieser Ausdruck war mir seit fünfzehn Jahren nicht mehr untergekommen. Er blickte besorgt drein. «Unternehmen Sie nichts, ehe Sie nicht von mir gehört haben», sagte er. «Mann, und ich hab gedacht, ich hau ein Landei übers Ohr.»

«Ich werde meinen Chef nicht hintergehen.»

«Quatsch, Sie haben nur die Latte höher gelegt.»

«Wenn Sie unbedingt drüber reden müssen: Ich habe bloß Ihr Schmiergeld abgelehnt.»

Damit wäre dann wohl bewiesen, wie anders ich war. Der Bursche musterte mich plötzlich mit

Respekt, und das gefiel mir. Es gefiel mir sogar sehr. Der Dreckskerl glaubte, ich sei wie er, nur noch gerissener.

Gerade als ich schließen wollte, rief Mary an. «Ethan», sagte sie, «ich hoffe, du kriegst keinen Koller...»

«Weshalb denn, mein Blumenpfötchen?»

«Na ja, sie ist so einsam, und da habe ich gedacht... nun, ich habe Margie zum Abendessen eingeladen.»

«Warum auch nicht?»

«Du kriegst keinen Koller?»

«Zum Teufel, nein!»

«Fluch nicht, morgen ist Ostern.»

«Was mich an etwas erinnert. Bügle dein hübschestes Kleid. Wir gehen morgen um vier zu den Bakers.»

«Zu denen nach Hause?»

«Ja, zum Tee.»

«Dann behalte ich an, was ich morgen zur Kirche trage.»

«Gute Wahl, mein Farnspitzchen.»

«Und du bist nicht böse wegen Margie?»

«Ich liebe dich», antwortete ich. Das tue ich. Wirklich. Und ich weiß noch, dass ich dachte, zu was für einem Mann ein Mann doch werden kann.

## 5

Als ich die Elm Street entlanggegangen war und auf den mit Ballaststeinen[33] gepflasterten Weg abbog, blieb ich stehen und betrachtete den alten Kasten. Er wirkte anders auf mich, wirkte so, als gehörte er mir. Nicht Mary, auch nicht Vater oder dem alten Kapitän, sondern mir. Ich könnte ihn verkaufen, niederbrennen oder auch behalten.

Ich hatte auf diesem Weg noch keine zwei Schritte zurückgelegt, als die Fliegengittertür aufflog, Allen nach draußen schoss und schrie: «Wo ist die Packung Peeks? Hast du mir meine Peeks mitgebracht?»

«Nein», sagte ich. Und Wunder über Wunder, er trompetete seinen Schmerz und Verlust nicht laut hinaus. Er wandte sich nicht mal an seine Mutter, um sich bestätigen zu lassen, dass ich ihm die Packung doch versprochen hatte. Er sagte nur «Ach!» und ging wortlos davon.

«Guten Abend», grüßte ich seinen sich entfernenden Rücken, und Allen blieb stehen, um seinerseits «Guten Abend» zu sagen, als wären es neue Worte, die er gerade erst gelernt hatte.

Mary kam in die Küche. «Du warst beim Friseur», sagte sie. Jegliche Andersartigkeit an mir nimmt sie als Fieber oder einen frischen Haarschnitt wahr.

«Nein, mein Lockenwickelchen, das war ich nicht.»

«Nun, ich habe jedenfalls wie wild geschuftet, um das Haus auf Vordermann zu bringen.»

«Wieso?»

«Ich hab's dir doch gesagt, Margie kommt zum Abendessen.»

«Ich weiß, aber warum dieser festliche Aufwand?»

«Wir hatten seit Ewigkeiten keinen Gast mehr zum Essen.»

«Stimmt. Stimmt wirklich.»

«Ziehst du deinen dunklen Anzug an?»

«Nein, den Alten Hans, den immer noch ganz anständigen grauen.»

«Warum nicht den dunklen?»

«Will mir für die Kirche morgen die Bügelfalten nicht zerknittern.»

«Ich kann ihn dir morgen früh noch mal überbügeln.»

«Ich trag den Alten Hans, der nimmt's noch mit jedem Anzug im ganzen Bezirk auf.»

«Kinder», rief sie, «rührt mir ja nichts an! Ich habe die Knabbereien rausgestellt. Und du willst wirklich nicht den dunklen anziehen?»

«Nein.»

«Margie wird sich ordentlich rausputzen.»

«Margie mag den Alten Hans.»

«Woher weißt du das?»

«Sie hat's mir gesagt.»

«Hat sie nicht.»

«Hat darüber einen Leserbrief an die Zeitung geschrieben.»

«Jetzt mal im Ernst. Du wirst doch nett zu ihr sein, oder?»

«Ich mache ihr sogar den Hof.»

«Ich finde, du solltest doch lieber den dunklen tragen, schließlich ist ihr Besuch etwas Besonderes.»

«Hör mal, mein liebes Blumenmädchen, als ich zur Tür reinkam, war mir völlig egal, was ich anziehen würde, in zwei kurzen Minuten aber hast du es mir unmöglich gemacht, etwas anderes als den Alten Hans zu tragen.»

«Aus purem Trotz?»

«Genau.»

«Ach!», sagte sie in genau demselben Ton wie vorhin Allen.

«Was gibt's zum Essen? Ich würde gern einen Schlips tragen, der zum Braten passt.»

«Backhähnchen. Riechst du das nicht?»

«Glaub schon. Mary... ich...» Aber ich ver-

139

stummte. Gegen landesweite Vorlieben kommt man nicht an. Sie war zum Huhn-Schnäppchen-Tag im Prickelnd-Preiswert-Laden gewesen. Billiger als bei Marullo. Natürlich bestelle ich meine Ware en gros, und das mit den Lockangeboten im Supermarkt habe ich meiner Mary auch erklärt. Die ziehen die Kundin in den Laden, und dann nimmt sie ein Dutzend anderer, keinesfalls billiger Dinge mit, nur weil sie ihr ins Auge springen. Alle wissen das, und alle tun es.

Die Belehrung meiner Mary Blumenpracht erstarb im Ansatz. Der neue Ethan Allen Hawley toleriert den landesweiten Wahn und nutzt ihn für sich, wann immer er kann.

Mary sagte: «Ich hoffe, du hältst mich nicht für treulos.»

«Mein Liebes, was kann an einem Huhn schon sündig oder tugendhaft sein?»

«Es war schrecklich billig.»

«Ich glaube, du hast weise, nein, weiblich gehandelt.»

«Du machst dich schon wieder über mich lustig.»

Allen wartete im Schlafzimmer auf mich. «Darf ich mir dein Templerschwert[34] ansehen?»

«Na klar. Es steht im Schrank in der Ecke.»

Er wusste nur zu gut, wo es stand. Während ich

meine Kleider abstreifte, zog er das Schwert aus seiner Lederscheide, hielt die blitzende Klinge ins Licht und bewunderte im Spiegel die edlen Haltungen, die er einnahm.

«Wie kommst du mit dem Aufsatz voran?»

«Hä?»

«Du wolltest ‹wie bitte?› sagen, stimmt's?»

«Ja, stimmt.»

«Ich hab dich gefragt, wie du mit dem Aufsatz vorankommst.»

«Oh, bestens.»

«Du schreibst ihn also?»

«Klar.»

«Klar?»

«Ja, klar.»

«Du kannst dir auch den Hut ansehen. Er liegt in der großen Lederschachtel auf dem Regal. Die Feder ist ein bisschen vergilbt.»

Ich stieg in die breite, alte Wanne mit den Löwenklauen. So groß, wie die früher gemacht wurden, konnte man sich richtig darin aalen. Mit einer Bürste schrubbte ich mir Marullo und den ganzen Arbeitstag von der Haut und rasierte mich im Wasser, ohne hinzusehen, ertastete die Stoppeln mit den Fingerspitzen. Kein Mensch würde leugnen, dass das ziemlich römisch und dekadent war. Beim Kämmen betrachtete ich mich dann im Spiegel. Ich hatte mein Gesicht schon lange nicht mehr gesehen. Es ist durchaus möglich, sich jeden Tag zu rasieren und das eigene Gesicht dennoch nicht zu sehen, vor allem wenn einem nicht viel daran liegt. Schönheit geht bloß bis unter die Haut, und wahre Schönheit muss zudem von innen kommen. Besser wäre es, wenn Letzteres zuträfe, wollte ich irgendwas erreichen. Nicht dass mein Gesicht hässlich wäre. Ich finde es einfach nur nicht interessant. Ich zog ein paar Grimassen und gab auf. Sie zeigten weder ein edles oder böses noch ein stolzes oder lustiges, sondern immer nur dasselbe verdammte Gesicht, das Gesichter zog.

Als ich wieder ins Schlafzimmer kam, trug Allen den federgeschmückten Templerhut, und wenn ich damit ebenso albern aussehe, sollte ich aus dem Orden austreten. Die Lederschachtel lag geöffnet auf dem Boden. Ihr Inneres bestand aus samtüberzogenem Karton und sah aus wie eine umgestülpte Müslischüssel.

«Ob man so eine Straußenfeder wohl bleichen kann? Oder muss ich mir eine neue kaufen?»

«Kann ich die hier haben, wenn du dir eine neue besorgst?»

«Von mir aus. Wo ist Ellen? Ich habe ihr jugendliches Kreischen noch gar nicht gehört.»

«Sie sitzt an ihrem ‹Ich liebe Amerika›-Aufsatz.»

«Und du?»

«Ich denke darüber nach. Bringst du mir eine Packung Peeks mit?»

«Ich vergesse es bestimmt. Warum kommst du nicht im Laden vorbei und steckst sie ein?»

«Okay. Sag, darf ich dich was fragen?»

«Ich würde mich geschmeichelt fühlen.»

«Haben uns früher in der High Street wirklich zwei ganze Häuserblocks gehört?»

«Das stimmt.»

«Und Walfangschiffe?»

«Die auch.»

«Aber warum gehört uns das alles heute nicht mehr?»

«Wir haben es verloren.»

«Wie ist das passiert?»

«Einfach so.»

«Das ist ein Witz, oder?»

«Wenn, dann ist es ein ziemlich ernster Witz, sobald man ihn einmal seziert.»

«Wir sezieren in der Schule gerade einen Frosch.»

«Gut für dich, weniger gut für den Frosch. Welchen von diesen Schlipsen soll ich mir umbinden?»

«Den blauen», erwiderte er gleichgültig. «Sag, wenn du angezogen bist, hättest du dann Zeit, mal auf den Dachboden zu kommen?»

«Falls es wichtig ist, nehme ich mir die Zeit.»

«Kommst du?»

«Ich komme.»

«Okay. Dann geh ich schon mal rauf und mach das Licht an.»

«Brauche nur noch ein paar Sekunden, um den Schlips zu binden.»

Seine Schritte klangen hohl auf der läuferlosen Dachbodentreppe.

Denke ich beim Binden an den Schlips, verdreht er sich gern, lasse ich meinen Fingern aber freies Spiel, sitzt er perfekt. Also erteilte ich meinen Fingern den entsprechenden Auftrag und dachte an den Dachboden des alten Hawley-Hauses, an mein Haus, meinen Dachboden. Er ist kein dunkles Gefängnis voller Spinnweben für Ausrangiertes oder Kaputtes. Da oben gibt es Fenster mit kleinen und so uralten Scheiben, dass sie das Licht fliederfarben tönen und das Draußen ganz verschwommen zeigen – wie eine durch Wasser betrachtete Welt. Die dort gelagerten Bücher sind nicht dazu ausersehen, einmal rausgeworfen oder ans Seemannsheim abgegeben zu werden. Sie stehen ordentlich in den Regalen und warten darauf, dass ein Leser sie wiederentdeckt. Und die Sessel, einige vorübergehend aus der Mode, andere mit zerschlissenem Polster, sind groß und bequem. Außerdem ist es da oben gar nicht staubig. Zum Hausputz gehört der Dachbodenputz, und weil der Dachboden meist abgeschlossen ist, dringt kaum Staub ein. Ich weiß noch, wie ich als Kind die fulminanten Bücher durchforstet habe oder mich, von Nöten bedrückt oder in jenem spektralen Dämmer, der Einsamkeit verlangt, in die Abgeschiedenheit des Dachbodens zurückgezogen habe, um zusammengerollt im fliederfarbenen Licht der Fenster in einem der großen, von Körpern ausgebeulten Sessel zu liegen. Dort konnte ich die breiten, mit der Axt behauenen Balken studieren, die das Dach trugen – konnte sehen, wie sie ineinander verschränkt und mit Eichendübeln verzapft worden waren. Wenn der Regen aufs Dach rauschte oder prasselte, war dies ein sicherer Ort. Dann die Bücher, vom Licht getönt, die Bilderbücher von Kindern, die heute längst erwachsen, im gesetzten Alter oder tot sind: die «Chatterbox»-Nummern, die «Rollo»-Reihe, die tausend Taten Gottes – «Feuer», «Sintflut», «Flutwellen», «Erdbeben» – alle reich bebildert, die «Hölle» des Gustave Doré, wie Ziegelsteine dazwischengefügt die Cantos von Dante, und die herzzerreißenden Märchen von Hans Christian Andersen, die Gewalt und Grausamkeit der Gebrüder Grimm, die das Blut in den Adern gefrieren ließen, das majestätische «Morte d'Arthur» mit Zeichnungen von Aubrey Beardsley, eine kranke, verschrobene Kreatur und als Illustrator für den großartigen, mannhaften Malory eine seltsame Wahl.[35]

Ich erinnere mich, dass ich dachte, was für ein weiser Mensch dieser H.C. Andersen doch gewesen sein muss. Der König vertraute seine Geheimnisse einem Brunnen an, und so waren sie sicher.[36] Ein Mann, der Geheimnisse oder auch nur Geschichten anzuvertrauen hat, muss sich fragen, wer zuhört, wer sie liest, denn eine Geschichte hat so viele Versionen wie Leser. Jeder entnimmt ihr, was er will oder kann und verwandelt sie sich auf seine Weise an. Manche nehmen nur Teile und verwerfen den Rest, andere drücken die Geschichte durch ihr Sieb an Vorurteilen, wieder andere färben sie mit ihrem eigenen Vergnügen bunt ein. Eine Geschichte braucht Berührungspunkte mit dem Leser, damit er sich darin geborgen fühlt. Nur dann kann er Wunder akzeptieren. Die Geschichte, die ich etwa Allen erzähle, muss ich anders aufbauen als dieselbe Geschichte, wenn ich sie meiner Mary erzähle, und die wiederum wird aufs Neue verformt, wenn Marullo ins Spiel kommt. Der Brunnen des Herrn Andersen aber ist vielleicht das Beste. Er hört nur zu, und das Echo, das er von sich gibt, ist leise und bald verflogen.

Ich glaube, wir sind alle (oder fast alle) Mündel jener Wissenschaft des neunzehnten Jahrhunderts, die die Existenz all dessen leugnete, was sie nicht messen oder erklären konnte. Das Unerklärliche dauert unterdessen fort, doch wohl kaum mit unserem Segen. Was wir nicht erklären können, sehen wir nicht, und so wird ein großer Teil der Welt den Kindern überlassen, den Verrückten, Narren und Mystikern, die sich mehr für das interessieren, was ist, als dafür, warum es ist. So viele alte, schöne Dinge lagern auf dem Dachboden der Welt, weil wir sie nicht länger um uns haben wollen, uns aber auch nicht trauen, sie fortzuwerfen.

Von einem Balken hing eine einzelne nackte Glühbirne. Der Boden war mit handbehauenen Kiefernbrettern ausgelegt, zwanzig Zoll breit und zwei dick, eine ausreichende Grundlage für die ordentlichen Stapel von Koffern und Kisten, von in Papier gewickelten Lampen, Vasen und sonst noch allerlei ausgemusterter Pracht. Und das Licht fiel weich auf die Generationen von

Büchern in den offenen Regalen – alle sauber und staubfrei, denn meine Mary ist eine strenge, kompromisslose Staubfängerin und dabei so gründlich wie ein Feldwebel. Die Bücher sind nach Größe und Farbe sortiert.

Allen lehnte mit der Stirn an der Oberkante eines Bücherregals und starrte auf die Bücher hinab. Die rechte Hand umklammerte den Knauf des Templerschwerts, das er, mit der Spitze nach unten, wie einen Spazierstock hielt.

«Du siehst wie eine Allegorie aus, mein Junge. Nennen wir sie ‹Jugend, Krieg und Studium›.»

«Ich wollte dich was fragen – du hast gesagt, es gibt hier Bücher, wo man Sachen nachschlagen kann.»

«Was für Sachen?»

«So patriotisches Zeugs für meinen Aufsatz.»

«Verstehe, patriotisches Zeugs. Wie wäre es denn hiermit: ‹Ist das Leben uns so lieb, der Friede so süß, dass wir sie durch Ketten und Sklaverei erkaufen? Da sei Gott vor! Ich weiß nicht, wofür andere sich entscheiden, aber mir gebt Freiheit oder gebt mir den Tod!›»[37]

«Klasse. Genau das Richtige.»

«Sicher. Diese Männer waren zu ihrer Zeit Giganten.»

«Welch Wonne, dieses Leben damals! Piraten-

148

schiffe. Mann! Wumm, wumm! Streicht die Flagge! Kisten voller Gold und die Damen in Seide und mit Juwelen behängt. Welch Wonne, wie gern hätte ich damals gelebt! Von unseren Vorfahren waren ja ein paar dabei. Hast du selber gesagt.»

«Eine Art adliger Seeräuberei – man nannte sie Freibeuter. Fürchte, es war längst nicht so toll, wie es sich heute anhört. Pökelfleisch und Zwieback. Damals gab's sogar noch Skorbut.»

«Wär mir egal. Ich würde mir das Gold holen und es nach Hause bringen. Aber heute lassen sie das bestimmt nicht mehr zu.»

«Nein, heute ist alles größer. Und besser organisiert. Man nennt es Diplomatie.»

«Ein Junge in unserer Schule hat zwei Fernsehpreise gewonnen – einmal fünfzig Dollar und einmal zweihundert. Wie findest du das?»

«Muss ein cleveres Bürschchen sein.»

«Der? Ach was. Ist ein Trick, sagt er. Man lernt den Trick, und dann sucht man sich irgendwas Ausgefallenes.»

«Was Ausgefallenes?»

«Ja, klar. Zum Beispiel, dass du ein Krüppel bist oder dass du deine alte Mutter durch eine Froschaufzucht unterstützt. Das Publikum findet das spannend, und es wählt dich. Der Junge hat übrigens eine Zeitschrift mit allen Wettbewerben im ganzen Land. Kann ich mir auch so ein Heft kaufen, Pop?»

«Tja, mit der Piraterie ist es vorbei, der Impuls aber bleibt.»

«Was meinst du damit?»

«Von nichts kommt was. Reich werden ohne Mühen.»

«Kann ich mir das Heft kaufen?»

«Ich dachte, so etwas sei in Verruf seit dem Payola-Skandal.»[38]

«Quatsch, nee. Nein, wollte ich sagen. Die haben nur ein bisschen was gedreht. Jedenfalls würde ich mir von der Beute gern einiges unter den Nagel reißen.»

«Beute sagt man dazu, ja?»

«Zaster bleibt Zaster, egal, wie man ihn sich besorgt.»

«Das glaube ich nicht. Dem Geld macht es nichts aus, wenn man es sich auf solche Weise beschafft, wohl aber dem, der es sich beschafft.»

«Wüsste nicht, wieso. Verstößt doch nicht gegen das Gesetz. Einige der wichtigsten Leute in diesem Land…»

«Charles, mein Sohn, mein Sohn.»

«Wieso kommst du mir mit Charles?»

«Muss man denn reich sein, Allen? Muss man das wirklich?»

«Glaubst du etwa, das Leben macht Spaß ohne Motorrad? Bestimmt zwanzig Jungs an unserer Schule haben schon ein Motorrad. Und was denkst du, wie das ist, wenn die eigene Familie kein Auto und nicht mal einen Fernseher besitzt?»

«Ich bin zutiefst schockiert.»

«Du weißt nicht, wie das ist, Dad. In der Klasse habe ich einmal einen Aufsatz über meinen Urgroßvater als Kapitän eines Walfangschiffs vorgelesen.»

«Das war er doch auch.»

«Die ganze Klasse hat sich gekugelt vor Lachen. Weißt du, wie sie mich seither nennen? Pottwal. Wie würde dir das gefallen?»

«Nicht besonders.»

«Es wär ja nicht so schlimm, wenn du Anwalt wärst oder in einer Bank oder so arbeiten würdest. Weißt du, was ich mit dem ersten Teil der Beute mache, die ich gewinne?»

«Nein, keine Ahnung.»

«Ich kauf dir ein Auto, damit du dir nicht mehr so erbärmlich vorkommst, wo doch alle anderen Leute eins haben.»

«Danke, Allen», sagte ich mit trockener Kehle.

«Ach, ist schon in Ordnung. Ich kann sowieso noch keinen Führerschein machen.»

«Du findest all die großen Reden an unsere

Nation in dem Regal dort. Ich hoffe, du wirst ein paar davon lesen.»

«Werd ich. Muss ich.»

«Wohl wahr. Na dann: Waidmannsheil.» Leise stieg ich die Treppe hinunter und befeuchtete mir im Gehen die Lippen. Allen hatte recht. Ich kam mir erbärmlich vor.

Kaum hatte ich mich in meinen großen Sessel gesetzt und die Leselampe angemacht, brachte Mary mir die Zeitung.

«Was bist du doch für eine Wohltat, mein Wippsterz.»

«Der Anzug steht dir richtig gut.»

«Und du bist eine gute Verliererin und eine gute Köchin.»

«Der Schlips passt zu deinen Augen.»

«Du führst was im Schilde, das merk ich doch. Also schön, ich tausche ein Geheimnis gegen ein Geheimnis.»

«Aber ich habe kein Geheimnis», sagte sie.

«Erfinde eins.»

«Kann ich nicht. Jetzt komm schon, Ethan, erzähl.»

«Hören auch keine spitzohrigen Kinder zu?»

«Nein.»

«Also gut, Margie Young-Hunt kam heute in den Laden. Ihr sei der Kaffee ausgegangen, be-

hauptete sie. Ich glaube, die hat es auf mich abgesehen.»

«Und? Weiter.»

«Na ja, wir haben übers Wahrsagen geredet,
und ich meinte, es wäre doch interessant, es noch
einmal zu versuchen, nur um zu sehen, ob das
Ergebnis dasselbe bleibt.»

«Hast du nicht!»

«Doch. Und sie fand auch, dass es interessant
wäre.»

«Aber du hast für diese Dinge doch gar nichts
übrig.»

«O doch, wenn sie gut sind.»

«Glaubst du, sie macht es heute Abend noch
mal?»

«Gib mir einen Penny für deine Gedanken,
dann sag ich dir, dass sie genau deshalb heute zu
uns kommt.»

«Ach was, sie kommt, weil ich sie eingeladen
habe.»

«Nachdem sie es dir nahegelegt hat.»

«Du magst sie nicht.»

«Im Gegenteil – ich fange an, sie wirklich gern
zu haben und zu respektieren.»

«Wenn ich doch nur wüsste, wann du mich auf
den Arm nimmst und wann nicht!»

Dann kam Ellen so leise herein, dass man unmöglich sagen konnte, ob sie uns belauscht hatte, aber ich ging davon aus. Ellen ist geradezu der Inbegriff von einem Mädchen, zudem dreizehn, lieb und traurig, fröhlich und zart, wenn nötig auch zickig. Sie ist wie ein Teig, der gerade erst aufzugehen beginnt. Vielleicht wird sie einmal hübsch, vielleicht auch nicht. Sie lehnt sich gern an, lehnt sich an mich an, haucht mir ihren Atem ins Gesicht, ein Atem so süß wie der einer Kuh. Außerdem berührt sie andere gern.

Ellen stützte sich auf die Armlehne meines Sessels, bis ihre magere, schmale Schulter an meiner lag. Dann fuhr sie mit ihrem kleinen, rosigen Finger über meinen Anzugärmel und anschließend über die Haare an meinem Handgelenk, was ein bisschen kitzelte. Im Licht der Lampe leuchteten die blonden Härchen auf ihren Armen wie Goldstaub. Sie kann ziemlich kokett sein, aber ich vermute, das trifft auf alle kleinen Mädchen zu.

«Nagellack», sagte ich.

«Mama erlaubt's, aber nur, wenn er rosa ist. Deine Nägel sind ziemlich rau.»

«Ja, nicht?»

«Aber sie sind sauber.»

«Habe sie gerade geschrubbt.»

«Ich kann dreckige Fingernägel wie die von Allen nicht ausstehen.»

«Vielleicht kannst du Allen einfach insgesamt nicht ausstehen.»

«Stimmt.»

«Wie schön für dich. Warum bringst du ihn nicht einfach um?»

«Du bist blöd.» Sie ließ ihre Finger hinter mein Ohr wandern. Bestimmt konnte sie einige Jungen bereits ziemlich nervös machen.

«Ich hab gehört, du hast an deinem Aufsatz geschrieben?»

«Hat Stinker es dir erzählt?»

«Wird er gut?»

«O ja! Sehr gut. Du darfst ihn lesen, sobald ich fertig bin.»

«Ich fühle mich geehrt. Wie ich sehe, hast du dich richtig in Schale geworfen.»

«Das alte Ding? Mein neues Kleid spar ich mir für morgen auf.»

«Gute Idee. Da kommen auch ein paar Jungen.»

«Ich hasse Jungs. Ehrlich.»

«Das weiß ich doch. Feindseligkeit ist dein Lebensmotto. Ich selbst mag sie auch nicht besonders, aber jetzt lass mich mal einen Moment in Ruhe. Ich möchte Zeitung lesen.»

Sie zog eine Schnute wie ein Filmstar der Zwanzigerjahre, und ihre Rache ließ keinen Moment auf sich warten. «Und? Wann wirst du jetzt endlich reich?»

Tja, sie wird ihrem Zukünftigen das Leben nicht gerade leicht machen. Mein Instinkt riet mir, sie zu packen und übers Knie zu legen, aber genau das wollte sie ja. Ich glaube, sie hatte sogar Lidschatten aufgetragen. In ihren Augen lag ein wenig Mitleid, wie man es manchmal in den Augen eines Panthers sehen kann.

«Nächsten Freitag», antwortete ich.

«Also mir wär's lieb, wenn du dich damit beeilen würdest. Ich hab's satt, arm zu sein.» Und mit diesen Worten huschte sie aus dem Zimmer. Sie lauschte also auch an Türen. Ich liebe meine Tochter wirklich, was ich ziemlich seltsam finde, da sie alles verkörpert, was ich in anderen Menschen verabscheue – trotzdem bete ich sie an.

Keine Zeitung für mich. Ich war noch nicht einmal dazu gekommen, sie aufzuschlagen, als Margie Young-Hunt eintraf. Sie hatte sich tatsächlich herausgeputzt – inklusive neuer Frisur. Ich nehme an, Mary wüsste, wie man etwas so Kunstvolles zustande bringt, ich weiß es nicht.

Am Morgen war die Kein-Kaffee-mehr-Margie für mich bereit gewesen wie eine frisch aufgestellte Bärenfalle, am Abend hatte sie allein Mary im Visier. Falls ihr Po wippte, konnte ich es nicht sehen. Falls irgendwas unter ihrem Kostüm war, hatte sie es gut versteckt. Sie war der perfekte Gast – für eine andere Frau –, aufmerksam, charmant, rücksichtsvoll, bescheiden und voller Komplimente. Und mich behandelte sie, als wäre ich seit dem Morgen um vierzig Jahre gealtert. Was für wunderbare Wesen doch die Frauen sind. Ich kann über ihr Tun nur staunen, auch wenn ich sie nicht verstehe.

Während Margie und Mary sich liebenswertem Geplänkel hingaben – «Was hast du mit deinem Haar gemacht?» … «Gefällt mir» … «Die Farbe steht dir, solltest du öfter tragen» – und die harmlosen Bestätigungssignale unter Frauen aussandten, musste ich an die weiblichste Geschichte denken, die mir je zu Ohren gekommen war. Treffen sich zwei Frauen, sagt die eine: «Was hast du nur mit deinem Haar angestellt? Sieht ja aus wie eine Perücke.» – «Das ist eine Perücke.» – «Also wirklich, da würde man nie drauf kommen.»

Nun, vielleicht reichen diese Resonanzen tiefer, als wir wissen oder auch nur wissen dürfen.

Das Abendessen wurde von einer Abfolge von Ausrufen darüber begleitet, wie ausgezeichnet das Backhuhn schmecke, sowie den gegenteiligen Beteuerungen, dass es doch kaum genießbar sei. Ellen studierte unseren Gast mit aufmerksamem

Blick, registrierte jedes Detail des Make-ups und der neuen Frisur. Und da wurde mir klar, wie früh sie schon mit jenen minutiösen Musterungen beginnen, worauf dann fußt, was sie Intuition nennen. Ellen mied meinen Blick. Sie wusste, sie hatte mir einen tödlichen Schlag verpasst, und rechnete mit meiner Rache. Also gut, meine wilde Tochter, ich werde mich auf die fürchterlichste Weise rächen, die du dir nur vorstellen kannst. Ich werde deine Worte einfach vergessen.

Es war ein gutes Abendessen, überaus reichhaltig und von allem zu viel, wie es sich für ein Abendessen in Gesellschaft gehört, dazu jede Menge Geschirr, das normalerweise nicht benutzt wird. Und hinterher Kaffee, den es sonst auch nicht gibt.

«Kannst du denn danach schlafen? Macht er dich nicht zu wach?»

«Nichts macht mich zu wach zum Schlafen.»

«Nicht einmal ich?»

«Ethan!»

Und dann der stumme, tödliche Krieg um Teller und Besteck. «Warte, ich helfe dir.»

«Aber nicht doch. Du bist unser Gast.»

«Dann lass mich die Sachen wenigstens in die Küche tragen.»

Mary sah sich nach den Kindern um, und ihre

Blicke glichen aufgepflanzten Bajonetten. Ihre Sprösslinge wussten, was kam, konnten aber nichts dagegen tun.

Mary sagte: «Die Kinder kümmern sich immer drum. Sie machen es gern. Und sie machen es gut. Ich bin richtig stolz auf sie.»

«Na, das ist aber nett. Erlebt man heutzutage nicht mehr oft.»

«Ich weiß. Wir dürfen uns wirklich glücklich schätzen, dass sie uns so gern helfen.»

Ich konnte die Gedanken in ihren kleinen Köpfen lesen, die wie gefangene Frettchen nach einem Ausweg suchten, konnte spüren, wie sie erwogen, sich aufzulehnen, so zu tun, als ob ihnen schlecht wäre oder das schöne alte Porzellan einfach fallen zu lassen. Mary hatte ihre bösen Gedanken offenbar gleichfalls gelesen, denn sie sagte: «Und das Erstaunliche ist, dass nie was zerbricht oder auch nur einen Sprung bekommt.»

«Du bist wirklich zu beneiden», sagte Margie. «Wie hast du ihnen das nur beigebracht?»

«Gar nicht. Muss wohl angeboren sein. Weißt du, manche Leute sind von Natur aus unbeholfen, aber Allen und Ellen sind einfach von Natur aus geschickt.»

Ich blickte zu den Kindern hinüber, um zu sehen, wie sie es aufnahmen. Sie wussten, dass man sie zum Besten hielt, und ich denke, sie fragten sich, ob Margie Young-Hunt es auch wusste. Während sie noch nach Ausflüchten suchten, öffnete ich ihnen ein Hintertürchen.

«Natürlich hören sie solche Komplimente gern», sagte ich, «aber wir halten sie auf. Sie kommen noch zu spät ins Kino, wenn wir sie nicht endlich gehen lassen.»

Margie besaß den Anstand, nicht laut zu lachen, und Mary warf mir einen raschen, bewundernden Blick zu. Die Kinder hatten nicht mal gefragt, ob sie ins Kino gehen durften.

Selbst wenn Kinder im Teenageralter keinen Ton von sich geben, ist es stiller, sobald sie fort sind. Sie bringen die Luft um sich herum zum Kochen. Kaum aber waren sie gegangen, schien das ganze Haus aufzuatmen und zur Ruhe zu finden. Kein Wunder, dass Poltergeister nur Häuser mit heranwachsenden Kindern heimsuchen.

Wir drei umkreisten nun argwöhnisch das Thema, auf das wir, wie wir wussten, zu sprechen kommen mussten. Ich trat an die Glasvitrine und entnahm ihr drei langstielige, lilienförmige Gläser mit geriffeltem Stiel, die wir vor einer Ewigkeit aus England mitgebracht hatten. Und aus einem dickbauchigen, mit Korbgeflecht umwickelten, altersdunklen Krug schenkte ich dann ein.

«Jamaika-Rum», sagte ich. «Die Hawleys waren schließlich Seefahrer.»

«Muss ziemlich alt sein», sagte Margie Young-Hunt.

«Älter als Sie und ich oder mein Vater.»

«Der steigt einem ganz schön in den Kopf», warnte Mary. «Tja, heute muss wohl ein besonderer Anlass sein, Ethan holt ihn sonst nur zu Hochzeiten und Beerdigungen heraus. Findest du das denn richtig, Liebster? Am Abend vor dem Osterfest, meine ich?»

«Zum Abendmahl wird ja auch nicht gerade Coca-Cola getrunken, mein Schatz.»

«Mary, ich habe deinen Mann noch nie so vergnügt erlebt.»

«Das liegt an dem Vermögen, das du aus den Karten gelesen hast», erwiderte Mary. «Hat ihn über Nacht verändert.»

Was für eine beängstigende Kreatur ist doch der Mensch, jede Menge Messuhren, Skalen und Regler, aber ablesen können wir nur wenige, und die vermutlich nicht einmal korrekt. Eine Stichflamme rot glühender Qual fuhr mir ins Gedärm und wanderte aufwärts, bis sie eine Stelle unterhalb meiner Rippen durchbohrte. In meinen Ohren rauschte ein gewaltiger Wind, trieb mich voran wie ein hilfloses Schiff und brach die Masten, noch ehe ich irgendwelche Segel reffen konnte. Dann schmeckte ich bitteres Salz auf den Lippen und sah, wie das Zimmer pulsierte, wie es auf und ab wogte. Jedes Warnsignal schrie: Gefahr! Schiffbruch! Schock! Es erwischte mich, als ich gerade hinter den Stühlen meiner Damen stand, und ich krümmte mich und zitterte in Todesangst, doch ebenso plötzlich war es vorbei. Ich richtete mich auf, ging weiter, und Mary und Margie hatten nichts davon mitbekommen. Ich verstehe jetzt, wie man früher glauben konnte, der Teufel habe von einem Besitz ergriffen. Ich bin mir nicht sicher, ob ich daran glaube. Besitz? Die schäumende Geburt von etwas Fremdem, gegen das man sich mit jeder Faser wehrt, nur um den Kampf dann doch zu verlieren, sich zu beruhigen und mit dem Eindringling Frieden zu schließen. Vergewaltigung – das wäre ein passendes Wort, wenn man sich dabei den Klang eines Wortes vorzustellen vermag, das umrandet ist von der blauen Flamme eines Schneidbrenners.

Die Stimme meiner Liebsten drang zu mir durch. «Es kann ja auch nicht schaden, mal was Nettes zu hören.»

Ich traute meiner Stimme nicht recht, doch klang sie kräftig und überzeugend: «Ein bisschen Hoffnung, selbst hoffnungslose Hoffnung, hat noch keinem was Böses getan», sagte ich, stellte den Krug wieder in die Vitrine, kehrte zu meinem Stuhl zurück, leerte das Glas mit dem alten, duftenden Rum zur Hälfte, schlug die Beine übereinander und verschränkte die Hände im Schoß.

«Verstehe ihn, wer will», sagte Mary. «Er hat die Wahrsagerei immer verabscheut, hat Witze darüber gerissen. Ich begreife das einfach nicht.»

Meine Nerven bebten wie dürres, winddurchwehtes Wintergras, und vom Druck waren meine verschränkten Finger weiß angelaufen.

«Ich will versuchen, es Mrs. Young… Margie zu erklären», sagte ich. «Mary entstammt einer vornehmen, aber armen irischen Familie.»

«Wir waren nicht alle arm.»

«Hören Sie es nicht an ihrem Akzent?»

«Nun, da Sie es sagen…»

«Also, Marys heilige Großmutter – zumindest gehörte sie heiliggesprochen – war eine gute Christin, das stimmt doch, nicht, Mary?»

Ich meinte eine leise Feindseligkeit an meiner Liebsten wahrzunehmen, fuhr aber dennoch fort. «Und trotzdem fiel es ihr nicht schwer, an Feen zu glauben, obwohl die strenge, unnachgiebige christliche Theologie die Vermischung von beidem nicht zulässt.»

«Das ist doch was anderes.»

«Natürlich, Liebling. Fast alles ist was anderes. Kann man an etwas, wovon man nichts weiß, nicht glauben?»

«Nimm dich in Acht», sagte Mary. «Er fängt dich in einer seiner Wortfallen.»

«O nein. Ich weiß nichts über Wahrsagerei. Wie kann ich also nicht daran glauben? Ich glaube, dass es sie gibt, denn sie wird ja praktiziert.»

«Du glaubst aber nicht daran, dass die Vorhersagen wahr sind.»

«Wahr ist für mich, dass Menschen zu Wahrsagern gehen, millionenfach, und dass sie dafür bezahlen. Das reicht doch, um Interesse zu wecken, oder nicht?»

«Aber du …»

«Halt! Ich will nicht sagen, dass ich nicht daran glaube, sondern dass ich nichts darüber weiß. Das ist nicht dasselbe. Und ich weiß nicht, was zuerst kommt – das Wahre oder die Wahrsagerei.»

«Ich glaube, ich weiß, was er meint.»

«Ehrlich?» Mary schien nicht allzu erbaut zu sein.

«Mal angenommen, der Wahrsager sagt voraus, was sowieso passiert. Haben Sie das gemeint?»

«Das ist was anderes. Aber wie könnten die Karten das wissen?», fragte Mary.

«Die Karten», sagte ich, «können sich nicht einmal bewegen, außer wenn jemand sie umdreht.»

Margie sah mich nicht an, doch ich wusste, sie spürte Marys wachsendes Unbehagen und wollte wissen, wie sie sich verhalten sollte.

«Könnten wir nicht so etwas wie einen Test machen?», fragte ich.

«Tja, es ist schon komisch, aber diese Dinge scheuen jeden Test. Trotzdem kann ein Versuch nicht schaden. Haben Sie da an etwas Bestimmtes gedacht?»

«Sie haben Ihren Rum noch gar nicht angerührt.»

Gleichzeitig erhoben sie ihr Glas, nippten daran und stellten es wieder ab. Ich trank meins aus und holte erneut den Krug.

«Ethan, hältst du das für richtig?»

«Ja, Liebling.» Ich füllte mein Glas. «Warum können Sie die Karten nicht mit verbundenen Augen umdrehen?»

«Sie müssen gedeutet werden.»

«Wie wäre es, wenn Mary oder ich sie auslegen und Sie sie deuten?»

«Eigentlich soll zwischen dem Deuter und den Karten eine Verbindung bestehen, aber… Na ja, wir könnten es probieren.»

Mary sagte: «Ich finde, wenn wir's schon machen, dann sollten wir's auch richtig machen.»

So ist sie seit jeher gewesen. Sie mag keine Veränderungen – keine kleinen Veränderungen, meine ich. Mit den großen kommt sie besser zurecht als jeder andere, verliert die Nerven, wenn sich jemand in den Finger schneidet, bei einer durchschnittenen Kehle indes bleibt sie ruhig und tüchtig. Ich verspürte ein leise pochendes Unbehagen, da Mary wusste, dass Margie und ich bereits darüber geredet hatten, nun jedoch so taten, als käme es uns gerade erst in den Sinn.

«Wir haben heute Morgen darüber gesprochen.»

«Ja, als ich Kaffee geholt habe. Seither denke ich den ganzen Tag dran. Die Karten habe ich mitgebracht.»

Mary neigt dazu, Intensität mit Wut zu verwechseln und Wut mit Gewalt, vor Gewalt aber fürchtet sie sich. Irgendein versoffener Onkel hat ihr diese Angst eingeimpft, was eine Schande ist. Und ich konnte spüren, wie ihre Angst wuchs.

«Doktern wir nicht an der Wahrsagerei rum», sagte ich, «spielen wir lieber eine Partie Casino.»

Margie bemerkte meine Taktik, verstand sie, hätte sie vermutlich selbst gern angewendet. «Von mir aus.»

«Meine Wahrheit steht fest. Ich werde reich. Belassen wir's dabei.»

«Siehst du, ich hab dir doch gesagt, dass er nicht dran glaubt. Er redet ständig um den heißen Brei herum, und dann will er nicht mit der Sprache heraus. Manchmal macht er mich richtig verrückt.»

«Ach ja? Das lässt du dir aber nie anmerken. Für mich bist du stets meine liebe Frau.»

Ist es nicht seltsam, wie man manchmal Strömungen und Querströmungen wahrnehmen kann? Nicht immer, aber manchmal. Da Mary ihren Verstand kaum für systematisches Denken nutzt, ist sie vermutlich empfänglicher für Eindrücke. Im Zimmer breitete sich eine gewisse Spannung aus. Und mir kam der Gedanke, dass Margie womöglich nicht mehr ihre beste Freundin war – dass sie sich in ihrer Gegenwart vielleicht noch nie entspannt gefühlt hatte.

«Ich würde wirklich gern mehr über die Karten erfahren», sagte ich. «Schließlich weiß ich überhaupt nichts darüber. Es heißt immer, dass Zigeuner Karten legen. Sind Sie eine Zigeunerin? Ich glaube, ich hab noch nie eine kennengelernt.»

Mary sagte: «Margie hat einen russischen Mädchennamen, aber sie stammt aus Alaska.»

Das erklärte die breiten Wangenknochen.

Margie erwiderte: «Ich habe ein ganz schlechtes Gewissen, Mary, denn wie wir nach Alaska gelangten, ist ein Geheimnis, das ich dir nie verraten habe.»

«Alaska hat den Russen gehört», sagte ich. «Und wir haben es ihnen abgekauft.»

«Stimmt, aber haben Sie auch gewusst, dass es wie Sibirien ein Gefängnis war, nur für noch schlimmere Verbrechen?»

«Was für eine Art von Verbrechen?»

«Die allerschlimmsten. Meine Urgroßmutter wurde wegen Hexerei nach Alaska verbannt.»

«Was hat sie angestellt?»

«Unwetter heraufbeschworen.»

Ich lachte. «Das liegt dann wohl in der Familie.»

«Unwetter heraufzubeschwören?»

«In den Karten zu lesen – ist vielleicht mehr oder weniger dasselbe.»

Mary sagte: «Stimmt ja gar nicht. Du machst Witze.»

«Mag sein, Mary, aber wahr ist es trotzdem. Es handelte sich tatsächlich um das schlimmste Verbrechen, schlimmer als Mord. Ich besitze noch ihre Papiere, allerdings sind die auf Russisch.»

«Sprichst du Russisch?»

«Inzwischen nur noch ein bisschen.»

«Vielleicht», sagte ich, «ist Hexerei nach wie vor das schlimmste Verbrechen.»

«Siehst du, was ich meine?», erwiderte Mary. «Er springt hierhin und dorthin, und man weiß nie, was er denkt. Letzte Nacht... letzte Nacht ist er noch vor Tagesanbruch aufgestanden, um spazieren zu gehen.»

«Ich bin ein Tunichtgut», gestand ich. «Ein durchtriebener, unverbesserlicher Schurke.»

«Also ich fände es gut, wenn Margie aus den Karten liest – allerdings auf ihre Weise, ohne dass du dazwischenfunkst. Wenn wir aber noch lange reden, kommen die Kinder wieder nach Hause, und dann geht's nicht mehr.»

«Entschuldigt mich einen Moment», sagte ich und stapfte die Treppe hinauf zu unserem Schlafzimmer. Das Schwert lag auf dem Bett, die Hutschachtel offen auf dem Boden. Ich ging weiter ins Bad und drückte die Toilettenspülung. Das Rauschen des Wassers hört man im ganzen Haus. Dann feuchtete ich ein Tuch in kaltem Wasser an und drückte es mir an die Stirn und vor allem an die Augen. Mir war, als ließe ein innerer Druck sie hervorquellen. Die kühle Feuchtigkeit tat gut. Ich setzte mich auf die Toilettenbrille, und als das Tuch warm wurde, feuchtete ich es erneut an. Auf dem Rückweg durchs Schlafzimmer nahm ich den federbestückten Templerhut aus der Schachtel, setzte ihn auf und marschierte die Treppe wieder hinunter.

«Ach, du Kasper», sagte Mary, wirkte aber froh und erleichtert. Die Anspannung wich.

«Kann man Straußenfedern bleichen lassen?», fragte ich. «Sie ist vergilbt.»

«Ich denke, schon. Frag Mr. Schultz.»

«Ich bring sie am Montag zu ihm.»

«Ich finde, Margie sollte uns die Karten legen», sagte Mary. «Das wäre mir wirklich sehr lieb.»

Ich hängte den Hut über den Kugelknauf des Treppenpfostens, der dadurch aussah wie ein betrunkener Admiral, falls es denn so etwas gibt.

«Bring den Kartentisch, Eth. Margie braucht viel Platz.»

Ich holte ihn aus dem Flurschrank und klappte ihn auf.

«Und Margie bevorzugt einen Stuhl mit gerader Rückenlehne.»

Ich stellte einen Esszimmerstuhl an den Tisch. «Müssen wir etwas tun?»

«Euch konzentrieren», antwortete Margie.

«Auf was?»

«Möglichst auf gar nichts. Die Karten sind in meiner Handtasche drüben auf dem Sofa.»

Ich hatte immer angenommen, die Karten eines Wahrsagers seien schmierig, dick und abgewetzt, diese aber waren sauber und glänzten, als seien sie mit Plastik überzogen. Sie waren zudem länger und schmaler als Spielkarten, und es gab davon weit mehr als nur zweiundfünfzig. Margie saß kerzengerade am Tisch und fächerte sie auf – grellbunte Bilder und komplexe Farben, Karten mit französischen Namen: *L'Empereur, L'Ermite, Le Cariot, La Justice, Le Mat, Le Diable*[39] – Erde, Sonne, Mond und Sterne, Abfolgen von Schwertern, Bechern, Stäben und Geld, vermute ich zumindest, wenn denn *deniero* Geld heißt, allerdings war das zugehörige Symbol eine heraldische Rose; und jede Farbe hatte ihren *roi*, ihre *reine* oder ihren *chevalier*.[40] Dann entdeckte ich seltsame Karten, verstörende Karten: ein von Blitzen umhüllter Turm, ein Glücksrad, ein an den Füßen aufgehängter Mann am Galgen, genannt *Le Pendu*, sowie der Tod – *La Mort*, ein Skelett mit einer Sense.

«Ein bisschen düster, oder?», sagte ich. «Bedeuten die Bilder tatsächlich, was auf ihnen zu sehen ist?»

«Das kommt auf den Zusammenhang an. Liegt eine Karte auf dem Kopf, verkehrt sich auch ihre Bedeutung ins Gegenteil.»

«Die Bedeutungen ändern sich?»

«Ja, das nennt man Auslegung oder Interpretation.»

In dem Moment, da Margie die Karten zur Hand genommen hatte, war sie förmlich geworden. Unter dem Licht verrieten ihre Hände zudem, was mir zuvor schon aufgefallen war, dass sie nämlich älter war, als sie aussah.

«Wo haben Sie das gelernt?», fragte ich.

«Ich habe meiner Großmutter oft dabei zugesehen und später angefangen, es als Partytrick vorzuführen – wollte wohl ein bisschen Aufmerksamkeit erregen.»

«Glauben Sie daran?»

«Ich weiß es nicht. Manchmal kommt ganz Erstaunliches zutage. Ich weiß es wirklich nicht.»

«Könnten die Karten ein Konzentrationsritual sein – eine psychische Übung?»

«Manchmal denke ich das auch. Wenn ich merke, dass ich einer Karte eine Bedeutung beimesse, die sie vorher nicht gehabt hat, dann stimmt das auch meistens.» Ihre Hände schienen ein Eigenleben zu führen, als sie die Karten mischte und abhob, mischte und abhob und erneut mischte, um sie dann mir zum Abheben herüberzuschieben.

«Wem soll ich sie legen?»

«Ethan», rief Mary. «Finden wir heraus, ob sie dasselbe sagen wie gestern.»

Margie blickte mich an. «Helles Haar», sagte sie. «Blaue Augen. Sind Sie unter vierzig?»

«Gerade so.»

«Stab-König.» Sie fand die Karte im Stapel. «Das sind Sie» – das Bild zeigte einen Krone und Robe tragenden König, in der Hand ein riesiges, rotblaues Zepter, darunter die gedruckte Bezeichnung *Roi de Bâton*. Mit dem Bild nach oben legte sie den Stab-König ab und mischte den Stapel erneut. Dann legte sie rasch Karten aus, wobei sie eine Art Singsang anstimmte. Eine Karte auf meiner Karte: «Diese bedeckt ihn.» Eine quer darüber: «Diese kreuzt ihn.» Noch eine darüber: «Diese krönt ihn». Eine darunter: «Die ist sein Fundament. Diese vor ihm, diese hinter ihm.» Die Karten auf dem Tisch bildeten ein Kreuz. Dann legte sie links davon zügig vier hintereinander aus und sagte: «Er selbst, sein Haus, seine Hoffnungen, seine Zukunft.» Die letzte Karte zeigte den kopfüber Hängenden, *Le Pendu*, auch wenn er von meinem Platz aus richtig herum aussah.

«So viel zu meiner Zukunft.»

«Es kann auch Erlösung bedeuten», sagte sie und fuhr sich mit dem Zeigefinger über die Unterlippe.

«Ist Geld dabei?», wollte Mary wissen.

«Ja, ist es», sagte sie gedankenverloren, raffte

die Karten plötzlich zusammen, mischte sie und legte sie wieder aus, während sie erneut leise ihr Ritual intonierte. Die einzelnen Karten schien sie kaum zu beachten, sondern sich stets auf die gesamte Gruppe zu konzentrieren, ihr Blick verschleiert und wie abwesend.

Ein toller Trick, dachte ich, der kommt in den Frauenklubs bestimmt gut an – sicher aber auch anderswo. So muss die Priesterin des Delphischen Orakels ausgesehen haben, kühl, gefasst, verwirrend. Kann man sein Publikum nur lang genug in Spannung, Atem, Erwartung halten, glaubt es einfach alles – das hat weniger mit Schauspielerei zu tun als mit einer gewissen Technik, dem richtigen Timing. Diese Frau verschwendete ihr Talent an Handlungsreisende. Doch was wollte sie von mir? Von uns? Plötzlich sammelte Margie die Karten ein, schob sie zu einem Stapel zusammen und legte sie in die rote Schachtel zurück, auf der «I. Muller & Cie, Fabrique de Cartes» stand.

«Ich kann nicht», sagte sie. «Passiert manchmal.»

Besorgt fragte Mary: «Hast du etwas gesehen, was du uns nicht erzählen willst?»

«Ach, ich würd's schon erzählen. Einmal, ich war noch ein kleines Mädchen, habe ich eine Schlange gesehen, die ihre Haut abstreift, eine

Prärieklapperschlange. Ich habe den ganzen Vorgang beobachtet. Tja, und als ich mir jetzt die Karten angeschaut habe, sind sie verschwunden, und ich sah wieder die Schlange, wie sie ihre Haut wechselt, die eine staubig und zerfetzt, die andere frisch und neu. Sag du mir, was das zu bedeuten hat.»

«Klingt, als wären Sie in Trance gewesen. Ist das früher schon mal geschehen?», fragte ich.

«Erst dreimal.»

«Gab es einen Grund dafür?»

«Nicht dass ich wüsste.»

«Immer die Schlange?»

«Ach was, auch andere, aber genauso verrückte Sachen.»

Mary meinte begeistert: «Vielleicht ist es ja ein Symbol für die Schicksalsveränderung, die Ethan erwartet.»

«Ist er denn eine Klapperschlange?»

«O je, verstehe.»

«Mich machen die ganz kribbelig», sagte Margie. «Früher hab ich Schlangen irgendwie gemocht, aber als ich erwachsen wurde, konnte ich sie nicht mehr ausstehen. Mir wird mulmig, wenn ich sie sehe. Aber ich sollte jetzt lieber gehen.»

«Ethan kann dich nach Hause bringen.»

«Kommt gar nicht in Frage.»

«Mach ich doch gern.»

Margie lächelte Mary an. «Behalte ihn lieber hier bei dir», sagte sie. «Du weißt nicht, wie es ist, keinen zu haben.»

«Unsinn», erwiderte Mary. «Du könntest dir doch mit einem Fingerschnippen einen Ehemann anlachen.»

«Genau das hab ich schon mal gemacht. Lohnt sich nicht. Sie sind nichts wert, wenn man sie so leicht bekommt. Behalt ihn also lieber daheim, sonst schnappt ihn dir noch jemand weg.» Während sie das sagte, zog sie sich den Mantel an – sie schien es plötzlich eilig zu haben. «Ein tolles Abendessen. Ich hoffe, ihr ladet mich bald mal wieder ein. Tut mir leid, Ethan, dass es mit dem Wahrsagen nicht geklappt hat.»

«Sehen wir dich morgen in der Kirche?»

«Nein, ich fahre heute Abend noch nach Montauk.»

«Aber dafür ist es zu kalt und zu nass.»

«Ich liebe den frühen Morgen am Meer. Gute Nacht.» Sie war draußen, ehe ich ihr die Tür aufhalten konnte, fast als säße ihr jemand im Nacken.

Mary sagte: «Ich hatte keine Ahnung, dass sie heute Abend noch rausfahren wollte.»

Sie auch nicht, hätte ich ihr beinahe verraten.

«Ethan – wie erklärst du dir das mit der Wahrsagerei heute Abend?»

«Ist doch gar nicht dazu gekommen.»

«Du vergisst, dass sie gesagt hat, es wäre Geld im Spiel. Aber was hältst du jetzt davon? Ich denke, sie hat etwas gesehen, worüber sie nicht reden wollte. Irgendwas hat ihr Angst gemacht.»

«Vielleicht hat sie früher einmal die Schlange gesehen, und *das* hat ihr Angst gemacht.»

«Du glaubst nicht, dass es eine … Bedeutung hat?»

«Mein Honigbrötchen, du bist hier die Expertin fürs Wahrsagen. Woher soll ich das wissen?»

«Na ja, wie auch immer. Jedenfalls bin ich froh, dass du sie nicht schrecklich findest. Das hatte ich nämlich befürchtet.»

«Ich bin ein Schlawiner», sagte ich, «und verberge meine wahren Gedanken.»

«Nicht vor mir. Sie bleiben bis nach der zweiten Vorführung.»

«Wie?»

«Die Kinder. Machen sie immer. Ich fand es übrigens toll, wie du das mit dem Abwasch geregelt hast.»

«Bin eben ziemlich verschlagen», sagte ich. «Und jetzt habe ich es auch noch auf Euer Ehren abgesehen.»

## 6

In der Vergangenheit habe ich schon öfter eine Entscheidung aufgeschoben, um später noch einmal darüber nachzudenken. Wenn ich mich, nachdem einige Zeit verstrichen war, dem Problem erneut stellte, merkte ich, es hatte sich erledigt, war gelöst, das Urteil gefällt. Diese Erfahrung machen vermutlich viele Menschen, allerdings kann ich nicht sagen, ob das wirklich stimmt. Es ist, als wäre in den dunklen, trostlosen Höhlen des Geistes eine gesichtslose Jury zusammengetreten und hätte entschieden. Diesen geheimen und schlaflosen Bereich in meinem Innersten habe ich mir stets als ein schwarzes, tiefes, wellenloses Wasser vorgestellt, ein Laichgrund, von dem nur wenige Gebilde bis an die Oberfläche steigen. Vielleicht ist es aber auch eine große Bibliothek, in der alles verzeichnet steht, was einem Lebenden seit dem ersten Augenblick seines Lebens jemals widerfahren ist.

Ich glaube, manche Leute haben einen leichteren Zugang zu diesem Bereich als andere, Dichter etwa. Früher habe ich Zeitungen ausgetragen, besaß allerdings keinen Wecker, also fand ich einen Weg, ein Signal zu senden und eine Reaktion auszulösen. Lag ich abends im Bett, sah ich mich am Rand des schwarzen Wassers stehen. Ich malte mir aus, ich hielte einen weißen Stein in der Hand, einen runden Stein. Auf ihn schrieb ich in tiefschwarzen Buchstaben «4 Uhr», ließ ihn fallen und sah, wie er versank, wie er sich im Wasser drehte und drehte, bis er verschwand. Für mich hat das funktioniert. Auf die Sekunde genau wurde ich um vier Uhr morgens wach. Später konnte ich mich auf diese Weise auch um zehn vor oder um viertel nach vier wecken. Die Methode hat nie versagt.

Und dann schießt manchmal ein seltsames, manchmal grässliches Etwas an die Oberfläche, als tauchte aus großer Tiefe eine Seeschlange oder ein Krake auf.

Vor einem Jahr erst ist Marys Bruder Dennis in unserem Haus gestorben, ein entsetzlicher Tod nach einer Infektion der Schilddrüse, die alle Säfte der Angst in ihm aufsteigen ließ, sodass er gewalttätig wurde und Wutanfälle bekam. Sein gutmütiges irisches Pferdegesicht nahm teuflische Züge an. Ich half, ihn festzuhalten, ihn zu besänftigen, ihn in seinen Todesträumen zu beruhigen, und so ging es eine Woche lang, ehe sich seine Lungen zu füllen begannen. Ich wollte nicht, dass Mary ihn sterben sah. Sie hatte den Tod noch nicht kennengelernt, und dieser Tod könnte, das wusste ich, ihre schönen Erinnerungen an jenen freundlichen Mann auslöschen, der ihr Bruder einmal gewesen war. Während ich aber wartend an seinem Bett saß, kam ein Ungeheuer aus meinem dunklen Wasser herangeschwommen. Ich hasste Dennis. Ich wollte ihn töten, ihm die Kehle durchbeißen. Meine Kiefermuskeln spannten sich, und ich glaube, ich habe die Zähne gefletscht wie ein Wolf, der gleich sein Opfer anfällt.

Als es vorüber war, gestand ich, von schrecklichen Schuldgefühlen gepackt, dem alten Doc Peele, der den Totenschein ausstellte, was ich empfunden hatte.

«Das ist nicht so ungewöhnlich, glaube ich», sagte er. «Dergleichen habe ich schon öfter in Gesichtern gesehen, bloß haben sich bislang nur wenige Leute dazu bekannt.»

«Aber warum denn? Ich habe ihn doch gern gehabt.»

«Womöglich eine alte Erinnerung», erwiderte er. «Eine Rückkehr vielleicht zu jener Zeit, als ein krankes oder verletztes Tier eine Gefahr für das ganze Rudel bedeutete. Einige Geschöpfe, ja, fast alle Fische töten und fressen ihre geschwächten Geschwister.»

«Aber ich bin kein Tier, kein Fisch.»

«Gewiss nicht. Und vielleicht finden Sie Ihre

Gefühle deshalb seltsam, aber sie sind da, sind alle noch da.»

Doc Peele ist ein braver alter Mann, ein müder alter Mann. Seit fünfzig Jahren bringt er uns auf die Welt oder unter die Erde.

Zurück zur Zusammenkunft im Dunkeln – sie muss Überstunden eingelegt haben. Manchmal verkehrt sich ein Mensch dem Anschein nach in sein Gegenteil, sodass man sagen möchte: «Das kann er nicht machen. Das passt gar nicht zu ihm.» Vielleicht aber doch. Vielleicht muss man es nur aus einem anderen Blickwinkel betrachten; oder Druck von oben oder unten hat ihn verändert. Im Krieg erlebt man derlei häufig – ein Feigling wird zum Helden, ein tapferer Mann bricht im Feuer zusammen. Oder man liest in der Morgenzeitung von einem netten, freundlichen Familienvater, der Frau und Kinder mit einer Axt erschlägt. Ich glaube, der Mensch ändert sich immerzu, allerdings macht sich diese Veränderung nur in gewissen Momenten bemerkbar. Würde ich tief genug graben wollen, könnte ich den Beginn meiner Veränderung sicherlich bis zu meiner Geburt oder noch weiter zurückverfolgen. In letzter Zeit haben viele kleine Dinge ein Muster größerer Dinge zu bilden begonnen. Es ist, als schöben und drängten Ereignisse und Erfahrung mich in eine Richtung, die meinem normalen Ich widerspricht oder doch dem, was ich für normal hielt: den Verkäufer im Lebensmittelladen, den Versager, den Mann ohne echte Hoffnung, ohne Antrieb, gehemmt von der Verantwortung, die Bäuche seiner Lieben füllen, ihre Leiber bekleiden zu müssen, gefangen von Ansichten und Einstellungen, die ich für moralisch, gar tugendhaft hielt. Und womöglich bildete ich mir sogar allerhand darauf ein, dass zu sein, was ich einen «guten Menschen» nannte.

Und natürlich wusste ich, was um mich herum geschah. Marullo hätte es mir nicht zu sagen brauchen. Man kann wohl kaum in einer Kleinstadt wie New Baytown leben und nichts davon mitbekommen. Ich hatte mir keine großen Gedanken darüber gemacht. Gegen kleine Gefälligkeiten ließ Richter Dorcas Strafzettel verschwinden. Das war nicht mal ein Geheimnis. Und diese Gefälligkeiten zogen wiederum andere Gefälligkeiten nach sich. Der Stadtdirektor, der auch Chef der Baumaterialhandlung Budd Building Supplies war, verkaufte ebendieses Material zu erhöhten Preisen an die Stadt, manchmal auch dann, wenn gar kein Bedarf bestand. Wurde eine neue Asphaltstraße angelegt, stellte sich gewöhnlich heraus, dass Mr. Baker, Marullo und ein halbes Dutzend anderer Geschäftsleute die Grundstücke entlang jener Strecke erworben hatten, noch ehe der Plan für den Straßenneubau bekannt geworden war. Dies waren gleichsam naturgegebene Tatsachen, nur hatte ich bislang geglaubt, meine Natur sei frei von dergleichen. Marullo, Mr. Baker, der Handelsvertreter, Margie Young-Hunt und Joey Morphy, sie alle hatten mich auf eine Weise bedrängt, die zusammengenommen einen derartigen Schub ergab, dass «ich mir ein wenig Zeit nehmen muss, um noch einmal darüber nachzudenken».

Meine Liebste schnurrte im Schlaf, das archaische Lächeln auf den Lippen, und auf ihrem Gesicht lag überdies jener gewisse Schimmer von Trost und Behagen, wie er meist nach dem Liebesakt zu sehen war, eine wohlige Befriedigung.

Nach meiner Wanderung in der vorigen Nacht hätte ich eigentlich müde sein müssen, war ich aber nicht. Mir ist aufgefallen, dass ich selten müde bin, wenn ich weiß, dass ich am nächsten Morgen ausschlafen kann. Die roten Pünktchen tanzten vor meinen Augen, und das Licht der Straßenlampe warf die Schatten der kahlen Ulmenzweige an die Zimmerdecke, wo sie, da draußen ein leichter Frühlingswind wehte, ebenso bedächtige wie prächtige Fadenspiele zeigten. Das

Fenster war halb geöffnet, die weißen Vorhänge bauschten und blähten sich, als wären es die Segel eines vor Anker liegenden Schiffs. Marys Vorhänge mussten weiß sein, und sie wusch sie oft. Sie vermittelten ihr ein Gefühl von Anstand und Sicherheit. Wenn ich ihr dann sage, es sei ihre irische Seele, die auf Spitzengardinen bestehe, gibt sie vor, sich ein wenig über mich zu ärgern.

Ich fühlte mich wohl und ebenso befriedigt, doch während Mary in den Schlaf abtauchte, war mir überhaupt nicht danach. Ich wollte es auskosten, dass ich mich so wohlfühlte, wollte an den «Ich liebe Amerika»-Aufsatzwettbewerb denken, an dem meine Kinder teilnahmen. Doch nicht nur dies und anderes wollte ich mir durch den Kopf gehen lassen, sondern mich auch mit der Frage befassen, was eigentlich mit mir geschah und was folglich zu tun war, weshalb ich Letzteres natürlich zuerst hervorholte und feststellte, dass die dunkle Jury der Tiefe bereits eine Entscheidung für mich gefällt hatte. Da war sie, deutlich und gewiss. Es war, als bereitete man sich für einen Wettlauf vor, trainierte und befände sich endlich am Start mit den Spikes in den Startlöchern. Also keine Wahl mehr. Man rennt los, sobald die Startpistole knallt. Und ich erkannte, dass ich wirklich bereit war, dass ich meine

Spikes trug und nur auf den Startschuss wartete. Offenbar war ich jedoch der Letzte, dem das
klar wurde. Den ganzen Tag über hatte immer
mal wieder jemand bemerkt, wie gut ich aussähe,
was heißen sollte, dass ich anders wirkte, selbst-
bewusster, verändert. Der Handelsvertreter hatte
am Nachmittag verblüfft dreingesehen. Marullo
hatte mich unbehaglich gemustert. Und Joey-Boy
hatte sich bemüßigt gefühlt, sich bei mir für etwas
zu entschuldigen, was ich getan hatte. Und dann
Margie Young-Hunt – sie hatte mich mit ihrem
Klapperschlangentraum vielleicht am stärksten
beeinflusst. Irgendwie war sie zu mir durchge-
drungen und hatte eine Gewissheit in mir entdeckt, noch ehe sie mir selbst gewiss gewesen war.
Und das Symbol dafür war die Klapperschlange.
Ich merkte, wie ich im Dunkeln grinste. Und
hinterher wandte sie in ihrer Verwirrung den ältesten Trick an – die Drohung mit Untreue, ein
in die aufkommende Flut geworfener Köder, um
herauszufinden, welche Fische drin schwammen.
Ich rief mir nicht das heimliche Flüstern ihres gut
verhüllten Körpers in Erinnerung – nein, das Bild,
das ich vor Augen hatte, waren die Klauenhände,
die ihr Alter verrieten, ihre Nervosität und die
Grausamkeit, die einen packt, wenn man die Si-
tuation nicht länger im Griff hat.

Manchmal wünsche ich mir, die Natur der nächtlichen Gedanken zu kennen. Sie sind den Träumen nahe verwandt. Gelegentlich kann ich sie lenken, dann wieder machen sie sich selbstständig und galoppieren auf mich zu wie wilde, ungebärdige Pferde.

Danny Taylor kam mir in den Sinn. Ich wollte nicht an ihn denken und traurig sein, aber er kam trotzdem daher. Ich musste einen Trick anwenden, den mir ein Feldwebel, ein alter Haudegen, verraten hatte, und es klappte. Im Krieg gab es einmal einen Tag, eine Nacht und noch einen Tag, da war alles eins gewesen, eine Einheit, deren Teile aus nichts als dem schmutzigen Grauen bestanden, zu dem es in diesem makabren Handwerk kommen kann. Ich bin mir nicht sicher, ob ich mir zum Zeitpunkt des Geschehens der Höllenqual überhaupt bewusst war, denn ich war zu beschäftigt und unsagbar müde; hinterher aber drängte sich diese Einheit eines Tages, einer Nacht und eines weiteren Tages immer wieder in meine nächtlichen Gedanken, bis fast zu jenem Irrsinn, den man als Kampfesmüdigkeit bezeichnet und früher auch Kriegszittern genannt hat. Ich wandte jeden Trick an, den ich kannte, trotzdem kehrten diese Erinnerungen unweigerlich zurück. Tagsüber warteten sie ab, um mich dann

im Dunkeln zu überfallen. Einmal, an einem
whiskyseligen Abend, erzählte ich meinem Stabs-
feldwebel davon, einem alten Berufssoldaten, der
schon in heute längst vergessenen Kriegen ge-
kämpft hatte. Trüge er all seine Auszeichnungen,
wäre an seiner Jacke kein Platz mehr für Knöpfe – Mike Pulaski, ein Pole aus Chicago, nicht
verwandt mit dem Helden Pulaski[41]. Zum Glück
war er selbst ebenfalls ordentlich betrunken, sonst
hätte er vielleicht dichtgemacht, war ihm doch
eingeimpft worden, dass man mit rangniedrige-
ren Offizieren nicht fraternisierte.

Mike hörte mich an und starrte dabei auf eine
Stelle zwischen meinen Augen. «Tja», sagte er.
«Das kenne ich. Das Problem ist, man versucht,
es sich aus dem Kopf zu schlagen. Funktioniert
aber nicht. Stattdessen müssen Sie es willkommen heißen.»

«Wie meinen Sie das, Mike?»

«Geht nicht von jetzt auf gleich – Sie beginnen
mit dem Anfang und erinnern sich an alles, was
Ihnen einfällt, bis hin zum Schluss. Jedes Mal,
wenn es wiederkommt, ziehen Sie das von Neuem durch, vom allerersten Anfang bis zum Ende.
Ziemlich bald kriegt es das satt, und Teile bleiben
weg, später verschwindet es völlig.»

Ich habe es ausprobiert, und es hat funktioniert. Keine Ahnung, ob die Seelenklempner diese Methode kennen, jedenfalls sollten sie sie kennen.

Kaum kam mir also an jenem Abend Danny Taylor in den Sinn, verpasste ich ihm Feldwebel Mikes Behandlung.

Als wir noch Kinder waren, dasselbe Alter, dieselbe Größe, dasselbe Gewicht, gingen wir immer zum Landhandel in der High Street und stellten uns auf die Waage. In der einen Woche war ich ein Pfund schwerer, in der nächsten hatte Danny mich wieder eingeholt. Wir gingen zusammen angeln, jagen, schwimmen und verabredeten uns mit denselben Mädchen. Wie die meisten alten Familien von New Baytown war auch Dannys Sippe recht gut betucht. Das Haus der Taylors ist das weiße mit den hohen kannelierten Säulen in der Porlock Street. Früher hat den Taylors auch ein Landhaus gehört – gut fünf Kilometer außerhalb der Stadt.

Überall um uns herum breitete sich welliges, mit Bäumen bestandenes Hügelland aus, ein paar weißstämmige Kiefern, aber auch nachgepflanzte Eichen, Hickorys und sogar einige Zedern. Lang vor meiner Geburt waren die Eichen noch wahre Riesen und so groß, dass die örtlichen Werften das Holz für Kiel, Spanten und Planken in unmittelbarer Nähe schlagen ließen, bis irgendwann alle Bäume gefällt waren. In diesem Berg-und-Tal-Land gehörte den Taylors einst ein Haus mitten auf einer großen Wiese, der einzigen ebenen Fläche meilenweit im Umkreis. Früher einmal muss es der Grund eines Sees gewesen sein, denn die Gegend war flach wie ein Tisch, umringt von niedrigen Hügeln. Vor etwa sechzig Jahren brannte das Landhaus der Taylors ab und wurde nie wieder hochgezogen. Als Kinder sind Danny und ich oft mit den Fahrrädern hingefahren und haben im Keller gespielt oder uns aus den Ziegeln des alten Fundaments eine Jagdhütte gebaut. Der Garten muss einmal wunderschön gewesen sein. Wir konnten noch Baumalleen erkennen, eine Andeutung von Hecken und Grenzen im Wirrwarr des zurückkehrenden Waldes. Hier und da stand auch noch ein Stück Steinbalustrade, und einmal fanden wir eine Pan-Büste auf einer umgestürzten Säule. Gesicht, Hörner und Bart hatten sich in die Lehmerde gegraben. Wir stellten Säule und Statue wieder auf, reinigten sie und hielten sie eine Zeit lang in Ehren, später aber gewannen Habgier und die Mädchen die Oberhand. Irgendwann karrten wir die Statue nach Floodhampton und verkauften sie für fünf Dollar an den Schrotthändler. Es muss ein ziemlich gutes, womöglich sehr altes Stück gewesen sein.

Danny war ein Freund, wie jeder Junge ihn haben sollte. Dann kam die Zulassung zur Marineakademie. Ich sah ihn noch einmal in Uniform, danach jahrelang nicht mehr. New Baytown war und ist eine kleine, kompakte Stadt. Natürlich wissen alle, dass Danny von der Akademie geflogen ist, doch man spricht nicht darüber. Die Taylors starben aus – genau wie die Hawleys. Von unserer Familie bin ich als Einziger noch übrig, und natürlich mein Sohn Allen. Danny kehrte erst wieder in die Stadt zurück, als alle sonstigen Taylors tot waren, und er kam als Säufer heim. Anfangs habe ich versucht, ihm zu helfen, aber das ließ er nicht zu. Er wollte niemanden um sich haben. Trotzdem stehen wir uns noch nah, sogar sehr nah.

Ich ging alles durch, woran ich mich erinnern konnte, bis hin zum gestrigen Morgen, als ich ihm einen Dollar gegeben hatte, damit er sein eigenes Vergessen fand.

Die Grundlage meiner Veränderung waren Gefühle, der Druck von außen, Marys Wunsch, Allens Verlangen, Ellens Ärger und Mr. Bakers Hilfe. Erst ganz zum Schluss, wenn der nächste Schritt bereits ausgearbeitet und vorbereitet ist, setzt der Verstand ein Dach auf das Gebäude und bringt Worte an, um zu erklären und zu rechtfertigen. Gehen wir mal davon aus, dass mein bescheidenes, unaufhörliches Verkäuferdasein gar nicht so tugendhaft war, sondern eher Ausdruck einer moralischer Faulheit. Jeder Erfolg verlangt eine gewisse Kühnheit. Vielleicht war ich einfach zu furchtsam, hatte zu große Angst vor den Konsequenzen, kurz und gut, war zu faul. Erfolgreiche Geschäftstätigkeit ist in unserer Stadt keine besonders heikle oder gar zwielichtige Angelegenheit, und selbst mit dem Erfolg ist es nicht allzu weit her, da sich die Geschäftsleute künstliche Grenzen setzen für ihr Treiben. Ihre Verbrechen sind eher geringe Vergehen, also bleibt auch ihr Erfolg gering. Würde man die Regierung der Stadt und das Geschäftsleben von New Baytown gründlich durchleuchten, fände man gewiss heraus, dass hundert gesetzliche und aberhundert moralische Vorschriften übertreten werden, doch sind das eher vernachlässigbare Unregelmäßigkeiten, simple Verfehlungen. Man hatte einen Teil der Zehn Gebote abgeschafft, den Rest aber beibehalten. Und sobald einer dieser erfolgreichen Geschäftsleute erreicht, was er braucht oder will, nimmt er das tugendhafte Leben so anstandslos wieder auf, als wechselte er nur sein

Hemd, und soweit sich dies ausmachen lässt, hat er durch seine moralischen Verstöße keinerlei Schaden genommen, immer vorausgesetzt, er wurde nicht erwischt. Ob einer von denen überhaupt je wieder daran gedacht hat? Ich weiß es nicht. Und wenn geringe Vergehen verziehen werden konnten, warum dann nicht ein rasches, schroffes, kühnes Vorgehen? Ist Mord durch langsamen, stetigen Druck nicht ebenso Mord wie ein schneller, gnädiger Dolchstoß? Wegen der Deutschen, die ich im Krieg umbrachte, habe ich kein schlechtes Gewissen. Einmal angenommen, ich würde für eine begrenzte Zeit nicht nur einige wenige, sondern sämtliche Regeln abschaffen: Könnten sie dann nicht, sobald das Ziel erreicht war, allesamt wieder in Kraft treten? Es stimmt zweifellos, dass das Geschäftsleben eine Art Krieg ist. Warum also nicht einen uneingeschränkten Krieg im Streben nach Frieden führen? Mr. Baker und seine Freunde haben meinen Vater nicht erschossen, aber sie haben ihn beraten und ihn, als sein Gefüge zusammenbrach, beerbt. Ist das nicht auch eine Art Mord? Wurde eines der großen Vermögen, die wir bestaunen, je ohne Rücksichtslosigkeit erlangt? Mir fällt keines ein.

Würde ich die Regeln für eine Weile außer Kraft setzen, trüge ich Narben davon, das war mir klar, aber waren die etwa schlimmer als meine bereits vorhandenen Narben des Versagens? Leben heißt Narben davontragen.

All diese Fragen waren wie der Wetterhahn auf einem Gebäude aus Unruhe und Unzufriedenheit. Es wäre möglich, da es bereits getan worden war. Doch wenn ich diese Tür öffnete, bekam ich sie dann wieder zu? Das wusste ich nicht. Ich würde es erst wissen, wenn ich sie geöffnet hatte … Ob Mr. Baker es wusste? Hat er sich darüber je Gedanken gemacht? – Der alte Käpt'n glaubte, die Bakers hätten die «Belle-Adair» wegen der Versicherung in Brand gesetzt. Waren dieser Vorfall und das Pech meines Vaters womöglich der Grund, warum Mr. Baker mir helfen wollte? Waren das seine Narben?

Was geschah, ließ sich mit einem großen Schiff vergleichen, das von vielen kleinen Booten gewendet, geschoben, angestoßen und herumgezogen wird. Kaum hatten die Tide und das Geschiebe das Schiff gewendet, müssen ein neuer Kurs gesetzt und die Maschinen angeworfen werden. Und auf der Brücke, gleichsam dem Planungszentrum, stellen sich folgende Fragen: Gut, ich weiß jetzt, wohin es gehen soll. Wie aber komme ich dahin, wo lauern Felsen im Wasser, und wie wird das Wetter?

Ein unheilvolles Riff kannte ich: Gerede. So viele verraten sich selbst, ehe sie verraten werden, meist dank einer Art sehnsüchtigem Verlangen nach Ruhm, und sei es der Ruhm der Strafe. Allein Andersens Brunnen darf man sich anvertrauen – Andersens Brunnen, nichts und niemandem sonst.

«Soll ich Kurs setzen?», rief ich dem alten Käpt'n zu. «Ist es ein guter Kurs? Bringt er mich an mein Ziel?»

Doch zum ersten Mal verweigerte er mir sein Kommando. «Das musst du selbst herausfinden. Was für den einen gut ist, ist für den andern schlecht, und was auf dich zutrifft, weißt du erst hinterher.»

Der alte Gauner hätte mir helfen können, aber womöglich hätte das keinen Unterschied bedeutet. Niemand will einen Rat – alle wollen nur in ihrem jeweiligem Vorhaben bestärkt werden.

7

Als ich wach wurde, war meine verschlafene Mary schon auf und davon, Kaffee und Speck warteten auf mich; ich konnte es riechen. Ein schönerer Tag für die Wiederauferstehung ließ sich kaum denken, so grün, blau und gelb leuchtete er. Aus dem Schlafzimmer sah ich, dass das Gras, die Bäume, einfach alles wiederauferstand. Sie hatten sich wahrlich die passende Jahreszeit dafür ausgesucht. Ich zog meinen Weihnachtsmorgenmantel an, dazu meine Geburtstagspantoffeln. Im Bad fand ich einen Rest von Allens Haarglibber und strich ihn mir in die Frisur, sodass sich mein gekämmter und gestriegelter Skalp wie eine enge Kappe anfühlte.

Zum Frühstück am Ostermorgen gibt es stets eine Schlemmerei mit Eiern und Pfannkuchen, um die sich gebratener Speck kringelt. Ich schlich mich an Mary an, tätschelte ihre seidenverhüllte Kehrseite und sagte: «*Kyrie eleison!*»

«Huch!», rief sie. «Ich hab dich gar nicht kommen hören.» Dann musterte sie meinen Morgenmantel mit dem Paisleymuster. «Hübsch», fuhr sie fort. «Den tragst du viel zu selten.»

«Mir fehlte die Zeit. Einfach die Zeit.»

«Na ja, jedenfalls ist er hübsch.»

«Sollte er auch sein, du hast ihn schließlich ausgesucht. Und die Kinder schlafen noch, trotz dieser herrlichen Gerüche?»

«Ach was, sie sind hinten im Garten, verstecken Ostereier. Ich frage mich übrigens, was Mr. Baker wohl von uns will.»

Ihre raschen Gedankensprünge verblüfften mich jedes Mal aufs Neue. «Mr. Baker? Mr. Baker. Ach! Der will mir sicher nur auf meinem Weg in eine vermögende Zukunft helfen.»

«Hast du ihm von den Karten erzählt?»

«Natürlich nicht, Liebling, aber vielleicht hat er sich so was gedacht.» Dann fuhr ich in ernsterem Ton fort: «Hör mal, mein Käsetörtchen, du findest doch, dass ich einen guten Geschäftssinn habe, nicht?»

«Was willst du damit sagen?» Sie hatte einen Pfannkuchen angehoben, um ihn umzudrehen, verharrte aber mitten in der Bewegung.

«Mr. Baker meint, ich sollte das Geld aus dem Erbe deines Bruders anlegen.»

«Na ja, wenn Mr. Baker...»

«Nein, Moment mal. Ich will das nicht. Es ist dein Geld und deine Absicherung.»

«Weiß Mr. Baker über solche Dinge nicht besser Bescheid als du, mein Lieber?»

«Da wäre ich mir keineswegs so sicher. Ich weiß nur, dass mein Vater genau das geglaubt hat. Und deshalb arbeite ich heute für Marullo.»

«Trotzdem, ich finde, Mr. Baker...»

«Vertraust du mir, Herzchen?»

«Na ja, natürlich...»

«Ohne Vorbehalt?»

«Bist du wieder albern?»

«Ich meine es ernst, todernst.»

«Das glaube ich dir sogar. Aber du kannst doch nicht einfach an Mr. Baker zweifeln. Schließlich ist er… ist er…»

«Er ist Mr. Baker. Wir hören uns an, was er zu sagen hat, und dann… wäre es mir immer noch lieber, das Geld bliebe auf dem Konto, auf dem es jetzt liegt.»

Allen schoss durch die Hintertür, als wäre er von einer Zwille abgefeuert worden. «Marullo», sagte er. «Marullo ist draußen. Er will mit dir reden.»

«Und jetzt?», fragte Mary.

«Nun, bitte ihn herein.»

«Hab ich ja, aber er hat gesagt, er möchte dich lieber draußen sprechen.»

«Was geht hier vor, Ethan? Du kannst doch nicht im Morgenmantel rausgehen. Es ist Ostersonntag.»

«Allen, sag Mr. Marullo, ich sei noch nicht angezogen. Und frag ihn, ob er nicht später wiederkommen könne. Wenn es aber eilt und er mich allein sehen will, soll er zur Vordertür kommen.»

Allen flitzte davon.

«Keine Ahnung, was er will. Vielleicht wurde ja der Laden ausgeraubt.»

Allen kam wieder angesaust. «Er geht zur Vordertür.»

«Lass dir aber nicht das Frühstück von ihm verderben, Liebster. Hörst du?»

Ich ging durchs Haus und öffnete die Vordertür. Marullo stand auf der Veranda und trug für die Ostermesse seinen besten Anzug aus feinem schwarzem Tuch, dazu eine dicke goldene Uhrkette. In der Hand hielt er einen schwarzen Hut, und er lächelte mich nervös an wie ein Hund, der weiß, dass er etwas angestellt hat.

«Kommen Sie doch herein.»

«Nein», erwiderte er. «Nur ganz kurz. Habe gehört, man hat Ihnen eine Provision angeboten.»

«Und?»

«Und ich habe gehört, Sie haben ihn aus dem Laden geschmissen.»

«Wer hat Ihnen das erzählt?»

«Kann ich nicht verraten.» Wieder lächelte er.

«Und was ist jetzt? Wollen Sie mir sagen, ich hätte das Angebot annehmen sollen?»

Er trat einen Schritt vor, griff nach meiner Hand und schüttelte sie sehr förmlich. «Sie sind ein guter Mensch», sagte er.

«Vielleicht hat er ja nur nicht genug geboten.»

«Sie machen Witze! Ein guter Mensch sind Sie. Das ist alles. Ein guter Mensch.» Er langte in seine prall gefüllte Jackentasche und zog eine Tüte heraus. «Hier, nehmen Sie.» Er klopfte mir auf die Schulter, wurde dann aber so verlegen, dass er sich umdrehte und auf seinen kurzen Beinen eilends davonstapfte, der dicke Nacken puterrot, wo er über den weißen Kragen quoll.

«Was war denn?»

Ich warf einen Blick in die Tüte – bunte Schokoladeneier; im Laden hatten wir davon ein großes, eckiges Glas voll. «Er hat ein Geschenk für die Kinder gebracht.»

«Marullo? Ein Geschenk? Das glaub ich nicht.»

«Tja, stimmt aber.»

«Warum denn bloß? So was hat er noch nie gemacht.»

«Tja, er liebt mich wohl einfach.»

«Gibt es da irgendwas, was ich wissen sollte?»

«Entenblümchen, es gibt acht Millionen Dinge, die keiner von uns weiß.» Die Kinder starrten uns durch die offene Hintertür an. Ich hielt ihnen die Tüte hin. «Ein Geschenk von einem Bewunderer. Aber das kriegt ihr erst nach dem Frühstück.»

Während wir uns für den Kirchgang zurechtmachten, sagte Mary: «Wenn ich doch nur wüsste, was es damit auf sich hat.»

«Mit Marullo? Ich muss zugeben Liebes, ich weiß es auch nicht.»

«Aber eine Tüte mit billigen Süßigkeiten…»

«Glaubst du nicht, es könnte eine ganz einfache Erklärung dafür geben?»

«Verstehe ich nicht.»

«Seine Frau ist tot. Er hat weder Kind noch Kegel. Und er wird alt. Vielleicht… na ja, vielleicht ist er ja nur einsam.»

«Er war noch nie hier. Und sollte er sich doch mal einsam fühlen, musst du ihn gleich nach einer Lohnerhöhung fragen. Bei Mr. Baker schaut er jedenfalls nicht vorbei. Das Ganze macht mich nervös.»

Ich putzte mich heraus wie die Lilien auf dem Felde[42] und zog meinen vornehmen dunklen Anzug an, den schwarzen für Beerdigungen, Hemd und Kragen so weiß gestärkt, dass sich das Sonnenlicht darin fing, dazu ein himmelblauer Schlips mit dezenten Tupfen.

Beschwor Mrs. Margie Young-Hunt uralte Unwetter herauf? Woher hatte Marullo seine Informationen? Sie konnten nur von Mr. Bugger selbst stammen, von dem sie über Mrs. Young-Hunt an Mr. Marullo gelangt waren. Ich traue Ihnen nicht über den Weg, Margie Young-Hunt, auch wenn ich keinen Grund dafür nennen kann. Doch eins weiß ich und weiß es genau, dass ich der Mrs. Young nicht trau.

Mit diesem Singsang im Kopf trat ich in den Garten, um mir eine weiße Osterblume für mein Knopfloch zu pflücken. In der Ecke zwischen Fundament und abschüssigem Kellereingang gibt es ein geschütztes Fleckchen, wo die Erde vom Heizkessel erwärmt wird und jeder winzige Strahl Wintersonne hinkommt. Dort sprießen weiße Veilchen, die wir vom Friedhof hergebracht haben, wo sie wild auf den Gräbern meiner Vorfahren wachsen. Ich pflückte drei winzige, löwenköpfige Blüten für mein Knopfloch sowie ein rundes Dutzend für meine Liebste und ordnete die fahlen Blätter zu einem Sträußchen, das ich mit einem Streifen Alupapier aus der Küche zusammenband.

«Ach, die sind aber hübsch», sagte Mary. «Warte, ich hol eine Nadel, dann stecke ich sie mir an den Hut.»

«Es sind die ersten in diesem Jahr – die allerersten, mein Sahnehühnchen. Ich bin dein Sklave. Christus ist auferstanden. Die Welt ist wieder in Ordnung.»

«Lieber, mach dich bitte nicht lustig über heilige Dinge.»

«Was um alles in der Welt hast du mit deinem Haar angestellt?»

«Gefällt's dir?»

«Wundervoll. Du solltest es immer so tragen.»

«Ich war mir nicht sicher, ob's dir gefällt. Margie meinte, du würdest es bestimmt gar nicht merken. Wart nur ab, bis ich ihr das erzähle.» Sie setzte sich eine Blumenschale auf den Kopf, das alljährliche Frühlingsopfer an die Göttin Ostara[43]. «Gut so?»

«Wundervoll.»

Jetzt trat der Nachwuchs zur Inspektion an: Ohren, Nasen, Schuhe, Detail um Detail, und den Sprösslingen war jeder Moment dieser Prozedur zuwider. Allen hatte sich das Haar derart vollgekleistert, dass er kaum blinzeln konnte. Die Absätze seiner Schuhe hatte er nicht geputzt, dafür aber mit unendlicher Sorgfalt eine Haarpartie so gelegt, dass sie sich wie eine Sommerwoge über die Stirn kräuselte.

Ellen war der Inbegriff eines Mädchens, alles Sichtbare in bester Ordnung. Ich versuchte wiederum mein Glück. «Ellen», sagte ich, «du hast eine neue Frisur, stimmt's? Steht dir. Mary, Liebling, findest du das nicht auch?»

«Ach, sie fängt allmählich an, eitel zu werden», sagte Mary.

Wir bildeten eine Prozession und gingen zur Elm Street hinab, dann nach links in die Porlock,

202

in der unsere Kirche steht, unsere alte Kirche mit weißem Turm, die genaue Kopie einer Kirche von Christopher Wren[44]. Wir wurden Teil eines anschwellenden Stroms von Gläubigen, und jede Frau erfreute sich im Vorbeigehen an den Hüten der anderen Frauen.

«Ich habe einen Osterhut entworfen», sagte ich. «Eine einfache, auf dem Hinterkopf zu tragende Dornenkrone aus Gold mit echten rubinroten Tropfen an der Stirn.»

«Ethan!», sagte Mary streng. «Wenn dir nun jemand zuhört.»

«Stimmt, ich fürchte, er wäre kein Renner.»

«Ich finde, du benimmst dich schrecklich», sagte Mary, und das fand ich auch, schlimmer als schrecklich, dennoch fragte ich mich, wie Mr. Baker wohl reagieren würde, wenn ich eine Bemerkung über seine Frisur machte.

Unser Familienrinnsal vereinte sich mit den übrigen Zuflüssen, und wir grüßten gravitätisch nach allen Seiten und wurden ebenso wiedergegrüßt, während der Strom sich in die Episkopalkirche St. Thomas ergoss, eine Kirche von mittlerer Höhe, vielleicht ein bisschen höher als der Durchschnitt.

Wenn der richtige Zeitpunkt gekommen ist, meinen Sohn in die Mysterien des Lebens einzuweisen, die er zweifellos schon kennt, darf ich nicht vergessen, ihn über Frisuren aufzuklären. Mit einem freundlichen Wort zum Thema Frisur gerüstet, wird er es dann gewiss so weit bringen, wie sein wollüstiges kleines Herz es begehrt. Allerdings muss ich ihn auch warnen. Er mag sie treten, schlagen, fallen lassen, verwirren oder knuffen, nie, nie, niemals aber darf er ihnen an die Frisur gehen. Mit diesem Wissen kann er König werden.

Unmittelbar vor uns schritten die Bakers die Stufen hinauf, und wir tauschten würdevoll unsere Grüße aus.

«Ich glaube, wir sehen uns später zum Tee?»

«Ja, richtig. Ihnen frohe, frohe Ostern.»

«Ist das etwa Allen? Ist der groß geworden! Und Mary Ellen. Man kommt ja kaum noch mit, so schnell wie sie in die Höhe schießen.»

Die Kirche, die man von klein auf kennt, liegt einem besonders am Herzen. Ich war mit all ihren verborgenen Winkeln vertraut, mit jedem geheimen Geruch von St. Thomas. In diesem Becken wurde ich getauft, vor dem Altargeländer bin ich konfirmiert worden, und in dieser Bank dort sitzen bereits weiß Gott wie lang die Hawleys, und das ist nicht nur so dahergeredet. Die Heiligkeit der Kirche muss tief in mich eingedrungen sein, denn ich erinnere mich an jede Entweihung, von denen es nicht wenige gab. Ich glaube, ich könnte immer noch alle Stellen finden, wo ich mit dem Fingernagel meine Initialen eingeritzt habe. Als Danny Taylor und ich die Buchstaben eines besonders schmutzigen Worts mit einer Nadel ins Gebetbuch stachen, hat Mr. Wheeler uns erwischt, und wir wurden bestraft; sie aber mussten alle Gebet- und Liederbücher durchblättern, um sicherzustellen, dass sich woanders nicht ähnliche Wörter fanden.

Einmal ist in dem Chorgestühl unter der Kanzel etwas Schreckliches passiert. Ich war damals Messdiener, trug das Kreuz und sang mit kräftiger Sopranstimme. Eines Tages hielt der Bischof den Gottesdienst ab, ein netter alter Mann, haarlos wie eine gesottene Zwiebel, doch für mich wie von einem Strahlenkranz der Heiligkeit umgeben. Und so steckte ich, ganz betäubt in meiner Beseeltheit, das Kreuz am Ende der Prozession in seine Halterung, vergaß aber, den Messingriegel vorzulegen, der es darin festhielt. Nach der zweiten Lesung sah ich plötzlich mit Entsetzen, wie das schwere Kreuz ins Wanken geriet und auf den heiligen, haarlosen Kopf niederkrachte. Der Bischof ging zu Boden wie eine gefällte Kuh, und ich musste mein Messdieneramt an einen Jungen abgeben, der nicht so gut singen konnte, an einen Jungen namens Skunkfoot Hill. Heute ist er Anthropologe irgendwo im Westen. Dieser Vorfall schien mir zu beweisen, dass bloße Absichten, ob gut oder schlecht, nicht genügen. Es gibt da auch noch Glück oder Schicksal oder was weiß ich, die das Geschehen entscheidend lenken.

Wir ließen den Gottesdienst über uns ergehen und vernahmen die Verkündigung, dass Christus wahrhaftig wiederauferstanden war. Wie jedes Jahr lief mir dabei ein Schauder über den Rücken. Guten Gewissens nahm ich anschließend an der Kommunion teil. Allen und Mary Ellen waren noch nicht gefirmt und wurden ziemlich unruhig, bis ein eisenharter Blick ihnen befahl, mit der Zappelei aufzuhören. Wenn Marys Blick böse wird, kann er locker die Panzerplatten der Adoleszenz durchbohren.

Im flutenden Sonnenschein schüttelten wir Hände und grüßten und schüttelten Hände und wünschten der Gemeinschaft unserer Nachbarn fröhliche Ostern. All jene, mit denen wir bei unserer Ankunft gesprochen hatten, grüßten wir beim Hinausgehen erneut – eine Fortsetzung der Liturgie, eine fortgesetzte Litanei im Gewand schicklicher Manieren, eine stille Bitte, gesehen und respektiert zu werden.

«Guten Morgen. Wie geht es Ihnen an diesem prachtvollen Tag?»

«Sehr gut, danke. Und wie geht es Ihrer Mutter?»

«Sie wird älter, ach ja, die Wehwehchen und Dolchstiche des Altwerdens. Ich richte ihr aus, dass Sie sich nach ihr erkundigt haben.»

Die Worte waren bedeutungslos, drückten nur ein Gefühl aus. Ist das Handeln eines Menschen das Resultat von Überlegungen, oder lösen Gefühle Handlungen aus, die dann mit Hilfe des Verstands umgesetzt werden? Vor uns im Sonnenschein ging Mr. Baker, der es vermied, auf Risse im Pflaster zu treten, obwohl seine Mutter bereits seit zwanzig Jahren tot war und daher kein gebrochenes Rückgrat mehr zu befürchten hatte. Und Mrs. Baker, Amelia, trippelte neben ihm her und versuchte, ihren flatterhaften Gang seinen ungleich langen Schritten anzupassen; eine Frau wie ein kleiner, helläugiger Vogel, allerdings ein Körner fressender Vogel.

Allen, mein Sohn, ging neben seiner Schwester, doch achteten beide darauf, nach außen hin so zu tun, als wären sie einander völlig fremd. Ich glaube, sie verachtet ihn und er verabscheut sie, was vielleicht ihr ganzes Leben anhält, nur werden sie beide lernen, ihre wahren Gefühle in einer rosigen Wolke liebevoller Worte zu verbergen. Gib ihnen ihr Mittagessen, meine Schwester im Herrn, mein Weib – ihre hartgekochten Eier und sauren Gurken, ihre Sandwiches mit Marmelade und Erdnussbutter, ihre rotbackigen, nach Fass duftenden Äpfel, und entlasse sie in die Welt, auf dass sie sich vermehren.

Das tat Mary denn auch. Sie entschwanden, beide eine Papiertüte in der Hand, jeder in seine eigene Welt.

«Hat dir der Gottesdienst gefallen, mein Liebling?»

«Aber ja! Wie immer, nur du... Ich frage mich immer wieder, ob du wirklich glaubst... nein, ich meine es ernst. Na ja, deine Scherze... also manchmal...»

«Zieh dir einen Stuhl heran, mein Schummerschatz.»

«Ich muss mich ums Mittagessen kümmern.»

«Pfeif auf das Essen.»

«Genau das meine ich. Deine Scherze...»

«Mittagessen ist nichts Heiliges. Wäre es wärmer, würde ich dich in ein Ruderboot tragen, und wir ruderten hinaus durch die Dünung und angelten Meerbrassen.»

«Wir gehen zu den Bakers. Weißt du eigentlich, ob du noch an die Kirche glaubst, Ethan?

Und warum gibst du mir immer so alberne Namen? Du redest mich fast nie mit meinem richtigen an.»

«Um mich nicht ständig zu wiederholen und dich zu langweilen, in meinem Herzen aber ertönt dein Name rein wie eine Glocke. Ob ich noch glaube? Was für eine Frage! Knöpfe ich mir jede illustre, mit Bedeutung aufgeladene Wendung aus dem Bekenntnis von Nicäa[45] vor, um sie zu inspizieren? Nein, das ist ja auch unnötig. Der Glaube ist etwas Einzigartiges, Mary. Wären mein Verstand, meine Seele, mein Leib auch so bar allen Glaubens wie eine weiße Bohne, würden mir die Worte: ‹Der Herr ist mein Hirte, mir wird nichts mangeln. Er weidet mich auf einer grünen Aue›[46] gleichwohl weiterhin auf den Magen schlagen, ein Flattern in meiner Brust verursachen und ein Feuer in meinem Hirn entfachen.»

«Das verstehe ich nicht.»

«Gutes Mädchen, ich auch nicht. Sagen wir einfach, dass ich als Baby, die Knochen noch weich und formbar, in eine kleine episkopale, kreuzförmige Kiste gesteckt wurde und so meine Gestalt erhielt. Und kann es verwundern, dass ich, als ich älter wurde und aus der Kiste ausbrach wie ein sich aus dem Ei befreiendes Küken, die Gestalt des Kreuzes angenommen hatte? Ist dir nie aufgefallen, dass auch Küken ungefähr die Gestalt eines Eis haben?

«Du sagst so schreckliche Sachen, sogar zu den Kindern.»

«Und sie zu mir. Erst gestern Abend hat Ellen mich gefragt: ‹Daddy, wann sind wir reich?› Und ich habe ihr nicht gesagt, was ich weiß: ‹Wir werden bald reich sein, aber wer die Armut nicht erträgt, erträgt den Reichtum ebenso wenig.› Und das ist die Wahrheit. In der Armut ist sie neidisch, im Reichtum wird sie vielleicht zum Snob. Geld ändert nicht die Krankheit, nur die Symptome.»

«Und so redest du über deine eigenen Kinder. Was wirst du da erst über mich sagen?»

«Ich sage, dass du ein Segen bist, ein Allerliebstes, das Licht in einem nebligen Leben.»

«Du klingst betrunken – jedenfalls berauscht.»

«Bin ich auch.»

«Bist du nicht, das könnte ich riechen.»

«Du riechst es doch, mein Herzlieb.»

«Was ist bloß in dich gefahren?»

«Ach, aber das weißt du doch, nicht wahr? Eine Veränderung – ein verdammt großer Sturm der Veränderung. Du spürst nur die äußersten Wellen.»

«Du machst mir Angst, Ethan. Wirklich. Du bist so wild.»

«Erinnerst du dich an meine Auszeichnungen?»

«Deine Medaillen? Aus dem Krieg?»

«Sie wurden für Wildheit verliehen – für meine Wildheit. Kein Mensch auf Erden war in seinem Innersten so unfähig zum Morden wie ich, aber sie zimmerten eine neue Kiste und stopften mich hinein. Die Zeiten, der Augenblick, sie verlangten, dass ich Menschen abschlachtete, also habe es ich getan.»

«Es waren Kriegszeiten, und du hast es für unser Land getan.»

«Es sind immer irgendwelche Zeiten. Nur meine eigene Zeit habe ich bislang gemieden. Ich war ein verdammt guter Soldat, meine Topflilie – gewitzt, flink und gnadenlos, eine effektive Kampfeinheit. Vielleicht könnte ich ja in diesen Zeiten eine ebenso effektive Einheit werden.»

«Du versuchst mir etwas zu sagen.»

«Traurig, aber wahr, das versuche ich. Und es klingt in meinen Ohren wie eine Entschuldigung, die es hoffentlich nicht ist.»

«Ich fang mal an, das Mittagessen vorzubereiten.»

«Hab noch keinen Hunger nach diesem gewaltigen Osterfrühstück.»

«Ach was, eine Kleinigkeit schaffst du schon. Hast du Mrs. Bakers neuen Hut gesehen? Den muss sie sich in New York gekauft haben.»

«Was hat sie nur mit ihrem Haar veranstaltet?»

«Ist dir das aufgefallen? Fast erdbeerfarben.»

«‹Ein Licht zu erleuchten die Heiden und zum Preise deines Volkes Israel.›»[47]

«Warum will Margie denn um diese Jahreszeit nach Montauk fahren?»

«Sie liebt den frühen Morgen dort.»

«Sie ist keine Frühaufsteherin, damit habe ich sie schon öfter aufgezogen. Und findest du es nicht auch seltsam, dass Marullo uns Schokoladeneier bringt?»

«Siehst du zwischen beidem einen Zusammenhang? Dass Margie früh aufsteht und Marullo uns Ostereier bringt?»

«Sei nicht albern.»

«Bin ich nicht. Ausnahmsweise mal nicht. Wenn ich dir ein Geheimnis verrate, versprichst du mir dann, es nicht weiterzuerzählen?»

«Ist das ein Witz?»

«Nein.»

«Na gut, ich versprech's.»

«Ich glaube, Marullo wird bald nach Italien fahren.»

«Woher weißt du das? Hat er's dir gesagt?»

«Nicht so richtig, nur füge ich eins zum andern. Ich reime es mir zusammen.»

«Aber dann wärst du ja allein im Laden. Du müsstest eine Aushilfe einstellen.»

«Ich komm schon klar.»

«Du machst bereits jetzt fast alles allein, du wirst jemanden brauchen.

«Nicht vergessen – noch ist nichts sicher, und es ist ein Geheimnis.»

«Ach, ich vergesse nie ein Versprechen.»

«Aber du machst Andeutungen.»

«Ethan, das werde ich nicht tun.»

«Weißt du, was du bist? Ein süßes kleines Babyhäschen mit Blumen auf dem Kopf.»

«Du kannst dich in der Küche selbst bedienen. Ich muss mich frisch machen.»

Kaum war sie fort, fläzte ich mich in meinen Sessel und meinte tief in mir die Worte zu hören: «Herr, nun lässest du deinen Diener in Frieden fahren, wie du gesagt hast».[48] Ob man es glaubt oder nicht, ich bin daraufhin eingeschlafen. Stürzte von einem Fels hinab in die Dunkelheit, gleich dort im Wohnzimmer. Das passiert mir nicht oft. Und weil ich an Danny Taylor gedacht hatte, träumte ich von Danny Taylor. Wir waren weder klein noch groß, sondern erwachsen, und wir befanden uns auf dem flachen, trockenen Seegrund beim Kellerloch und den Fundamenten des alten Hauses. Es war Frühsommer, denn mir fiel auf, wie saftig das Laub und wie schwer das Gras war, das sich unter dem eigenen Gewicht bog, einer jener Tage, an denen man sich auch selbst voll im Saft und wie toll fühlt. Danny trat hinter einen Wacholderbusch, der schlank und gerade wuchs wie eine Säule. Ich hörte seine Stimme, verzerrt und gedämpft, als spräche er unter Wasser. Dann war ich bei ihm, und er schmolz, zerfloss Richtung Boden. Mit den Händen versuchte ich, das Zerflossene nach oben glatt zu streichen, zurück an seinen Platz, so wie man übergelaufenen nassen Beton in seine Form zurückstreicht, aber ich scheiterte. Sein Wesenskern zerrann mir zwischen den Fingern. Es heißt, der Traum sei nur ein Moment. Dieser Traum aber ging weiter und weiter, und je mehr ich mich abmühte, desto rascher schmolz Danny.

Als Mary mich weckte, keuchte ich vor Anstrengung.

«Frühjahrsmüdigkeit», sagte sie. «Das sind die ersten Anzeichen. Als ich ein halbwüchsiges Mädchen war, habe ich so viel geschlafen, dass meine Mutter nach Doktor Grady schickte. Sie dachte, ich hätte die Schlafkrankheit, dabei bin ich im Frühling nur gewachsen.»

«Ich hatte einen Albtraum am helllichten Tag, einen Traum, den ich niemandem wünsche.»

«Das kommt von dem ganzen Durcheinander. Geh nach oben, kämm dir das Haar und wasch dir das Gesicht. Du siehst müde aus, Liebster. Alles in Ordnung? Wir müssen bald aufbrechen. Du hast zwei Stunden geschlafen. Hast es wohl gebraucht. Wenn ich bloß wüsste, was Mr. Baker von dir will.»

«Du wirst es erfahren, Liebling. Ich verspreche dir, dass du bei jedem Wort dabei sein wirst.»

«Aber vielleicht will er lieber mit dir allein reden. Geschäftsleute mögen es meist nicht, wenn Frauen zuhören.»

«Tja, damit wird er sich wohl abfinden müssen. Ich will, dass du bei mir bist.»

«Du weißt doch, dass ich in Geschäftsdingen keine Erfahrung habe.»

«Ja, das weiß ich, aber wir werden schließlich über dein Geld reden.»


Man kann Menschen wie die Bakers nur verstehen, wenn man sie von Geburt an kennt. Bekanntschaften, gar Freundschaften sind etwas anderes. Ich kenne die Bakers jedenfalls, weil die Hawleys und die Bakers einander nach Geblüt, Herkunft, Erfahrung und Geschichte ähnlich sind. Derlei erzeugt so etwas wie eine Glocke, die gegen Außenseiter schützt und abschirmt. Und als mein Vater unser Geld verlor, wurde ich aus diesem Schutz nicht vollständig vertrieben. Vermutlich bleibe ich als ein Hawley sogar mein Leben lang für die Bakers akzeptabel, da sie sich mir verwandt fühlen. Allerdings bin ich ein armer Verwandter. Großbürger ohne Geld hören jedoch nach und nach auf, Großbürger zu sein. Ohne Geld wird mein Sohn Allen kein Bekannter der Bakers mehr und sein Sohn wiederum ein Außenseiter sein, ungeachtet seines Namens und seiner Vorfahren. Wir sind zu Gutsbesitzern ohne Land geworden, zu Kommandeuren ohne Truppen, Reitern ohne Pferde. Wir können nicht überleben. Vielleicht war das einer der Gründe, warum ich mich verändert habe. Ich will kein Geld um des Geldes willen, habe es noch nie gewollt, doch ist Geld notwendig, um meinen Platz in einer Kategorie zu behaupten, die mir vertraut ist und in der ich mich wohlfühle. All dies hatte sich offenbar an jenem dunklen Ort unterhalb meines bewussten Denkens entschieden und trat nun nicht als Gedanke, sondern als Überzeugung an die Oberfläche.

«Guten Tag», sagte Mrs. Baker. «Wie schön, dass Sie es einrichten konnten. Mary, Sie haben uns vernachlässigt. Ist heute nicht ein herrlicher Tag? Und hat Ihnen die Predigt gefallen? Ich finde, für einen Pfarrer ist er ein wirklich interessanter Mann.»

«Wir sehen Sie viel zu selten bei uns», sagte Mr. Baker. «Ich weiß noch, wie Ihr Großvater in ebenjenem Sessel saß und berichtete, die dreckigen Spanier hätten die ‹Maine› versenkt.[49] Er hat seinen Tee verschüttet, nur dass es kein Tee war, was er da trank – der alte Käpt'n Hawley verdünnte seinen Rum gern mit ein bisschen Tee. Er war ein widerborstiger Mann, manche hielten ihn gar für streitsüchtig.»

Ich sah Mary an, dass sie diese Freundlichkeit erst verblüffte und dann freute; allerdings konnte sie nicht wissen, dass ich sie zu einer Erbin befördert hatte. Der Ruf, reich zu sein, kann manchmal ebenso viel einbringen wie Geld selbst.

Mrs. Baker, die infolge eines nervösen Ticks mit dem Kopf zuckte, schenkte Tee in Tassen dünn und zart wie Magnolienblätter, und die Hand, in der sie die Kanne hielt, war das Einzige an ihr, was nicht zitterte.

Nachdenklich rührte Mr. Baker in seiner Tasse. «Ich weiß nicht, was mir besser gefällt, der Tee oder die damit verbundene Zeremonie», sagte er. «Ich mag Zeremonien – selbst die dummen.»

«Ich glaube, ich kann das verstehen», sagte ich. «In der Messe heute Morgen habe ich mich so wohlgefühlt, weil sie keinerlei Überraschungen für mich barg. Ich kannte die Worte, noch ehe sie ausgesprochen wurden.»

«Wissen Sie, während des Krieges – ich bitte um Ihre Aufmerksamkeit, meine Damen, Sie werden sich nicht erinnern, je etwas Ähnliches gehört zu haben – während des Krieges also habe ich als Berater des Kriegsministers gedient und einige Zeit in Washington verbracht.»

«Was habe ich diese Zeit gehasst», sagte Mrs. Baker.

«Also damals fand eine große Teegesellschaft des Militärs statt, ein Riesenereignis, fast fünfhundert Gäste. Die ranghöchste Dame war die Frau eines Fünf-Sterne-Generals, die nächstbedeutende die eines Generalleutnants. Frau Minister, die Gastgeberin, bat nun die Fünf-Sterne-Gattin, den Tee, und die Generalleutnantsgattin, den Kaffee auszuschenken. Was soll ich sagen, die oberste Dame weigerte sich, weil – ich zitiere – ‹doch jeder weiß, dass Kaffee einen höheren Rang einnimmt als Tee›. Na, haben Sie so was schon mal gehört?» Er gluckste. «Wie ich schließlich herausfand, stand nichts so hoch im Rang wie Whisky.»

«Die Stadt war so ruhelos», sagte Mrs. Baker. «Die Leute zogen wieder weg, noch ehe sie Zeit gefunden hatten, sich Gewohnheiten oder ein paar Manieren zuzulegen.»

Mary erzählte ihre Geschichte von einer irischen Teegesellschaft in Boston, bei der Wasser in runden Kesseln über dem Lagerfeuer zum Kochen gebracht und mit Blechkellen ausgeteilt wurde. «Sie ließen den Tee nicht ziehen, sie kochten ihn von Anfang an gleich mit», fuhr sie fort. «Ein Tee, der den Lack vom Tisch ätzen könnte.»

Es gibt sicherlich rituelle Präliminarien für ernsthafte Unterhaltungen oder Taten, und je heikler die Sache, desto länger und heiterer muss die Einführung sein. Jede Person hat eine Feder oder einen bunten Flicken beizusteuern. Wären Mary und Mrs. Baker nicht Teil dieser ernsten Angelegenheit gewesen, hätten sie längst ihren eigenen Gedankenaustausch begonnen. Mr. Baker hatte Wein auf den Boden der Konversation gegossen,[50] desgleichen meine Mary, und sie fand die Anteilnahme der Bakers ebenso erfreulich wie aufregend. Nun blieb es Mrs. Baker und mir überlassen, unseren Beitrag zu leisten, doch fand ich es angemessen, mich selbst hintanzustellen.

Also ergriff sie das Wort und ließ sich wie die anderen von der Teekanne inspirieren. «Ich weiß noch, dass es früher Dutzende von Teesorten gegeben hat», begann sie fröhlich. «Alle kannten ein Rezept für nahezu alles. Und ich fürchte, es gab kein Kraut, kein Blatt und keine Blüte, woraus man nicht einen Tee gebrüht hätte. Heutzutage findet man nur noch zwei Sorten, den indischen und den chinesischen, und vom chinesischen gibt es auch nicht mehr viel. Erinnern Sie sich an Gänsefingerkraut- und Kamillentee, an Orangenblütentee oder... oder... an Cambric?»

«Cambric? Was ist das denn?», fragte Mary.

«Zu gleichen Teilen heißes Wasser und heiße Milch. Kinder lieben das. Schmeckt gar nicht wie Milch und Wasser.» So weit also Mrs. Baker.

Jetzt war ich dran, und ich entschied, einige vorsichtige, belanglose Bemerkungen über die Boston Tea Party[51] zum Besten zu geben, aber manchmal bleibt es nicht bei dem, was man sich vornimmt. Überraschendes kommt einem über die Lippen, ohne vorher um Erlaubnis zu bitten.

«Nach der Messe bin ich zu Hause eingeschlafen», hörte ich mich sagen. «Und ich habe von Danny Taylor geträumt, ein grässlicher Traum. Sie erinnern sich an Danny Taylor?»

«Der arme Kerl», sagte Mr. Baker.

«Früher standen wir uns nahe wie Brüder. Ich habe ja keine Geschwister. Und auf gewisse

Weise waren wir wohl auch wie Brüder. Ich will gar nicht näher darauf eingehen, aber ich habe das Gefühl, ich sollte der Hüter meines Bruders Danny sein.»

Mary ärgerte es, dass ich vom Pfad der Unterhaltung abwich, und dafür rächte sie sich nun ein wenig. «Ethan schenkt ihm Geld. Ich finde das nicht richtig. Er gibt es sowieso nur für den nächsten Rausch aus.»

«Na, so was», sagte Mr. Baker.

«Ich frage mich … egal, es war bloß ein Mittagsalbtraum. Ich gebe Danny nur wenig, einen Dollar dann und wann. Was kann er mit einem Dollar schon anderes anfangen, als sich einen Rausch anzutrinken? Mit einem ordentlichen Betrag würde er sich vielleicht wieder berappeln.»

«Kein Mensch würde so etwas auf sich nehmen!», rief Mary. «Da könnte man ihn ja auch gleich umbringen. Stimmt's, Mr. Baker?»

«Der arme Kerl», sagte Mr. Baker erneut. «Die Taylors waren früher eine angesehene Familie. Macht mich ganz krank, ihn so zu sehen. Aber Mary hat recht. Bestimmt würde er sich zu Tode saufen.»

«Tut er doch ohnehin. Vor mir jedenfalls ist er sicher, ich habe keinen ordentlichen Betrag, den ich ihm geben könnte.»

«Es ist eine Frage des Prinzips», warf Mr. Baker ein.

Und Mrs. Baker steuerte noch eine weibliche Grausamkeit bei: «Er gehört in eine Anstalt, in der man sich um ihn kümmern kann.»

Alle drei ärgerten sich über mich. Ich hätte bei der Boston Tea Party bleiben sollen.

Seltsam, wie der Geist umherschweift, wie er Blindekuh oder Faules Ei spielt, wenn er doch jede Beobachtung nutzen sollte, um einen Pfad durch das Minenfeld geheimer Pläne und unter der Oberfläche liegender Hindernisse zu finden. Ich verstand das Haus Baker und das Haus Hawley, die düsteren Wände und Vorhänge, die traurigen Gummipflanzen, die nie das Licht der Sonne erblickten, die Porträts, Drucke, aber auch jene Erinnerungen an andere Zeiten, wie sie Keramik und Elfenbeinschnitzereien verkörperten, Stoffe und Holz, die sie mit Realität und Dauer verschränkten. Sessel ändern sich je nach Mode und Bequemlichkeit, Truhen aber und Tische, Regale und Sekretäre verknüpfen mit einer soliden Vergangenheit. Hawley stand für mehr als nur für eine Familie, Hawley war ein Haus. Und deshalb hielt der arme Danny an der Wiese der Taylors fest. Ohne sie keine Familie – und bald nicht einmal mehr ein Name. Durch Ausdrucksweise,

Neigung und Wunsch hatten die drei, die vor mir saßen, ihn bereits ausgelöscht. Mag sein, dass manche Menschen ein Haus und eine Geschichte brauchen, um sich ihrer eigenen Existenz zu vergewissern – die Verbindung ist meist dünn genug. Im Laden war ich ein Versager, ein Verkäufer, daheim war ich ein Hawley. Folglich musste ich meiner selbst also auch ungewiss sein. Ein Baker konnte einem Hawley die Hand reichen. Ohne mein Haus aber wäre auch ich ausgelöscht gewesen. Wir unterhielten uns nicht von Mann zu Mann, sondern von Haus zu Haus. Mir gefiel nicht, wie Danny Taylor aus ihrer Welt verdrängt wurde, doch konnte ich nichts dagegen tun. Und dieser Gedanke schärfte und stählte meinen Geist. Dank seiner Beteiligung an Marys vermeintlicher Erbschaft würde Baker versuchen, die Hawleys wieder aufzumöbeln. Und jetzt stand ich am Rand des Minenfelds. Mein Herz verschloss sich gegen den selbstlosen Wohltäter in mir. Ich spürte, wie es sich verhärtete, wie es misstrauisch wurde und gefährlich. Und damit kam die Kampfeslust, galten die Bedingungen gezügelter Grausamkeit, deren erstes Gesetz lautet: Lass sogar deine Verteidigung wie einen Angriff wirken.

Ich sagte: «Wir brauchen den Hintergrund nicht aufzurollen, Mr. Baker. Sie wissen besser als ich, wie mein Vater das Vermögen der Hawleys verloren hat – langsam, aber sicher. Ich war nicht da, war im Krieg. Wie konnte das passieren?»

«Es lag nicht in seiner Absicht, sein Urteilsvermögen allerdings…»

«Ich weiß, wie weltfremd er sein konnte – aber auf welche Weise ist es passiert?»

«Tja, das war damals eine Zeit wilder Spekulationen. Und er hat sich eben verspekuliert.»

«Wurde er von jemandem beraten?»

«Er hat das Geld in Rüstungsgüter gesteckt, die längst veraltet waren. Dann wurden die Verträge gekündigt, und er war verloren.»

«Sie hielten sich damals in Washington auf. Kannten Sie diese Verträge?»

«Nur grob.»

«Immerhin gut genug, um nicht selbst zu investieren.»

«Stimmt.»

«Haben Sie meinen Vater bei seinen Investitionen beraten?»

«Ich war in Washington.»

«Aber Sie wussten, dass er das Grundstück der Hawleys beliehen hatte, um sein Geld anzulegen?»

«Ja, das wusste ich.»

«Haben Sie ihm davon abgeraten?»

«Ich war in Washington.»

«Aber Ihre Bank hat die Zwangsvollstreckung durchgeführt.»

«Einer Bank bleibt da keine andere Wahl, Ethan. Das wissen Sie.»

«Ja, weiß ich. Jammerschade, dass Sie ihn nicht beraten konnten.»

«Du solltest ihm das nicht zum Vorwurf machen, Ethan.»

«Tue ich auch nicht, jetzt, da ich es verstehe. Ich wollte ihm keine Vorwürfe machen, ich bin nur nie ganz durchgestiegen, was eigentlich passiert ist.»

Ich glaube, Mr. Baker hatte eine Einleitung vorbereitet, doch da ihm die Gelegenheit dazu nun genommen worden war, musste er sich den nächsten Zug erst noch zurechtlegen. Er hüstelte, putzte sich mit einem Papiertaschentuch, das er aus einer flachen Packung zog, die Nase, wischte sich mit einem zweiten die Augen, polierte mit einem dritten seine Brille. Jeder hat so seine eigene Methode, Zeit zu gewinnen. Ich habe mal einen Mann gekannt, der fünf Minuten brauchte, um seine Pfeife zu stopfen und anzuzünden.

Als er schließlich so weit war, sagte ich: «Ich weiß, ich habe eigentlich kein Recht, Sie um Hilfe zu bitten, aber Sie selbst haben ja die lange Partnerschaft unserer Familien angesprochen.»

«Gute Leute», sagte er. «Und die Männer meist mit ausgezeichnetem Urteilsvermögen, konservativ ...»

«Aber durchaus nicht blind. Ich glaube, wenn sie ihren Kurs einmal abgesteckt hatten, folgten sie ihm auch bis zum Ende.»

«Das stimmt.»

«Selbst wenn er dazu führte, einen Feind zu versenken ... oder ein Schiff zu verbrennen?»

«Sie handelten natürlich im Auftrag.»

«Im Jahr 1801 wurde, soweit ich weiß, sehr genau untersucht, was einen Feind ausmacht.»

«Nach einem Krieg kommt es immer zu solchen Neueinschätzungen.»

«Stimmt. Aber ich habe diese Unterhaltung nicht begonnen, um alte Rechnungen zu begleichen. Ehrlich gesagt, Mr. Baker, würde ich gern mein ... mein Ansehen wiederherstellen.»

«Das ist die richtige Haltung, Ethan. Eine Zeit lang hatte ich schon befürchtet, Sie hätten den Kampfgeist der alten Hawleys verloren.»

«Hatte ich, vielleicht habe ich ihn aber auch nie entwickelt. Sie haben mir Ihre Hilfe angeboten. Wo fange ich an?»

«Das Problem ist, dass Sie für den Anfang Kapital brauchen.»

«Das weiß ich. Und wenn ich ein gewisses

Kapital besäße, was würde ich damit anfangen?»

«Für die Damen dürfte dies ermüdend sein», sagte er. «Vielleicht sollten wir lieber in die Bibliothek gehen. Frauen finden Geschäftliches meist langweilig.»

Mrs. Baker erhob sich. «Gerade wollte ich Mary bitten, mir bei der Tapentenauswahl fürs Schlafzimmer zu helfen. Die Muster liegen oben, Mary.»

«Ich hätte es gern, dass Mary …»

Doch wie ich erwartet hatte, fügte Mary sich widerstandslos. «Von Geschäften habe ich nicht die geringste Ahnung», sagte sie, «aber mit Tapeten kenne ich mich aus.»

«Dich geht es doch auch etwas an, Liebling.»

«Mich bringt Geschäftliches nur durcheinander, Ethan, das weißt du doch.»

«Aber ohne dich geht's mir vielleicht genauso.»

Sicher hatte Mr. Baker das mit den Tapeten vorgeschlagen. Ich glaube nicht, dass seine Frau üblicherweise die Tapeten aussucht, zumindest dürfte keine Frau die dunklen Tapeten mit geometrischem Muster in dem Raum ausgewählt haben, in dem wir saßen.

«Also», nahm er das Gespräch wieder auf, sobald die Damen gegangen waren, «Ihr Problem ist das Kapital, Ethan. Ihr Haus ist unbelastet, Sie könnten es beleihen.»

«Das kommt nicht in Frage.»

«Tja, das respektiere ich im Prinzip, aber Ihr Haus ist die einzige Kreditsicherheit, die Sie zu bieten haben. Außerdem wäre da noch Marys Geld. Ist zwar nicht viel, aber auch wenig Geld kann mehr Geld einbringen.»

«Ich werde ihr Geld nicht anrühren. Das dient allein ihrer Sicherheit.»

«Es liegt auf einem gemeinsamen Konto und bringt rein gar nichts ein.»

«Nehmen wir an, ich könnte meine Skrupel überwinden. Was schwebt Ihnen da vor?»

«Haben Sie eine Ahnung, wie viel Marys Mutter besitzt?»

«Nein – aber anscheinend einiges.»

Mit äußerster Sorgfalt putzte er seine Brille. «Was ich Ihnen jetzt sage, bleibt unter uns.»

«Natürlich.»

«Zum Glück weiß ich ja, dass Sie kein Schwätzer sind. Ist keiner der Hawleys je gewesen, Ihr Vater vielleicht ausgenommen. Nun, als Geschäftsmann ist mir klar, dass New Baytown wachsen wird. Alles Erforderliche ist vorhanden: ein Hafen, Strände, Binnengewässer. Wenn es erst mal losgeht, wird nichts das Wachstum aufhalten können. Und ein guter Geschäftsmann schuldet es seiner Stadt, die künftige Entwicklung zu fördern.»

«Und dabei seinen Schnitt zu machen.»

«Natürlich.»

«Und warum hat sie sich bislang kaum entwickelt?»

«Ich denke, Sie kennen die Antwort – wegen der Schlafmützen im Stadtrat. Die leben in der Vergangenheit und halten den Fortschritt auf.»

Ich finde es immer interessant zu hören, wie menschenfreundlich das Einstreichen von Profit klingen kann. Ließ man die Tünche des vorausschauenden, um das Bürgerwohl besorgten Geschäftsmanns weg, war Mr. Baker genau am richtigen Platz. Er und einige andere, eine sehr kleine Schar, würden den gegenwärtigen Stadtrat unterstützen, bis sie alle künftigen Entwicklungsmöglichkeiten kontrollierten. Dann wollten sie Stadtrat und Stadtdirektor entmachten, auf dass der Fortschritt regiere, und erst danach würde sich herausstellen, dass jede einzelne Straße, auf denen dieser Fortschritt nahen könnte, ihnen gehörte. Aus reiner Sentimentalität war Mr. Baker nun bereit, mich zu einem kleinen Prozentsatz daran zu beteiligen. Ich weiß nicht, ob er vorgehabt hatte, mich über den Zeitplan zu informieren, oder ob einfach die Begeisterung mit ihm durchging, jedenfalls ergab sich der Ablauf aus der allgemeinen Sachlage. Die Wahl zum Stadtrat würde am siebten Juli stattfinden. Bis dahin musste die vorausschauende Gruppe die Räder des Fortschritts unter ihre Kontrolle gebracht haben.

Ich nehme an, es gibt auf der Welt keinen einzigen Menschen, der nicht von Herzen gern Ratschläge erteilt. Während ich weiterhin zögerte, wurde mein Lehrmeister immer heftiger und konkreter.

«Ich muss noch ein bisschen drüber nachdenken», sagte ich. «Was Ihnen einfach erscheint, ist für mich ein Rätsel. Und natürlich muss ich das Ganze mit Mary besprechen.»

«Also ich finde, da liegen Sie falsch», sagte er. «Heutzutage reden bei Geschäften viel zu viele Unterröcke mit.»

«Aber es ist Marys Erbe.»

«Das Beste ist, Sie verdienen ein wenig Geld und überraschen sie damit. So mögen es die Frauen viel lieber.»

«Ich will nicht undankbar klingen, Mr. Baker, nur denke ich ziemlich langsam und muss mir das alles noch mal durch den Kopf gehen lassen. Haben Sie gehört, dass Marullo nach Italien fährt?»

Er musterte mich mit scharfem Blick. «Für immer?»

«Nein, nur für eine Weile.»

«Nun, ich hoffe, er trifft Vorkehrungen zu Ihrem Schutz für den Fall, dass ihm etwas passiert. Er ist kein junger Mann mehr. Hat er sein Testament gemacht?»

«Das weiß ich nicht.»

«Falls ein Pulk seiner Itakerverwandten herzieht, stehen Sie womöglich plötzlich ohne Arbeit da.»

Ich rettete mich ins Vage und Unbestimmte. «Sie haben mir einiges zum Nachdenken gegeben», sagte ich. «Jetzt wüsste ich nur noch gern, ob Sie mir eine ungefähre Vorstellung davon vermitteln können, wann Sie anfangen.»

«Ich kann Ihnen immerhin so viel verraten: Die künftige Entwicklung wird von guten Verkehrswegen abhängen.»

«Na gut, aber die Schnellstraßen werden ja schon ausgebaut.»

«Das wird noch eine Weile dauern. Die Sorte Männer mit der Sorte Geld, wie wir sie herlocken wollen, kommt auf dem Luftweg.»

«Und wir haben keinen Flughafen.»

«Ganz genau.»

«Außerdem haben wir auch gar keinen Platz

für einen Flughafen, wenn wir nicht ein paar Hügel abtragen wollen.»

«Ein teures Unterfangen. Die Arbeitskosten wären gewaltig.»

«Und wie lautet nun Ihr Plan?»

«Ethan, Sie müssen mir vertrauen und mir verzeihen, dass ich Ihnen jetzt noch nicht alles offenlegen kann. Aber ich verspreche Ihnen, wenn Sie etwas Kapital auftreiben können, werden Sie von Anfang an mit dabei sein. Und ich verrate Ihnen außerdem, dass wir es mit ganz konkreten Problemen zu tun haben, die noch gelöst werden müssen.»

«Tja, ich würde sagen, das ist mehr, als ich verdient habe.»

«Die alten Familien müssen zusammenhalten.»

«Gehört Marullo auch dazu?»

«Natürlich nicht. Er geht mit seinesgleichen seine eigenen Wege.»

«Sie machen sich ganz ordentlich, oder nicht?»

«Besser, als ich es für gut halte. Es passt mir gar nicht, dass diese Ausländer sich überall breitmachen.»

«Und der siebte Juli ist der Stichtag?»

«Habe ich das gesagt?»

«Nein, muss ich mir wohl eingebildet haben.»

«Anscheinend.»

Im selben Moment kam Mary zurück, danach absolvierten wir, was der Anstand verlangt, und kehrten gemächlich nach Hause zurück.

«Sie hätten gar nicht netter sein können. Was hat er gesagt?»

«Das Übliche. Ich soll für den Anfang dein Geld einsetzen, aber das will ich nicht.»

«Ich weiß, du denkst dabei an mich, Liebster. Aber ich finde, du bist ein Dummkopf, wenn du seinem Rat nicht folgst.»

«Es gefällt mir nicht, Mary. Was, wenn er sich irrt? Dann hättest du keine Sicherheit mehr.»

«Ich werd dir mal was sagen, Ethan, wenn du es nicht tust, tu ich es. Ich hebe das Geld ab und bringe es ihm. Das kann ich dir garantieren.»

«Lass mich drüber nachdenken. Ich verwickle dich nur ungern in diese Geschäfte.»

«Das brauchst du auch gar nicht. Das Geld liegt auf einem gemeinsamen Konto. Und du weißt, was die Karten gesagt haben.»

«O Gott – die Karten schon wieder.»

«Tja, ich glaub eben dran.»

«Wenn ich das Geld verliere, jagst du mich zum Teufel.»

«Nein! Du bist mein Reichtum. Das hat jedenfalls Margie gesagt.»

«Ich denk immerfort an Margies Wort, in Lettern rot, bis an mein' Tod.»

«Mach keine Witze.»

«Mach ich ja nicht. Möge künftiges Vermögen den Genuss unseres Versagens nicht trüben.»

«Ich glaube kaum, dass ein wenig Geld irgendwas trüben könnte. Nicht ein Haufen Geld, nur gerade genug.»

Ich antwortete nicht.

«Und du? Glaubst du das nicht auch?»

Ich erwiderte: «Du Fürstentochter,[52] so etwas wie gerade genug Geld gibt es nicht, denn das kommt nur in zweierlei Maß vor: ‹gar kein Geld› und ‹nicht genug Geld›.»

«Aber das stimmt doch nicht.»

«O doch, das stimmt. Erinnerst du dich an den Milliardär aus Texas, der vor Kurzem gestorben ist? Er wohnte in einem Hotelzimmer und lebte aus dem Koffer, hinterließ kein Testament und keinen Erben, aber er hatte nie genug Geld. Je mehr man hat, desto weniger genügt es.»

Sie sagte sarkastisch: «Dann findest du es sicher sündhaft, dass ich mir neue Vorhänge fürs Wohnzimmer wünsche und einen Boiler, der so groß ist, dass vier Leute am selben Tag duschen können und mir das Wasser auch noch zum Geschirrspülen reicht.»

«Von Sünde war keine Rede, mein Dummerchen. Ich habe lediglich eine Tatsache festgestellt, ein Naturgesetz.»

«Anscheinend hast du keinerlei Respekt vor der menschlichen Natur.»

«Nicht vor der menschlichen Natur, meine Mary – der Natur allgemein. Eichhörnchen vergraben zehnmal mehr Hickorynüsse, als sie vertilgen können. Die Taschenratte, den Bauch zum Platzen voll, stopft sich immer noch mehr in die Backen, als wären es Futtersäcke. Und wie viel von dem Honig, den die findigen Bienen sammeln, können die findigen Bienen tatsächlich verzehren?»

Wenn Mary verwirrt oder verblüfft ist, verspritzt sie ihren Ärger, wie ein Oktopus Tinte verspritzt, und verbirgt sich in der dunklen Wolke.

«Du machst mich krank», sagte sie. «Du gönnst aber auch keinem Menschen ein bisschen Glück.»

«Liebling, darum geht es gar nicht. Ich habe nur Angst vor dem Unglück, das dich in die Verzweiflung treibt, vor der Panik, die Geld stets mit sich bringt, vor Raffgier und Neid.»

Sie musste unbewusst etwas Ähnliches gefürchtet haben, denn sie holte aus, suchte nach einer verletzlichen Stelle und bohrte, sobald sie sie gefunden hatte, mit spitzen Worten darin herum.

«Da haben wir also einen Verkäufer ohne einen Heller, der sich darum sorgt, wie schlecht es ihm gehen könnte, wenn er einmal reich ist. Du tust ja gerade so, als könntest du ein Vermögen erwerben, wann immer dir danach ist.»

«Ja, ich glaube schon.»

«Wie denn?»

«Genau das treibt mich ja um.»

«Du weißt nicht, wie, sonst hättest du's längst getan. Du bluffst nur. Wie immer.»

Die Absicht zu verletzen lässt die Wut wachsen. Ich spürte das Fieber in mir aufsteigen, spürte, dass sich hässliche, verzweifelte Worte wie Gift in mir regten und dass bitterer Hass aufkam.

«Da!», rief Mary. «Sieh doch! Da ist er hin! Hast du ihn gesehen?»

«Wie? Wo?»

«Lief direkt an dem Baum da vorbei und verschwand in unserem Garten.»

«Was denn, Mary? Sag! Was hast du gesehen?»

Im Dämmerlicht nahm ich ihr Lächeln wahr, dieses unglaubliche weibliche Lächeln. Man nennt es Weisheit, dabei ist es vielmehr eine Einsicht, die Weisheit überflüssig macht.

«Du hast überhaupt nichts gesehen, Mary.»

«Doch, ich hab einen Streit gesehen – aber jetzt ist er fort.»

Ich legte meinen Arm um sie und drehte sie herum. «Komm, wir spazieren noch mal um den Block, ehe wir ins Haus gehen.»

Wir schlenderten in den Tunnel der Nacht und sagten kein Wort; das war auch nicht nötig.

8

Mit Freude und Energie hatte ich als Junge kleineres Getier gejagt und getötet. Kaninchen und Eichhörnchen, Vögel, und später taumelten Enten und Wildgänse zu Boden – zerzauste Knäuel aus Knochen und Blut, Fell oder Federn. Eine ungezügelte Kreativität war damit verbunden, ganz ohne Hass, Groll oder Schuldgefühl. Die Jagd besänftigte meine Zerstörungslust; vielleicht wie bei einem Kind, das sich an Süßigkeiten übergessen hat. Der Schuss einer Schrotflinte war nicht länger ein Schrei wilden Glücks.

In diesen ersten Frühlingstagen hoppelte täglich ein Paar Kaninchen in unseren Garten, und am liebsten fraßen sie Marys Nelken, von denen sie nur Stümpfe stehen ließen.

«Du musst sie uns vom Hals schaffen», sagte Mary.

Also holte ich mein dick mit Waffenfett eingeschmiertes Gewehr Kaliber 12 hervor und suchte mir ein paar alte Patronen mit Schrotkugeln zusammen. Am Abend hockte ich dann auf den Stufen zum Garten, und als mir die Kaninchen vor die Flinte kamen, erledigte ich sie beide mit einem einzigen Schuss. Dann vergrub ich die pelzigen Reste unter dem großen Flieder, was mir elendig auf den Magen schlug.

Ich war es schlicht nicht mehr gewohnt, etwas zu erschießen. Der Mensch kann sich an alles gewöhnen. Ans Abschlachten, an Beerdigungen, sogar an Hinrichtungen; Streckbett und glühende Zangen gehören einfach zum Job, wenn man sich daran gewöhnt hat.

Als die Kinder zu Bett waren, sagte ich: «Ich geh noch ein Weilchen raus.»

Mary fragte nicht, warum oder wohin, wie sie es noch vor wenigen Tagen getan hätte. «Wird's spät?»

«Nein, nein.»

«Ich bleib nicht auf, bin müde», sagte sie.

Und mir schien, dass sie, nachdem sie sich einmal entschieden hatte, weiter gegangen war als ich. Ich litt immer noch unter Kaninchenjammer. Vielleicht ist es ja normal für einen Menschen, dass er wieder etwas aufbauen möchte, nachdem er etwas zerstört hat, sodass er eine Art

Gleichgewicht schafft. Doch war dies wirklich mein Beweggrund?

Ich tastete mich in die stinkige Hütte vor, in der Danny Taylor hauste. Auf einem Unterteller neben seiner Armeepritsche brannte eine Kerze.

Danny war in schlechter Verfassung, trübsinnig, ausgemergelt und krank. Die Haut hatte einen bleiernen Glanz. Es fehlte nicht viel, und mir wäre übel geworden von dem Gestank dieses dreckigen Ortes und dreckigen Mannes unter seiner schmutzigen Decke. Dannys Augen waren offen, aber glasig. Ich erwartete, ihn im Delirium vor sich hin brabbeln zu hören, weshalb es mich wie ein Schock traf, als er sich mit klarer, deutlicher Aussprache und auf seine typische Art an mich wandte.

«Was willst du hier, Eth?»

«Ich will dir helfen.»

«Das solltest du lieber sein lassen.»

«Du bist krank.»

«Wem sagst du das? Das weiß ich besser als jeder andere.» Er langte hinter seiner Pritsche nach einer Flasche Old Forester, die noch zu einem Drittel gefüllt war. «Willste auch was?»

«Nein, Danny. Das ist teurer Whisky.»

«Ich habe Freunde.»

«Wer hat dir die Flasche gegeben?»

239

«Das geht dich gar nichts an, Eth.» Er nahm einen Schluck und behielt ihn bei sich, was einen Moment lang nicht einfach zu sein schien. Die Farbe kehrte in sein Gesicht zurück. Er lachte. «Mein Freund wollte mit mir über Geschäfte reden, aber ich hab ihn reingelegt, bin ohnmächtig geworden, ehe er's rausgebracht hat. Er wusste nicht, wie wenig dazu bei mir nötig ist. Willst du auch über Geschäfte mit mir reden, Eth? Wenn ja, kann ich schnell wieder aus den Latschen kippen.»

«Empfindest du noch irgendwas für mich, Danny? So was wie Vertrauen? Irgendwelche … na ja, Gefühle eben?»

«Klar doch, aber wenn's hart auf hart kommt, bin ich ein Säufer, und die stärksten Gefühle eines Säufers gelten dem Schnaps.»

«Wenn ich das nötige Geld aufbringe, würdest du dann eine Entziehungskur machen?»

Es war beängstigend, wie leicht und schnell er wieder normal geworden war, wieder er selbst. «Ich könnte jetzt sagen, das würd ich tun, Eth, aber du weißt ja, wie Säufer sind. Ich würde das Geld nehmen und es versaufen.»

«Und wenn ich das Geld direkt ans Krankenhaus oder wohin auch immer schicke?»

«Ich versuch dir was klarzumachen. Ich würde mit den besten Absichten hingehen, und ein paar

240

Tage später wär ich wieder draußen. Man kann einem Säufer nicht trauen, Eth. Du begreifst das einfach nicht. Was ich auch sage oder tue, ich wäre auf jeden Fall bald wieder draußen.»

«Aber möchtest du deine Sucht denn nicht loswerden?»

«Ich glaube nicht. Und ich glaub, du weißt, was ich will.» Er setzte erneut die Flasche an, und wieder erstaunte mich, wie rasch er reagierte. Er wurde nicht nur wieder ganz der alte Danny, auch seine Sinne und Wahrnehmungen waren offensichtlich geschärft, ja sogar so klar, dass er meine Gedanken lesen konnte. «Trau dem nicht», sagte er. «Ist nur für kurze Zeit. Alkohol stimuliert, bevor er deprimiert, aber ich hoffe, du bist dann nicht mehr hier. Im Moment gehe ich davon aus, dass es nicht dazu kommt. Tu ich nämlich nie, wenn ich gerade einen Schluck genommen habe.» Dann musterte er mich forschend, die Augen strahlten feucht im Kerzenlicht. «Ethan», sagte er. «Du bietest mir an, eine Entziehungskur für mich zu bezahlen, aber du hast doch gar kein Geld dafür.»

«Ich könnte es besorgen. Mary hat von ihrem Bruder was geerbt.»

«Und das würdest du mir geben?»

«Ja.»

«Obwohl ich dir sage, dass man einem Säufer niemals trauen darf? Und obwohl ich dir schwöre, dass ich dein Geld nehmen und dir das Herz brechen würde?»

«Du brichst mir jetzt schon das Herz, Danny. Ich hatte einen Traum, in dem du vorgekommen bist. Wir waren an unserem alten Lieblingsort, unserer Spielwiese – du erinnerst dich?»

Er hob die Flasche, stellte sie aber wieder ab und sagte: «Nein, noch nicht… noch nicht. Eth… vertraue niemals… niemals einem Säufer. Wenn er… wenn ich… ekelhaft bin… ein totes Ding… dann arbeitet in mir heimlich immer noch ein wacher Verstand, und der ist gar nicht nett. Gerade jetzt, in diesem Augenblick, bin ich ein Mann, der einmal dein Freund war. Ich hab dich angelogen, als ich gesagt habe, ich sei aus den Latschen gekippt. Also klar bin ich ohnmächtig geworden, aber über die Flasche weiß ich trotzdem Bescheid.»

«Warte mal», sagte ich, «bevor du weiterredest, es könnte sonst so aussehen… na ja, du könntest mir was unterstellen. Baker hat dir die Flasche gebracht, stimmt's?»

«Ja.»

«Er wollte, dass du was unterschreibst.»

«Ja, aber ich bin ohnmächtig geworden.» Er gluckste vor sich hin und hob wieder die Flasche

an die Lippen, doch die Blase, die ich im Kerzenlicht sah, war ziemlich klein. Er hatte nur einen
winzigen Schluck genommen.

«Das hat mit dem zu tun, was ich dir sagen
will, Danny. Er wollte unsere alte Spielwiese,
stimmt's?»

«Ja.»

«Und wie kommt's, dass du das Grundstück
noch nicht verkauft hast?»

«Ich dachte, das hätte ich dir gesagt. Das Land
macht mich zu einem Gentleman, auch wenn ich
mich nicht benehme wie ein Gentleman.»

«Verkauf's nicht, Danny. Halt daran fest.»

«Was geht das dich an? Warum nicht?»

«Damit du deinen Stolz behältst.»

«Ich habe keinen Stolz mehr, nur noch Standes-
bewusstsein.»

«Doch, hast du wohl. Du hast dich geschämt,
als du mich um Geld angebettelt hast. Das nennt
man Stolz.»

«Nein, davon rede ich ja die ganze Zeit. Es war
ein Trick. Ich sag dir doch, Säufer sind gerissen.
Du fandest es peinlich und hast mir einen Dollar
gegeben, weil du dachtest, ich würde mich schämen. Aber ich hab mich nicht geschämt. Ich wollte nur was zu trinken.»

«Verkauf es nicht, Danny. Es ist wertvoll. Baker

weiß das. Er hätte kein Interesse daran, wenn es keinen Wert besäße.»

«Was ist denn so wertvoll dran?»

«Es ist das einzige Gelände im Umkreis, das flach genug ist, dass man einen Flugplatz darauf bauen kann.»

«Aha.»

«Wenn du es behältst, Danny, könnte das für dich einen Neuanfang bedeuten. Verkauf es auf keinen Fall. Du könntest eine Entziehungskur machen, und sobald du wieder rauskommst, hast du ein schönes Ei im Nest.»

«Ein Ei, aber kein Nest. Vielleicht verkaufe ich ja doch und versauf alles… ‹Wenn der Ast bricht, fällt die Wiege ins Nichts, und das Baby stürzt hinab, mitsamt Wiege ins Grab›»,[53] sang er schrill und lachte. «Willst *du* das Grundstück, Eth? Bist du deshalb hier?»

«Ich will, dass es dir gut geht.»

«Tut's doch.»

«Lass es mich erklären, Danny. Wärst du bloß ein Penner, könntest du machen, was du willst, aber dir gehört etwas, was eine Gruppe vorausschauender Bürger will und braucht.»

«Die Taylor-Wiese, aber ich geb sie nicht her. Ich bin auch vorausschauend.» Liebevoll betrachtete er die Flasche.

«Danny, hör doch, die Wiese ist die einzige geeignete Stelle für einen Flughafen. Der Schlüssel zu allem, und den müssen sie haben – oder sie müssen die Hügel abtragen, aber das können sie sich nicht leisten.»

«Dann hab ich sie beim Wickel und werd ihnen die Luft abdrehen.»

«Du hast was vergessen, Danny. Ein Mann mit Besitz ist etwas Kostbares. Es heißt bereits, man könnte dir keinen größeren Gefallen tun, als dich in ein Heim zu stecken, wo du die Pflege bekommst, die du brauchst.»

«Das würden sie nicht wagen.»

«Aber ja doch, das würden sie – und sich dabei auch noch ganz ehrenhaft vorkommen. Du weißt, wie's läuft. Der Richter, den du im Übrigen kennst, würde dich für unfähig erklären, Grundbesitz zu verwalten. Daraufhin würde er einen Vormund bestellen, und ich kann mir schon denken, wer dafür in Frage käme. All das wäre nicht ganz billig, also müsste man deinen Besitz verkaufen, um die Auslagen bestreiten zu können, und jetzt rate mal, wer dann der Käufer sein wird?»

Seine Augen glänzten, während er mir mit offenem Mund zuhörte. Dann wandte er den Blick ab.

«Du willst mir Angst machen, Eth, aber dafür hast du dir die falsche Zeit ausgesucht. Komm am Morgen wieder, wenn ich nüchtern bin und die Welt nichts als grüne Kotze ist. Im Augenblick fühle mich stark wie zehn Mann, weil ich die Flasche in der Hand halte.» Er fuchtelte damit herum wie mit einem Degen, und die Augen wurden im Kerzenlicht zu glühenden Schlitzen. «Hab ich das schon gesagt, Eth? Ich glaube, ja – ein Säufer verfügt über eine ganz bösartige Form von Intelligenz.»

«Und ich hab dir nur gesagt, was passieren wird.»

«Du hast recht, ich weiß es ja. Du hast mir deinen Standpunkt klargemacht. Aber statt mir Angst einzujagen, hast du den Teufel in mir geweckt. Wer glaubt, ein Säufer sei hilflos, der ist verrückt. Ein Säufer ist ein ganz besonderer Mensch mit ganz besonderen Fähigkeiten. Ich kann mich wehren, und im Augenblick habe ich das auch durchaus vor.»

«Gut so! Genau das wollte ich hören.»

Er musterte mich über den Flaschenhals hinweg, als visierte er mich mit einer Flinte über Korn und Kimme an. «Du würdest mir Marys Geld leihen?»

«Ja.»

«Ohne jede Sicherheit?»

«Ja.»

«Und obwohl du weißt, dass die Chance, es zurückzubekommen, schlechter als tausend zu eins steht?»

«Ja.»

«Säufer haben ihre hässlichen Seiten, Eth. Ich glaube dir nicht.» Er leckte sich die trockenen Lippen. «Würdest du mir das Geld in die Hand geben?»

«Wann immer du willst.»

«Aber ich hab dir doch gesagt, dass du das nicht tun sollst.»

«Trotzdem.»

Als er diesmal die Flasche ansetzte, stieg eine große Blase in ihr auf, und als Danny zu trinken aufhörte, leuchteten seine Augen noch heller, doch wirkten sie so kalt und unpersönlich wie die einer Schlange. «Kannst du das Geld noch diese Woche besorgen, Eth?»

«Ja.»

«Bis Mittwoch?»

«Ja.»

«Und hast du jetzt ein bisschen was bei dir?»

Ich hatte nicht viel einstecken: einen Dollar, eine Fünfzig- und zwei Fünfundzwanzigcent-münzen, zwei Zehner, einen Fünfer und drei

Penny. Ich schüttete sie ihm in die ausgetreckte Hand.

Er trank die Flasche aus und ließ sie zu Boden fallen. «Eigentlich habe ich dich nie für besonders schlau gehalten, Eth. Weißt du überhaupt, dass selbst die einfachste Entziehungskur tausend Dollar kostet?»

«Von mir aus.»

«Schon komisch, Eth. Das hier ist kein Schach, sondern Poker, und im Pokern war ich früher ziemlich gut – zu gut. Du spekulierst darauf, dass ich dir meine Wiese als Sicherheit biete. Und du spekulierst darauf, dass ich mich mit tausend Dollar zu Tode saufe, sodass der Flughafen dann in deinem Schoß landet.»

«Das ist ziemlich widerwärtig, Danny.»

«Ich bin widerwärtig, Eth, ich hab dich gewarnt.»

«Kannst du dir nicht wenigstens mal vorstellen, dass ich es ernst meine?»

«Nein, aber belassen wir es dabei – soll es so stehen bleiben, wie du es gesagt hast. Du siehst mich, wie ich früher war, Eth, aber glaubst du etwa, ich erinnere mich nicht an dich? Du bist der Junge mit dem scharfen Verstand eines Richters. Okay. Die Flasche ist leer, und ich sitze auf dem Trocknen. Ich mach mich jetzt auf die Socken. Mein Preis beträgt tausend Mäuse.»

«Na gut.»

«Bar. Am Mittwoch.»

«Ich bring dir das Geld.»

«Keine Quittung, keine Unterschrift, kein gar nichts. Und glaub bloß nicht, dass du mich von früher kennst, Eth. Mein Freund hier hat mich verändert. So was wie Treue oder Fairness ist mir völlig fremd. Du kriegst für dein Geld nichts weiter als ein herzhaftes Gelächter.»

«Ich möchte ja nur, dass du es versuchst.»

«Na, sicher doch, versprech ich dir, Eth. Aber ich hab dir hoffentlich klargemacht, was das Versprechen eines Säufers wert ist. Bring mir einfach das Geld. Und bleib so lang, wie du willst. Mein Haus ist dein Haus, ich muss jetzt allerdings los Wir sehen uns am Mittwoch, Eth.» Er warf die Decke beiseite, wuchtete sich von der alten Armeepritsche hoch und ging mit wiegendem Schritt nach draußen. Den Reißverschluss seiner Hose hatte er nicht zugezogen.

Ich blieb noch eine Zeit lang sitzen und sah der Kerze zu, deren Wachs auf den Unterteller tropfte. Es stimmte alles, was er gesagt hatte; er irrte nur mit dem, worauf ich spekulierte. Eigentlich hatte er sich kaum verändert. Irgendwo in diesem Wrack steckte immer noch Danny Taylor, und ich glaubte nicht, dass er sich den einfach abhacken konnte. Ich liebte Danny und war bereit... genau das zu tun, was er von mir wollte. Ehrlich. Von Weitem hörte ich ihn in hohem, klarem Falsett singen:

«Geschwind, schönes Schiffchen, wie ein Vogel
im Wind.
‹Weiter!›, so der Matrosen Schrei!
Trag den zum König geborenen Jungen
Übers Meer dem Himmel zu.»[54]

Nach einem einsamen Weilchen blies ich die Kerze aus und ging über die High Street nach Hause. Willie saß in seinem Streifenwagen, schlief aber noch nicht.

«Hab den Eindruck, Sie sind ziemlich oft unterwegs, Eth», sagte er.

«Sie wissen ja, wie's ist.»

«Klar. Frühling. Junge Leute sticht der Hafer.»

Mary lächelte und schlief; nur als ich zu ihr ins Bett schlüpfte, wurde sie kurz wach. Das Elend lag mir im Magen, ein kaltes, schmerzendes Elend. Mary drehte sich auf die Seite, zog mich an ihren warmen, nach Gras riechenden Leib, und ich brauchte sie. Ich wusste, das Elend würde wieder vergehen, im Augenblick aber brauchte ich sie. Ich war mir nicht sicher, ob sie wirklich ganz wach geworden war, doch selbst im Halbschlaf spürte sie meine Bedürfnisse.

Hinterher aber war sie wach und sagte: «Ich nehme an, du hast Hunger.»

«Ja, Helen.»

«Was hättest du gern?»

«Ein Zwiebelbrot... nein, zweimal Roggenbrot mit Zwiebeln.»

«Dann muss ich auch wohl eins nehmen.»

«Willst du denn eins?»

«Natürlich.»

Sie tappte die Treppe hinunter und kam kurz darauf mit belegten Broten, einem Karton Milch und zwei Gläsern zurück.

Die Zwiebeln waren noch ziemlich heiß. «Mary, haaa...», begann ich.

«Jetzt schluck erst mal runter.»

«Hast du das ernst gemeint, dass du vom Geschäftlichen nichts wissen willst?»

«Aber ja.»

«Nun, ich habe einen Tipp bekommen und brauche dafür tausend Dollar.»

«Hat Mr. Baker dir den gegeben?»

«In gewisser Weise. Aber es ist auch privat.»

«Na ja, du brauchst doch nur den Scheck auszustellen.»

«Nein, Liebling, ich möchte, dass du es in bar

abholst. Und dabei könntest du in der Bank zugleich erzählen, dass du neue Möbel, Teppiche oder was weiß ich kaufen willst.»

«Will ich doch gar nicht.»

«Doch, doch.»

«Ein Geheimnis?»

«Du hast gesagt, dass es dir so lieber ist.»

«Also schön, gut, ich mach's. Ja, ist vielleicht besser so. Die Zwiebeln sind wirklich heiß. Würde Mr. Baker zustimmen?»

«Wenn er davon wüsste, ja.»

«Und wann brauchst du das Geld?»

«Morgen.»

«Ich bringe nichts mehr hinunter, aber ich glaube, ich rieche ohnehin schon schlimm genug nach Zwiebel.»

«Du bist und bleibst meine Liebste.»

«Ich komme über diesen Marullo einfach nicht hinweg.»

«Wieso?»

«Na, dass der hier auftaucht. Und Schokoladeneier mitbringt.»

«Gottes Wege sind unergründlich.»

«Lästere nicht. Ostern ist noch nicht vorbei.»

«Ich denke schon. Es ist viertel nach eins.»

«Du lieber Himmel. Wir sollten schlafen.»

«‹Ja, da liegt's› – Shakespeare.»[55]

«Du musst auch über alles Witze machen.»

Es war kein Witz. Das Elend blieb und schmerzte, ohne dass ich daran dachte, auch wenn ich mich manchmal fragte: Warum tut es so weh? Der Mensch kann sich an alles gewöhnen, er braucht dafür nur Zeit. Vor vielen Jahren arbeitete ich in einer Dynamitfabrik, wo ich Nitroglyzerin durch die Gegend karren musste. Die Bezahlung war gut, denn mit dem Zeug war nicht zu spaßen. Anfangs hatte ich bei jedem Schritt Angst, aber nach einer Woche war es nur noch ein Job. Tja, und letztlich hatte ich mich sogar daran gewöhnt, ein einfacher Verkäufer zu sein. Und an allem, woran man sich gewöhnt, kann man Gefallen finden, ganz im Gegensatz zu dem, woran man nicht gewöhnt ist.

Im Dunkeln, rote Pünktchen vor Augen, stellte ich Nachforschungen an, die das zum Gegenstand hatten, was man wohl mein Gewissen nennen sollte, doch fand ich keine offene Wunde. Ich fragte mich, ob ich nun, da ich meinen Kurs abgesteckt hatte, noch die Richtung ändern oder die Kompassnadel auch nur um neunzig Grad drehen könnte, und dachte, dass es wohl möglich sei, bloß wollte ich nicht.

Ich war in eine neue Dimension gelangt und fand sie faszinierend. Es war, als entdeckte ich eine bislang unbenutzte Muskelgruppe oder als hätte sich mein Kindertraum erfüllt, ich könnte fliegen. Oft vermag ich Ereignisse, Szenen, Unterhaltungen vor meinem inneren Auge zu wiederholen und auf diese Weise Details herauszugreifen, die mir auf den ersten Blick entgangen sind.

Mary fand es seltsam, dass Marullo mit Schokoladeneiern zu uns gekommen war, und ich vertraue Marys Gefühl. Ich hatte es für eine Dankesgabe gehalten, weil ich ihn nicht betrogen hatte. Marys Frage jedoch ließ mich an etwas denken, was ich gewusst, aber verdrängt hatte: Marullo belohnte nie für Vergangenes; er bestach für Künftiges, für das, was er noch haben wollte. Ich selbst war für ihn von keinerlei Interesse, und wenn, dann nur insoweit, als ich ihm von Nutzen sein konnte. Ich musste an seine Lektionen über meine Arbeit und an unser Gespräch über Sizilien denken. Irgendwann im Verlauf unserer Unterhaltung hatte er seine Sicherheit verloren. Auf seine Weise wollte er etwas von mir, brauchte etwas. Und es gab eine Möglichkeit, das herauszufinden. Wenn ich ihn um etwas bäte, was er mir gewöhnlich verwehrte, und er es mir gäbe, dann wüsste ich, dass er aus dem Gleichgewicht geraten und zutiefst aufgewühlt war. Ich schob

Marullo beiseite und wandte mich Margie zu. Margie – allein ihr Name verriet ihr ungefähres Alter: «*Margie, I'm always dreaming of you, Margie. I'd give the world to…*»[56]

Vor dem Hintergrund der verschwimmenden Pünktchen an der Decke spielte ich erneut die Szenen mit Margie durch und versuchte, nicht mehr hineinzulesen, als tatsächlich geschehen war. Lange, wohl an die zwei Jahre, hatte es eine Mrs. Young-Hunt gegeben, eine Freundin meiner Frau, die vor allem in jenen Gesprächen Erwähnung fand, bei denen ich nicht richtig zuhörte. Dann aber war da plötzlich Margie Young-Hunt, später Margie. Sie wird auch schon vor Karfreitag in den Laden gekommen sein, bloß konnte ich mich daran nicht erinnern. An jenem Tag aber war es, als hätte sie ihre Anwesenheit eigens bekannt gemacht. Durchaus möglich, dass sie mich zuvor so wenig wahrgenommen hatte wie ich sie. Von dem Augenblick an war sie indes präsent – eine Frau, die aufrüttelte, die Dinge in Bewegung brachte. Was aber wollte sie? Trieb sie der reine Mutwille einer Frau an, die zu wenig zu tun hatte? Oder verfolgte sie einen Plan? Mir war, als hätte sie sich in mein Bewusstsein gedrängt, hätte dafür gesorgt, dass ich sie wahrnahm und nicht wieder vergaß. Und ich bin überzeugt, dass sie in gutem Glauben mit dem Wahrsagen angefangen hatte, dass sie ihre übliche Vorstellung abziehen wollte, routiniert und professionell. Dann jedoch war etwas passiert, was dies unmöglich machte. Allerdings konnten weder Marys noch meine Worte sie dermaßen nervös gemacht haben. Hatte sie wirklich in einer Vision die Schlange gesehen? Das wäre die einfachste Erklärung, und vermutlich traf sie auch zu. Oder besaß sie wirklich einen sechsten Sinn und drang in die Seele anderer Menschen ein? Angesichts der Tatsache, dass wir uns mitten in meiner Verwandlung kennenlernten, war ich geneigt, dies zu glauben, doch mochte es auch ein Zufall gewesen sein. Warum aber war sie nach Montauk gefahren, obwohl sie das gar nicht beabsichtigt hatte? Warum hatte sie sich mit dem Handelsvertreter zusammengetan? Warum hatte sie Marullo alles brühwarm erzählt? Ich mochte kaum glauben, dass sie nicht genau wusste, was sie Marullo weitertratschte und was nicht. Irgendwo in den Regalen oben auf dem Dachboden musste eine Biografie stehen von... wie hieß er noch?... Bering? Nein, Baranow, Alexander Baranow, ein russischer Gouverneur, irgendwann um 1800.[57] Vielleicht fand sich darin ein Hinweis darauf, dass man Alaska als Gefängnis für Hexen genutzt hatte. Die Geschichte klang zu unwahrscheinlich, um erfunden zu sein. Ich musste nachsehen. Vielleicht konnte ich mich hinaufschleichen, ohne Mary zu wecken.

Dann hörte ich eine Stufe der alten Eichentreppe knarzen, gleich darauf ein zweiter Schritt, ein dritter, sodass ich erkannte, es war nicht das Haus, das mit dem Absinken der Temperatur zur Ruhe fand. Es musste die schlafwandelnde Ellen sein.

Natürlich liebe ich meine Tochter, manchmal jedoch macht sie mir Angst, scheint sie doch schon klug zur Welt gekommen zu sein, eifersüchtig und liebevoll zugleich. Auf ihren Bruder war sie von Anfang an eifersüchtig, und oft meine ich zu spüren, dass sie auch auf mich eifersüchtig ist. Mir scheint, sie hat sich schon sehr früh für sexuelle Dinge interessiert. Vielleicht glauben das alle Väter. Als sie noch ein kleines Mädchen war, fand ich ihre hemmungslose Neugier hinsichtlich des männlichen Genitals jedenfalls peinlich. Später begannen die Heimlichkeiten ihrer körperlichen Veränderung. Keine Spur von jener in Zeitschriften gern beschriebenen Phase engelhaft unschuldigen Mädchendaseins. Das Haus kochte vor Nervosität, die Wände vibrierten vor Unbehagen. Irgendwo las ich einmal, im Mittelalter habe man geglaubt, dass pubertierende Mädchen anfällig seien für Hexerei, und ich frage mich, ob das nicht womöglich stimmt. Eine Zeit lang plagte uns, was wir spaßeshalber einen Poltergeist nannten. Bilder fielen von der Wand, Geschirr krachte zu Boden. Vom Dachboden hörte man ein Rumpeln, aus dem Keller ein Stampfen. Ich habe keine Ahnung, was die Ursache war, doch beschäftigte es mich immerhin so sehr, dass ich Ellen im Auge behielt, auf ihr heimliches Kommen und Gehen achtete. Sie war wie eine Nachtkatze. Schließlich fand ich mich damit ab, dass sie für die Bilderabstürze, das Krachen und Stampfen nicht verantwortlich war, fand aber gleichfalls heraus, dass derlei nie vorkam, wenn sie nicht im Haus war. Erschien der Poltergeist, saß sie vielleicht einfach nur da und starrte ins Leere, doch war sie immer anwesend.

Ich erinnere mich, wie man sich, als ich noch ein Kind war, erzählte, das alte Haus der Hawleys sei vor langer Zeit vom Geist eines unserer puritanischen Piratenvorfahren heimgesucht worden, doch war es laut diversen Berichten ein anständiger Geist, der im Haus umherlief, spukte und stöhnte, wie es sich gehörte. Die Treppe knarrte unter seiner unsichtbaren Gestalt, und wenn ein Todesfall bevorstand, pochte er an die Wände, alles angemessen und taktvoll. Der Poltergeist aber war völlig anders – ein arglistiger und böswilliger

Geist, schadenfroh und rachsüchtig. Nie zerbrach er etwas, was nicht wertvoll gewesen wäre. Und dann verschwand er. Eigentlich habe ich nie so recht an ihn geglaubt. Er war ein Familienscherz, nur hat es die herabgefallenen Bilder und das zerbrochene Geschirr wirklich gegeben.

Als er uns dann verließ, begann Ellen, wie gerade jetzt, zu schlafwandeln. Ich hörte sie mit langsamem, doch sicherem Schritt nach unten gehen. Neben mir seufzte Mary tief und murmelte etwas. Und eine Brise kam auf und bewegte an der Decke die Schatten knospender Äste.

Leise glitt ich aus dem Bett und streifte mir den Morgenmantel über, denn wie jedermann glaubte auch ich, dass man einen Schlafwandler nicht erschrecken oder wecken darf.

Dies klingt vielleicht, als hätte ich nicht besonders viel übrig für meine Tochter, aber so ist es nicht. Ich liebe sie, nur fürchte ich mich auch ein wenig vor ihr, da ich sie nicht verstehe.

Geht man auf unserer Treppe dicht an der Wand entlang, knarren die Stufen kaum. Ich habe das früher schon entdeckt, damals, als ich als junger Mann von irgendwelchen Techtelmechteln an den rückwärtigen Gartenzäunen der Stadt heimkehrte. Und ich nutze dieses Wissen noch heute, wenn ich Mary nicht wecken will. Ich nutzte es auch jetzt – schlich die Treppe hinunter und tastete mich dabei mit den Fingern an der Wand entlang. Der von einer Straßenlaterne hereindringende Widerschein ihres trüben, durchbrochenen Lichts verlor sich diesseits des Fensters im Halbdunkel, trotzdem konnte ich Ellen sehen. Es war, als ginge ein Schimmern von ihr aus, was vielleicht am weißen Pyjama lag. Ihr Gesicht war im Schatten, an Armen und Händen aber fing sich das Licht. Sie stand vor dem Glaskabinett, in dem wertlose Familienschätze aufbewahrt wurden, Elfenbeinschnitzereien, die Pottwale darstellten oder Schiffe mitsamt Rudern, Beschlägen und Besatzung, im Bug ein Harpunier wie ein vorstehender Zahn – alles aus Walrossknochen; auch ein kleines, lackglänzendes Modell der «Belle-Adair», Tauwerk und gereffte Segel bräunlich und eingestaubt. Zudem gab es ein paar Chinoiserien, von den alten Kapitänen aus dem Orient mitgebracht, nachdem sie die chinesischen Meere von Pottwalen befreit hatten, dies und das: Ebenholz, Elfenbein, lachende oder ernst blickende Götter, Buddhas, gleichmütig und verschmutzt, aus Rosenquarz oder Speckstein geschnitzte Blüten, manche auch aus Jade, ja, einige gute Jadestücke, und hauchdünne Tassen, durchscheinend und schön. Manche dieser Dinge mochten sogar wertvoll sein, wie die Pferdchen, formlos, doch lebensprall – nur wenn sie es waren, dann wohl eher zufällig, bestimmt sogar. Wie hätten diese zur See fahrenden, Wale tötenden Männer zwischen billig und wertvoll unterscheiden wollen? Oder hatten sie es doch gekonnt? Waren sie tatsächlich dazu fähig?

Das Kabinett war für mich stets der heilige Ort der *parenti*[58] gewesen – römische Masken der Vorfahren oder die Laren und Penaten[59] bis zurück zum vom Mond gefallenen Stein. Selbst eine Alraune gehörte dazu, ein perfektes kleines Männlein, entsprossen dem im Moment des Todes verspritzten Samen eines Gehängten, aber auch eine wahrhaftige Meerjungfrau, inzwischen recht schäbig, doch geschickt gemacht, die obere Hälfte eines Äffchens mit dem hinteren Teil eines Fischs zusammengenäht. Im Lauf der Jahre war sie geschrumpft und die Naht nicht länger zu übersehen, doch fletschte sie noch immer ihre kleinen Zähne in einem wilden Grinsen.

Ich nehme an, dass jede Familie einen magischen Gegenstand besitzt, etwas Überliefertes, das von Generation zu Generation entflammt, tröstet oder inspiriert. Unserer war – wie soll ich es beschreiben? – eine Art kleiner Hügel aus lichtdurchlässigem Stein, womöglich Quarz oder

Jadeit oder auch Speckstein. Dieser Hügel war rund, maß vier Zoll im Durchmesser und verjüngte sich nach oben zu einem eineinhalb Zoll breiten, abgeflachten Gipfel. In diesen Stein hatte man ein endlos verflochtenes Band geschnitzt, das sich zu bewegen schien und doch nirgendwohin führte. Es wirkte lebendig, besaß aber weder Kopf noch Schwanz, auch nicht Anfang oder Ende. Der polierte Stein fühlte sich nicht glitschig an, sondern leicht klebrig wie Fleisch und kam mir immer warm vor. Man konnte hinein-, aber nicht hindurchsehen. Ich vermute, irgendein alter Seemann meines Geblüts hat ihn aus China mitgebracht. Dem Stein wohnte ein Zauber inne – es war angenehm, ihn anzusehen, ihn zu berühren, an der Wange zu reiben oder mit den Fingern zu streicheln. Dieser seltsame, zauberhafte Hügel residierte also im Glaskabinett. Als Kind und Jugendlicher war mir erlaubt gewesen, ihn anzufassen, mich mit ihm zu beschäftigen, doch durfte ich ihn nie irgendwohin mitnehmen. Farbe, Brechung und Beschaffenheit änderten sich mit meinen Bedürfnissen. Eine Zeit lang dachte ich, er sei eine weibliche Brust, dann wurde er für mich zur Yoni, schmerzlich erregend. Vielleicht verwandelte er sich später in ein Gehirn, gar in ein Enigma, dieses kopflose, endlose, sich ständig bewegende Etwas – in eine Frage, die in sich selbst vollständig ist, die zu ihrer Auflösung keiner Antwort bedarf, zu ihrer Eingrenzung kein Ende und keinen Anfang.

Das Glaskabinett war mit einem Messingschloss aus Kolonialzeiten gesichert, samt eckigem Messingschlüssel, der immer steckte.

Meine schlafende Tochter hielt den Zauberhügel in den Händen, liebkoste ihn mit den Fingern, tätschelte ihn, als wäre er lebendig. Dann drückte sie ihn an ihre noch ungeformte Brust, hielt ihn unter dem Ohr an ihre Wange, beschnüffelte ihn wie ein Welpe die Zitzen der Mutter und summte dabei eine leise Melodie, fast ein lustvolles, sehnsuchtsvolles Stöhnen.

Etwas Zerstörerisches ging von ihr aus, weshalb ich erst fürchtete, sie wolle ihn verstecken oder in Stücke schlagen, doch sah ich nun, dass dieses Stück für sie Mutter, Liebhaber und Kind zugleich war.

Ich fragte mich, wie ich sie wecken konnte, ohne dass sie sich erschreckte. Doch weshalb sollte man Schlafwandler aufwecken wollen? Fürchtet man, sie könnten sich wehtun? Dabei habe ich noch nie gehört, dass sich jemand in diesem Zustand verletzt hat, es sei denn, der Schlafende wurde gewaltsam geweckt. Warum also sollte ich sie stören? Schließlich durchlebte sie keinen Albtraum voller Schmerz und Schrecken, eher einen Traum des Verschmelzens, einer Lust, die jedes wache Verstehen überstieg. Welches Recht hatte ich da, ihr dies zu verderben? Leise zog ich mich zurück, setzte mich in meinen großen Sessel und wartete.

Lichtstäubchen schienen wie eine Wolke Mücken durchs dämmrige Zimmer zu schwirren. Ich vermutete, dass es sie gar nicht gab, dass es nur in meiner Tränenflüssigkeit schwimmende Partikel waren, Fünkchen meiner Müdigkeit, auch wenn sie ziemlich überzeugend wirkten. Und es schien wirklich, als ob von meiner Tochter Ellen ein Leuchten ausginge, nicht nur vom Weiß ihres Pyjamas, sondern auch von ihrer Haut. Selbst ihr Gesicht konnte ich sehen, was im dunklen Zimmer eigentlich unmöglich sein sollte. Außerdem war mir, als hätte sie gar kein kindliches Gesicht mehr – ich fand es auch nicht alt, eher reif, erwachsen, ausgeformt. Ihre Lippen hielt sie fest geschlossen, was sie sonst nur selten tat.

Nach einer Weile stellte Ellen den Talisman entschieden an den richtigen Platz zurück, schloss das Glaskabinett und drehte den Messingschlüssel um.

Anschließend machte sie kehrt und ging an

meinem Sessel vorbei, dann die Treppe hinauf. Zweierlei hätte ich mir einbilden können – zum einen, dass ihr Gang nicht der eines Kindes, sondern der einer reifen Frau war, und zum Zweiten, dass sie im Gehen ihr Leuchten verlor. Gut möglich, dass dies Einbildungen waren, Erzeugnisse meines Hirns, das Dritte aber war es gewiss nicht: Beim Hinaufsteigen knarrte keine Stufe. Sie musste nahe an der Wand entlanggelaufen sein, dort, wo sich die Treppe nie beklagt.

Als ich ihr wenige Augenblicke später folgte, lag sie bereits im Bett, ordentlich zugedeckt. Sie atmete durch den Mund, und ihr Gesicht war das eines schlafenden Kindes.

Einem inneren Zwang folgend lief ich die Treppe wieder hinunter, öffnete das Glaskabinett und nahm den Hügel in die Hand. Er war noch warm von Ellens Berührung. Wie als Kind fuhr ich mit der Spitze meines Zeigefingers das endlose Band entlang und fand darin Trost. Der Stein half mir, mich Ellen nahe zu fühlen.

Und ich fragte mich, ob der Stein sie mir wirklich irgendwie näherbrachte – mir und den Hawleys.

## 9

Am Montag wich der treulose Frühling dem Winter, der mit so kaltem Regen und solch rauen Böen zurückkehrte, dass die zarten Blätter allzu vertrauensseliger Bäume regelrecht zerfetzt wurden. Die frechen Spatzen auf dem Rasen, die es gestern noch nach Fortpflanzung gelüstet hatte, wurden ohne Kurs und ohne Ziel wie Lumpen durch die Luft gewirbelt, weshalb sie wütend gegen die Unbill des Wetters antschilpten.

Ich begrüßte Herrn Red Baker auf seinem Rundgang; sein Schweif wurde wie eine Kriegsflagge zu Seite geweht. Er war ein alter Bekannter, der jetzt die Augen gegen den Regen zusammenkniff. «Von heute an», sagte ich, «können wir beide nach außen hin gern Freunde sein, doch scheint es mir nur recht und billig, Euch mitzuteilen, dass unser Lächeln einen erbitterten Wettstreit verbirgt, einen Interessenkonflikt.» Ich hätte noch mehr sagen können, doch er hatte es eilig, seine Runde zu beenden und wieder in Deckung zu gehen.

Joey Morph kam pünktlich. Vielleicht hatte er auf mich gewartet, bestimmt sogar. «Scheußlicher Tag», sagte er, während ihm der Regenmantel aus geölter Seide[60] um die Beine klatschte. «Ich hab gehört, Sie hatten ein Stelldichein mit meinem Boss?»

«Ich brauchte seinen Rat. Und es gab Tee.»

«Typisch.»

«Sie wissen doch, wie das ist. Man sucht nur die Sorte Rat, die mit dem übereinstimmt, was man sowieso will.»

«Klingt nach Kapitalanlage.»

«Meine Mary möchte neue Möbel. Und wenn eine Frau sich etwas in den Kopf gesetzt hat, gibt sie es gern als gute Kapitalanlage aus.»

«Nicht nur Frauen», sagte Morph. «Ich mach das auch so.»

«Na ja, es ist ihr Geld. Sie erkundigt sich nach den besten Angeboten.»

Ecke High Street beobachteten wir ein Blechschild, das sich von Rapp's Toy Store losgerissen hatte und so scheppernd davonwirbelte, dass es sich wie ein Verkehrsunfall anhörte.

«Sagen Sie, stimmt es, Ihr Chef will nach Italien reisen?»

«Keine Ahnung. Kommt mir allerdings seltsam vor, dass er noch nie heimgefahren ist. Diese Familien dort halten doch immer so eng zusammen…»

«Zeit für einen Kaffee?»

«Eigentlich sollte ich erst den Laden ausfegen.

Nach den Feiertagen wird's bestimmt ein hektischer Vormittag.»

«Ach, kommen Sie. Leben Sie auf großem Fuß! Mr. Bakers Intimfreund kann doch gewiss die Zeit für eine Tasse Kaffee erübrigen.» Aus seinem Mund klang es nicht so gemein, wie es sich gedruckt liest. Irgendwie konnte er alles unschuldig und wohlwollend klingen lassen.

In all den Jahren war ich noch nie im «Foremaster Grill» gewesen, um morgens eine Tasse Kaffee zu trinken; bestimmt war ich der einzige Mensch in der ganzen Stadt, der nicht herkam. Es war ein Brauch, ein Ritual und ein Klub. Wir nahmen auf Barhockern Platz, und Miss Lynch – ich bin mit ihr zur Schule gegangen – schob uns den Kaffee hin, ohne nur einen einzigen Tropfen in die Untertasse zu verschütten. Ein winziges Fläschchen Milch war an die Tasse gelehnt, und Miss Lynch ließ zwei in Papier gewickelte Zuckerstücke wie aus dem Würfelbecher auf uns zurollen, weshalb Morph gleich rief: «Diese Schlange, sie hat ein Einserpasch geworfen!»

Miss Lynch – Miss Lynch… Mittlerweile war «Miss» Teil ihres Namens, Teil ihrer selbst. Und ich fürchte, sie wird diesen Teil nie mehr los. Außerdem rötet sich ihre Nase von Jahr zu Jahr stärker, was aber an den Nasennebenhöhlen und nicht etwa am Alkohol liegt.

«Morgen, Ethan», sagte sie. «Gibt's was zu feiern?»

«Er hat mich hergeschleppt», sagte ich und setzte dann, in einem Versuch der Liebenswürdigkeit, «Annie» hinzu.

Ihr Kopf fuhr herum wie nach einem Pistolenschuss, doch als das Gehörte zu ihr durchdrang, lächelte sie, und kaum zu glauben, da sah sie plötzlich wieder genauso aus wie in der fünften Klasse, trotz roter Nase und allem.

«Schön, dich zu sehen, Ethan», sagte sie und putzte sich die Nase mit einer Papierserviette.

«Ich war überrascht, als ich es gehört habe», sagte Morph, während er das Papier von einem Zuckerwürfel schälte. Seine Nägel waren poliert. «Man bildet sich irgendwas ein, es wird zur fixen Idee, und man hält es für wahr. Stellt man dann aber fest, dass es gar nicht den Tatsachen entspricht, ist man entsetzt.»

«Ich weiß wirklich nicht, wovon Sie reden.»

«Ich auch nicht, glaub ich. Verdammt, dieses blöde Papier! Warum servieren sie den Zucker nicht einfach in einer Schale?»

«Vielleicht ja, weil man dann mehr davon nimmt?»

269

«Möglich. Ich kannte mal jemanden, der eine Zeit lang von Zucker gelebt hat. Ist immer ins Automatenrestaurant gegangen, hat zehn Cent für einen Kaffee eingeworfen, die Tasse halb ausgetrunken und dann mit Zucker wieder aufgefüllt. So ist er wenigstens nicht verhungert.»

Wie so oft ging mir die Frage durch den Kopf, ob dieser «jemand» nicht Morph selbst gewesen war – ein seltsamer, zäher, altersloser Mann mit manikürten Händen. Ich hielt ihn für recht gebildet, wenn auch nur wegen seiner Art zu denken, seinen logischen Schlussfolgerungen. Jedenfalls verbarg er seine Kenntnisse hinter einem Halbweltvokabular, der Ausdrucksweise der schlauen, frechen, ordinären Ungebildeten. «Nehmen Sie deshalb nur ein Stückchen Zucker?», fragte ich.

Er grinste. «Jeder hat seine Theorie», sagte er. «Ganz egal, wie gründlich er gescheitert ist, hat er doch eine Theorie dafür, warum er am Boden liegt. Eine Theorie kann einen auf den Holzweg führen, weil man ihr trotz aller Warnschilder folgt. Und ich nehm mal an, deshalb hab ich auch bei Ihrem Chef falsch gelegen.»

Es war schon lange her, dass ich außer Haus einen Kaffee getrunken hatte. Und der hier schmeckte nicht besonders. Er schmeckte nicht mal nach Kaffee, war aber heiß, und da ich mein

Hemd damit bekleckerte, wusste ich auch, dass er immerhin braun war.

«Ich fürchte, ich kann Ihnen nicht folgen.»

«Ich versuche mich zu erinnern, wie ich auf den Gedanken gekommen bin. Der Grund war vermutlich, dass er gesagt hat, er sei schon vierzig Jahre hier. Fünfunddreißig wären ja okay gewesen, auch siebenunddreißig, aber nicht vierzig.»

«Ich glaube, ich bin heute etwas schwer von Begriff.»

«Das müsste dann 1920 gewesen sein. Klingelt's immer noch nicht? Nun, in der Bank muss man Menschen schnell einschätzen können, Scheckbetrüger, Sie wissen schon. Da hat man sich rasch ein paar feste Regeln angeeignet, die greifen, ohne dass man noch drüber nachdenkt. Es macht einfach klick – man kann sich aber auch irren. Vielleicht ist er tatsächlich 1920 angekommen. Womöglich lieg ich ja falsch.»

Ich trank meinen Kaffee aus. «Zeit zum Ausfegen.»

«Und Sie führen mich auch an der Nase rum», sagte Morph. «Würden Sie mich was fragen, würd ich Sie auflaufen lassen, aber Sie fragen ja nicht, also muss ich's Ihnen sagen. 1921 wurde das erste Einwanderungsnotgesetz erlassen.»[61]

«Und?»

«1920 konnte er noch ins Land kommen, 1921 vermutlich nicht mehr.»

«Und?»

«Und mein wieselflinker Verstand sagt mir, dass er 1921 durch die Hintertür reingekommen sein muss. Deshalb kann er auch nicht in seine Heimat zurück, weil er nämlich den Pass nicht kriegt, den er dafür braucht.»

«Gott, bin ich froh, dass ich kein Bankangestellter bin.»

«Sie wären wahrscheinlich besser als ich. Ich rede zu viel. Falls er tatsächlich nach Sizilien fährt, habe ich mich getäuscht. Warten Sie, ich komme mit. Der Kaffee geht auf meine Rechnung.»

«Wiedersehen, Annie», sagte ich.

«Schau mal wieder rein, Eth. Du kommst so selten.»

«Mach ich.»

Als wir die Straße überquerten, sagte Morph: «Bitte binden Sie's Seiner Itakereminenz nicht auf die Nase, dass ich gerade behauptet habe, ihm drohe die Deportation.»

«Warum sollte ich?»

«Warum ist mir's rausgerutscht? Sagen Sie, was haben Sie da in der Schmuckschatulle?»

«Einen Hut der Tempelritter. Die Feder ist vergilbt. Will sehen, ob man sie nicht wieder bleichen kann.»

«Gehören Sie zu denen?»

«Liegt in der Familie. Wir waren schon Freimaurer, ehe George Washington Großmeister wurde.»

«War er das? Und Mr. Baker gehört auch dazu?»

«Liegt genauso in seiner Familie.»

Wir hatten die Gasse erreicht, und Morph suchte nach dem Schlüssel für den Hintereingang zur Bank. «Vielleicht öffnen wir ja deshalb den Tresor immer so feierlich, als wär's ein Logentreffen. Könnten ebenso gut alle eine Kerze in der Hand halten. Ist 'ne Art heilige Handlung.»

«Morph», sagte ich, «Sie reden heute Morgen eine Menge Unsinn. Offenbar sind Sie trotz Ostern kein bisschen zur Ruhe gekommen.»

«In acht Tagen wird sich's zeigen», sagte er. «Das meine ich ganz ernst. Schlag neun stehen wir entblößten Hauptes vor dem Allerheiligsten. Dann lässt die Zeituhr das Schloss aufschnappen, und Pater Baker beugt das Knie, um den Safe zu öffnen, und wir alle verneigen uns vor dem großen Gott Mammon.»

«Sie sind ja von Sinnen, Morph.»

«Kann schon sein. Herrgott noch mal, dieses

alte Schloss! Mit jedem Eispickel bekäme man es auf, aber nicht mit dem Schlüssel.» Er klimperte mit dem Bund und trat gegen die Tür, bis sie endlich aufsprang. Dann fischte er ein Papiertuch aus seiner Tasche und stopfte es ins Schloss, um den Riegel zu blockieren.

Ich konnte mir gerade noch verkneifen, ihn zu fragen, ob das nicht ziemlich gefährlich sei, als er von sich aus antwortete: «Das verdammte Ding lässt sich nie aufsperren. Baker überprüft nur, ehe er den Safe öffnet, ob es verschlossen ist. Und bitte sagen Sie Marullo nichts von meinem schmutzigen Verdacht, ja? Er ist ein zu betuchter Kunde.»

«Okay, Morph», erwiderte ich, wandte mich meiner eigenen Tür auf meiner Seite der Gasse zu und sah mich suchend nach dem Kater um, der immer in den Laden huschen wollte, aber heute war er nicht da.

Drinnen wirkte der Laden auf mich anders und irgendwie neu. Ich sah Dinge, die ich nie zuvor gesehen hatte, und sah dafür anderes nicht mehr, was mir bislang immer Ärger und Verdruss bereitet hatte. Warum auch nicht? Man blicke mit neuen Augen um sich, gar mit neuen Linsen, und *presto* – eine neue Welt.

Das leckende Ventil der alten Toilette rauschte

leise vor sich hin. Marullo wollte kein neues besorgen, weil es für das Wasser sowieso keinen Zähler gab, wen interessierte es also? Ich ging zum Vordereingang und nahm das Zwei-Pfund-Schlitzgewicht von der altmodischen Balkenwaage. In der Toilette hängte ich das Gewicht an die Kette über dem Eichengriff. Die Toilette spülte und spülte. Ich ging in den vorderen Laden zurück, um zu lauschen, und hörte das Wasser in die Schüssel plätschern. Dieses Geräusch ist unverwechselbar. Dann legte ich das Gewicht wieder auf die Waage und nahm meinen Platz auf der Kanzel hinter dem Tresen ein. Die Gemeinde stand wartend in den Regalen. Für die armen Teufel gab es kein Entkommen. Mir fiel vor allem die Mickymausmaske auf, die mich von ihrem Karton in der Kirchenbank der Frühstückszutaten herab angrinste, was mich wiederum an mein Versprechen erinnerte, das ich Allen gegeben hatte. Ich fand die ausziehbare Greifzange, mit der ich Waren aus den oberen Regalen nehmen konnte, angelte mir einen Karton und legte ihn unter meinen Mantel im Lagerraum. Kaum war ich zurück auf meiner Kanzel, grinste Mickymaus vom nächsten Karton auf mich herab.

Ich griff hinter die Dosen und fischte den grauen Leinensack mit dem Kleingeld für die

Kasse heraus, dann kam mir jedoch ein Gedanke, und ich langte noch weiter nach hinten, bis meine Hand den alten, öligen Revolver Kaliber 38 fand, der meines Wissens schon immer da gelegen hatte. Es war ein versilberter Iver Johnson, das Silber aber großteils abgeblättert. Ich klappte ihn auf und sah, dass die Patronen bereits Grünspan angesetzt hatten. Die Trommel war so dick mit altem Fett verschmiert, dass sie sich kaum noch drehen ließ. Ich legte das schändliche und wohl auch gefährliche Ding in die Lade unter der Kasse, zog eine saubere Schürze heraus, band sie mir um die Hüfte und schlug sie an der Taille sorgsam um, damit die Bänder verdeckt waren.

Gibt es irgendjemanden, der sich noch nie über die Entschlüsse, Handlungen und Kampagnen der Mächtigen dieser Erde gewundert hat? Fußt, was immer sie tun, stets auf reiflicher Überlegung und dem Diktat der Moral, oder ist manches davon auch ein Produkt des Zufalls, der Tagträumerei, der Fantasie oder geht auf Geschichten zurück, die wir einander erzählen? Ich weiß genau, wie lang ich das Spiel der Fantasie bereits trieb, denn ich weiß, dass es mit Morphs Regeln für einen erfolgreichen Banküberfall begonnen hat. Mit einem kindlichen Vergnügen, wie Erwachsene es sich nur selten gestatten, war ich das

Gesagte immer und immer wieder durchgegangen. Es war ein Spiel, das parallel zum Geschehen im Laden ablief, und alles, was geschah, nahm seinen Platz in diesem Spiel ein: das leckende Toilettenventil, die von Allen gewünschte Mickymausmaske, der Bericht vom Öffnen des Safes. Neue Perspektiven taten sich auf: das ins Schloss der Gassentür gestopfte Papiertaschentuch. Nach und nach erweiterte sich das Spiel, auch wenn es bis zum heutigen Morgen einzig in meinem Kopf stattgefunden hatte. Dass ich das Gewicht an die Toilettenspülung gehängt hatte, war mein erster konkreter Beitrag zu diesem mentalen Ballett gewesen. Dass ich den alten Revolver hervorgeholt hatte, der zweite. Und jetzt befasste ich mich mit dem richtigen Timing. Das Spiel gewann an Präzision.

Ich trug immer noch die große Eisenbahneruhr meines Vaters, eine silberne Hamilton mit breiten Zeigern und dicken schwarzen Ziffern; keine Schönheit, aber man konnte wunderbar die Zeit von ihr ablesen. An diesem Morgen steckte ich sie mir in die Hemdtasche, ehe ich den Laden ausfegte. Und ich achtete darauf, exakt um fünf vor neun die Eingangstür aufzuschließen und geflissentlich den Gehweg zu fegen. Es ist erstaunlich, wie viel Schmutz sich über ein Wochenende ansammelt, Schmutz, der durch den Regen zu Schlamm geworden war.

Welch herrliche Präzisionsmaschine ist doch unsere Bank – ganz wie die Eisenbahneruhr meines Vaters. Um fünf vor neun bog Mr. Baker in den Gegenwind der Elm Street ein. Harry Robbit und Edith Alden mussten ihn abgepasst haben. Sie kamen aus dem «Foremaster Grill» und schlossen sich ihm auf halber Höhe der Straße an.

«Morgen, Mr. Baker», rief ich. «Morgen, Edith. Morgen, Harry.»

«Guten Morgen, Ethan. Sie werden dafür einen Schlauch brauchen!» Die drei betraten die Bank.

Ich stellte den Besen an der Ladentür ab, nahm das Gewicht von der Waage, ging hinter die Kasse, öffnete die Schublade und absolvierte eine schnelle, doch wohldurchdachte Pantomime. Ich marschierte in den Lagerraum, hängte das Gewicht an die Toilettenspülung, stopfte die Schürze unters Bauchband, schlüpfte in meinen Regenmantel, schritt zur Hintertür und öffnete sie einen Spaltbreit. Als der schwarze Minutenzeiger meiner Uhr die Zwölf erreichte, begann die Glocke des Schützenhauses zu läuten. Ich zählte acht Schritte über die Gasse und in Gedanken weitere zwanzig. Ich bewegte meine Hand, nicht aber die Lippen – ließ zehn Sekunden verstreichen und bewegte erneut die Hand. All das sah ich vor meinem inneren Auge – ich zählte, während meine Hände gewisse Bewegungen vollführten, dann zwanzig Schritte, schnell und entschieden, und acht weitere. Ich schloss die Gassentür, legte den Regenmantel ab, zog die Schürze wieder nach unten, ging zur Toilette, nahm das Gewicht vom Zug, stoppte die Spülung, marschierte zum Tresen zurück, öffnete die Schublade, danach meine Hutschachtel, schloss und verzurrte sie wieder, ging zur Ladentür, nahm abermals den Besen in die Hand und sah auf die Uhr. Zweieinhalb Minuten nach neun; ziemlich gut, aber mit ein wenig Übung könnte ich es unter zwei Minuten schaffen.

Ich war mit dem Bürgersteig erst halb fertig, als Stoney, unser Polizist, vom «Foremaster Grill» herüberschlenderte.

«Morgen, Eth. Geben Sie mir rasch ein halbes Pfund Butter, ein Pfund Speck, eine Flasche Milch und ein Dutzend Eier. Meine Frau hat heute Morgen überhaupt nichts mehr im Haus.»

«Klar doch, Chief. Und wie geht's sonst?» Ich holte das Gewünschte und schüttelte eine Tüte auf.

«Ganz gut», erwiderte er. «Ich bin eben schon mal hier gewesen, aber da waren Sie wohl gerade auf dem Klo.»

«Werde bestimmt eine Woche brauchen, um all die hartgekochten Eier loszuwerden.»

«Wohl wahr», sagte Stoney. «Wenn der Mensch muss, dann muss er.»

Das war also gut gelaufen.

Stoney war schon unter der Tür, als er sagte: «Was ist übrigens mit Ihrem Freund? Mit Danny Taylor?»

«Ich weiß nicht – ist was mit ihm?»

«Nun ja, er sah ziemlich gut aus und auch sauber. Ich saß im Wagen, als er kam und seine Unterschrift beglaubigt haben wollte.»

«Wofür denn?»

«Keine Ahnung. Hatte zwei Papiere dabei, hielt sie mir aber so hin, dass ich sie nicht lesen konnte.»

«Zwei Papiere?»

«Ja, zwei. Hat zweimal unterschrieben, und ich hab's zweimal bestätigt.»

«Und er war nüchtern?»

«Sah so aus. Hatte sich die Haare schneiden lassen und einen Schlips umgebunden.»

«Kann ich gar nicht glauben.»

«Ging mir genauso. Armer Kerl. Hören wohl nie auf, es zu versuchen. Jetzt muss ich aber nach Hause.» Und er galoppierte davon. Stoneys Frau ist zwanzig Jahre jünger als er. Ich machte mich wieder an die Arbeit und schob den Dreckhaufen vom Bürgersteig.

Ich kam mir erbärmlich vor. Das erste Mal ist sicher immer besonders schlimm.

Ich hatte recht mit der Vermutung, dass der Vormittag hektisch werden würde. Anscheinend war allen Leuten in der Stadt einfach alles ausgegangen. Und da frisches Obst und Gemüse erst gegen Mittag geliefert wurden, war der Vorrat knapp bemessen. Doch selbst mit dem wenigen, was wir hatten, hielten mich die Kunden ziemlich auf Trab.

Marullo kam gegen zehn und ging mir erstaunlicherweise zur Hand, wog ab, wickelte ein und tippte den Betrag in die Kasse. Seit einer Ewigkeit hatte er nicht mehr im Laden ausgeholfen. Meist spazierte er nur herein, sah sich um und zog dann wieder ab – fast wie ein Hausherr, der nur mal eben nach dem Rechten sieht. An diesem Morgen aber half er, die Kisten und Kästen mit frischer Ware zu öffnen, sobald sie eintrafen. Mir schien, er fühle sich nicht wohl in seiner Haut und beobachte mich, wenn ich nicht zu ihm hinsah. Wir hatten keine Zeit zu reden, aber ich spürte seine Blicke. Vielleicht, dachte ich, war ihm ja zu Ohren gekommen, dass ich die Bestechung ausgeschlagen hatte. Und vielleicht hatte Morph recht.

Wenn eine gewisse Sorte Mensch hört, dass man sich ehrlich benommen hat, sucht sie nach der Unehrlichkeit, die dahinterstecken muss. Die «Was hat er davon?»-Haltung ist wohl bei jenen Menschen besonders stark ausgeprägt, die ihr eigenes Leben wie ein Pokerblatt ausspielen. Der Gedanke ließ mich lächeln, ein tief verborgenes Lächeln, von dem nichts an die Oberfläche drang.

Gegen elf Uhr spazierte meine Mary herein, strahlend schön im neuen Kleid aus bedruckter Baumwolle. Sie schien vergnügt und war ein wenig außer Atem, so als hätte sie etwas Angenehmes, aber auch ein bisschen Gefährliches getan – was tatsächlich der Fall war. Sie reichte mir einen braunen Umschlag.

«Ich dachte, du kannst dies hier gebrauchen», sagte sie und schenkte Marullo jenes fröhliche, vogelgleiche Lächeln, mit dem sie nur Leute bedachte, die sie nicht besonders mochte. Und sie mochte Marullo nicht, traute ihm nicht einmal, hatte ihm nie getraut. Ich schrieb dies seit jeher der Tatsache zu, dass eine Frau den Chef oder die Sekretärin ihres Mannes niemals mag.

«Danke, mein Schatz», sagte ich. «Sehr aufmerksam von dir. Nur schade, dass ich dich jetzt nicht zu einer Bootsfahrt auf dem Nil einladen kann.»

«Du hast viel zu viel zu tun», erwiderte sie.

«Tja, dir ist doch wohl nichts ausgegangen?»

«Aber ja. Hier ist die Liste. Bringst du die Sachen heute Abend mit? Ich weiß, jetzt bist du zu beschäftigt, um dich drum zu kümmern.»

«Nur keine hartgekochten Eier mehr…»

«Nein, Liebling, erst nächstes Jahr wieder.»

«Dieser Osterhase ist richtig fleißig gewesen.»

«Margie möchte morgen Abend mit uns essen gehen, im ‹Foremaster›. Sie meint, sonst schafft sie es nie, uns einzuladen.»

«Sehr schön», sagte ich.

«Sie findet, ihre Wohnung sei ganz einfach zu klein.»

«Ist sie das?»

«Ich halte dich von der Arbeit ab.»

Marullos Blick klebte an dem braunen Umschlag in meiner Hand. Ich hob die Schürze und stopfte ihn in meine Tasche. Er wusste, dass der Umschlag von der Bank war. Und ich spürte, dass seine Gedanken ihm nachschnüffelten wie Terrier, die auf einem städtischen Müllplatz Ratten jagen.

Mary sagte: «Ich hatte noch gar keine Gelegenheit, Ihnen für die Süßigkeiten zu danken, die Sie uns gebracht haben, Mr. Marullo. Die Kinder haben sich sehr darüber gefreut.»

«Nur ein kleiner Gruß für Ostern», sagte er. «Sie sind ja angezogen wie Frühling.»

«Oh, danke schön. Allerdings bin ich nass geworden. Ich dachte, mit dem Regen sei es vorbei, aber jetzt ist noch mal was runtergekommen.»

«Nimm meinen Regenmantel, Mary.»

«Kommt nicht in Frage. Ist ja nur ein Schauer. Und du kümmere dich wieder um deine Kunden.»

Der Andrang wurde noch größer. Mr. Baker warf einen Blick in den Laden, sah die Warteschlange und ging wieder. «Ich probier's später noch mal», rief er.

Und nach wie vor kamen die Leute, bis kurz vor zwölf, dann hörte der Ansturm wie gewöhnlich schlagartig auf. Man aß jetzt zu Mittag. Auch auf den Straßen wurde es ruhig. Zum ersten Mal an diesem Morgen wollte niemand etwas von mir. Ich trank noch einen Schluck Milch aus dem Karton, den ich mir aufgemacht hatte. Was ich aus dem Laden nahm, schrieb ich auf und zog es mir gleich vom Lohn ab. Marullo überließ uns die Ware zum Einkaufspreis, was einen großen Unterschied bedeutete. Ich glaube, ansonsten hätten wir von meinem Gehalt auch gar nicht existieren können.

Er lehnte sich an den Tresen und verschränkte die Arme, aber das tat weh, also stopfte er sich die Hände in die Taschen, bis auch das wehtat.

«Ich bin wirklich froh, dass Sie mit angepackt haben», sagte ich. «Hab noch nie so einen Andrang erlebt. Aber man darf wohl auch nicht erwarten, dass die Leute von übrig gebliebenem Kartoffelsalat leben.»

«Sie arbeiten prima, Jungchen.»

«Ich arbeite halt.»

«Nein, die kommen wieder. Die mögen Sie.»

«Sie sind an mich gewöhnt. Ich bin ja auch schon ewig hier.» Und dann wagte ich mich ein wenig weiter vor. «Ich könnte wetten, Sie freuen sich schon auf die Sonne in Sizilien. Da ist es jetzt bestimmt richtig heiß. Bin im Krieg mal da gewesen.»

Marullo wandte den Blick ab. «Hab mich noch nicht entschieden.»

«Und warum nicht?»

«Na ja, war ich doch so lange weg – vierzig Jahre. Kenn da keinen mehr.»

«Aber Sie haben dort noch Verwandte.»

«Die kennen mich auch nicht mehr.»

«Also ich fände es schön, wenn ich Urlaub in Italien machen könnte – so ganz ohne Gewehr und Marschgepäck. Vierzig Jahre sind allerdings eine lange Zeit. In welchem Jahr sind Sie hier angekommen?»

«1921 – ziemlich lang her.»

Morph schien den Nagel auf den Kopf getroffen zu haben. Vielleicht entwickeln Bankangestellte, Polizisten und Zollbeamte ja einen gewissen Instinkt. Dann fiel mir ein, wie ich noch ein wenig weiterbohren konnte. Ich öffnete die Schublade, nahm den alten Revolver heraus und warf ihn auf den Tresen.

Marullo verschränkte die Hände hinter dem Rücken. «Was soll das, Jungchen?»

«Ich dachte nur, Sie sollten sich dafür vielleicht eine Lizenz besorgen, falls Sie noch keine haben. Mit dem Sullivan-Gesetz[62] ist nicht zu spaßen.»

«Wo kommt das Ding her?»

«Ist schon immer hier gewesen.»

«Hab ich noch nie gesehen. Gehört mir nicht. Gehört Ihnen.»

«Nein. Ich habe die Waffe auch noch nie zuvor gesehen. Irgendwem muss sie ja gehören. Aber da sie nun schon mal hier ist, wollen Sie nicht lieber eine Lizenz beantragen? Sind Sie sicher, dass es nicht Ihre ist?»

«Sag ich doch, habe ich noch nie gesehen. Mag keine Waffen.»

«Ist ja komisch. Ich habe immer geglaubt, Mafialeute lieben Waffen.»

«Was reden Sie da? Mafia? Wollen Sie sagen, ich bin Mafia?»

Ich versuchte, meine Bemerkung als unschuldigen Scherz abzutun. «Nach dem, was man sich so erzählt, sind doch alle Sizilianer bei der Mafia.»

«Ist ja komisch. Ich kenne nicht mal wen von Mafia.»

Ich warf die Waffe in die Lade zurück. «Man lernt eben nie aus», sagte ich. «Also ich will sie jedenfalls nicht haben. Vielleicht sollten wir sie Stoney übergeben. Ihm sagen, ich hätte sie hinter irgendwas gefunden, was ja auch stimmt.»

«Das machen Sie», sagte Marullo. «Ich hab die noch nie im Leben gesehen. Ich will sie nicht. Gehört mir nicht.»

«Okay», sagte ich. «Dann weg damit.»

Wer einen Waffenschein nach dem Sullivan-Gesetz erhalten will, muss ziemlich viele Dokumente vorlegen – beinahe mehr als für einen Reisepass.

Mein Boss hatte jetzt Hummeln im Hintern. Vielleicht waren zu viele kleine Dinge zu rasch nacheinander passiert.

Die ältliche Miss Elgar, königliche Prinzessin von New Bayton, kam hart am Wind hereingesegelt, den Klüver gesetzt. Zwei Scheiben Sicherheitsglas trennten sie von der Welt, mit jeder Menge Luft dazwischen. Sie begann mit mir über ein Dutzend Eier zu verhandeln. Da sie mich schon kannte, als ich noch ein kleiner Junge war, hat sie nie etwas anderes in mir gesehen. Und ich merkte ihr an, wie erstaunt und erfreut sie war, dass ich ihr das Wechselgeld korrekt herausgeben konnte.

«Ich danke dir, Ethan», sagte sie, während ihr Blick über die Kaffeemühle und über Marullo glitt, denen sie beide die gleiche Aufmerksamkeit schenkte. «Wie geht es deinem Vater, Ethan?»

«Gut, Miss Elgar.»

«Sei so lieb und richte ihm bitte meine Grüße aus.»

«Ja, Ma'am, mach ich.» Es war nicht an mir, ihr Zeitgefühl ins Lot zu bringen. Man erzählt sich, sie ziehe noch immer jeden Sonntagabend die Standuhr auf, obwohl die schon seit Jahren elektrisch betrieben wird. Ist sicher nicht übel, so zu leben, ganz außerhalb der Zeit – gar nicht übel, ein endloser Nachmittag im Hier und Jetzt. Ehe Miss Elgar ging, nickte sie noch würdevoll der Kaffeemühle zu.

«Verrückt in der Birne», sagte Marullo und tippte sich mit dem Zeigefinger an die Stirn.

«Niemand ändert sich. – Niemandem tut es weh.»

«Ihr Vater ist tot. Warum Sie sagen ihr nicht, dass er tot ist?»

«Selbst wenn sie mir glauben würde, hätte sie es gleich wieder vergessen. Sie erkundigt sich jedes Mal nach ihm. Erst vor Kurzem hat sie aufgehört, nach meinem Großvater zu fragen. Es heißt, sie sei mit ihm befreundet gewesen, die alte Geiß.»

«Verrückt in der Birne», stellte Marullo erneut fest. Aus irgendeinem Grund aber hatte er sich wieder gefasst, seit er es mit Miss Elgars ungewöhnlichem Zeitgefühl zu tun bekommen hatte. Wie simpel oder kompliziert ein Mensch ist, lässt sich kaum sagen. Fühlt man sich allzu sicher, irrt man sich meist. Ich denke, aus Gewohnheit hatte Marullo die Beziehungen zu seinen Mitmenschen auf drei Umgangsformen beschränkt: Befehl, Schmeichelei oder Geschäft. Mit allen dreien musste er so erfolgreich gewesen sein, dass er sich nun auf sie verlassen konnte. Allerdings hatte er die erste im Verkehr mit mir seltsamerweise eingestellt.

«Sie sind prima, Jungchen», sagte er. «Sind auch ein prima Freund.»

«Der alte Käpt'n, also mein Großvater, hat immer gesagt: ‹Willst du einen Freund behalten, so stelle ihn nie auf die Probe.›»

«Das ist klug.»

«War ein kluger Mann.»

«Den ganzen Sonntag habe ich nachgedacht, Jungchen – sogar in der Kirche ich habe nachgedacht.»

Ich wusste, dass ihm die Sache mit der Provision auf den Magen geschlagen war, zumindest nahm ich es an, also half ich ihm, indem ich sagte: «Wegen jenes hübschen Geschenks, nicht?»

«Genau.» Er sah mich bewundernd an. «Sie sind auch klug.»

«Nicht klug genug, um als Selbstständiger zu arbeiten.»

«Sie sind schon wie lange hier? – Zwölf Jahre?»

«Stimmt – viel zu lang. Höchste Zeit für einen Wechsel, finden Sie nicht?»

«Und immer Sie haben aufgeschrieben, wenn Sie sich was aus der Kasse eingesteckt haben oder was mit nach Hause genommen.»

«Ehrlichkeit ist meine Masche.»

«Darüber man macht keine Witze. Was ich sage, stimmt. Hab's geprüft. Weiß ich Bescheid.»

«Sie dürfen mir den Orden ans linke Revers heften.»

«Alle stehlen, manche mehr, manche weniger, Sie nicht. Ich weiß das!»

«Vielleicht will ich ja den ganzen Laden stehlen.»

«Keine Witze. Was ich sage, stimmt.»

«Alfio, offensichtlich haben Sie da ein Juwel. Polieren Sie mich aber nicht allzu sehr, sonst sieht man die Paste.»

«Warum Sie werden nicht mein Partner?»

«Wie denn? Bei meinem Gehalt?»

«Wir finden einen Weg.»

«Dann könnte ich nichts mehr stehlen, ohne mich selbst zu beklauen.»

Er lachte zustimmend. «Kluges Jungchen. Aber Sie stehlen ja eh nicht.»

«Sie hören mir nicht zu. Vielleicht habe ich vor, den ganzen Laden zu übernehmen.»

«Sie sind ehrlich, Jungchen.»

«Deshalb sage ich es Ihnen. Wenn ich am ehrlichsten bin, glaubt mir niemand. Wissen Sie, Alfio, bleiben Sie immer bei der Wahrheit, wenn Sie Ihre Motive verheimlichen wollen.»

«Was reden Sie da?»

*Ars est celare artem.*[63]

Lautlos wiederholte er die Worte und brach dann in Gelächter aus. «Ha!», rief er. «Haha! *Hic erat demonstrandum.*[64]»

291

«Möchten Sie eine kalte Cola?»

«Ist nicht gut für den hier!» Er klopfte sich auf den Bauch.

«Sie sind doch gar nicht alt genug, um einen schlimmen Magen zu haben. Noch keine fünfzig.»

«Zweiundfünfzig. Und ich hab einen schlimmen Magen.»

«Na gut», sagte ich. «Dann waren Sie folglich zwölf, als Sie 1920 hergekommen sind. Auf Sizilien fängt man offenbar schon früh mit Latein an.»

«Ich war Messdiener», sagte er.

«Ich habe früher selbst auch das Kreuz in der Kirche getragen. Und jetzt gönne ich mir eine Coke. Alfio», sagte ich, «tüfteln Sie eine Möglichkeit aus, wie ich mich ins Geschäft einkaufen kann, und dann höre ich mir das gern an. Aber ich muss Sie warnen, ich habe kein Geld.»

«Wir finden einen Weg.»

«Bald werde ich allerdings zu Geld kommen.»

Seine Augen verweilten auf meinem Gesicht, und er schien sie nicht mehr abwenden zu können. Leise erwiderte Marullo: «*Io lo credo.*»[65]

Ein Gefühl von Kraft, wenn auch nicht von Herrlichkeit durchströmte mich. Ich öffnete eine Coke, setzte an, und mein Blick wanderte an der braunen Flasche entlang hinunter zu Marullos Augen.

«Sind ein gutes Jungchen», sagte er, schüttelte meine Hand und spazierte davon, hinaus aus dem Laden.

Einer plötzlichen Eingebung folgend rief ich ihm nach: «Wie geht's Ihren Armen?»

Er wandte sich erstaunt zu mir um. «Tun gar nicht mehr weh.» Und im Weitergehen wiederholte er die Worte noch einmal für sich: «Tun gar nicht mehr weh.»

Aufgeregt kehrte er zurück. «Sie müssen die Mäuse nehmen.»

«Was für Mäuse?»

«Die fünf Prozent.»

«Aber warum denn?»

«Sie müssen. Dann Sie kaufen sich ein bei mir, nach und nach, aber Sie verlangen sechs Prozent.»

«Nein.»

«Was soll das heißen, nein, wenn ich sage Ja?»

«Ich brauche das Geld nicht, Alfio. Ich hätte es genommen, wenn ich es brauchen würde, aber ich brauche es nicht.»

Er stieß einen tiefen Seufzer aus.

Der Nachmittag verlief nicht ganz so hektisch wie der Vormittag, trotzdem herrschte noch reger Betrieb. Zwischen drei und vier geht es meist ein wenig ruhiger zu, fast zwanzig Minuten oder eine halbe Stunde lang; warum, weiß ich auch nicht. Danach zieht das Geschäft wieder an, weil die Leute von der Arbeit nach Hause kommen und Hausfrauen auf den letzten Drücker noch etwas fürs Abendessen brauchen.

In der ruhigeren Phase kam Mr. Baker wieder vorbei. Er besah sich Käse und Wurst im Tiefkühltresen und wartete, bis nur noch zwei Kunden im Geschäft waren, beides zögerliche Käufer jenes Schlags, der nicht weiß, was er will, Käufer, die Artikel in die Hand nehmen und wieder hinlegen in der Hoffnung, irgendetwas spränge ihnen in die Arme und verlangte, von ihnen gekauft zu werden.

Endlich aber waren auch diese letzten Kunden abgefertigt und fort.

«Ethan», sagte er, «wissen Sie, dass Mary tausend Dollar abgehoben hat?»

«Ja, sie hat es mir gesagt.»

«Wissen Sie auch, wofür sie die haben will?»

«Natürlich. Mary redet schon seit Monaten von nichts anderem. Sie wissen ja, wie Frauen sind. Kaum sind die Möbel ein wenig abgenutzt, beschließen sie, es müssen neue gekauft werden, der alte Kram sei geradezu unmöglich.»

«Finden Sie es nicht unklug, das Geld gerade

jetzt für so etwas auszugeben? Ich habe Ihnen doch gestern gesagt, was für eine Möglichkeit sich bald auftun wird.»

«Es ist nun mal ihr Geld.»

«Ich habe nicht von einer windigen Spekulation gesprochen, Ethan, sondern von einem bombensicheren Investment. Und ich glaube, in einem Jahr könnte Mary Möbel für tausend Dollar kaufen und hätte immer noch tausend übrig.»

«Mr. Baker, ich kann ihr wohl kaum verbieten, ihr eigenes Geld auszugeben.»

«Könnten Sie ihr nicht gut zureden, sie mit Argumenten überzeugen?»

«Ich würde nicht mal an so was denken.»

«Jetzt hören Sie sich an wie Ihr Vater, Ethan. Das ist doch alles Wischiwaschi, aber wenn ich Ihnen helfen soll, auf eigenen Beinen zu stehen, kann ich mit Ihrem Wischiwaschi nichts anfangen.»

«Wie Sie meinen.»

«Und es hat ganz den Anschein, als wollte sie das Geld nicht mal hier im Ort ausgeben. Nein, sie läuft damit bestimmt in die Billigmärkte und zahlt bar. Kein Mensch weiß, wofür sie sich entscheidet. In den Geschäften hier im Ort zahlt man vielleicht ein bisschen mehr, aber man kann die Sachen dann auch umtauschen, wenn man sich beim Kauf vertan hat. Sie sollten ein Macht-wort sprechen, Ethan, sie überreden, das Geld auf die Bank zurückzubringen. Oder ihr sagen, dass sie es gleich mir überlassen soll. Sie würde es nicht bereuen.»

«Es ist Geld, das sie von ihrem Bruder geerbt hat.»

«Weiß ich doch. Ich habe ja auch versucht, ihr ins Gewissen zu reden, als sie in der Bank war. Aber sie hat mich nur mit großen blauen Augen angeguckt – sagte, sie wolle sich bloß mal umse-hen. Kann sie sich nicht ohne tausend Dollar in der Tasche umsehen? Ethan, wenn schon nicht Ihre Frau, dann sollten doch wenigstens Sie es besser wissen.»

«Ich fürchte, ich bin da ein wenig aus der Übung, Mr. Baker. Seit unserer Heirat haben wir nie Geld übrig gehabt.»

«Tja, dann sollten Sie sich an den Umgang damit gewöhnen, und zwar rasch, sonst haben Sie bald gar nichts mehr. Für manche Frauen ist Geldausgeben wie eine Droge.»

«Diese Sucht zu entwickeln hatte Mary noch keine Gelegenheit.»

«Nun, das geht schneller, als man glaubt. Hat sie erst mal Blut geleckt, wird sie zum Tier.»

«Das glauben Sie doch selber nicht, Mr. Baker.»

«O doch.»

«So sorgsam wie sie ist wohl noch keine Frau mit Geld umgegangen. Ihr blieb auch gar nichts anderes übrig.»

Aus irgendeinem Grund war Mr. Baker in Rage geraten. «Sie sind es, Ethan, der mich enttäuscht. Wenn Sie es zu was bringen wollen, müssen Sie lernen, Herr im eigenen Haus zu sein. Die neuen Möbel können auch noch ein Weilchen warten.»

«Das könnten sie, Mary aber nicht.» Ich fragte mich, ob Bankangestellte einen Röntgenblick für Geld entwickeln und ob Mr. Baker den Umschlag womöglich durch die Schürze hindurch erspähte. «Ich werde mit ihr reden, Mr. Baker.»

«Hoffentlich hat sie dann noch nicht alles ausgegeben. Ist sie jetzt zu Hause?»

«Sie wollte mit dem Bus nach Ridgehampton.»

«Ach, du lieber Gott! Die tausend Dollar sehen Sie nie wieder.»

«Na ja, ein bisschen Kapital bleibt ihr ja noch.»

«Darum geht es doch gar nicht. Dieses Geld ist Ihre Eintrittskarte.»

«Geld zeugt Geld», sagte ich leise.

«Ganz recht. Wenn Sie das nicht beherzigen,

sind Sie verloren und bleiben Ihr Leben lang Verkäufer.»

«Tut mir leid, dass es so weit gekommen ist.»

«Tja, Sie sollten Ihrer Frau lieber ein wenig an die Kandare nehmen.»

«Ach, Frauen sind sonderbar. Vielleicht haben Ihre gestrigen Worte Mary erst auf die Idee gebracht, dass es gar nicht so schwierig ist, an Geld zu kommen.»

«Nun, Ethan, Sie sollten sie eines Besseren belehren, denn ohne Geld kommt man nicht an Geld.»

«Möchten Sie vielleicht eine kalte Coke, Mr. Baker?»

«Das möchte ich in der Tat.»

Ich konnte ihn nicht gut aus der Flasche trinken lassen und musste eigens eine Packung Pappbecher für ihn aufreißen, was ihn ein wenig beruhigte. Er brummelte zwar noch vor sich hin, aber das klang jetzt wie abziehender Donner.

Zwei dunkelhäutige Damen von der Kreuzung traten ein, weshalb er seine Wut nun mit der Cola hinunterschlucken musste. «Reden Sie mit ihr», knurrte er und eilte dann mit großen Schritten über die Straße in Richtung seines Zuhauses. Ich fragte mich, ob er sich so ärgerte, weil er mir misstraute, hielt das aber für unwahrscheinlich.

Nein, ich denke, er war sauer, weil er spürte, dass ich mich nicht länger von ihm herumkommandieren ließ. Man kann durchaus auf jemanden wütend werden, der keinen Rat annimmt.

Die beiden Schwarzen waren angenehme Kundinnen. Nahe der Kreuzung lebt eine Gemeinschaft von Farbigen, sehr nette Leute. Sie kaufen selten bei mir ein, weil sie ihren eigenen Laden haben, nur hin und wieder vergleichen sie die Preise, um sicherzugehen, dass ihre rassische Treue sie nicht allzu viel kostet. Die beiden verglichen vor allem und kauften nur wenig, aber das verstand ich – zudem waren es hübsche Frauen mit langen, geraden, schlanken Beinen. Ist schon erstaunlich, was fehlende Unterernährung in der Kindheit für den menschlichen Körper, aber auch für die Seele bedeutet.

Kurz vor Ladenschluss rief ich Mary an. «Mein Taubenflöckchen, ich werde mich wohl ein wenig verspäten.»

«Vergiss nicht, dass wir uns mit Margie zum Abendessen im ‹Foremaster› treffen.»

«Ich denk dran.»

«Wie viel später wird's denn bei dir?»

«Zehn, vielleicht fünfzehn Minuten. Ich will noch zum Hafen gehen und mir den Schwimmbagger ansehen.»

«Warum?»

«Ich erwäge, ihn zu kaufen.»

«Ach!»

«Soll ich frischen Fisch mitbringen?»

«Na ja, wenn du ein paar schöne Schollen siehst. Was anderes wird's jetzt kaum geben.»

«Also gut, ich beeil mich.»

«Trödle wenigstens nicht rum. Du musst noch baden und dich umziehen. Das ‹Foremaster›, du weißt ja.»

«Ich vergesse es nicht, meine Schöne, mein Herzblatt. Mr. Baker hat mir übrigens die Hölle heiß gemacht, weil ich dir erlaube, tausend Dollar auszugeben.»

«Dieser alte Ziegenbock!»

«Mary, Mary! Die Wände haben Ohren.»

«Sag ihm, er kann mich mal.»

«Kann er eben nicht. Außerdem hält er dich für eine dumme Gans.»

«Was?»

«Und ich bin ein Wischiwaschi, ein Waschiwischi – ein du weißt schon was.»

Ihr Lachen war ein liebliches Trällern, bei dem meine Seele vor Vergnügen eine Gänsehaut überlief.

«Jetzt komm schnell nach Hause, Liebling», sagte sie. «Komm heim.»

So etwas geht einem Mann runter wie Öl! Nachdem ich aufgelegt hatte, blieb ich neben dem Telefon stehen, ganz schwach und leck und glücklich, falls es einen solchen Zustand denn gibt. Ich versuchte mich zu erinnern, wie es vor Mary gewesen war, aber es gelang mir nicht; dann fragte ich mich, wie es ohne sie sein würde, und konnte mir kein anderes Leben als eines mit schwarzem Trauerrand vorstellen. Ich glaube, jeder verfasst irgendwann einmal seinen eigenen Nachruf. Meiner würde lauten: «Goodbye, Charley».[66]

Die Sonne war bereits hinter den Hügeln im Westen versunken, doch eine große, pudrige Wolke schaufelte ihr letztes Licht auf und goss es über den Hafen, über die Mole und auch übers Meer, sodass die Schaumkronen rosenrot schimmerten. Die Pfosten im Wasser bei der Stadtpier bestanden jeweils aus drei Stämmen, oben von Eisenbändern zusammengehalten und schräg wie Brückenpfeiler, damit das Eis daran zerbarst. Und auf jedem Pfosten hockte reglos eine Möwe, meist ein Männchen mit makellos weißer Weste und sauberen grauen Schwingen. Ich fragte mich, ob jede Möwe Eigentümerin ihres Platzes war und ob sie ihn nach Gutdünken verkaufen oder vermieten konnte.

Einige wenige Boote waren eingelaufen. Ich kannte die Fischer, kannte sie schon mein Leben lang. Und Mary hatte recht: Es gab nur Scholle. Ich kaufte vier schöne von Joe Logan und wartete, während er sie für mich ausnahm; sein Messer glitt so sanft wie durch Wasser am Rückgrat entlang. Im Frühling gibt es eigentlich nur ein Thema: Wann kommen die Umberfische? Früher haben wir gern gesagt: «Blüht der Flieder, kehrt der Umberfisch wieder», nur kann man sich nicht darauf verlassen. Mir ist, als wären die Umberfische mein Leben lang entweder noch nicht gekommen oder schon wieder fort. Und was waren das für schöne Fische, schlank wie Forellen, sauber und so silbrig wie … wie Silber eben. Sie rochen auch gut. Nun, es gab keine. Joe Logan hatte keinen einzigen gefangen.

«Also, ich liebe Kugelfisch», sagte Joe. «Ist schon komisch, nennt man sie Kugelfische, will sie keiner haben, nennt man sie aber Meerhühnchen, werden sie dir aus den Händen gerissen.»

«Wie geht's Ihrer Tochter, Joe?»

«Ach, mal scheint's ihr besser zu gehen, dann kränkelt sie wieder vor sich hin. Es bringt mich um.»

«Ein Jammer.»

«Wenn man nur irgendwas tun könnte …»

302

«Ich weiß – armes Kind. Hier, eine Tüte. Legen Sie die Schollen einfach rein. Und grüßen Sie die Kleine von mir, Joe.»

Er sah mir lange in die Augen, als erhoffte er sich etwas von mir, eine Medizin vielleicht, ehe er sagte: «Mach ich, Ethan. Ich richt's ihr aus.»

Hinter der Mole arbeitete der Schwimmbagger, dessen riesige Schraube Schlamm und Muscheln zutage förderte, Dreck, den die Pumpen durch ein von Pontons getragenes Rohr hinter das schwarz geteerte Schott ans Ufer spritzten. Die Scheinwerfer waren ebenso eingeschaltet wie die Ankerlichter, und man hatte zudem noch zwei rote Bälle aufgezogen, um anzuzeigen, dass der Bagger in Betrieb war. Ein blassgesichtiger Koch mit weißer Schürze und Mütze stützte sich mit nackten Armen aufs Geländer, blickte ins aufgewühlte Wasser und spuckte gelegentlich in die Flut. Es wehte ein auflandiger Wind, der vom Bagger den Gestank von Schlamm, verwesten Muscheln und welkem Tang zugleich mit dem süßen Duft von ofenwarmem, zimtgewürztem Apfelstrudel herübertrug, während die mächtige Förderschnecke sich majestätisch drehte und die Fahrrinne freibaggerte.

Mit einem rosafarbenen Aufblitzen fingen die Segel einer schlanken Yacht die letzten Sonnenstrahlen ein, bevor sie wendete und dem Licht entschwand. Ich kehrte um, bog hinter der neuen Marina links ab und passierte den alten Yachtklub sowie die Halle der American Legion[67] mit ihren beidseits der Türstufen ausgestellten, braun gestrichenen Maschinengewehren.

In der Bootswerft wurde noch gearbeitet, um das aufgebockte Schiff für die Sommersaison frisch anzumalen und wasserfertig zu machen. Der ungewöhnlich kalte Frühlingsbeginn hatte sie mit Streichen und Lackieren in Verzug gebracht.

Ich marschierte an der Werft vorbei, durch den von Unkraut überwucherten Streifen zum Hafenrand und dann langsam weiter zu Dannys Schuppen. Dabei pfiff ich eine alte Melodie vor mich hin, obwohl er das gar nicht gern hörte.

Anscheinend hatte ich ihn damit verscheucht. Der Schuppen war leer, doch ich wusste so bestimmt, als könnte ich ihn sehen, dass er sich irgendwo im Unkraut versteckte, sicherlich zwischen den mächtigen hölzernen Vierkantbalken, die überall verstreut lagen. Und da ich auch wusste, dass er hervorkommen würde, sobald ich wieder fort war, nahm ich den braunen Umschlag aus der Tasche, bettete ihn auf die schmutzige Pritsche, ging, pfiff weiter vor mich hin und unterbrach mich nur kurz, um leise «Leb wohl,

Danny, viel Glück» zu flüstern. Immer noch pfeifend erreichte ich die Straße, überquerte die Porlock, kam an den großen Häusern der Elm Street vorbei und gelangte schließlich zu meinem eigenen Haus, dem Haus der Hawleys.

Ich traf meine Mary mitten im Auge eines Orkans an, in dem sie sich ruhig und gelassen mit all den Trümmern und tosenden Winden um sich selbst drehte. Sie dirigierte die Verwüstung in Pantoffeln und weißem Nylonschlüpfer, das frisch gewaschene Haar auf Lockenwickler gedreht, die wie ein Wurf an ihrem Kopf saugender Würstchen aussahen. Ich vermochte mich nicht zu erinnern, wann wir das letzte Mal zum Essen in ein Restaurant gegangen waren. Wir konnten es uns nicht leisten und waren folglich aus der Übung. Marys wilde Aufregung erfasste auch die Kinder am Rand ihres ureigenen Hurrikans. Sie setzte ihnen Essen vor, wusch sie, erteilte und widerrief Befehle. Mitten in der Küche stand zudem das Bügelbrett, und über den Stuhllehnen hingen meine frisch gebügelten, geliebten und hochgeschätzten Anzüge. Nur gelegentlich hielt Mary in ihrem Treiben inne, um mit dem Eisen kurz über ein Kleid auf dem Bügelbrett zu fahren. Die Kinder waren viel zu aufgeregt zum Essen, doch sie hatten ihre Befehle.

Ich besitze fünf sogenannte beste Anzüge – für einen Verkäufer eine durchaus stattliche Anzahl. Ich befingerte ihren über Stuhlrücken hängenden Stoff. Die Anzüge hießen: Old Blue, Sweet George Brown, Dorian Grey,[68] Grabesschwarz und Alter Hans.

«Welchen soll ich anziehen, Knuddelchen?»

«Knuddelchen? Na gut. Also, es ist ein zwangloses Treffen, und es ist Montagabend. Ich denke, Sweet George wäre angemessen, oder auch Dorian, ja, genau, Dorian, der ist formell genug, ohne steif zu wirken.»

«Und dazu die getupfte Fliege?»

«Natürlich.»

Ellen platzte dazwischen: «Papa! Du trägst heute Abend keine Fliege! Dafür bist du viel zu alt.»

«Bin ich nicht. Ich bin jung, aufgedreht und gut gelaunt.»

«Du machst dich lächerlich. Ich bin froh, dass ich nicht dabei bin.»

«Ich auch. Wie kommst du auf die Idee, ich wäre ein alter Knacker?»

«Na ja, so alt bist du eigentlich gar nicht, aber zu alt für eine Fliege.»

«Was bist du doch für eine eklige kleine Konformistin.»

«Na gut, wenn du dich unbedingt lächerlich machen willst.»

«Genau das möchte ich. Findest du nicht auch, Mary, dass ich mich lächerlich machen sollte?»

«Lass deinen Vater in Ruhe, er muss noch baden. Ich habe ein frisches Hemd für dich aufs Bett gelegt.»

«Ich bin schon halb fertig mit meinem ‹Ich liebe Amerika›-Aufsatz», sagte Allen.

«Prima, denn wenn der Sommer kommt, wirst du arbeiten müssen.»

«Arbeiten?»

«Im Laden.»

«Ach!» Er wirkte nicht gerade begeistert.

Ellen holte tief Luft, sagte aber, nachdem sie sich auf diese Weise unserer Aufmerksamkeit versichert hatte, kein Wort. Mary wiederholte die fünfundachtzig Dinge, die die Kinder während unserer Abwesenheit zu tun und zu unterlassen hatten, während ich nach oben ging, um zu baden.

Ich band mir meine geliebte blaue Tupfenfliege um, meine einzige blaue Tupfenfliege, als Ellen eintrat und sich an den Türrahmen lehnte. «Die sähe gar nicht schlecht aus, wenn du jünger wärst», erklärte sie mit grausamer Weiblichkeit.

«Du wirst dereinst einem glücklichen Ehemann das Leben sauer machen, meine Liebe.»

«Bei uns in der Schule würden nicht mal die Jungs aus der Oberstufe so was tragen.»

«Aber Premierminister Macmillan[69] trägt eine.»

«Das ist was anderes. Sag, Daddy, ist es Betrug, wenn man was aus einem Buch abschreibt?»

«Erkläre!»

«Na ja, wenn jemand… ich meine, wenn ich zum Beispiel an meinem Aufsatz sitze und dabei was aus einem Buch abschreibe – wie steht's damit?»

«Kommt drauf an.»

«Wie du gerade gesagt hast – erkläre.»

«Also wenn du Anführungszeichen setzt und in einer Fußnote festhältst, von wem das Zitat stammt, kann der Aufsatz an Gewicht und Autorität gewinnen. Ich fürchte, die Hälfte all dessen, was in Amerika geschrieben wird, besteht aus Zitaten, oder es sind Anthologien. Und? Wie gefällt dir meine Fliege jetzt?»

«Und wenn man keine Anführungszeichen setzt?»

«Dann ist das ein Diebstahl wie jeder andere auch. Aber das hast du nicht gemacht, oder?»

«Nein.»

«Und wo liegt dann das Problem?»

«Kann man deswegen im Gefängnis landen?»

«Man könnte – falls man Geld für den Aufsatz bekommt. Tu's nicht, mein Mädchen. Also, was hältst du von meiner Fliege?»

«Ich finde, du bist einfach unmöglich», sagte sie.

«Falls du vorhast, dich gleich zu den anderen zu gesellen, könntest du deinem verflixten Bruder ausrichten, dass ich ihm seine verdammte Mickymausmaske mitgebracht habe, und er soll sich dafür schämen.»

«Du hörst nie zu, nie richtig.»

«O doch.»

«Nein, eben nicht. Und das wird dir noch leidtun.»

«Auf Wiedersehen, Leda, und grüß mir den Schwan.»[70]

Sie schlenderte davon, diese Verkörperung babyspeckiger Sinnlichkeit. Mädchen machen mich wahnsinnig. Immer sind sie bloß Mädchen.

Meine Mary war einfach nur schön, leuchtend schön. Licht schien aus ihren Poren zu sickern, als sie meinen Arm nahm und wir unter dem Laubbogen der Bäume die Elm Street dahinflanierten. Ich möchte schwören, dass wir uns mit dem behutsamen, stolzen Schritt von Rennpferden bewegten, die in die Startmaschine geführt werden.

«Du musst nach Rom kommen! Ägypten ist einfach nicht groß genug für dich. Die weite Welt ruft.»

Sie kicherte. Und ich schwöre, es war so ein Kichern, das unserer Tochter alle Ehre gemacht hätte.

«Wir gehen in Zukunft öfter aus, meine Liebe.»

«Wann denn?»

«Sobald wir reich sind.»

«Und wann ist das?»

«Schon bald. Dann werde ich dir beibringen, wie man Schuhe trägt.»

«Und du zündest dir deine Zigarren mit Zehndollarscheinen an?»

«Mit Zwanzigern.»

«So gefällst du mir.»

«Au weia, Ma'am! Das sollten Sie nicht sagen. Ihre Offenheit macht mich ja ganz verlegen.»

Vor gar nicht langer Zeit hatten die Besitzer des «Foremaster Grill» entlang der Straßenseite Erkerfenster mit quadratischen kleinen Scheiben aus Flaschenglas anbringen lassen, die dem Restaurant ein authentisch historisches Aussehen verleihen sollten – was sogar geklappt hatte –, auch wenn die Gesichter der Gäste durch das Glas verzerrt wurden. So sah man von einem dieser Gesichter zum Beispiel bloß den Kiefer, ein anderes bestand lediglich aus einem großen, ins Leere blickenden Auge, doch all dies sowie die Geranien und Lobelien in den Blumenkästen am Fenster verstärkten nur den Eindruck eines altehrwürdigen Etablissements.

Margie erwartete uns, Gastgeberin bis in die Fingerspitzen. Sie stellte ihre Begleitung vor, einen gewissen Mr. Hartog aus New York, höhensonnengebräunt und mit Zähnen wie Ähren aus dem «Country Gentleman»[71]. Mr. Hartog sah geschniegelt und gestriegelt aus und gab zu jedem Satz ein zustimmendes Lachen zum Besten, worin sein ganzer, wenngleich gar nicht mal übler Beitrag zur Unterhaltung bestand.

«Sehr erfreut», sagte Mary.

Mr. Hartog lachte.

«Ich hoffe, Sie wissen, dass unsere Gastgeberin eine Hexe ist», merkte ich an.

Mr. Hartog lachte, und allesamt fühlten wir uns wohl.

«Ich habe um einen Platz am Fenster gebeten», sagte Margie. «Den Tisch dort drüben.»

«Und du hast eigens Blumen hinstellen lassen, Margie.»

«Irgendwie muss ich mich ja für all deine Freundlichkeit revanchieren, Mary.»

Während Margie uns die Plätze zuwies und

auch nachdem wir uns gesetzt hatten, plätscherte das Gespräch dahin, wobei Mr. Hartog nach jedem Punkt lachte, fraglos ein geistreicher Mensch. Ich nahm mir vor, ihm ein Wort zu entlocken, allerdings erst später.

Der reservierte Tisch wirkte adrett und sehr weiß, und das Tafelsilber, das kein Silber war, sah ganz besonders silbrig aus.

«Da ich heute Abend die Gastgeberin bin», sagte Margie, «darf ich auch bestimmen und bestelle deshalb für jeden einen Martini, ob ihr wollt oder nicht.»

Mr. Hartog lachte.

Die Martinis kamen, nicht in kleinen Gläsern, sondern in Schalen groß wie Vogeltränken, dazu einige Ringel Zitronenschale. Der erste Schluck grub sich in die Kehle wie der Biss einer Vampirfledermaus und betäubte leicht, danach aber schmeckte der Cocktail milder und immer besser, je näher man dem Boden des Glases kam.

«Ich fürchte, wir brauchen zwei», sagte Margie. «Das Essen ist hier zwar ziemlich gut, aber so gut nun auch wieder nicht.»

Dann erzählte ich, dass ich schon seit Langem vorgehabt hätte, eine Bar zu eröffnen, in der man gleich den zweiten Martini bekam. Sie würde mir ein Vermögen einbringen.

Mr. Hartog lachte, und vier weitere Vogeltränken erschienen auf unserem Tisch, obwohl ich noch an der ersten Zitronenschale kaute.

Mit dem ersten Schluck vom zweiten Drink entwickelte Mr. Hartog die Fähigkeit des Sprechens. Er hatte die tiefe, modulierte Stimme eines Schauspielers, eines Sängers oder eines Handelsvertreters, dem es gelingt, den Leuten Dinge anzudrehen, die sie nicht haben wollen. Man könnte sie sogar eine Bettkantenstimme nennen.

«Mrs. Young-Hunt hat mir erzählt, Sie seien im hiesigen Geschäftsleben tätig», sagte er. «Ist ein faszinierendes Städtchen. So unverdorben.»

Ich wollte ihn gerade darüber aufklären, welche Rolle ich in diesem Geschäftsleben spielte, als Margie den Ball aufnahm. «Mr. Hawley gehört zu den aufstrebenden Kräften in unserem Land.»

«Ach ja? Und was genau machen Sie, Mr. Hawley?»

«Alles», erwiderte Margie. «Einfach alles. Allerdings nicht öffentlich, verstehen Sie?» Ihre Augen hatten so einen Promilleglanz. Ich sah Mary an, aber ihre Augen begannen gerade erst zu schimmern, weshalb ich annahm, dass die anderen sich schon vor unserem Eintreffen ein Glas gegönnt hatten, zumindest Margie.

«Tja, dann brauche ich nichts abzustreiten», sagte ich.

Mr. Hartog fand zu seinem Lachen zurück. «Sie haben eine sehr nette Frau, da ist die Schlacht schon halb gewonnen.»

«Nein, die ganze.»

«Ethan, das klingt ja, als würden wir einen Kampf ausfechten.»

«Aber so ist es ja auch!» Ich leerte das Glas zur Hälfte und spürte eine Hitze hinter meinen Augen aufschießen. Dann betrachtete ich eine der winzigen, aus Flaschenböden bestehenden Fensterscheiben, die das Kerzenlicht einfing und sich langsam zu drehen schien. Vielleicht hypnotisierte ich mich gerade selbst, denn ich hörte mich weiterreden, vernahm meine Stimme wie von außerhalb. «Mrs. Margie ist die Hexe des Ostens. Ein Martini ist kein Drink, sondern ein Zaubertrank.» Das schimmernde Glas hielt mich immer noch gefangen.

«O je! Ich habe mich immer für Ozma gehalten. War die Hexe des Ostens nicht eine böse Hexe?»[72]

«Stimmt.»

«Und ist sie zum Schluss nicht geschmolzen?»

Durch das gewölbte Glas sah ich auf dem Bürgersteig einen Mann vorbeispazieren, eine gänzlich verzerrte Gestalt, doch hielt er den Kopf ein wenig nach links und ging sichtlich auf den Außenkanten seiner Füße. Danny tat das. Ich sah mich aufspringen und ihm nachlaufen, sah mich bis zur Ecke Elm Street rennen, doch war er schon verschwunden, vielleicht im Garten des zweiten Hauses. «Danny! Danny!», rief ich. «Gib mir das Geld zurück! Bitte, Danny, du musst es mir zurückgeben. Nimm es nicht. Es ist vergiftet. Ich habe es vergiftet!»

Ich hörte ein Lachen. Mr. Hartogs Lachen. Und Margie sagte: «Also, ich wäre lieber Ozma.»

Ich wischte mir mit der Serviette die Tränen aus den Augen und erklärte: «Ich sollte den Martini lieber trinken, statt meine Augen darin zu baden. Er brennt.»

«Deine Augen sind ganz rot», sagte Mary.

Ich fand nicht zur Party zurück, hörte mich aber reden und Geschichten erzählen, und ich hörte meiner Mary goldenes Lachen, also nehme ich an, dass ich lustig war, charmant sogar, nur fand ich eben nicht an den Tisch zurück. Und ich glaube, Margie wusste Bescheid. Sie sah mich unentwegt an, eine unausgesprochene Frage in den Augen. Verdammt, sie war wirklich eine Hexe.

Ich weiß nicht, was wir gegessen haben. Ich erinnere mich an Weißwein, also gab es vermutlich Fisch. Der spröde Flaschenboden drehte sich wie ein Propeller. Auch Brandy wurde serviert, also dürfte ich wohl einen Kaffee getrunken haben – und dann war es vorbei.

Als wir aufbrachen, gingen Mary und Mr. Hartog voraus, und Margie fragte: «Wo waren Sie denn?»

«Ich weiß nicht, was Sie meinen.»

«Sie waren weg, nur teilweise anwesend.»

«Hinfort mit dir, Hexe!»

«Schon gut, Kumpel.»

Auf dem Heimweg suchte ich die Schatten der Gärten ab. Mary hing an meinem Arm, ihr Gang war ein wenig unsicher. «Was für ein schöner Abend», sagte sie. «Ich hab mich lange nicht mehr so amüsiert.»

«Ja, war nett.»

«Margie ist die perfekte Gastgeberin. Ich weiß gar nicht, wie ich mich da revanchieren soll.»

«Das ist sie, keine Frage.»

«Und du, Ethan – ich wusste ja, dass du lustig sein kannst, aber du hast uns wirklich ständig zum Lachen gebracht. Mr. Hartog meinte, er sei ganz erledigt vor lauter Lachen über Herrn Red Baker.»

Hatte ich von dem Hund erzählt? Musste ich

wohl. Nur was? O Danny – gib mir das Geld zurück! Bitte!

«Du bist besser als jedes Theater», sagte meine Mary. Und in unserem Hauseingang drückte ich sie so fest an mich, dass sie zu wimmern begann. «Du bist ja beschwipst, Liebling. Außerdem tust du mir weh. Bitte weck die Kinder nicht auf.»

Ich hatte vor zu warten, bis sie schlief, um dann zum Schuppen zu schleichen und nach ihm zu suchen, sogar die Polizei auf ihn anzusetzen, aber so dumm war ich dann doch nicht. Danny war fort. Ich wusste, dass er fort war. Und ich lag im Dunkeln und sah den roten und gelben Pünktchen zu, wie sie vor meinen Augen verschwammen. Ich wusste, was ich getan hatte, und Danny wusste es auch.

Ich dachte an mein kleines Kaninchengemetzel. Vielleicht fühlt man sich nur beim ersten Mal so elend. Dem hat man sich zu stellen. Will man ganz nach oben kommen und dort bleiben, muss man sich im Geschäft wie in der Politik mit Hauen und Stechen einen Weg bahnen, vorbei an den anderen Menschen. Hat man es einmal geschafft, darf man erhaben und gütig sein – aber erst einmal muss man es schaffen.

## 10

Der Flugplatz Templeton liegt nur sechzig Kilometer von New Baytown entfernt, eine Strecke,
für die Düsenjäger kaum fünf Minuten Flugzeit
brauchen. Sie kommen mit zunehmender Regel-
mäßigkeit, diese Schwärme tödlicher Mücken.
Wenn ich sie doch nur so bewundern könnte wie
Allen! Hätten sie mehr als nur den einen Zweck,
könnte ich das vielleicht auch, aber ihre einzige
Aufgabe ist das Töten, und das habe ich zur
Genüge erlebt. Anders als Allen habe ich nie gelernt, die Maschinen ausfindig zu machen, indem
ich den Himmel vor dem Geräusch absuche, das
sie verursachen. Der Knall, mit dem sie durch die
Schallmauer fliegen, lässt mich glauben, unser
Ofen sei explodiert. Und wenn sie nachts über
uns hinwegdonnern, wache ich mit einem so
traurigen, kranken Gefühl auf, als litte meine
Seele an einem Geschwür.

Am frühen Morgen rauschte wieder ein Geschwader über uns hinweg, weshalb ich mit einem
Ruck und leicht zitternd aufwachte. Offenbar
hatten mich die Flieger von jener Acht-Achter[73]
träumen lassen, die wir im Krieg so bestaunt und
gefürchtet hatten.

Ich war nass vom Angstschweiß, als ich da im

zunehmenden Morgenlicht lag und hörte, wie die schlanken Spindeln des Bösen in der Ferne vorüberjaulten. Ich musste daran denken, dass dieser Schauder allen Menschen auf der Welt nicht im Kopf, sondern tief unter der Haut saß, was gar nicht so sehr an den Jets selbst lag, sondern an dem Zweck, dem sie dienten.

Wird ein Zustand oder ein Problem zu unangenehm, schützt sich der Mensch, indem er nicht länger daran denkt. Dann jedoch wandert das Problem nach innen und vermengt sich mit vielem anderen, was zu Unbehagen und Unzufriedenheit führt, zu Schuldgefühlen und dem Drang, etwas festzuhalten – irgendwas –, ehe alles verschwindet. Vielleicht behandeln die wie am Fließband arbeitenden Psychoanalytiker gar keine Komplexe, sondern nur jene Sprengköpfe, die eines Tages in einer Pilzwolke explodieren könnten. Mir kommt es jedenfalls so vor, als ob nahezu alle meine Bekannten nervös und ruhelos wären, ein wenig laut und so fröhlich überdreht wie Leute, die sich an Silvester betrinken. *«Should auld acquaintance be forgot»* – und küsse deines Nachbarn Weib.

Ich richtete den Blick auf meines. Mary lächelte nicht im Schlaf. Ihre Mundwinkel waren herabgezogen, und um ihre zusammengekniffenen Augen zeigten sich müde Falten, also war sie krank, denn so sieht sie nur aus, wenn sie krank ist. Kaum eine Frau auf der Welt ist so gesund wie Mary, bis sie krank wird, was nicht oft vorkommt, und dann ist kaum eine Frau auf der Welt so krank wie sie.

Ein weiteres Geschwader donnerte über uns hinweg. Wir Menschen hatten ungefähr eine halbe Million Jahre Zeit, uns ans Feuer zu gewöhnen, aber weniger als fünfzehn, eine Vorstellung von dieser neuen Macht zu gewinnen, die so unendlich viel gewaltiger ist als die Macht des Feuers. Würden wir je Gelegenheit erhalten, sie uns zunutze zu machen? Wenn die Gesetze des Denkens die Gesetze des Dinglichen sind, kann es dann auch zu einer Kernspaltung in unserer Seele kommen? Geschieht ebendies gerade mit mir, mit uns?

Ich erinnere mich an eine Geschichte, die Tante Deborah mir vor langer Zeit erzählt hat. Anfang des letzten Jahrhunderts gehörten einige meiner Vorfahren zu den Campbelliten[74]. Tante Deborah selbst war damals ein Kind, doch wusste sie noch, dass an einem bestimmten Tag zu einer festgesetzten Zeit das Ende der Welt kommen sollte. Ihre Eltern gaben alles fort, ihren gesamten Besitz, nur die Bettlaken nicht. Die legten sie sich um, und zur vorgesehenen Zeit gingen sie in die Berge, um dort auf das Ende zu warten. In Laken gehüllt, beteten und sangen aberhundert Leute. Die Nacht kam, und sie sangen lauter, tanzten, und als die Zeit gekommen war, zeigte sich eine Sternschnuppe am Himmel, erzählte Tante Deborah, und alle schrien laut auf. Sie konnte sich noch immer an diese Schreie erinnern. Wie Wölfe, sagte sie, oder Hyänen, auch wenn sie noch nie eine Hyäne gehört hatte. Dann kam der Augenblick. Weiß gewandete Männer und Frauen und Kinder hielten den Atem an. Der Augenblick dauerte und dauerte, die Kinder wurden blau im Gesicht – und dann war er vorbei. Es war vorbei, und sie waren um ihre Vernichtung betrogen. In der Morgendämmerung schlichen sie den Berg wieder hinab und versuchten, sich die Kleider wiederzubeschaffen, die sie fortgegeben hatten, die Töpfe und Pfannen, ihre Ochsen und Esel. Und ich erinnere mich, dass ich wusste, wie ihnen zumute gewesen sein musste.

Ich glaube, all das hatten die Jets heraufbeschworen – so eine enorme Anstrengung, so viel Zeit und Geld, nur um in solchen Mengen Tod anzuhäufen. Würden wir uns betrogen fühlen, wenn wir das nie zum Einsatz brächten? Wir können Raketen ins Weltall schießen, haben aber kein Heilmittel gegen Ärger oder Unzufriedenheit.

Meine Mary schlug die Augen auf. «Ethan», sagte sie, «du redest in Gedanken. Ich habe keine Ahnung, wovon, aber du redest ziemlich laut. Hör auf zu denken, Ethan.»

Ich war drauf und dran, ihr zu sagen, sie solle lieber das Trinken aufgeben, doch dafür sah sie zu elend aus. Ich weiß durchaus nicht immer, wann ich mir einen Witz lieber verkneifen sollte, diesmal aber fragte ich nur: «Kopf?»

«Ja.»

«Bauch?»

«Auch.»

«Überall?»

«Überall.»

«Ich besorg dir was.»

«Ein Grab, bitte.»

«Bleib nur liegen.»

«Kann ich nicht. Die Kinder müssen doch zur Schule.»

«Ich kümmere mich drum.»

«Du musst zur Arbeit.»

«Ich sag doch, ich kümmere mich drum.»

Einen Augenblick später meinte sie: «Ethan, ich glaube, ich kann nicht aufstehen. Ich fühle mich zu schlecht.»

«Arzt?»

«Nein.»

«Ich kann dich nicht allein lassen. Soll Ellen bei dir bleiben?»

«Nein, sie schreibt eine Arbeit.»

«Soll ich Margie Young-Hunt anrufen und fragen, ob sie vorbeischaut?»

«Ihr Telefon ist abgestellt. Sie kriegt irgendein neues Dingsbums.»

«Ich könnte bei ihr vorbeigehen und sie fragen.»

«Sie bringt jeden um, der sie so früh weckt.»

«Ich könnte ihr einen Zettel unter der Tür durchschieben.»

«Nein, das will ich nicht.»

«Ist doch nichts dabei.»

«Nein, nein. Ich will das nicht!»

«Aber allein lassen kann ich dich auch nicht.»

«Du, es ist komisch, aber ich fühl mich schon viel besser. Sicher, weil ich dich so angemeckert habe. Na ja, egal, es stimmt jedenfalls», sagte sie, und zum Beweis stand sie auf und zog sich ihren Morgenmantel an. Sie sah tatsächlich besser aus.

«Du bist wunderbar, mein Liebling.»

Ich schnitt mich beim Rasieren und erschien mit einem roten Fetzen Toilettenpapier im Gesicht zum Frühstück.

Kein Morph stocherte auf der Veranda in seinen Zähnen, als ich an seinem Haus vorbeikam. Ich war froh. Ich wollte ihn nicht sehen und schritt schneller aus für den Fall, dass er auf die Idee kommen sollte, mir nachzueilen.

Als ich die Gassentür öffnete, entdeckte ich einen braunen Umschlag, den man darunter durchgeschoben hatte. Er war versiegelt, und Bankumschläge sind nicht leicht aufzureißen. Dafür brauchte ich mein Taschenmesser.

Drei Blatt Papier von einem linierten Fünfcent-Schulblock, beschrieben mit weichem Bleistift. Ein Testament: «Ich, im Vollbesitz meiner geistigen Kräfte...» und: «Nach reiflicher Überlegung...» Und ein Schuldschein: «Ich verpflichte mich zur Rückzahlung und verpfände...» Beide Papiere unterschrieben, die Handschrift sauber und leserlich. Und: «Lieber Eth, hier das von Dir Gewünschte.»

Die Haut in meinem Gesicht fühlte sich hart an wie ein Krabbenpanzer, und ich schloss die Tür zur Gasse so bedächtig, als verriegelte ich eine Gruft. Die ersten beiden Blätter faltete ich sorgsam und steckte sie in meine Brieftasche, das dritte zerknüllte ich, warf es in die Toilette und zog die Spülung. Die Toilette hat einen hohen Sitz und eine Art Stufe in der Schüssel, über die das Knäuel erst nicht rutschen wollte, bis es dann schließlich doch verschwand.

Als ich aus dem Abort kam, stand die Tür zur Gasse leicht offen, dabei meinte ich doch, sie geschlossen zu haben. Kaum ging ich darauf zu, hörte ich ein leises Geräusch, blickte auf und entdeckte die verdammte Katze auf einem der oberen Regale, wie sie mit ihren Krallen nach einem aufgehängten Stück Speck angelte. Ich schnappte mir den langstieligen Besen, und es folgte eine ziemliche Jagd, ehe ich sie schließlich auf die Gasse zurückgetrieben hatte. Als sie an mir vorbeihuschte, holte ich aus, verfehlte sie und zerbrach den Besen am Türrahmen.

An diesem Morgen fiel die Predigt für die versammelten Konserven aus. Mir wollte kein Text einfallen, dafür holte ich den Schlauch und spritzte den Bürgersteig sauber, auch die Gosse. Hinterher putzte ich das ganze Geschäft, selbst lang vernachlässigte Ecken, bis ich am Staub fast erstickte. Und ich sang:

«So ward der Winter unseres Missvergnügens
Glorreicher Sommer durch die Sonne Yorks.»[75]

Ich weiß, das ist kein Lied, aber gesungen habe ich trotzdem.

# Zweiter Teil

## 11

New Baytown ist ein schönes Städtchen. Sein Hafen, einst groß und bedeutend, ist durch eine vorgelagerte Insel vor den Stürmen aus Nordost geschützt. Die Häuser liegen verstreut inmitten eines Wirrwarrs aus Binnengewässern, die bei Ebbe oder Flut wild schäumend durch schmale, von Hafen und Meer hereinführende Kanäle strömen. New Baytown ist keine übervölkerte oder urbane Stadt. Bis auf die wenigen, prachtvollen Anwesen der lang schon dahingegangenen Walfangkapitäne stehen vorwiegend kleine, schmucke Häuser zwischen prächtigen alten Bäumen: Eichen mehrerer Arten, Ahorn, Ulmen, Hickory selbst einige Zypressen, doch bis auf die eigens gepflanzten Ulmen entlang der ältesten Straßen sind hier vorwiegend Eichen heimisch. Früher waren sie so zahlreich, dass manche Werften das Holz für Spanten und Planken, Kiel und Kielschwein in unmittelbarer Nähe schlagen konnten.

Wie Menschen kennen auch Gemeinschaften Phasen der Gesundheit und der Krankheit, selbst der Jugend und des Alters, der Hoffnung und der Verzagtheit. Es gab einmal eine Zeit, in der einige wenige Städte wie New Baytown jenes Walöl lieferten, das die westliche Welt erhellte. Studentenlampen in Oxford und Cambridge bezogen ihren Brennstoff von diesen amerikanischen Außenposten. Dann aber sprudelte Steinöl in Pennsylvania, und billiges Petroleum, Kohleöl genannt, ersetzte Walöl und machte die Walfänger arbeitslos. Schwäche und Verzweiflung legten sich über Baytown, wovon sich die Stadt womöglich nie wieder erholte. Andere, nicht allzu weit entfernt liegende Orte wuchsen und gediehen dank anderer Produkte, anderer Energien, New Baytown aber, das seine Lebenskraft allein den Walen und Rahseglern verdankt hatte, versank in Apathie. Der Menschenstrom, der sich wie eine Schlange aus New York ins Land wand, mied New Baytown, überließ es seinen Erinnerungen. Und wie so oft in derlei Fällen redeten die Bewohner von New Baytown sich ein, dass sie es nicht anders wollten. Ihnen blieben der Lärm und Müll der Sommerurlauber erspart, das grelle Leuchten der Neonschilder, das Geld und der Trubel der Touristen. Allein an den schöneren Binnengewässern wurden ein paar neue Häuser gebaut. Doch der Menschenstrom schlängelte und schlängelte sich, und alle wussten, früher oder später würde er auch eine Kleinstadt wie New Baytown erreichen. Dieses Ereignis wurde von den Ortsansässigen ebenso sehr ersehnt wie verabscheut. Die Nachbarstädte gelangten zu Wohlstand, platzten vor Touristenbeute aus allen Nähten und prunkten, von der Prise aufgebläht, mit den Herrenhäusern der Neureichen. Das alte Baytown brachte Kunst, Keramik und Schwuchteln hervor, und die verdammte plattfüßige Brut von Lesbos spann Handgemachtes und kleine häusliche Intrigen. Das neue Baytown aber redete von der guten alten Zeit, von Schollen und davon, wann wohl die Umberfische wiederkehren würden.

Im Uferschilf nisteten die Stockenten und zogen mit den Flottillen ihrer Jungtiere durchs Wasser, Bisamratten gruben ganze Siedlungen und schwammen geschmeidig im frühen Morgenlicht. Am Himmel hingen Fischadler, spähten und stießen auf ihre Beute herab, und Seemöwen trugen Mies- und Kammmuscheln hoch hinauf, um sie dann fallen zu lassen, damit die Schale platzte und sie das weiche Innere aufschnäbeln konnten. Sogar einige Otter schnitten noch wie ein heimliches pelziges Geflüster durchs Wasser,

Kaninchen plünderten die Gärten, und Grauhörnchen wuselten wie kleine Wellen durch die Straßen. Fasane flatterten und stießen ihr heiseres Krächzen aus, Blaureiher standen im flachen Wasser, langbeinigen Rapieren gleich, und nachts riefen die Rohrdommeln wie einsame Geister.

Frühling und Sommer kommen spät in New Baytown, doch wenn sie kommen, dann bringen sie weiche, wilde und ganz besondere Klänge, Düfte und Gefühle mit. Anfang Juni explodiert die Welt der Blätter, Halme und Blumen, und jeder Sonnenuntergang ist anders. Am Abend vernimmt man die eigenartigen Rufe der Virginiawachteln, und nach Einbruch der Dunkelheit sind die Ziegenmelker nicht länger zu überhören. Die Eichen sind dick und rund vom Laub und werfen ihre langquastigen Kätzchen ins Gras. Hunde aus diversen Häusern treffen sich zum Picknick, streunen verträumt und glücklich durch den Wald und kommen manchmal tagelang nicht nach Hause.

Vom Instinkt getrieben, mäht der Mann im Juni den Rasen und nimmt den Kampf mit Maulwurf und Kaninchen auf, mit Ameisen, Käfern, Vögeln und all dem anderen Getier, das ihm seinen Garten streitig machen will. Die Frau aber sieht die krausrandige Rosenblüte, schmilzt ein

wenig dahin und seufzt, ihre Haut ein Blüten-
blatt, ihre Augen Staubgefäße.

Der Juni ist ein fröhlicher Monat – kühl und
warm, nass und üppig; Schönes wie Schädliches
mehrt sich und wächst, Gedeihliches wie Ver-
derbliches. Mädchen in hautengen Hosen spazieren Hand in Hand über die High Street,
Transistorradios auf den Schultern, inbrünstige
Liebeslieder in den Ohren. Die vor Saft strotzen-
den Jungen sitzen auf Barhockern in «Tanger's
Drugstore» und saugen sich mit Strohhalmen
künftige Pickel ins Gesicht. Mit ihren Bocksbli-
cken beobachten sie die Mädchen und machen
abschätzige Bemerkungen, während ihr Innerstes
vor Sehnsucht wimmert.

Im Juni kommen Geschäftsleute auf ein Bier
ins «Al'n'Sue's» oder ins «Foremaster», bleiben
noch auf einen Whisky und sind am Nachmittag
ebenso betrunken wie verschwitzt. Und gleich
darauf schleichen verstaubte Wagen ans Ende der
Mill Street, zum trostlosen Vorgarten des einsamen Hauses mit abgeblättertem Anstrich und
herabgelassenen Jalousien vor allen Fenstern, in
dem sich Alice, die Kleinstadthure, der Nach-
mittagsprobleme ihrer vom Juni gestochenen
Kunden annimmt. Den ganzen Tag lang aber
liegen Ruderboote abseits der Mole im Wasser,

und glückliche Männer und Frauen locken ihr Abendessen aus dem Meer.

Juni, das heißt Anstreichen und Sträucherbeschneiden, Pläne und Projekte. Es gibt wohl nur wenige Männer, die jetzt keine Betonsteine und Kanthölzer nach Hause mitbringen und auf der Rückseite eines Briefumschlags ihr Taj Mahal skizzieren. Hundert kleine Boote liegen bäuchlings kieloben am Strand, die Rümpfe glänzen vom Bootslack, und ihre Besitzer richten sich auf und lächeln angesichts dieser reglosen Schwaden. Noch bändigt die Schule die unbeugsamen Kinder bis fast zum Monatsende, doch wenn die Jahresabschlussprüfungen anstehen, flammt die Rebellion auf, und eine gewöhnliche Erkältung wird zur Epidemie, die erst wieder verklingt, wenn die Lehranstalt ihre Pforten schließt.

Im Juni keimt die glückliche Sommersaat. «Wohin fahren wir am herrlichen Unabhängigkeitstag? So langsam sollten wir unseren Urlaub planen.» Der Juni ist der Inbegriff des Möglichen; Entenküken schwimmen tapfer auf das vielleicht unter ihnen lauernde Maul einer Schnappschildkröte zu, Salate sprießen der Trockenzeit entgegen, Tomaten recken trotz Erdraupen ihre Stängel, und bei Familien halten sich die Vorzüge von Sand und Sonnenbrand und jene von enervie-

renden Bergnächten voll lärmender Mückensym-
phonien die Waage. «Dieses Jahr ruhe ich mich
aus, damit ich nicht wieder so kaputt bin. Dieses
Jahr werden die Kinder mir meine zwei freien
Wochen nicht zur Hölle auf Erden machen. Ich
arbeite das ganze Jahr. Jetzt bin ich mal dran.»
Urlaubspläne triumphieren über die Erinnerung,
und die Welt ist wieder gut.

New Baytown hatte so lange geschlafen. Jene
Männer, die die Stadt regierten, in politischer,
moralischer und wirtschaftlicher Hinsicht, be-
herrschten das Gemeinwesen schon so lang, dass
sie in ihren Gewohnheiten festgefahren waren.
Stadtdirektor und Stadtrat, Richter und Polizei
waren für die Ewigkeit eingesetzt. Der Stadtdirektor verkaufte Baumaterial an die Stadt, und
die Richter ließen Strafzettel verschwinden, wie
sie es seit jeher taten, weshalb ihnen dies auch
nicht illegal erschien – obwohl die Gesetzbücher
es behaupteten. Sie fanden es nicht unmoralisch,
weil sie normale Menschen waren. Kein Mensch
war unmoralisch. Die Nachbarn ausgenommen.

Der falbe Nachmittag roch warm nach Sommer. Einige wenige Fremde, verfrühte Sommerfrischler ohne Kinder, die sie gezwungen hätten,
bis zu den Ferien daheim zu bleiben, spazierten
durch die Straßen. Ein paar Autos fuhren vorbei,

auf dem Anhänger ein kleines Boot mit großem Außenbordmotor. Ethan hätte sie mit geschlossenen Augen allein an ihren Einkäufen als Sommerfrischler erkannt – kalter Aufschnitt, Schmelzkäse, Cracker und Sardinen in der Büchse.

Joey Morphy kam, um seine nachmittägliche Erfrischung zu sich zu nehmen, wie jeden Tag, seit es warm geworden war. Er wedelte mit der Flasche Richtung Kühltheke. «Sie sollten sich einen Getränkeautomaten zulegen», sagte er.

«Und mir vier Arme wachsen lassen oder mich zweiteilen? Sie haben wohl vergessen, Nachbar Joey, dass mir der Laden nicht gehört.»

«Sollte er aber.»

«Muss ich Ihnen noch einmal meine Trauermär von der Könige Tod erzählen?»[76]

«Die kenne ich schon. Sie konnten einen Spargel nicht von einem Fehler in der doppelten Buchführung unterscheiden, mussten alles von der Pike auf lernen, aber – Sie haben es geschafft.»

«Und was hat's mir genutzt?»

«Wäre es Ihr Laden, würden Sie Gewinn machen.»

«Ist aber nicht mein Laden.»

«Wenn Sie nebenan ein Geschäft eröffnen, würden alle Kunden zu Ihnen überlaufen.»

«Wie kommen Sie denn darauf?»

«Weil die Leute lieber bei Leuten kaufen, die sie kennen. So was nennt man ‹Reputation›, und es funktioniert.»

«Hat vorher auch nicht funktioniert. Alle haben mich gekannt, trotzdem hab ich bankrottgemacht.»

«Das war eher fachlich bedingt. Sie hatten einfach keine Ahnung vom Einkauf.»

«Hab ich womöglich immer noch nicht.»

«Doch, doch. Ihnen ist bloß nicht klar, wie gut Sie sich inzwischen auskennen. Sie leiden immer noch an einer bankrotten Verfassung. In den Müll damit, Mr. Hawley. In den Müll damit, Ethan.»

«Danke.»

«Ich mag Sie. Wann fährt Marullo nach Italien?»

«Hat er nicht gesagt. Übrigens, Joey – wie reich ist er eigentlich? Nein, behalten Sie's für sich. Ich nehme an, Sie dürfen über Ihre Kunden nicht sprechen.»

«Für einen Freund kann ich auch mal auf die Vorschriften pfeifen, Ethan. Ich bin zwar nicht über alle seine geschäftlichen Angelegenheiten im Bilde, aber seinem Konto bei uns nach zu urteilen, würde ich sagen, er ist ziemlich begütert. Hat seine Finger in allem Möglichen – bisschen Grundbesitz hier, bisschen Baugrund da, ein paar

Strandhäuser und ein dickes Bündel Hypotheken.»

«Woher wissen Sie das so genau?»

«Bankschließfach. Er hat eins von den großen gemietet. Zum Öffnen braucht man zwei Schlüssel, einen hat er, den andern ich. Und ich muss gestehen, ich hab mal einen Blick riskiert. Bin wohl ein bisschen voyeuristisch veranlagt.»

«Aber es ist doch alles in Ordnung, oder? Ich meine … na ja, man liest so viel über … nun, über Drogen, organisiertes Verbrechen und so.»

«Kann ich nicht sagen, er redet kaum über seine Geschäfte. Hebt was ab, zahlt was ein. Und ich weiß nicht, bei welchen Banken er sonst noch Kunde ist. Sie werden bemerkt haben, dass ich Ihnen seinen Kontostand nicht verraten habe.»

«Ich hab auch nicht danach gefragt.»

«Könnte ich wohl ein Bier bekommen?»

«Nur zum Mitnehmen. Ich kann Ihnen aber gern was in einen Plastikbecher einschenken.»

«Nein, nein, meinetwegen müssen Sie nicht gegen Gesetze verstoßen.»

«Blödsinn!» Ethan drückte Löcher in die Dose. «Lassen Sie's bloß niemanden sehen.»

«Danke. Ich habe mir viele Gedanken über Sie gemacht, Ethan.»

«Warum denn?»

«Vielleicht weil ich so neugierig bin. Bankrott ist ein Geisteszustand. Das ist wie bei diesen Sandfallen der Ameisenlöwen. Man rutscht immer tiefer, und es braucht einen Riesensprung, um da rauszukommen. Aber diesen Sprung müssen Sie riskieren, Eth. Und wenn Sie's geschafft haben, werden Sie feststellen, dass Erfolg ganz genauso ein Geisteszustand ist.»

«Und auch eine Falle?»

«Wenn, dann eine bessere.»

«Mal angenommen, mir gelingt der Sprung und jemand anders fällt ins Loch.»

«Nur Gott sieht den Sperling fallen,[77] aber nicht mal Gott unternimmt was dagegen.»

«Ich wüsste wirklich gern, welchen Rat Sie mir damit geben wollen.»

«Das wüsste ich auch gern. Und wenn, würd ich ihn womöglich selber befolgen. Aus Bankkassierern werden keine Präsidenten, im Gegensatz zu Männern mit einer Handvoll Aktien. Vermutlich will ich Ihnen bloß sagen: Packen Sie jede Gelegenheit beim Schopf, Sie kriegen ihn vielleicht nie wieder zu fassen.»

«Sie sind ein Philosoph, Joey, ein Philosoph der Finanzwelt.»

«Streuen Sie nicht auch noch Salz in die Wunde. Hat man es nicht, denkt man dran. Und allein der Mensch denkt über Dinge nach. Wissen Sie, wir alle leben fast ausnahmslos zu neunzig Prozent in der Vergangenheit und zu sieben Prozent in der Gegenwart, womit gerade mal drei Prozent für die Zukunft bleiben. Der gute alte Satchel Paige[78] hat darüber mal was Weises gesagt, nämlich: ‹Schau nie hinter dich, es könnte dich einer einholen.› Aber ich muss zurück. Mr. Baker fährt morgen für ein paar Tage nach New York und ist fleißig wie ein Bienchen.»

«Wieso?»

«Woher soll ich das wissen? Ich sortiere nur seine Post. Er bekommt eine Menge Briefe aus Albany[79] …»

«Politik?»

«Ich sortiere seine Briefe, lese sie aber nicht. Ist um diese Zeit immer so wenig los?»

«Gegen vier, ja. In zehn Minuten zieht das Geschäft wieder an.»

«Sehen Sie? Das haben Sie inzwischen gelernt. Ich wette, das wussten Sie noch nicht, als Sie pleitegingen. Bis bald. Schnappen Sie sich den goldenen Ring, und Ihnen winkt eine Freifahrt.»[80]

Planmäßig ging es zwischen fünf und sechs wieder hektischer zu. Die Sonne, aufgehalten durch die Sommerzeit, stand noch hoch am Himmel, aber die Laternen brannten schon, als er die

Obstkästen hineintrug, die Ladentür schloss und die grüne Markise herunterzog. Anhand einer Liste stellte er anschließend die Einkäufe für zu Hause zusammen und packte alles in eine große Tüte. Kaum war dann die Schürze abgelegt, der Mantel angezogen und der Hut aufgesetzt, wuchtete er sich auf den Tresen und starrte die Regale seiner versammelten Gemeinde an. «Keine Predigt heute», sagte er, «aber gedenkt stets der Worte von Satchel Paige. Was das Nichtzurückschauen angeht, habe ich sicherlich noch allerhand zu lernen.»

Er zog die zusammengefalteten linierten Blätter aus seiner Brieftasche und bastelte für sie einen Umschlag aus Wachspapier. Dann öffnete er die weiß emaillierte Klappe zum Kühltheken-motor, stopfte den wächsernen Umschlag in eine Ecke hinter den Kompressor und schloss den Deckel wieder.

Im Regal unter der Registrierkasse lag das eingestaubte, eselsohrige Telefonbuch von Manhattan für Eilbestellungen im Notfall. Unter «U» für «United States» und dort unter «J» fand er das Justizministerium. Sein Finger glitt an den Einträgen entlang: «Kartellvergehen, Abtlg. Justizministerium», «Abtlg. Zoll», «Haftanstalten», «FBI», bis er zu «Einwanderung u. Einbürgerung» kam:

«20 W. Bway, BA 7–0300, nachts, Sa/So u. Feiertage: OL 6–5888».

Laut sagte er sich die Nummer vor: «‹OL 6–5888›, ‹OL 6–5888›, denn es ist schon lange Nacht.» An seine Konserven gewandt, jedoch ohne sie anzusehen, fuhr er dann fort: «Wenn alles mit rechten Dingen zugeht, kommt keiner zu Schaden.»

Ethan trat auf die Gasse hinaus, schloss hinter sich ab und trug die Tüte mit den Lebensmitteln über die Straße zum «Foremaster Hotel and Grill». Das Restaurant war jetzt, zur Cocktailstunde, voll von lärmenden Gästen, die winzige Lobby mit den öffentlichen Telefonzellen hingegen sogar vom Portier verlassen. Ethan zog die Glastür hinter sich zu, stellte die Tüte auf den Boden, legte die Münzen bereit, warf ein Zehncentstück ein und wählte die Null.

«Vermittlung.»

«Äh… Vermittlung – ich würde gern mit New York telefonieren.»

«Wählen Sie bitte die Nummer.»

Und das tat er.

Ethan kam von der Arbeit, im Arm die große Lebensmitteltüte. Wie schön doch diese langen Nachmittage sind! Der Rasen war so hoch und weich, dass sich seine Fußspuren darin abzeichneten. Er gab Mary einen feuchten Kuss.

«Meine Kaulquappe», sagte er, «der Rasen wuchert geradezu. Glaubst du, ich könnte Allen überreden, dass er ihn mäht?»

«Tja, er steckt in den Prüfungsvorbereitungen. Du kennst das ja, Zeugnisverleihung und so weiter.»

«Was ist das für ein höllisches Geplärr im Nebenzimmer?»

«Er übt mit so einem Bauchrednerding, weil er damit bei der Schulabschlussfeier auftreten will.»

«Dann muss ich den Rasen wohl selber mähen.»

«Tut mir leid, Liebster, aber du weißt ja, wie sie sind.»

«Tja, so langsam fang ich an, das zu begreifen.»

«Hast du schlechte Laune? War's anstrengend heute?»

«Hm. Nein, hab ich nicht, glaub ich. Ich war den ganzen Tag auf den Beinen. Und bei der Aussicht, jetzt den Rasenmäher vor mir herzuschieben, mach ich nicht gerade Freudensprünge.»

«Wir brauchen einen elektrischen. Die Johnsons haben sogar einen Aufsitzmäher.»

«Mein Großvater hatte einen Gärtner nebst Gehilfen. Sollten wir auch haben. Ein Aufsitzmäher? Mit einem fahrbaren Untersatz würde sogar Allen den Rasen mähen.»

«Sei nicht so streng mit ihm. Er ist erst vierzehn. In dem Alter sind sie alle so.»

«Wer hat denn bloß diese idiotische Idee aufgebracht, Kinder wären niedlich?»

«Du bist wirklich schlecht gelaunt.»

«Hm. Ja, bin ich wohl tatsächlich. Und dieses Geplärr macht mich wahnsinnig.»

«Er übt.»

«Das hast du schon gesagt.»

«Jetzt lass deine schlechte Laune nicht an ihm aus.»

«Na gut, aber es würde helfen.» Ethan ging ins Wohnzimmer, wo Allen mittels eines vibrierenden Rohrblatts, das er sich auf die Zunge gelegt hatte, vage erkennbare Worte hervorquetschte. «Was um alles in der Welt tust du da?»

Allen spuckte in die Hand. «Ist aus der Müslipackung. Damit kann man Bauchredner werden.»

«Hast du das Müsli gegessen?»

«Nee, schmeckt nicht. Aber ich muss jetzt üben, Dad.»

«Einen Moment mal.» Ethan setzte sich. «Was willst du eigentlich mit deinem Leben anfangen?»

«Hä?»

«Die Zukunft. Hat man dir das in der Schule

nicht beigebracht? Die Zukunft liegt in deinen Händen.»

Ellen huschte ins Zimmer, ringelte sich wie eine Katze auf dem Sofa zusammen und gab ein schneidendes Kichern zum Besten.

«Er will ins Fernsehen», sagte sie.

«Bei einem Quiz hat ein Junge hundertdreißigtausend Dollar gewonnen, dabei war er erst dreizehn.»

«War ein abgekartetes Spiel, wie sich dann rausstellte», warf Ellen ein.

«Egal, die hundertdreißigtausend Eier hat er trotzdem.»

Ethan fragte sanft: «Und da hättest du kein schlechtes Gewissen?»

«Na ja, ist 'ne Menge Kohle.»

«Findest du das nicht unredlich?»

«Ach Mann, machen doch alle.»

«Und wie ist es mit denen, die sich selbst auf dem Silbertablett präsentieren, aber von keinem genommen werden? Für die fällt gar nichts ab, weder Redlichkeit noch Geld.»

«Das Risiko muss man eingehen – so läuft's nun mal.»

«So läuft es, ja?», fragte Ethan. «Aber mit deinen Manieren läuft wohl gar nichts. Setz dich gerade hin! Und denk daran, mit wem du sprichst.»

Der Junge sah ihn verblüfft an, prüfte, ob er es ernst meinte und richtete sich dann widerwillig auf. «Jawohl, Vater», sagte er.

«Wie steht's eigentlich mit der Schule?»

«Ganz gut, denk ich.»

«Du schreibst doch an einem Aufsatz über deine Liebe zu Amerika. Hat dein Entschluss, das Land zu zerstören, dich von diesem Vorhaben abgebracht?»

«Zerstören? Wie meinst du das – Vater?»

«Wie willst du es denn bewerkstelligen, aufrichtig etwas Unaufrichtiges zu lieben?»

«Ach, Schei…benkleister, Dad, das tun doch alle.»

«Wird es dadurch vielleicht besser?»

«Na ja, außer ein paar Eierköpfen regt sich doch keiner drüber auf. Ich hab den Aufsatz übrigens fertig.»

«Gut, ich würde ihn gern lesen.»

«Ist schon abgeschickt.»

«Du hast doch bestimmt eine Abschrift.»

«Nein, Vater.»

«Und wenn er verloren geht?»

«Hab ich nicht dran gedacht. Dad, ich würde so gern ins Feriencamp fahren wie die andern Kinder alle.»

«Das können wir uns nicht leisten. Außerdem

fahren nicht *alle* anderen Kinder hin, nur ein paar.»

«Wenn wir doch bloß ein bisschen Geld hätten.» Er starrte auf seine Hände und leckte sich über die Lippen.

Ellen musterte ihn aufmerksam aus zusammengekniffenen Augen.

Auch Ethan studierte seinen Sohn. «Ich werde schon einen Weg finden.»

«Wie denn?»

«Ich könnte dir für diesen Sommer einen Job im Laden besorgen.»

«Wie, ich soll arbeiten?»

«Müsste die Frage nicht eher lauten: ‹*Was* soll ich arbeiten?› Du wirst bei der Schlepperei helfen, Regale einräumen, ausfegen und vielleicht, wenn du dich gut anstellst, auch Kunden bedienen.»

«Ich will aber ins Ferienlager.»

«Du willst auch hundertdreißigtausend Dollar gewinnen.»

«Vielleicht gewinne ich ja mit meinem Aufsatz. Dann kann ich nach Washington fahren und hätte wenigstens ein bisschen Urlaub nach einem Jahr Schule.»

«Allen, es gibt da ein paar unveränderliche Regeln in puncto Benehmen, Höflichkeit und Ehrlichkeit, ja, sogar hinsichtlich deiner Tatkraft.

345

Und es ist höchste Zeit, dass ich dir beibringe, sie zumindest pro forma zu befolgen. Du wirst diesen Sommer arbeiten.»

Der Junge sah auf. «Das geht nicht.»

«Wie bitte?»

«Kinderschutzgesetze. Bevor ich sechzehn bin, krieg ich gar keine Arbeitserlaubnis. Oder willst du, dass ich gegen das Gesetz verstoße?»

«Glaubst du, alle Jungen und Mädchen, die ihren Eltern helfen, sind halb Sklave, halb Verbrecher?» Ethans Ärger war so unverhohlen und unbarmherzig wie wahre Liebe.

Allen wandte den Blick ab. «So habe ich das doch nicht gemeint.»

«Sicherlich nicht, und so etwas wirst du auch nie wieder andeuten, denn damit hast du gerade zwanzig Generationen von Hawleys und Allens beschämt. Ausnahmslos ehrenwerte Menschen, derer du dich eines Tages vielleicht als würdig erweisen wirst.»

«Jawohl, Vater. Darf ich jetzt auf mein Zimmer?»

«Du darfst.»

Langsam stieg Allen die Treppe hinauf.

Kaum war er fort, schwenkte Ellen ihre Beine vom Sofa, setzte sich auf und zog ihren Rock zurecht wie eine junge Dame.

«Ich habe die Reden von Henry Clay[81] gelesen. Er war verdammt gut.»

«Stimmt.»

«Kannst du dich dran erinnern?»

«Nicht so richtig. Ist lange her, dass ich sie gelesen habe.»

«Er ist toll.»

«Aber nicht grade Schulmädchenlektüre, würd ich sagen.»

«Er ist einfach toll.»

Ethan erhob sich aus seinem Sessel, obwohl ein langer, anstrengender Tag ihn darin festhalten wollte.

In der Küche stieß er auf eine verweinte, wütende Mary. «Ich hab alles gehört», rief sie. «Was um alles in der Welt ist bloß in dich gefahren? Er ist doch noch ein Kind.»

«Zeit zum Loslegen, mein Liebling.»

«Komm mir nicht mit ‹mein Liebling›! Ich ertrage keinen Tyrannen.»

«Tyrann? O je!»

«Er ist noch ein Kind, und du bist regelrecht über ihn hergefallen!»

«Ich denke, jetzt geht's ihm besser.»

«Ich habe keine Ahnung, was du damit meinst. Du hast ihn zur Schnecke gemacht.»

«Nein, Liebling, ich habe ihm einen Blick auf

die wahre Welt ermöglicht, weil er dabei war, sich
eine falsche aufzubauen.»

«Und du bildest dir ein zu wissen, was die
wahre Welt ist?»

Ethan ging an ihr vorbei zur Hintertür.

«Wo willst du hin?»

«Rasen mähen.»

«Ich dachte, du bist zu müde dafür.»

«Bin ich… war ich.»

Er warf einen Blick über seine Schulter zurück
und sah sie hinter der Fliegengittertür stehen.
«Der Mensch ist ein einsames Wesen», sagte er
und schenkte ihr ein kurzes Lächeln, ehe er den
Rasenmäher holte.

Mary hörte die rotierenden Schneiden durchs
weiche, saftige Gras zischen.

Das Geräusch verstummte knapp vor der Tür,
und Ethan rief: «Mary, Mary, mein Schatz, ich liebe dich.» Gleich darauf wüteten die wirbelnden
Schneiden wieder durchs hohe Gras.

## 12

Margie Young-Hunt war eine attraktive Frau,
gebildet und intelligent; so intelligent, dass sie
wusste, wann und wie sie ihre Intelligenz ver-

bergen musste. Ihre Ehen waren gescheitert, die Männer waren gescheitert; einer, weil er schwach war, der zweite, weil er noch schwächer war – er starb. Verabredungen ergaben sich nicht von selbst. Sie musste für die entsprechenden Gelegenheiten sorgen und pflegte ihre Beziehungen durch häufige Telefonanrufe, Briefe, Karten mit Genesungswünschen und scheinbar zufällige, doch geplante Begegnungen. Kranken brachte sie selbst gekochte Suppe, und sie vergaß nie einen Geburtstag. Auf diese Weise sorgte sie dafür, dass ihre Mitmenschen sie im Gedächtnis behielten.

Mehr als jeder anderen Frau in der Stadt war ihr daran gelegen, dass ihr Bauch flach blieb, ihr Teint hell und rein, die Zähne leuchtend weiß, die Kinnpartie straff. Einen beachtlichen Teil ihres Einkommens verwendete sie für Haarpflege, Maniküre, Massagen, Cremes und Salben. Die anderen Frauen sagten: «Sie muss älter sein, als sie aussieht.»

Als die Stützmuskeln ihrer Brüste nicht länger auf Cremes, Massagen und Gymnastik reagierten, griff sie zu wohlgeformten Körbchen, die ihre Büste hoch und keck in den Blick rückten. Auch ihr Make-up nahm immer mehr Zeit in Anspruch. Ihr Haar jedoch zeigte all den Glanz,

Schwung und Schimmer, den die Fernsehwerbung versprach. Wenn Margie ausging und aß, tanzte, lachte, sich amüsierte und ihre Begleitung mit einem Netz kleiner Magneten einfing, wer hätte da geahnt, dass sie kaltherzig oft Geübtes wiederholte? Nachdem sie ein wenig Geld ausgelegt und eine angemessene Zeit hatte verstreichen lassen, ging sie, sofern dies diskret möglich war, mit dem Mann ins Bett. Und dann galt es aufs Neue, Beziehungen zu pflegen. Früher oder später musste das geteilte Bett zur Falle werden, in der sich künftige Sicherheit und Sorglosigkeit fingen. Stets aber floh das Wild vor dem Steppdeckenrachen. Und immer öfter waren die Männer verheiratet, kränklich oder übervorsichtig. Margie wusste, dass die Zeit gegen sie arbeitete. Und die Tarotkarten gaben keine Antwort, wenn sie Hilfe für sich selbst suchte.

Margie hatte sich mit vielen Männern eingelassen, die meisten schuldbewusst, in ihrer Eitelkeit verletzt oder der Verzweiflung nahe, weshalb sie für ihre Beute so wenig übrig hatte wie ein Jäger für Schädlinge. Es war zu leicht, diese Männer am Gängelband ihrer Ängste und Eitelkeiten zu führen. Sie verlangten geradezu danach, getäuscht zu werden, weshalb Margie auch keinen Triumph mehr empfand, nur noch so etwas wie angewidertes Mitleid. Sie waren ihre Freunde und Verbündeten, doch sogar vor dieser Einsicht schützte Margie sie. Sie zeigte sich ihnen von ihrer besten Seite, da sie nichts weiter von ihr wollten. Ihre Beziehungen hielt sie geheim, weil sie im Grunde nicht gerade stolz auf sich war. Danny Taylor gehörte dazu, ebenso Alfio Marullo, ein dritter war Polizeichef Stonewall Jackson Smith, aber es gab noch mehr. Sie vertrauten ihr und sie ihnen; ihre geheime Existenz war das einzig herzerwärmend Ehrliche, wozu Margie Zuflucht nehmen konnte, wenn sie sich mal wieder aufbauen musste. Diese Freunde redeten offen mit ihr, für sie war Margie wie Andersens Brunnen – sie behielt alles für sich, urteilte nicht und blieb stumm. Die meisten Menschen haben geheime Laster, Margie Young-Hunt aber besaß eine geheime Tugend. Vielleicht wusste sie deshalb mehr über New Bayton oder gar Wessex County[82] als sonst irgendjemand, und in ihrem Wissen war sie unparteiisch, weil sie es nicht zu ihrem eigenen Vorteil einsetzen wollte – oder konnte. Alles andere aber, was ihr in die Hände fiel, wusste sie zu nutzen.

Dass sie sich Ethan Allen Hawley zur Aufgabe machte, geschah eher beiläufig und zum Zeitvertreib. In gewisser Weise hatte er recht mit seiner Vermutung, dass sie es mutwillig tat, dass sie ihre

Macht an ihm erprobte. Viele der traurigen Männer kamen zu ihr, weil sie Trost und Bestätigung suchten, von Impotenz gehemmt, gefesselt und hilflos aufgrund sexueller Traumata, die alle Bereiche ihres Lebens lähmten. Und Margie fiel es leicht, sie durch kleine Schmeicheleien so weit zu befreien, dass sie sich gegen ihre peitschenarmigen Weiber wieder zur Wehr setzen konnten. Von Mary Hawley aber war sie aufrichtig entzückt, und durch Mary lernte sie nach und nach auch deren Mann besser kennen, den ein anderes Trauma plagte, eine sozioökonomische Fessel, die ihn aller Kraft und Selbstgewissheit beraubte. Da Margie selbst keine Arbeit, Liebe oder Kinder hatte, fragte sie sich, ob sie diesen verstümmelten Mann nicht befreien und zu neuen Zielen anspornen könnte. Es war eine Art Spiel, ein Puzzle, ein Ausprobieren, Resultat nicht ihrer Güte, sondern ihrer Neugier und ihres Müßiggangs. Sie hielt Ethan für einen Menschen, der anderen überlegen war. Ihn zu lenken würde ihre eigene Überlegenheit beweisen, und nichts war ihr willkommener.

Vermutlich wusste nur sie allein, wie tiefgehend die Veränderung in Ethan war, und das machte ihr Angst, weil sie glaubte, dafür verantwortlich zu sein. Der Maus wuchs eine Löwenmähne. Sie sah die Muskeln unter seiner Kleidung, spürte die wachsende Rücksichtslosigkeit in seinem Blick. So musste sich der sanftmütige Einstein gefühlt haben, als sein erträumtes Konzept vom Wesen der Materie mit einem Lichtblitz über Hiroshima explodierte.

Margie hatte Mary Hawley wirklich gern, hegte für sie aber nur wenig Mitgefühl und keinerlei Mitleid. Für Frauen ist Missgeschick eine Naturgegebenheit, vor allem dann, wenn andere Frauen davon betroffen sind.

In ihrem winzigen, makellosen Haus mit großem, verwildertem Garten in der Nähe des Alten Hafens beugte sie sich zum Schminkspiegel vor, um ihr Waffenarsenal zu prüfen und ihre Augen zu mustern, ignorierte Creme, Puder und Lidschatten, die schwarz getuschten Wimpern, und besah sich die übertünchten Falten, die spröde Haut. Wie ein Fels in ruhiger Brandung spürte sie die ansteigende Flut der Jahre. Eine Frau mittleren Alters verfügt über ein Repertoire der Reife, dafür brauchte es aber Training und eine gewisse Technik, die sich Margie noch nicht angeeignet hatte. Sie musste derlei lernen, ehe ihr Gerüst von Jugend und Erregung in sich zusammenfiel und sie nackt zurückließ, verfallen und lächerlich. Ihr Erfolg hatte stets darin bestanden, nie die Maske sinken zu lassen, auch dann nicht, wenn sie allein war. Jetzt aber ließ sie – ein Experiment – die Mundwinkel hängen, wie sie wollten, die Lider auf halbmast sacken. Sie senkte das gereckte Kinn, und eine Wulst kam darunter zum Vorschein. Vor sich im Spiegel sah sie, wie zwanzig Jahre über sie hinwegtrampelten, und ein Schaudern überlief sie, als ihr dieser Blick mit Eiseshauch verriet, was sie erwartete. Sie hatte viel zu lange gezögert. Eine Frau braucht eine Art Vitrine mit Lampen, Requisiten, schwarzem Samt und Kindern, eine Vitrine, in der sie alt, grau und dick werden, kichern und stibitzen, Liebe, Schutz und kleine Veränderungen zulassen kann, sowie einen heiteren, anspruchslosen Gatten oder nach dessen Ableben seinen noch heitereren, noch weniger Ansprüche geltend machenden Treuhandfonds. Eine Frau, die allein alt wird, ist nutzloser, ausrangierter Müll, eine faltige Obszönität, ohne ihr hinterherhinkende Bedienstete, die ihre Wehwehchen beglucken und ihr die schmerzenden Glieder einreiben.

Angst wuchs wie ein heißer Knoten in ihrem Magen. Mit dem ersten Mann hatte sie Glück gehabt. Er war schwach gewesen, und schon bald hatte sie das Ventil für seine Schwäche gefunden. Er war hoffnungslos in sie verliebt, so hoffnungslos, dass er, als sie die Scheidung wollte, nicht mal auf einer Wiederverheiratungsklausel im Abkommen über ihren Unterhalt bestand.

Ihr zweiter Mann glaubte, sie besitze privates Vermögen, womit er nicht unrecht hatte. Als er starb, hinterließ er ihr nicht allzu viel, doch konnte sie mit dem Unterhalt ihres ersten Mannes ein anständiges Leben führen, sich gut kleiden und sogar nach Herzenslust Geld ausgeben. Was aber, wenn auch ihr erster Mann starb? Das war ihre Angst, der nächtliche, tägliche Albtraum – das Ausbleiben des monatlichen Schecks.

Im Januar hatte sie ihn auf der großen Kreuzung von Madison Avenue und 57th Street gesehen, und er war ihr alt und abgemagert vorgekommen. Der Gedanke, dass er sterben könnte, verfolgte sie. Kratzte der Mistkerl ab, gäbe es kein Geld mehr. Bestimmt war sie der einzige Mensch auf der Welt, der von ganzem Herzen für seine Genesung betete.

Sein hageres, stilles Gesicht mit den toten Augen tauchte jetzt auf der Leinwand ihrer Erinnerung auf und berührte den heißen Knoten in ihrem Bauch. Wenn dieser Hundesohn krepierte …!

Margie beugte sich zum Spiegel vor, verharrte kurz und schleuderte sich ihren eisernen Willen wie einen Wurfspeer ins Gesicht. Das Kinn straffte sich, die Wulst verschwand, die Augen leuchteten auf, Haut schmiegte sich an den Schädel, Schultern reckten sich. Sie stand auf und tanzte im Walzerschritt einen eleganten Kreis auf dem tiefen roten Teppich. Ihre Füße waren nackt, die Zehennägel schimmerten rosa. Sie musste sich beeilen, musste sich sputen, ehe es zu spät war.

Margie riss die Schranktür auf und griff nach dem ebenso reizenden wie aufreizenden Kleid, das sie eigens fürs Wochenende des Unabhängigkeitstags zurückgelegt hatte, dazu Schuhe mit Pfennigabsätzen und hauchdünne Strümpfe, in denen ihre Beine nackter wirkten als ohne. Alle Trägheit war von ihr abgefallen. Sie zog sich so rasch und effizient an, wie ein Schlachter sein Messer schleift, und sie prüfte ihr Aussehen im Spiegel wie derselbe Schlachter die Schärfe der Messerklinge am Daumen. Geschwindigkeit, aber keine Hetze; Geschwindigkeit, weil der Mann nicht warten wird, und dann – die lässige Gemächlichkeit der wissenden, klugen, schicken, selbstsicheren Dame mit den hübschen Beinen und den makellos weißen Handschuhen. Kein Mann, der ihr nicht nachsah. Der Lastwagenfahrer der Miller Brothers pfiff, als er mit seinem Bauholz an ihr vorbeirumpelte, und zwei Highschool-Bubis musterten sie aus schmalen Valentino[83]-Augen und schluckten nur mit Mühe den Geifer, der ihnen aus halb offenem Mund sabberte.

«Wäre die nicht was?», fragte der eine.

«Klar», erwiderte der andere.

«Könntest du dir…?»

«Klar!»

Eine Dame geht nicht spazieren, zumindest nicht in New Baytown. Sie muss irgendwohin unterwegs sein und etwas zu erledigen haben, wie überflüssig und unwichtig auch immer. Während Margie mit zierlichen Schritten über die High Street stelzte, nickte sie Passanten zu, wechselte ein paar Worte mit ihnen und ordnete sie dabei automatisch ein.

Mr. Hall – lebte auf Pump, und das schon eine ganze Weile.

Stoney – ein harter Bursche und echter Mann, doch welche Frau konnte schon vom Gehalt oder der Pension eines Bullen leben? Außerdem war er ihr Freund.

Harold Beck besaß Immobilien, und das nicht zu knapp, war aber ein äußerst komischer Kauz und vermutlich der einzige Mensch auf der Welt, der das nicht wusste.

MacDowell – «Freu mich sehr, Sie zu sehen.

Wie geht's Milly?» Unmöglich: Schotte, geizig, an der Kandare seiner Frau – ein Invalide der ewig lebenden Sorte. Ansonsten ein Rätsel. Niemand wusste, wie arm oder reich er war.

Donald Randolph mit dem Morgentaublick – ein prima Kerl auf dem nächsten Barhocker, ein Schankstubengentleman, der seine guten Manieren auch dann nicht verlor, wenn er sturzbetrunken war, aber nutzlos, falls man den Rest seines Lebens nicht auf einem Barhocker verbringen wollte.

Harold Luce – man sagte, er sei mit dem Herausgeber des «Time»-Magazins verwandt, nur *wer* sagte das? Er selbst? Ein hartherziger Typ, dessen Ruf, klug zu sein, letztlich darauf basierte, dass er den Mund kaum aufbekam.

Ed Wantoner – ein Lügner, Betrüger und Dieb. Angeblich steinreich, und seine Frau lag im Sterben, aber Ed traute niemandem. Er traute nicht mal seinem Hund, hielt ihn an der Leine und ließ ihn kläffen.

Paul Strait – einflussreicher Mann bei den Republikanern. Seine Frau hieß Butterfly, kein Spitzname. Butterfly Strait, geborene Butterfly, ungelogen. Paul würde noch mehr verdienen, wenn New York einen republikanischen Gouverneur hätte. Ihm gehörte die städtische Mülldeponie, die für jede Ladung Müll fünfundzwanzig Cent verlangte. Es hieß, als die Ratten zu fett und aggressiv wurden, hätte Paul das Privileg verkauft, sie zu schießen, hätte gegen eine Gebühr sogar Taschenlampen und Gewehre verliehen und sich eigens einen Patronenvorrat Kaliber .22 zugelegt. Er sah so präsidial aus, dass viele ihn nach Präsident Eisenhower «Ike» nannten. Danny Taylor aber hatte ihn in betrunkenem Zustand einmal als den «allernobelsten Paul» bezeichnet, und der Spitzname blieb hängen. Inzwischen war er für jedermann nur noch der allernobelste Paul, sofern er sich nicht gerade in der Nähe aufhielt.

Marullo – kränker als früher, graukrank. Mit den Augen eines Mannes, dem man mit einer 45er in den Bauch geschossen hat. Er war an der Tür zu seinem eigenen Laden vorbeigelaufen, ohne hineinzugehen. Margie betrat sein Geschäft jetzt mit schwingenden Hüften.

Ethan redete mit einem Fremden, einem dunkelhaarigen jüngeren Mann, der eine Hose und einen schmalrandigen Hut nach Mode der Eliteuniversitäten trug – um die vierzig, hart, zäh und von sich überzeugt. Er beugte sich über den Tresen, als wollte er Ethans Mandeln inspizieren.

«Hallo», sagte Margie. «Sie sind beschäftigt, da komm ich lieber später wieder.»

Es gibt zahllose, doch legitime Vergnügungen, denen eine müßige Frau in einer Bank nachgehen kann. Margie überquerte die Gasse und stöckelte in den Tempel aus Marmor und Edelstahl.

Als Joey Morphy sie sah, erhellte sein Lächeln das ganze vergitterte Viereck seines Schalterfensters. Was für ein Lächeln, was für ein Kerl, was für ein guter Kamerad und was für ein lausiger potenzieller Ehemann! Margie hielt ihn für den geborenen Junggesellen, der sein Leben hingeben würde, um dies zu bleiben. Kein Doppelgrab für Joey.

«Bitte, der Herr», sagte sie, «haben Sie vielleicht etwas frisches, ungesalzenes Geld für mich?»

«Verzeihen Sie, Ma'am, nur einen Augenblick. Ich bin mir fast völlig sicher, eben noch was gesehen zu haben. Wie viel hätten Sie denn gern?»

«So ungefähr ein halbes Pfund.» Sie entnahm ihrer weißen Kalbsledertasche ein Heft und füllte einen Scheck über zwanzig Dollar aus.

Joey lachte. Margie gefiel ihm. Gelegentlich, wenn auch nicht allzu oft, lud er sie zum Essen ein und ging danach mit ihr ins Bett. Er war gern mit ihr zusammen und mochte ihre Lust am Spielerischen.

«Mrs. Young-Hunt», sagte Joey, «das erinnert mich an einen Freund, der in Mexiko mal mit

Pancho Villa[84] zusammen war. Erinnern Sie sich an ihn?»

«Hab ihn nie kennengelernt.»

«Ist kein Quatsch. Der Bursche hat mir die Geschichte selber erzählt. Er sagte, als Pancho oben im Norden war, hätte er die Notenpresse angeworfen und sich Zwanzig-Peso-Scheine drucken lassen. Druckte so viele, dass seine Männer aufhörten, sie zu zählen. Hatten es sowieso nicht mit dem Zählen und haben sie deshalb nur noch gewogen.»

«Joey, Sie können es wohl nicht lassen, aus Ihrem Leben zu plaudern, wie?»

«Zum Teufel, nein, Mrs. Young-Hunt, ich war doch damals erst fünf Jahre alt. Ist nur eine Geschichte, und die geht so: Eines Tages spaziert eine wohlproportionierte Dame herein, eine Indianerin, aber wie gesagt, wohlproportioniert, und erklärt: ‹Mein General, Sie haben meinen Mann hingerichtet und mich zu einer armen Witwe mit fünf Kindern gemacht. Ist das vielleicht eine Art, eine Volksrevolution ins Werk zu setzen?› Und Pancho nahm sich ihrer Aktivposten an, so wie ich es jetzt tue.»

«Sie haben doch gar keine Hypothek, Joey.»

«Ich weiß. Aber so geht die Geschichte. Pancho sagt also zu einem seiner Adjutanten: ‹Wieg für die Frau fünf Kilo ab.› Ein ordentlicher Batzen, den sie mit einem Stück Draht verschnüren. Die Frau, mit dem baumelnden Monetenbündel an der Hand, will nach draußen, als ein Leutnant vortritt, salutiert und sagt: ‹Mein General› – sie sagen ‹mi g'ral›, hört sich an wie ‹michral› –, wir haben ihren Mann gar nicht hingerichtet. Er war nur betrunken, und wir haben ihn in eine Zelle gesteckt.› Pancho hat kein Auge gelassen von der Frau mit dem Bündel und gesagt: ‹Na, dann geh hin und erschieß ihn. Wir können die arme Witwe schließlich nicht enttäuschen.›»

«Joey, Sie sind unmöglich.»

«Die Geschichte ist wahr. – Glaub ich jedenfalls.» Er nahm ihren Scheck an. «Hätten Sie es gern in Zwanzigern, in Fünfzigern oder in Hundertern?»

«Warum nicht in Vierteldollarmünzen?»

Sie hatten ihren Spaß.

Mr. Baker blickte aus dem Milchglasfenster seines Büros.

Es war eine Art Wette auf die Zukunft. Baker hatte ihr mal einen grammatikalisch korrekten, allerdings zweifelhaften Antrag gemacht. Er war Mr. Money. Natürlich hatte er eine Frau, doch kannte Margie die Bakers dieser Welt – sie fanden stets eine moralische Begründung für ihre Vorhaben. Margie war froh, dass sie ihn damals abgewiesen hatte. Er stand noch auf der Liste.

Sie nahm die vier Fünfdollarscheine, die Joey ihr reichte, und wollte gerade zu dem grauhaarigen Mann an einem anderen Schalter hinüber, als jener Kerl, den sie bei Ethan gesehen hatte, lautlos die Bank betrat, an ihr vorbeiging, seine Karte zückte und unverzüglich in Mr. Bakers Büro geleitet wurde. Die Tür schloss sich hinter ihm.

«Leck mich am… Arm», sagte sie zu Joey.

«Der schönste Arm in Wessex County», sagte Joey. «Wollen wir heute Abend was unternehmen? Tanzen, Essen, das ganze Programm?»

«Kann nicht», antwortete sie. «Wer ist das?»

«Hab ihn noch nie gesehen. Sieht nach Bankprüfer aus. Manchmal bin ich wirklich froh, dass ich ehrlich bin, und heilfroh, dass ich addieren und subtrahieren kann.»

«Wissen Sie, Joey, Sie werden einer treuen Frau noch einmal einen teuflisch guten Grund geben, vor Ihnen Reißaus zu nehmen.»

«Das hoffe und erflehe ich, Ma'am.»

«Bis dann.»

Sie ging nach draußen, überquerte die Gasse und betrat erneut Marullos Lebensmittelgeschäft.

«Tag, Eth.»

«Hallo Margie.»

«Wer war der ansehnliche Fremde?»

«Haben Sie Ihre Kristallkugel nicht dabei?»

«Geheimagent?»

«Schlimmer. Margie, haben eigentlich alle Menschen Angst vor Polizisten? Ich hab jedenfalls Angst vor ihnen, auch wenn ich nichts angestellt habe.»

«Dieses lockige Mannsbild ist ein Polyp?»

«Nicht so ganz. Behauptete, er sei vom FBI.»

«Und was hatten Sie vor, Ethan?»

«Vor? Ich? Wieso überhaupt ‹vorhaben›?»

«Was hat er gewollt?»

«Ich weiß nur, was er gefragt hat, nicht, was er wollte.»

«Was hat er denn gefragt?»

«Wie lange kennen Sie Ihren Chef schon? Wer kennt ihn sonst noch? Seit wann lebt er in New Baytown?»

«Was haben Sie ihm geantwortet?»

«Als ich fürs Vaterland in den Krieg zog, kannte ich ihn noch nicht, und als ich zurückkam, war er hier. Als ich bankrottging, übernahm er den Laden und hat mir diese Stelle angeboten.»

«Und was, glauben Sie, steckt dahinter?»

«Weiß der Himmel.»

Margie hatte versucht, in sein Innerstes zu blicken, und dachte: Er mimt den Einfaltspinsel. Ich frage mich, was der Kerl wirklich wollte!

So leise, dass es ihr Angst machte, sagte Ethan: «Sie glauben mir nicht. Wissen Sie, Margie, niemand glaubt die Wahrheit.»

«Die ganze Wahrheit? Wenn man ein Huhn zerlegt, Ethan, ist alles Huhn, trotzdem gibt es helles und dunkles Fleisch.»

«Kann schon sein. Ganz ehrlich, Margie, ich mache mir Sorgen. Ich brauche diese Stelle. Wenn Alfio irgendwas passiert, steh ich auf der Straße.»

«Sie vergessen, dass Sie bald reich sein werden.»

«Fällt mir schwer, das im Auge zu behalten, solange ich's noch nicht bin.»

«Ethan, ich weiß nicht, ob Sie sich daran erinnern, es war im Frühling, so um Ostern. Ich bin in den Laden gekommen, und Sie haben mich ‹Tochter Zion› genannt.»

«Das war am Karfreitag.»

«Also erinnern Sie sich. Nun, ich hab die Stelle gefunden. Ist aus dem Matthäus-Evangelium[85] – ziemlich schön, aber auch beängstigend...»

«Ja.»

«Was war denn damals mit Ihnen los?»

«Hat mit meiner Großtante Deborah zu tun.

365

Sie schlug mich einmal im Jahr ans Kreuz. Und tut es immer noch.»

«Das soll wohl ein Witz sein. Damals haben Sie's ernst gemeint.»

«Ja. Und jetzt auch.»

Leichthin sagte sie: «Wissen Sie, die vermögende Zukunft, die ich Ihnen prophezeit habe, die *wird* kommen.»

«Weiß ich.»

«Finden Sie nicht, Sie schulden mir was?»

«Klar doch.»

«Und wann wollen Sie Ihre Schulden bezahlen?»

«Warum gehen wir nicht gleich jetzt ins Hinterzimmer?»

«Ich glaube nicht, dass Sie das fertigbrächten.»

«Nein?»

«Nein, Ethan, und Sie glauben's auch nicht. Sie sind in Ihrem ganzen Leben noch nie mit einer Frau mal eben so ins Heu gehüpft.»

«Ich könnte es ja vielleicht noch lernen.»

«Ehebruch liegt Ihnen nicht, selbst wenn Sie's wollten.»

«Ich könnte es immerhin versuchen.»

«Nur Liebe oder Hass kann Sie erregen, und für beides brauchen Sie ein langes, bedächtiges Vorspiel.»

«Vielleicht haben Sie ja recht, aber woher wollen Sie das wissen?»

«Ich weiß nie, woher ich was weiß.»

Er schob die Tür zur Kühltheke auf und nahm eine Coke heraus, um die sich sogleich ein eisiges Mäntelchen legte, öffnete sie und reichte sie ihr, um dann nach einer zweiten zu greifen.

«Was wollen Sie denn nun eigentlich von mir?»

«Ein Mann wie Sie ist mir noch nie begegnet. Vielleicht will ich nur herausbekommen, wie es ist, so sehr geliebt oder gehasst zu werden.»

«Sie sind eine Hexe, warum pfeifen Sie nicht einen Sturm herbei?»

«Ich kann nicht pfeifen. Mit meinen Brauen kann ich ein mickriges Windchen entfachen, jedenfalls bei den meisten Männern. Aber wie stelle ich's an, Sie in Flammen zu setzen?»

«Vielleicht ist Ihnen das schon gelungen.»

Er musterte sie aufmerksam und gab sich keine Mühe, seinen Blick zu verbergen. «Gebaut wie ein Ziegelhaus», sagte er, «glatt und eben, stark und fest.»

«Woher wollen Sie das wissen? Sie haben mich noch nie angefasst.»

«Sollte ich das je tun, nehmen Sie besser die Beine in die Hand.»

«Geliebter!»

«Ach, seien Sie doch still. Irgendwas stimmt hier nicht. Ich bilde mir ein, das Ausmaß meines Charmes genau zu kennen. Was wollen Sie? Sie sind ein Prachtweib, aber Sie sind auch klug. Also, worum geht's?»

«Ich habe Ihnen eine vermögende Zukunft vorhergesagt, und die wird auch eintreffen.»

«Und Sie wollen Ihren Anteil daran?»

«Ja.»

«Jetzt glaube ich Ihnen.» Er hob die Augen zur Decke. «Mary meines Herzens», sagte er, «schau auf deinen Gatten, deinen Geliebten, deinen treuen Freund. Bewahre mich vor allem Übel von innen, vor jedem Schaden von außen. Ich flehe dich um deine Hilfe an, o Mary, denn jeden Mann plagt der seltsame, stürmische Drang, seinen Samen in alle Richtungen zu streuen. *Ora pro me.*[86]»

«Sie sind ein Schwindler, Ethan.»

«Weiß ich, aber darf ich nicht ein demütiger Schwindler sein?»

«Jetzt hab ich Angst vor Ihnen. Vorher hatte ich keine.»

«Ich wüsste nicht, warum.»

Sie hatte diesen Tarotblick, und der entging ihm nicht.

«Marullo.»

«Was ist mit ihm?»

«Das frage ich Sie.»

«Bin gleich bei Ihnen. Ein halbes Dutzend Eier und ein Stück Butter, richtig? Wie sieht's mit Kaffee aus?»

«Ja, auch eine Dose Kaffee. Ich hab gern einen Vorrat im Schrank. Und wie ist das Schmacko-fatz-Cornedbeef?»

«Hab's noch nicht probiert. Soll lecker sein. Bin gleich bei Ihnen, Mr. Baker. Hat Mrs. Baker nicht letztens das Schmackofatz-Cornedbeef gekauft?»

«Keine Ahnung, Ethan. Ich esse, was man mir vorsetzt. Und Sie, Mrs. Young-Hunt, werden mit jedem Tag schöner.»

«Wie nett von Ihnen, Mr. Baker.»

«Stimmt aber. Und Sie... Sie sind so gut angezogen.»

«Dasselbe habe ich gerade von Ihnen gedacht. Ich würde Sie nicht unbedingt hübsch nennen, aber Sie haben einen ausgezeichneten Schneider.»

«Muss wohl, jedenfalls hat er gepfefferte Preise.»

«Wissen Sie noch, dass man früher gesagt hat: ‹Manieren machen uns zu Menschen›? Nun, das gilt nicht länger. Heute macht der Schneider uns zu dem, was wir sein wollen.»

369

«Das Dumme ist nur, dass gute Anzüge zu lange halten. Der hier ist schon zehn Jahre alt.»

«Das sieht man ihm aber nicht an, Mr. Baker. Und wie geht's Mrs. Baker?»

«Gut genug zum Jammern. Warum schauen Sie nicht mal bei ihr rein, Mrs. Young-Hunt? Sie fühlt sich einsam. In unserer Generation gibt es nicht allzu viele, die eine gebildete Unterhaltung zu führen wissen. Das hat Wickham gesagt, und es wurde zum Motto des Winchester College.»[87]

Margie wandte sich Ethan zu. «Kennen Sie sonst irgendeinen Bankier in Amerika, der so was weiß?»

Mr. Baker lief rot an. «Meine Frau hat ein Abonnement für Klassiker der Literatur, sie ist ein Bücherwurm. Bitte besuchen Sie sie doch mal.»

«Mache ich gern. Mr. Hawley, packen Sie mir meine Einkäufe in eine Tüte, ja? Ich hol sie dann auf dem Rückweg ab.»

«Sehr wohl, Ma'am.»

«Eine bemerkenswerte junge Frau», sagte Mr. Baker.

«Sie und Mary sind ganz dicke miteinander.»

«Sagen Sie, Ethan, war dieser Regierungsmensch hier bei Ihnen?»

«Ja.»

«Und was wollte er?»

«Das weiß ich nicht. Er hat Fragen über Mr. Marullo gestellt, Fragen, die ich nicht beantworten konnte.»

Mr. Baker löste sich von dem Gedanken an Margie so langsam, wie sich eine Seeanemone öffnet, um die Schalen einer leer gesaugten Krabbe auszustoßen. «Haben Sie Danny Taylor in letzter Zeit gesehen, Ethan?»

«Nein.»

«Wissen Sie, wo er ist?»

«Nein, auch nicht.»

«Ich muss mit ihm reden. Haben Sie eine Ahnung, wo er sein könnte?»

«Ich habe ihn... warten Sie... seit Mai nicht mehr gesehen. Er wollte es wieder mit einer Entziehungskur versuchen.»

«Wissen Sie, wo?»

«Hat er nicht gesagt, aber er wollte es angehen.»

«In einer staatlichen Klinik?»

«Das glaube ich nicht. Er hat sich Geld von mir geliehen.»

«Was?!»

«Ich hab ihm ein bisschen was geborgt.»

«Wie viel?»

«Ich muss doch sehr bitten!»

«Entschuldigen Sie, Ethan. Sie sind ja alte Freunde, Sie beide. Tut mir leid. Hatte er sonst noch Geld?»

«Ich glaube schon.»

«Aber Sie wissen nicht, wie viel?»

«Nein, war nur so ein Gefühl.»

«Wenn Sie herausfinden, wo er ist, geben Sie mir doch bitte Bescheid.»

«Das mache ich, falls ich etwas erfahre, Mr. Baker. Vielleicht könnten Sie eine Liste aller fraglichen Einrichtungen erstellen und dort anrufen.»

«Hat er sich das Geld bar geborgt?»

«Ja.»

«Dann führt das zu nichts. Er wird einen falschen Namen benutzen.»

«Wieso?»

«Angehörige guter Familien tun das immer. Haben Sie sich das Geld von Mary besorgt, Ethan?»

«Ja.»

«Und sie hatte nichts dagegen?»

«Sie wusste nichts davon.»

«Das war klug.»

«Ich habe von Ihnen gelernt.»

«Nun, vergessen Sie es nicht.»

«Offenbar lerne ich nur langsam, und meist lerne ich, wie viel ich nicht weiß.»

«Das ist durchaus gesund. Geht es Mary gut?»

«Ach, sie ist kräftig und zäh. Ich würde nur gern einen kleinen Urlaub mit ihr machen. Wir sind seit Jahren nicht mehr aus der Stadt rausgekommen.»

«Das findet sich, Ethan. Ich werde den Unabhängigkeitstag wohl in Maine verbringen. Diesen Krach ertrage ich einfach nicht länger.»

«Ihr Banker seid wirklich gut dran. Waren Sie nicht gerade erst in Albany?»

«Wie kommen Sie denn auf die Idee?»

«Weiß nicht – muss ich wohl irgendwo aufgeschnappt haben. Oder hat Mrs. Baker Mary davon erzählt?»

«Unmöglich, sie wusste gar nichts davon. Bitte versuchen Sie sich zu erinnern, von wem Sie das gehört haben.»

«Vielleicht hab ich's mir ja auch nur eingebildet.»

«Das macht mir Sorgen, Ethan. Denken Sie bitte noch mal genau nach, von wem Sie das gehört haben könnten.»

«Aber das weiß ich nicht. Und wieso ist es wichtig, wenn's sowieso nicht stimmt?»

«Ich sage Ihnen ganz im Vertrauen, weshalb mir das Sorgen bereitet. Weil es nämlich doch stimmt. Der Gouverneur hat mich zu sich bestellt. Eine ernste Angelegenheit. Ich frage mich nur, wo das Leck sein könnte.»

«Hat jemand Sie dort gesehen?»

«Nicht dass ich wüsste. Ich bin hin- und gleich wieder zurückgeflogen. Die Sache ist ernst. Ich werde Ihnen jetzt etwas sagen, und wenn das publik wird, weiß ich, von wem es kommt.»

«Dann will ich es nicht hören.»

«Da Sie über Albany Bescheid wissen, bleibt Ihnen leider keine andere Wahl. Der Bundesstaat überprüft die Angelegenheiten von Bezirk und Stadt.»

«Warum?»

«Ich fürchte, der Gestank ist bis Albany vorgedrungen.»

«Nichts Politisches?»

«Ich denke mal, alles, worum der Gouverneur sich kümmert, lässt sich als politisch bezeichnen.»

«Und warum können Sie dann nicht damit herausrücken, Mr. Baker?»

«Das will ich Ihnen sagen. Man hat Wind von der Sache bekommen, und als die Prüfer sich an die Arbeit machen wollten, waren die meisten Unterlagen verschwunden.»

«Verstehe. Mir wäre es wirklich lieber, Sie hätten mir kein Wort gesagt. Ich bin zwar kein Schwätzer, aber ich wüsste lieber nichts davon.»

«Geht mir genauso, Ethan.»

«Die Wahl ist am siebten Juli. Wird man es vorher noch bekannt machen?»

«Ich weiß es nicht. Das entscheidet der Staat.»

«Glauben Sie, dass Marullo in die Angelegenheit verwickelt ist? Ich kann es mir nicht leisten, meine Stelle zu verlieren.»

«Das nehme ich nicht an. Der Mann kommt von einer Bundesbehörde, vom Justizministerium. Haben Sie sich seinen Ausweis angesehen?»

«Bin gar nicht auf die Idee gekommen. Er hat ihn kurz gezückt, aber ich hab nicht genauer hingeschaut.»

«Das sollten Sie aber, sollte man immer.»

«Ich hätte ja nicht gedacht, dass Sie jetzt wegfahren.»

«Ach, das spielt keine Rolle, am Wochenende des Unabhängigkeitstags passiert ohnehin nichts. Die Japsen haben Pearl Harbor schließlich auch an einem Wochenende angegriffen, weil sie genau wussten, dass kaum einer da sein würde.»

«Wenn ich doch nur Mary irgendwohin entführen könnte.»

«Später vielleicht – aber jetzt strengen Sie bitte noch mal Ihren Kopf an und versuchen Sie herauszufinden, wo Taylor ist.»

«Wieso? Warum ist das so wichtig?»

«Darum. Die Gründe kann ich Ihnen noch nicht nennen.»

«Dann hoffe ich nur, dass ich ihn bald finde.»

«Wissen Sie, falls Sie ihn auftreiben, brauchen Sie diese Stelle vielleicht bald nicht mehr.»

«Wenn das so ist, werde ich mir größte Mühe geben.»

«Genau das hatte ich mir von Ihnen erwartet, Ethan. Und sobald Sie ihn aufgestöbert haben, rufen Sie mich an – jederzeit, ob Tag oder Nacht.»


## 13

Ich wundere mich über Menschen, die behaupten, sie hätten keine Zeit zum Nachdenken. Was mich angeht, so kann ich auf zwei Ebenen denken. Ich finde, Gemüse abwiegen, sich mit Kunden unterhalten, mit Mary streiten oder sie lieben, mit den Kindern klarkommen, all das hindert mich nicht daran, auf einer zweiten Ebene zu denken, zu hinterfragen und zu planen. Bestimmt gilt dies für viele Menschen. Wenn jemand keine Zeit zum Nachdenken hat, heißt das wohl eher, dass er nicht nachdenken will.

In dem fremden, auf keiner Karte verzeichneten Land, das ich betreten hatte, blieb mir vielleicht keine andere Wahl. Fragen wurden aufgeworfen, verlangten nach einer Antwort. Und diese Welt war so neu für mich, dass ich über Probleme nachdachte, die alteingesessene Bewohner dieses Landes bestimmt schon als Kinder gelöst und hinter sich gebracht hatten.

Ich hatte geglaubt, ich könnte eine Entwicklung in Gang setzen und sie in jedem Stadium kontrollieren – sie sogar aufhalten, wenn ich es denn wollte. Jetzt aber wuchs in mir die beängstigende Überzeugung, dass ein solcher Prozess eine Eigendynamik entwickelte, geradezu lebendig wurde, eigene Ziele verfolgte und sich ganz unabhängig von seinem Schöpfer verhielt. Und mir kam ein weiterer beunruhigender Gedanke. Hatte ich all dies wirklich in Gang gesetzt, oder hatte ich mich bloß nicht in den Weg gestellt? Ich mochte den Anstoß gegeben haben, aber war ich nicht auch der Angestoßene? Machte man sich erst einmal auf diesen langen Weg, schien es keine Kreuzung mehr zu geben, keine Gabelung, keine Wahl.

Die Wahl lag allein in der ersten Einschätzung. Was ist Moral? Nur ein Wort? War es ehrenhaft, mit der Schwäche meines Vaters zu kalkulieren, seinem edelmütigen Geist nämlich sowie seinem haltlosen Traum, dass alle anderen Menschen gleichermaßen edelmütig seien? Nein, es war schlicht ein gutes Geschäft, ihm eine Grube zu graben. Hineingefallen ist er von selbst, niemand hat ihn gestoßen. War es unmoralisch, ihm alles zu nehmen, als er am Boden lag? Anscheinend nicht.

Langsam und unerbittlich zog sich nun die Schlinge um New Baytown zu, und es waren ehrenwerte Männer, die das Seil in der Hand hielten. Hatten sie Erfolg, würde man sie nicht verschlagen nennen, sondern schlau. Und wäre es unmoralisch oder schändlich, falls sich ein Faktor in ihre Gleichung schlich, den sie übersehen hatten? Ich nehme an, das hinge davon ab, ob er Erfolg zeitigte oder nicht. Für einen Großteil der Welt kann Erfolg unmöglich etwas Schlechtes sein. Ich weiß noch, als Hitler vorrückte, triumphierend und unaufhaltsam, suchten und fanden viele ehrenwerte Menschen tugendhafte Seiten an diesem Mann. Mussolini sorgte dafür, dass die Züge wieder pünktlich fuhren, Vichy kollaborierte zum Wohle Frankreichs, und was immer man gegen Stalin einwenden mochte, er war ein starker Mann. Stärke und Erfolg – sie waren über jede Moral, jede Kritik erhaben. Es scheint also, als käme es gar nicht darauf an, was man tut, sondern nur darauf, wie man es tut und wie man es nennt. Gibt es eine Kontrollinstanz im Menschen, tief drinnen, die Einhalt gebietet und bestraft? Offenbar nicht. Bestraft wird einzig das Versagen. Letztlich liegt auch gar kein Verbrechen vor, sofern kein Verbrecher erwischt wird. Die für New Baytown geplante Entwicklung würde für manche Menschen Leid bedeuten, für manche gar den Untergang, doch die Entwicklung selbst würde dies keinesfalls aufhalten.

Ich konnte nicht einmal behaupten, einen Kampf mit meinem Gewissen auszutragen. Sobald ich das Muster erkannt und akzeptiert hatte, war der Weg abgesteckt, die Gefahr nicht zu übersehen. Am meisten erstaunte mich jedoch, dass sich die Sache von selbst zu gestalten schien, dass sich eins aus dem andern ergab und zusammenfügte. Ich sah dem Wachstum zu und lenkte lediglich mit leichter Hand.

Was ich getan hatte und zu tun plante, unternahm ich in dem Wissen, dass es meiner Natur fremd war, zugleich aber so notwendig wie ein Steigbügel, ohne den sich ein großes Pferd nicht besteigen lässt. Saß ich einmal oben, würde ich den Bügel nicht länger brauchen. Schon möglich, dass ich diesen Prozess nicht mehr aufhalten konnte, aber dafür würde ich auch nie wieder einen anderen anstoßen müssen. Ich würde auch kein Bürger dieses grauen, gefährlichen Landes sein wollen oder müssen. Mit den bevorstehenden tragischen Ereignissen am siebten Juli hatte ich nichts zu tun. Ich war nicht in sie verwickelt, konnte sie aber im Voraus bedenken und für mich nutzen.

Eine der ältesten und am häufigsten widerlegten Mythen besagt, dass sich die Gedanken eines Menschen in seinem Gesicht zeigen, dass die Augen Fenster zur Seele sind. Dem ist nicht so. Nur Krankheit zeigt sich darin, auch Niederlage oder Verzweiflung, die selbst wiederum nur eine andere Art von Krankheit sind. Einige wenige Menschen können tiefer blicken, können eine Veränderung spüren, ein geheimes Signal wahrnehmen. Ich glaube, meine Mary spürte eine Veränderung, nur deutete sie sie falsch, und ich glaube, Margie Young-Hunt wusste Bescheid – aber Margie Young-Hunt war eine Hexe, was ich ziemlich verstörend fand. Meiner Meinung nach war ihre Intelligenz so groß wie ihre Magie, und das fand ich noch verstörender.

Ich ging davon aus, dass Mr. Baker am Wochenende des Unabhängigkeitstags bereits am Freitagnachmittag in den Urlaub fahren würde. Und der Sturm würde am Freitag oder Samstag losbrechen müssen, damit er vor der Wahl noch genügend Zeit hatte, seine volle Wirkung zu entfalten; außerdem konnte man logischerweise davon ausgehen, dass Mr. Baker nicht in der Nähe sein wollte, wenn der Schock einsetzte. Natürlich spielte das für mich keine große Rolle, war es letztlich bloß eine Übung in vorausschauender Planung, allerdings musste ich für den Fall, dass Mr. Baker früher abreisen sollte, bereits am Donnerstag einige Schritte unternehmen. Mein samstägliches Pensum war mir so sehr zur Routine geworden, dass ich es auch im Schlaf hätte erledigen können. Angst hatte ich keine, höchstens ein bisschen Lampenfieber.

Kurz nachdem ich den Laden am Montag, den siebenundzwanzigsten Juni, geöffnet hatte, kam Marullo herein. Er wanderte herum, musterte mit sonderbarem Blick die Regale, die Registrierkasse, die Kühltheke, betrat den Lagerraum und blickte sich auch dort um. Aus seinem Gesichtsausdruck hätte man schließen können, er sähe das alles zum ersten Mal.

«Verreisen Sie über die Feiertage?», sagte ich.

«Warum fragen Sie?»

«Na ja, weil alle wegfahren, die es sich leisten können.»

«Ach, wo sollte ich schon hin?»

«Wo alle hinfahren, in die Catskills oder auch

raus nach Montauk, angeln. Da zieht jetzt der Thunfisch lang.»

Allein bei der Vorstellung, einen dreißigpfündigen, zappelnden Fisch an der Angel zu haben, durchzuckten ihn arthritische Schmerzen, sodass er die Arme anwinkelte.

Fast hätte ich ihn gefragt, wann er nach Italien reisen wolle, aber das schien mir dann doch zu viel. Stattdessen trat ich zu ihm und fasste ihn sanft am rechten Ellbogen. «Alfio», sagte ich, «ich finde, Sie sind verrückt. Warum fahren Sie nicht nach New York zu den besten Spezialisten? Gegen diese Schmerzen muss es doch was geben.»

«Glaub ich nicht.»

«Aber was haben Sie schon zu verlieren? Fahren Sie einfach hin. Versuchen Sie's wenigstens.»

«Was das geht Sie an?»

«Gar nichts, aber ich arbeite jetzt schon eine Ewigkeit für so einen blöden Itaker. Wenn ein gottverdammter Schmerz derart wehtut, fühle ich ihn irgendwann selber. Sie kommen hier rein, massieren Ihre Arme, und erst nach 'ner halben Stunde kann ich wieder halbwegs gerade stehen.»

«Sie mich haben gern?»

«Zum Teufel, nein. Ich schmiere Ihnen bloß Honig ums Maul, weil ich eine Gehaltserhöhung will.»

Er sah mich an mit seinem Dackelblick, die Augen rot gerändert, Pupille und dunkelbraune Iris ein einziger Fleck. Er wollte etwas sagen, änderte dann aber seine Meinung. «Sind ein prima Jungchen», sagte er.

«Verlassen Sie sich nicht drauf.»

«Prima Jungchen!», brach es erneut aus ihm hervor, und als wäre er über seinen eigenen Gefühlsausbruch zutiefst erschrocken, verließ er gleich darauf den Laden.

Ich wog für Mrs. Davidson zwei Pfund Brechbohnen ab, als Marullo zurückgestürmt kam, in der Tür stehen blieb und mir zubrüllte: «Nehmen Sie meinen Pontiac.»

«Wie bitte?»

«Fahren Sie Sonntag und Montag irgendwohin.»

«Das kann ich mir nicht leisten.»

«Sie nehmen die Kinder mit. Habe in der Garage Bescheid gesagt, dass Sie kriegen mein Auto. Ist vollgetankt.»

«Moment mal.»

«Gehn Sie zur Hölle. Und nehmen Sie die Kinder mit.» Er warf mir eine Art Papierkügelchen zu, das mitten zwischen die Bohnen fiel. Mrs. Davidson sah ihm nach, als er wieder auf die Straße stürzte. Ich klaubte die grüne Kugel aus den Bohnen – drei klein gefaltete Zwanzigdollar-scheine.

«Was ist denn mit dem los?»

«Ist eben ein leicht erregbarer Italiener.»

«Muss er wohl sein, wenn er mit Geld um sich wirft.»

Er ließ sich die ganze Woche nicht mehr blicken, also war alles in Ordnung. Noch nie hatte er die Stadt verlassen, ohne mir vorher Bescheid zu sagen. Es war, als schaute man einem Festzug zu, stand einfach da, sah ihn vorüberziehen; und obwohl man genau wusste, wie der nächste Wagen aussehen würde, blieb man stehen und schaute weiter zu.

Das mit dem Pontiac kam unerwartet. Marullo hatte seinen Wagen noch nie an jemanden verliehen. Merkwürdige Zeiten. Irgendeine äußere Gewalt schien die Kontrolle über das Geschehen an sich gerissen zu haben, sodass sich die Ereignisse wie Vieh auf einer Verladerampe zusammendrängten. Ich weiß, das Gegenteil könnte ebenso gut stimmen. Manchmal lenkt diese Gewalt die Ereignisse einfach um oder vernichtet alle Pläne, wie gründlich auch immer man vorgegangen ist. Wahrscheinlich glauben wir deshalb an so etwas wie Glück und Unglück.

Am Donnerstag, dem dreizehnten Juni, wachte

ich wie gewöhnlich im perlschwarzen Licht der Dämmerung auf, was mitten im Sommer ziemlich früh ist. Stuhl und Sekretär waren dunkle Flecken, die Bilder an der Wand kaum hellere Andeutungen. Die weißen Fenstervorhänge im Zimmer glichen ein und aus gehenden Seufzern, als atmeten sie, denn es gibt kaum einen Morgen, an dem kein Lüftchen weht.

Gerade aus dem Schlaf erwacht, besaß ich den Vorteil zweier Welten, der des vielschichtigen Traumfirmaments sowie jener der profanen Gewissheiten des wachen Geistes. Ich streckte mich genüsslich, ein wohliges, kitzliges Gefühl, fast als schrumpfte die Haut in der Nacht und man müsste sie am Tag wieder dehnen, indem man alle Muskeln spannt, ein kribbelndes Vergnügen.

Erst wandte ich mich den mir noch gewärtigen Träumen zu, als blätterte ich in der Morgenzeitung, um zu sehen, ob es irgendwas Interessantes oder Wichtiges gab. Anschließend ging ich den kommenden Tag mit Blick auf noch ungeschehene Ereignisse durch. Als Nächstes folgte ich einer Praxis, die mir der beste aller meiner Offiziere beigebracht hatte. Er hieß Charley Edwards, ein Major mittleren Alters, für den Kriegsdienst vielleicht sogar schon ein bisschen zu alt. Er hatte eine große Familie, eine hübsche Frau und vier

Kinder wie die Orgelpfeifen, nach denen er vor Liebe und Sehnsucht verging, sofern er es denn zuließ. Er hat mir davon erzählt. In seinem tödlichen Gewerbe konnte er sich Ablenkung durch seine Lieben nicht leisten, also hatte er eine Methode ersonnen. Falls er morgens nicht gerade von einem Alarm aus dem Schlaf gerissen wurde, öffnete er Herz und Geist für seine Familie, wandte sich nacheinander jedem Einzelnen zu, stellte sich vor, wie sie aussahen, wie sie waren, liebkoste sie und versicherte sie seiner innigen Zuneigung. Es war, als nähme er nacheinander Kostbarkeiten aus einem Schrank, betrachtete sie, streichelte sie, spürte sie, küsste sie und stellte sie dann zurück, bis er sich schließlich von allen verabschiedete und die Schranktür wieder schloss. Das Ganze dauerte eine halbe Stunde, wenn er denn die Zeit fand, und danach brauchte er den ganzen Tag nicht wieder an sie zu denken. Er konnte sich in vollem Umfang, frei von widersprüchlichen Gedanken und Empfindungen, der anstehenden Aufgabe widmen – dem Töten von Menschen. Er war der beste Offizier, den ich je kennengelernt habe. Ich bat ihn um die Erlaubnis, seine Methode zu nutzen, und er hat sie mir erteilt. Als er umkam, konnte ich nur daran denken, was für ein gutes und erfülltes Leben er geführt hatte. Er hatte seine Freuden gehabt, seine Liebe genossen, die Schulden bezahlt; wer sonst darf das auch nur annähernd von sich behaupten?

Ich habe die Methode von Major Charley nicht oft angewandt, aber an einem Tag wie diesem Donnerstag, der, wie ich wusste, meine ungeteilte Aufmerksamkeit verlangen würde, erwachte ich, kaum hatte sich die Tür zum Morgen auch nur einen Spaltbreit geöffnet, und besuchte wie Major Charley meine Familie.

Ich suchte sie in chronologischer Reihenfolge auf und verbeugte mich als Erstes vor Tante Deborah. Sie war nach Deborah benannt worden, der Richterin Israels,[88] und irgendwo habe ich mal gelesen, dass Richter damals auch Heerführer gewesen sind. Der Name passte also zu meiner Großtante, denn sie hätte Armeen führen können und befehligte stets die Kohorten ihrer Gedanken. Das Vergnügen am Lernen auch ohne erkennbaren Nutzen hatte ich von ihr geerbt. Trotz ihrer Strenge war sie stets voller Neugier und wusste nur wenig mit Leuten anzufangen, denen diese Eigenschaft fehlte. Ich übermittelte ihr meine Ehrerbietung, brachte einen spektralen Toast auf das Wohl des alten Käpt'n aus und neigte das Haupt vor meinem Vater. Ich machte sogar jener unbehausten Lücke meine Aufwartung, die meine Mutter für mich war. Ich habe sie nie kennengelernt. Sie starb, ehe ich sie bewusst wahrnehmen konnte, und in meiner Vergangenheit klafft eine Lücke, wo sie hätte sein sollen.

Etwas allerdings beunruhigte mich. Ich vermochte Tante Deborah, den alten Käpt'n und meinen Vater nur undeutlich zu erkennen. Ihre Umrisse waberten verschwommen, dabei hätten sie doch scharf sein sollen wie Fotografien. Nun, vielleicht verblassen unsere Erinnerungen wie alte Sepiabilder – der Hintergrund verschlingt die Dargestellten. Ich konnte sie wohl nicht ewig im Gedächtnis behalten.

Mary hätte die Nächste sein sollen, aber sie bewahrte ich mir für später auf.

Also beschwor ich Allen herauf. Sein Gesicht als kleiner Junge entzog sich mir, jenes Gesicht, das meine Freude weckte, Begeisterung und die Gewissheit, dass der Mensch vollkommen sein kann. Allen tauchte vor meinem inneren Auge auf, wie er geworden war – mürrisch, selbstgefällig, widerborstig, verschwiegen und in sich zurückgezogen, seit ihm die Pubertät zu schaffen machte, eine grässliche, qualvolle Zeit, in der er wie ein Hund in der Falle nach jedem in seiner Nähe schnappen musste, sogar nach sich selbst. Nicht einmal in meiner Vorstellung konnte er sich aus seiner Unzufriedenheit befreien, also schob ich ihn beiseite und sagte ihm nur: Ich weiß. Ich erinnere mich, wie schlimm diese Zeit für mich damals war, aber ich kann dir nicht helfen. Niemand kann dir helfen. Ich kann dir nur sagen, dass sie vorübergeht, auch wenn du mir nicht glauben wirst. Gehe hin in Frieden – und mit meiner Liebe, auch wenn wir einander zurzeit nicht ertragen können.

Ellen war für mich eine Quelle des Glücks. Sie wird einmal eine Schönheit, schöner noch als ihre Mutter, denn wenn ihr kleines Gesicht sich dereinst herausgebildet hat, wird sie die eigenartige Autorität von Tante Deborah besitzen. Ihre Launen, ihre Grausamkeiten, ihre Nervosität sind die nötigen Zutaten für ein hübsches und liebenswertes Wesen. Ich weiß es, weil ich sie gesehen habe, wie sie im Schlaf den rosafarbenen Talisman an sich drückte, den Hügel aus Stein, und dabei aussah wie eine erwachsene Frau. Ebenso wichtig, wie mir der Talisman war und immer noch ist, verhält es sich auch bei Ellen. Vielleicht wird sie es sein, die weitergibt, was in mir unsterblich ist. Also legte ich grüßend die Arme um sie; und sie, ganz Ellen, kitzelte mich am Ohr und kicherte. Meine Ellen. Meine Tochter.

Ich wandte den Kopf Mary zu, die lächelnd rechts von mir schlief. Das ist ihr Platz, denn so kann sie, wenn es gut, recht und richtig ist, ihren Kopf in meinem rechten Arm bergen, während ich sie mit meiner Linken streichle.

Vor einigen Tagen habe ich mir im Laden mit dem gebogenen Bananenmesser in den Zeigefinger geschnitten, weshalb sich auf dessen Kuppe ein Schorf gebildet hat und ich den Mittelfinger benutze, um die liebliche Kurve vom Ohr zur Schulter nachzuzeichnen, so sanft, dass sie nicht geweckt wird, aber auch so fest, dass ich sie nicht kitzle. Mary seufzt, wie sie es immer tut, ein tiefes, schweres Seufzen, ein langsames, wohliges Ausatmen. Manche Menschen mögen nicht aufwachen, Mary ist da anders. Sie begegnet dem Tag in der Erwartung, dass es ein angenehmer wird. Und da ich dies weiß, versuche ich, ihr kleine Geschenke zu machen, die diese Überzeugung rechtfertigen. Und ich bemühe mich, andere Geschenke für Gelegenheiten wie diese zurückzuhalten, die ich nun aus der Börse meines Gedächtnisses hervorzauberte.

Sie schlug die vom Schlaf verhangenen Augen auf, fragte «Jetzt schon?» und blickte zum Fenster, um nachzusehen, wie weit der Tag bereits fortgeschritten war. Über dem Sekretär hing ein Bild: Bäume, ein See und am Ufer eine kleine Kuh. Vom Bett aus konnte ich ihren Schwanz erkennen und wusste daher, dass es Zeit zum Aufstehen war.

«Ich bringe dir freudige Kunde, mein Flughörnchen.»

«Du Spinner.»

«Habe ich dich je angelogen?»

«Vielleicht.»

«Bist du wach genug, um die freudige Kunde zu vernehmen?»

«Nein.»

«Dann halte ich sie zurück.»

Sie drehte sich auf die linke Seite und drückte sich dabei eine tiefe Falte in die weiche Haut. «Immer machst du Witze. Wahrscheinlich kommt jetzt gleich, dass du den Rasen zementieren willst...»

«Will ich nicht.»

«Oder eine Grillenfarm aufmachen...»

«Will ich auch nicht. Aber erinnerst du dich an alte, aufgegebene Pläne?»

«Wird das ein Witz?»

«Tja, was ich dir jetzt sage, ist jedenfalls so seltsam und zauberisch, dass es dir sicher nicht leichtfällt, mir zu glauben.»

Sie war nun wach, ihr Blick klar, und ich sah das leichte Zittern ihrer Lippen, das ihrem Lachen vorausging. «Jetzt erzähl schon.»

«Kennst du einen Mann italljänischer Herkunft namens Marullo?»

«Spinner – du bist wieder albern.»

«Mag sein, dass es dir so scheint. Besagter Marullo ist jedenfalls eine Weile abwesend.»

«Wo ist er hin?»

«Hat er nicht gesagt.»

«Und wann kommt er zurück?»

«Nun bring mich doch nicht durcheinander. Das hat er auch nicht gesagt. Was er aber sagte und was er mir, als ich widersprach, sogar befohlen hat, ist Folgendes, dass wir uns nämlich in sein Auto setzen und über die Feiertage frohgemut in den Urlaub fahren sollen.»

«Du nimmst mich auf den Arm.»

«Würde ich dir eine Lüge auftischen, die dich traurig macht?»

«Aber warum?»

«Das kann ich dir nicht beantworten. Ich schwöre dir jedoch, ob mit Pfadfinderehrenwort oder Eid auf den Papst, dass der nerzschnittige, mit jungfräulichem Diesel vollgetankte Pontiac für die Lustfahrt Eurer königlichen Hoheit bereitsteht.»

«Aber wohin denn?»

«Das, mein geliebtes Insektenweibchen, darfst du entscheiden und hast heute, morgen und Sonnabend den ganzen Tag Zeit, etwas zu planen.»

«Aber Montag ist Feiertag. Das wären zwei volle Tage.»

«Korrekt.»

«Können wir uns das leisten? Das würde ja ein Motel oder so was bedeuten.»

«Ob wir das können oder nicht, wir fahren. Ich habe noch eine heimliche Rücklage.»

«Dummerchen, die kenn ich doch. Aber dass er uns seinen Wagen leiht, kann ich einfach nicht glauben.»

«Ich auch nicht, aber er tut's.»

«Vergiss nicht, dass er uns Ostern Schokoladeneier gebracht hat.»

«Vielleicht wird er senil.»

«Ich frag mich nur, was er damit bezweckt.»

«Eine solche Überlegung geziemt sich nicht für mein Weib. Vielleicht will er ja nur, dass wir ihn gern haben.»

«Ich werde tausend Dinge regeln müssen.»

«Weiß ich doch.» Ich meinte sehen zu können, wie es in ihr arbeitete, wie ihr Verstand gleich einem Bulldozer einen Weg durch all die Möglichkeiten bahnte, die sich uns eröffneten, und ich wusste, ich hatte ihre Aufmerksamkeit verloren und würde sie vermutlich so bald auch nicht wiedererlangen, aber das war in Ordnung.

Beim Frühstück hatte sie sich noch vor meiner

zweiten Tasse Kaffee die Hälfte aller Vergnügungsorte im östlichen Amerika vorgenommen und wieder verworfen. In den letzten Jahren hatte mein armer Liebling wirklich nicht viel Spaßiges erlebt.

«Chloe», sagte ich, «ich weiß, es wird dir nicht leichtfallen, mir jetzt zuzuhören, aber man hat mir eine ziemlich wichtige Beteiligung angeboten, und dafür brauche ich noch ein bisschen mehr von deinem Geld. Die erste Anlage macht sich übrigens ganz ordentlich.»

«Weiß Mr. Baker Bescheid?»

«Es ist seine Idee.»

«Dann nimm's dir. Stell einfach einen Scheck aus.»

«Interessiert dich gar nicht, wie viel ich brauche?»

«Eigentlich nicht.»

«Und willst du nicht wissen, um was für eine Beteiligung es sich handelt? Willst du keine Zahlen hören, Kursschwankungen, Diagramme, mutmaßliche Gewinne, den Steuerkram und all das?»

«Ich würd's ja doch nicht verstehen.»

«O doch, würdest du.»

«Tja, ich würd's nicht verstehen wollen.»

«Kein Wunder, dass man dich den Drachen der Wall Street nennt. Dieser eiskalte, diamantscharfe Geschäftsverstand – geradezu beängstigend.»

«Wir fahren in den Urlaub», erwiderte sie, «für zwei volle Tage.»

Und wie zum Teufel sollte ein Mann sie nicht lieben, sie nicht anbeten? «Wer ist Mary? Und was ist sie?», sang ich, sammelte die leeren Milchflaschen ein und machte mich auf den Weg zur Arbeit.

Mir war danach, Joey zu treffen, ihn ein bisschen besser kennenzulernen, aber ich musste wohl einen Augenblick zu spät dran sein oder er einen Augenblick zu früh, da er bereits das Café betrat, als ich in die High Street einbog. Ich folgte ihm und setzte mich auf den Barhocker neben ihn.

«Diese Angewohnheit, die hab ich von Ihnen, Joey.»

«Hallo, Mr. Hawley. Ist ein ziemlich guter Kaffee.»

Ich begrüßte meine alte Schulfreundin. «Morgen, Annie.»

«Wirst du jetzt Stammkunde, Eth?»

«Sieht fast so aus. Eine Tasse, schwarz, bitte.»

«Schwarz, okay.»

«Schwarz wie das Auge der Verzweiflung.»

«Wie?»

«Schwarz.»

«Wenn du was Weißes drin findest, Eth, geb ich dir einen aus.»

«Wie steht's denn so, Morph?»

«So wie immer, nur ein bisschen schlechter.»

«Wollen wir unsere Jobs tauschen?»

«Gern, erst recht vor einem langen Wochenende.»

«Dieses Problem haben nicht nur Sie. Die Leute kaufen auf Vorrat ein.»

«Ach ja. Hatte ich gar nicht dran gedacht.»

«Sachen fürs Picknick, Gurken, Würstchen und, Gott steh uns bei, Marshmallows. Und bei Ihnen? Wird's ein harter Tag?»

«Machen Sie Witze? Mit dem Unabhängigkeitstag an einem Montag und schönem Wetter obendrein? Noch schlimmer ist aber, dass der Allmächtige höchstpersönlich Urlaub und Erholung in den Bergen zu finden wünscht.»

«Mr. Baker?»

«Natürlich, wer sonst.»

«Ich möchte ihn sprechen, muss ihn sprechen.»

«Tja, Sie können gern versuchen, ihn zu erwischen, aber der Mann hüpft durch die Gegend wie ein Penny in einem Tamburin.»

«Ich könnte Ihnen belegte Brote auf Ihre Gefechtsstation bringen, Joey.»

«Darum bitte ich Sie vielleicht noch.»

«Diesmal zahle ich», sagte ich.

«Gut.»

Gemeinsam überquerten wir die Straße und bogen in die Gasse ein. «Sie klingen deprimiert, Joey.»

«Bin ich auch. Ich bin das Geld anderer Leute verdammt leid. Fürs Wochenende hab ich eine heiße Verabredung, aber wahrscheinlich bin ich zu müde, um mich dazu aufzuraffen.» Er stopfte ein Kaugummipapier ins Schloss, betrat die Bank, sagte «Bis bald» und zog die Tür zu. Ich drückte sie noch einmal auf. «Joey? Möchten Sie heute ein Sandwich?»

«Nein, danke!», rief er aus dem dämmrigen, nach Bohnerwachs riechenden Inneren zurück. «Vielleicht am Freitag, ganz bestimmt am Samstag.»

«Schließen Sie nicht über Mittag?»

«Hab ich Ihnen doch schon gesagt – die Bank schließt, Morphy nicht.»

«Geben Sie mir einfach Bescheid.»

«Mach ich. Danke, Mr. Hawley.»

An diesem Morgen hatte ich meinen Truppen auf den Regalen nichts weiter zu sagen als: «Guten Morgen, die Herren, rührt euch!» Kurz vor neun war ich mit Schürze und Besen bewaffnet draußen und fegte den Bürgersteig.

Mr. Baker ist ein derartiger Gewohnheits-
mensch, dass man die Uhr nach ihm stellen kann,
und ich könnte schwören, dass in seiner Brust ein
Federwerk schlägt. Acht Uhr sechsundfünfzig,
acht Uhr siebenundfünfzig, da kam er die Elm
Street entlang, acht Uhr achtundfünfzig, er überquerte die Straße, acht Uhr neunundfünfzig – er
war am gläsernen Haupteingang, wo ich mit dem
Besen in der Hand stand und ihn abfing. «Mr.
Baker, ich würde gern mit Ihnen reden.»

«Morgen, Ethan. Kann das noch eine Minute
warten? Kommen Sie rein.»

Ich folgte ihm, und es war genau so, wie Joey
es geschildert hatte – eine religiöse Zeremonie.
Sie nahmen regelrecht Habachtstellung ein, als
die Zeiger neun Uhr erreichten. Dann war von
der großen Stahltür ein Klicken und Summen zu
hören. Joey wählte die geheimnisvollen Zahlen
und drehte das Rad, mit dem die Riegel zurück-
geschoben wurden. Majestätisch schwang das Al-
lerheiligste auf, und Mr. Baker nahm den Salut
des versammelten Geldes entgegen. Ich verharrte
am Geländer, demütig wie ein Kommunikant in
Erwartung des Sakraments.

Mr. Baker wandte sich zu mir um. «Nun,
Ethan. Was kann ich für Sie tun?»

Leise erwiderte ich: «Ich würde gern privat

mit Ihnen sprechen, darf aber den Laden nicht verlassen.»

«Kann das nicht warten?»

«Ich fürchte, nein.»

«Sie brauchen eine Aushilfe.»

«Wem sagen Sie das.»

«Sobald ich einen Moment Luft habe, schau ich bei Ihnen vorbei. Irgendwas Neues von Taylor?»

«Noch nicht, aber ich habe meine Fühler ausgestreckt.»

«Ich will versuchen, auf einen Sprung bei Ihnen reinzusehen.»

«Danke sehr.» Doch ich wusste, er würde auf jeden Fall kommen.

Was er, kaum eine Stunde später, auch tat. Er wartete, bis die Kunden gegangen waren.

«Nun, Ethan, was kann ich für Sie tun?»

«Mr. Baker, für Ärzte, Anwälte und Priester existiert eine Schweigepflicht. Gibt es etwas Ähnliches auch für Bankiers?»

Er lächelte. «Haben Sie je einen Bankier über die Geschäfte seiner Kunden reden hören?»

«Nein.»

«Tja, dann stellen Sie Ihre Fragen und sehen Sie, wie weit Sie kommen. Außerdem bin ich Ihr Freund, Ethan.»

«Ich weiß. Bin wohl ein bisschen aufgeregt. Ist lange her, dass ich mal Urlaub hatte.»

«Urlaub?»

«Ich will die Karten auf den Tisch legen, Mr. Baker. Marullo steckt in Schwierigkeiten.»

Er trat dicht an mich heran. «Welche Art Schwierigkeiten?»

«Genaues weiß ich nicht, aber ich fürchte, es geht um illegale Einwanderung.»

«Woher wissen Sie das?»

«Er hat's mir erzählt – allerdings nicht direkt, Sie wissen ja, wie er ist.»

Ich meinte fast sehen zu können, wie seine Gedanken rasten, Einzelnes aufgriffen und zusammenfügten. «Reden Sie weiter», sagte er. «Das hieße Abschiebung.»

«Fürchte ich auch. Er war gut zu mir, Mr. Baker. Ich möchte nichts tun, was ihm schadet.»

«Sie müssen auch an sich selbst denken, Ethan. Was genau hat er vorgeschlagen?»

«Nicht direkt vorgeschlagen. Ich musste mir aus einem Haufen fahriger Andeutungen zusammenreimen, was er eigentlich will, doch läuft es wohl darauf hinaus, dass mir der Laden gehören könnte, falls ich fünftausend Dollar zusammenkratze.»

«Klingt, als wollte er sich aus dem Staub machen – Genaueres wissen Sie nicht?»

«Ich weiß überhaupt nichts Genaues.»

«Also kann man Sie auch nicht der Mitwisserschaft bezichtigen. Hat er sonst noch was gesagt?»

«Nein, Mr. Baker.»

«Und wie sind Sie auf diese Summe gekommen?»

«Ganz einfach: Mehr besitzen wir nicht.»

«Sie könnten den Laden unter Umständen also auch für weniger kriegen?»

«Möglich.»

Mit raschem Blick sah er sich im Laden um, schätzte den Wert ein. «Falls Sie mit Ihrer Vermutung richtigliegen, sind Sie in keiner schlechten Verhandlungsposition.»

«Ich bin aber nicht gut im Verhandeln.»

«Sie wissen, für Schwarzgeldgeschäfte habe ich nichts übrig. Vielleicht sollte *ich* mal mit ihm reden.»

«Er ist nicht in der Stadt.»

«Wann kommt er zurück?»

«Das weiß ich nicht, Mr. Baker, aber vergessen Sie nicht, es ist nur so eine Ahnung, dass er mir vielleicht ein Angebot macht und wir, wenn ich das nötige Geld hätte, ins Geschäft kämen. Er mag mich nämlich, wissen Sie.»

«Ist mir nicht entgangen.»

«Ich möchte ihn auf keinen Fall übervorteilen.»

«Er kann sich das Geld jederzeit auch von sonst wem holen und locker zehntausend für den Laden kassieren.»

«Dann mache ich mir womöglich zu viel Hoffnung.»

«Denken Sie nicht zu kleinkariert. Und vergessen Sie nicht Regel Nummer eins.»

«Nummer zwei besagt, es ist Marys Geld.»

«Das stimmt. Also, woran haben Sie gedacht?»

«Tja, ich hab mir überlegt, Sie könnten mir eventuell ein Schriftstück aufsetzen, Datum und Betrag aber offenlassen. Ich würde dann am Freitag das Geld abheben.»

«Wieso am Freitag?»

«Na ja, ist wieder nur eine Vermutung, aber er hat was davon gesagt, dass über die Feiertage alle weg sind. Und ich rechne damit, dass er dann auftaucht. Er hat doch ein Konto bei Ihnen?»

«Nein, eben nicht. Das hat er gerade leer geräumt. Angeblich, um Aktien zu kaufen. Ich habe mir nichts dabei gedacht, weil er das schon öfter getan hat und jedes Mal mehr Geld zurückfloss, als er abgehoben hatte.» Er sah einer rosigen Miss Rheingold[89] auf der Kühltheke direkt in die Augen, reagierte aber nicht auf ihr einladendes Lachen. «Sie wissen, dass Sie in dieser Sache auch furchtbar auf die Nase fallen können?»

«Wie meinen Sie das?»

«Zum einen könnte er auch an ein halbes Dutzend anderer Leute verkaufen, und zum andern könnte der Laden haushoch mit Hypotheken belastet sein. Und wir wissen nicht mal, ob der Besitztitel tatsächlich auf seinen Namen eingetragen ist.»

«Das könnte ich beim Stadtsekretär herausfinden. Ich weiß ja, wie beschäftigt Sie sind, Mr. Baker, aber ich baue auf die Verbundenheit unserer Familien. Außerdem sind Sie unter meinen Freunden der Einzige, der sich mit so etwas auskennt.»

«Also gut, ich rufe Tom Watson wegen des Besitztitels an. Verdammt, Ethan, ist einfach ein schlechter Zeitpunkt. Ich fahre morgen für ein paar Tage weg. Falls er wirklich ein Gauner ist, könnten Sie böse reinfallen und Ihr letztes Hemd verlieren.»

«Womöglich sollte ich dann lieber aufgeben. Aber mein Gott, Mr. Baker, ich habe es dermaßen satt, bloß ein Verkäufer zu sein.»

«Ich habe nicht gesagt, dass Sie aufgeben sollen. Ich habe nur gesagt, dass Sie ein Risiko eingehen.»

«Es würde Mary so glücklich machen, wenn mir das Geschäft gehörte, aber ich denke, Sie haben recht. Ich sollte ihr Geld nicht aufs Spiel setzen, sondern mich lieber an diesen Regierungsangestellten wenden.»

«Damit würden Sie all Ihre Vorteile verlieren.»

«Wieso das?»

«Wenn Marullo abgeschoben wird, lässt er seinen Besitz vielleicht durch einen Makler verkaufen, und dann wird ihm dieser Laden weit mehr einbringen, als Sie zahlen können. Sie *wissen* ja nicht, ob er sich wirklich aus dem Staub machen will. Wie wollen Sie irgendwem erzählen, dass er so etwas vorhat, wenn Sie's gar nicht sicher wissen? Sie wissen ja nicht mal, ob er überhaupt abgeholt wird.»

«Stimmt.»

«In Wirklichkeit wissen Sie gar nichts über Marullo. Sie haben lediglich einen vagen Verdacht, oder?»

«Ja.»

«Und den sollten Sie lieber vergessen.»

«Macht es nicht einen schlechten Eindruck, wenn man ohne jeden Beleg bar bezahlt?»

«Auf den Scheck könnten Sie ja… nun, so etwas schreiben wie ‹Für Investition in A. Marullos Lebensmittelgeschäft›. Das würde zumindest Ihre Absicht belegen.»

«Und angenommen, aus dem Ganzen wird nichts?»

«Dann bringen Sie das Geld auf die Bank zurück.»

«Sie glauben, das Risiko lohnt sich?»

«Ach Ethan, alles ist ein Risiko. Allein so viel Geld bei sich zu tragen ist ein Risiko.»

«Damit werd ich schon fertig.»

«Mir wäre wohler, wenn ich nicht gerade jetzt aus der Stadt wegmüsste.»

Was ich über Timing gesagt habe, galt immer noch. Niemand hatte während unserer Unterhaltung den Laden betreten, jetzt aber kamen ein halbes Dutzend Kunden – drei Frauen, ein alter Mann und zwei Kinder. Mr. Baker trat auf mich zu und sagte leise: «Ich lasse das Geld in Hundertern bereitlegen und notiere die Nummern. Sollte man ihn dann erwischen, kriegen Sie Ihr Geld zurück.» Er nickte den drei Frauen gewichtig zu, sagte «Guten Morgen, George» zu dem alten Mann und fuhr den Kindern durchs strubbelige Haar. Mr. Baker ist ein sehr schlauer Mensch.

## 14

Erster Juli. Er teilt das Jahr wie ein Mittelscheitel das Haar. Auch für mich hatte ich ihn als Grenzmarkierung gesetzt – gestern die eine, morgen eine andere Art von Ich. Ich hatte unwiderruflich meine Züge gemacht, und Zeit und Zufall hatten mitgespielt, hatten mich anscheinend unterstützt. Ich wollte mir nie ein Mäntelchen der Tugend umhängen, um mein Tun vor mir zu verbergen. Niemand hatte mich gezwungen, diesen Weg zu gehen. Für eine Weile tauschte ich gewohnte Verhaltensweisen und Einstellungen gegen Komfort, Respekt und das Ruhekissen Sicherheit ein. Es wäre zu einfach, mir einzureden, dass ich es für meine Familie tat, da ich wusste, deren Komfort und Sicherheit würden *mir* zu Selbstachtung verhelfen. Doch mein Ziel war begrenzt, und war es einmal erreicht, würde ich zu meinen gewohnten Verhaltensweisen zurückkehren können. Davon war ich überzeugt. Der Krieg hatte mich schließlich auch nicht zum Mörder gemacht, obwohl ich eine Zeit lang Menschen gemordet habe. Patrouillen in dem Wissen auszuschicken, dass einige der Männer fallen würden, hatte in mir keine Lust am Opfer geweckt wie in so manch anderem, und was ich tat, hat mir nie gefallen, noch habe ich es entschuldigt oder mir verziehen. Das Wichtigste war, das begrenzte Ziel als solches zu erkennen und den Vorgang zu beenden, sobald das Ziel erreicht war. Das aber war nur möglich, wenn ich wusste, was ich tat, und mir selbst nichts vormachte – Sicherheit und Selbstachtung, dann den Vorgang auf der Stelle beenden. Ich wusste aus dem Krieg, dass Verluste stets Opfer eines Vorgangs und nicht Opfer von Wut, Hass oder Grausamkeit waren. Und ich glaube, im Moment des Hinnehmens besteht zwischen Gewinner und Verlierer, zwischen Mörder und Ermordeten so etwas wie Liebe.

Dannys vollgekritzelte Papiere aber schmerzten mich tief, ebenso Marullos dankbare Blicke.

Ich hatte nicht wach gelegen, wie man es Männern in der Nacht vor der Schlacht nachsagt. Der Schlaf kam rasch, ein tiefer, fester Schlaf, der mich noch vor dem Morgengrauen erfrischt aus seinen Armen entließ. Es drängte mich, mein bisheriges Leben noch einmal aufzusuchen. Leise glitt ich aus dem Bett, zog mich im Badezimmer an und schlich, dicht an der Wand entlang, die Treppe hinab. Es überraschte mich nicht, dass ich zur Vitrine ging, sie aufschloss und an der Berührung den rosigen Hügel erkannte. Ich steckte ihn ein und schloss die Vitrine wieder ab. In meinem ganzen Leben hatte ich dieses Stück noch nie mitgenommen und auch an diesem Morgen nicht gewusst, dass ich es heute tun würde. Das Gedächtnis führte mich durch die dunkle Küche und zur Hintertür hinaus in den dämmrig grauen Hof. Die Äste der laubschweren Ulmen formten ein Gewölbe, eine wahrhaft schwarze Höhle. Hätte ich in diesem Augenblick Marullos Pontiac gehabt, wäre ich aus New Baytown hinaus in die erwachende Welt meiner frühesten Erinnerungen gefahren. Mit dem Finger tastete ich das endlos gewundene Band des hautwarmen Talismans in meiner Tasche ab. Talisman?

Diese Deborah, die mich als Kind nach Golgatha schickte, war, was Wörter betraf, eine Präzisionsmaschine. Von ihnen ließ sie sich nichts gefallen und mir keine Nachlässigkeit durchgehen. Was besaß sie doch für eine Macht, diese alte Frau! Falls sie Unsterblichkeit erstrebte, hatte sie die in meinem Gedächtnis erlangt. Als sie damals sah, wie ich mit meinem Finger das Rätsel abtastete, sagte sie: «Ethan, dieses ausländische Ding könnte durchaus dein Talisman werden.»

«Was ist ein Talisman?»

«Wenn ich es dir sage, hörst du nur mit halbem Ohr zu und lernst nichts. Schlag es selbst nach.»

So viele Wörter fanden zu mir, weil Tante Deborah meine Neugierde weckte und mich dann zwang, diese aus eigener Anstrengung zu befriedigen. Natürlich antwortete ich: «Wieso sollte ich?», doch sie wusste, dass ich mich allein an das Wort heranschleichen würde, also buchstabierte sie es für mich, damit ich es aufspüren konnte. T-a-l-i-s-m-a-n. Wörter lagen ihr am Herzen, und sie verabscheute ihren Missbrauch, wie sie die Misshandlung alles Schönen verabscheute. Jetzt, so viele Jahre später, sehe ich die Seite noch vor mir, höre mich «Talisman» falsch buchstabieren. Das Arabische war nur ein krakeliger Strich mit einer Knolle am Ende. Das Griechische konnte ich, dank der scharfen Klinge dieser alten Frau, immerhin aussprechen: «Ein Stein oder vielmehr ein Objekt mit eingravierten Figuren oder Buchstaben, dem die okkulten Mächte jener planetaren Einflüsse und himmlischen Sternbilder zugeschrieben werden, unter denen er gefertigt wurde, meist als Amulett getragen, um Unheil abzuwehren oder seinem Träger Glück zu bringen.» Also musste ich «okkult» nachschlagen, «planetarisch» und «Amulett». So war es immer. Wie Knallfrösche zündete eines das nächste. Als ich sie später fragte: «Glaubst du an Talismane?», erwiderte sie: «Was hat mein Glaube damit zu tun?»

Ich legte ihn in ihre Hand. «Was hat diese Figur oder dieser Buchstabe zu bedeuten?»

«Es ist dein Talisman, nicht meiner. Er bedeutet, was er für dich bedeuten soll. Leg ihn in die Vitrine zurück. Dort wird er auf dich warten.»

Als ich jetzt die Ulmenhöhle betrat, war Tante Deborah für mich so lebendig wie eh und je – wahre Unsterblichkeit. Auf und ab verlief die Schnitzerei, rund und rund, eine Schlange ohne Schwanz und Kopf, ohne Anfang oder Ende. Zum ersten Mal hatte ich den Talisman mitgenommen – um Unheil abzuwehren? Auf dass er mir Glück bringe? Ich glaube nicht an Wahrsagerei, und Unsterblichkeit ist in meinen Augen schon immer ein schwächliches Versprechen an die Enttäuschten gewesen.

Die lichtgeränderte Grenze im Osten zeigte den Juli an, denn mit dieser Nacht war der Juni vergangen. Juli ist Messing dort, wo der Juni Gold, und Blei, wo der Juni Silber ist. Das Laub im Juli ist dick, dicht und schwer, der Vogelgesang ein schwülstiger Refrain ohne alle Leidenschaft, denn jetzt sind die Nester leer, und plumpe Jungvögel taumeln unstet umher. Nein, der Juli ist kein verheißungsvoller Monat der Erfüllung. Noch wächst das Obst, aber es schmeckt noch nicht und hat noch keine Farbe, das Korn hängt in jungen, gelben Ähren schlaff am Halm, die Gurken tragen das Nabelschnurhäubchen ihrer vertrockneten Blüte.

Ich ging zur Porlock Street, zur satten, feisten Porlock. Das aufkommende Messing der Dämmerung zeigte Rosenbüsche, schwer von nicht mehr jungen Blüten, die an Frauen gemahnten, deren Korsett den fülligeren Bauch nicht zu bändigen vermag, wie hübsch auch immer ihre Beine noch sein mögen.

Ich ging langsam, hörte mich nicht, spürte mich aber Lebwohl sagen – nicht Auf Wiedersehen. Auf Wiedersehen, darin schwingt der süße Beigeschmack des Zauderns mit. Lebwohl ist kurz und endgültig, ein Wort mit Zähnen so scharf, dass sie jene Bande durchbeißen können, die Vergangenheit mit Zukunft verknüpfen.

Ich gelangte zum Alten Hafen. Lebwohl – Abschied wovon? Ich weiß es nicht. Ich vermochte mich nicht zu erinnern. Ich glaube, ich wollte zu meinem Ort, doch wer im Einklang mit dem Meer lebt, weiß, dass der Ort jetzt unter dunklem Wasser liegt. Letzte Nacht sah ich den Mond, der erst seit vier Nächten zunimmt; eine Operationsnadel, gebogen, aber stark genug, die Flut in den Höhlenmund meines Orts zu saugen.

Sinnlos, Dannys Hütte aufzusuchen. Es war nun hell genug, um zu erkennen, dass das Gras auf dem Pfad, wo Dannys Schritte es flach zu treten pflegten, aufrecht stand.

Der Alte Hafen war mit Sommerbooten betüpfelt, schlanke Rümpfe, die Segel noch in Leinwand eingeschlagen, nur hier und da ein Frühaufsteher, der sein Boot klarmachte, sich um Ausleger, Fock und Großschot kümmerte und seine Genua wie ein großes, zerzaustes Nest austütete.

Im neuen Hafen ging es lebhafter zu. Charterboote manövrierten dicht an die Mole, um Passagiere aufzunehmen, eifrige Sommerangler, die dafür zahlten, das Deck mit Fisch überhäufen zu dürfen, ehe sie sich dann am Nachmittag fragten, was sie mit ihrer Beute anfangen sollten; Säcke und Körbe voll, ganze Berge von Meerbrassen, Kugelfisch, Schwarzem Sägebarsch und Knurrhahn, sogar ein paar schlanke Dornhaie, alle gierig ins Boot geholt, wo sie sterben und schließlich den wartenden Möwen zugeworfen werden. Die Möwen kreisen gelassen; sie wissen, dass die Angler bald angewidert sein werden von ihrem Überfluss. Wer will schon einen ganzen Sack Fische schuppen und ausnehmen? Ein Fisch ist leichter gefangen als fortgegeben.

Ölglatt lag die Bucht jetzt da, messingfarbenes Licht ergoss sich über sie. Die Spitz- und Bakentonnen standen reglos am Kanalufer, eine jede mit ihrem Spiegelbild kopfüber im Wasser.

Als ich am Flaggenmast und Kriegerdenkmal kehrtmachte, fand ich bei den Namen der überlebenden Helden auch meinen, die Buchstaben silbern unterlegt – «Lt. E.A. Hawley» –, und darunter, in Gold, die Namen jener achtzehn Männer, die es nicht nach Hause geschafft hatten. Die meisten Namen kannte ich, hatte einst auch die Männer gekannt – kein bisschen anders als der Rest, anders erst jetzt durch die goldene Schrift. Einen kurzen Moment lang wünschte ich mir, mein Name stünde in den unteren Reihen, «Lt. E.A. Hawley» in Gold; die Waschlappen und Drückeberger, die Feiglinge und die Helden, allesamt vereint in Gold. Nicht bloß die Tapferen fallen, nur stehen ihre Chancen, getötet zu werden, weit besser.

Der dicke Willie fuhr vor, hielt neben dem Denkmal und griff nach der Flagge auf dem Beifahrersitz.

«Hallo, Eth», sagte er, hakte die Messingringe ein und zog die Flagge langsam nach oben, bis sie schlaff wie ein Erhängter von der Mastspitze baumelte. «Die macht's gerade noch so», meinte

Willie ein wenig keuchend. «Sehen Sie sie sich an. Noch zwei Tage, dann wird die neue hochgezogen.»

«Die mit fünfzig Sternen?»[90]

«Da können Sie Gift drauf nehmen. Eine aus Nylon, ein Riesentrumm, zweimal so groß wie die da, aber nur halb so schwer.»

«Und wie läuft's sonst so, Willie?»

«Kann mich nicht beklagen, auch wenn ich gern ein bisschen jammere. Dieser ruhmreiche Unabhängigkeitstag ist jedes Mal das reinste Chaos. Vor allem wenn er auf einen Montag fällt, dann gibt's bloß noch mehr Unfälle, Prügeleien und Besoffene – Besoffene von außerhalb. Soll ich Sie mit zurücknehmen zum Laden?»

«Danke, aber ich muss vorher noch zur Post, und ich glaub, ich gönne mir auch ein Tässchen Kaffee.»

«Okay, ich fahr Sie hin. Ich würd ja einen Kaffee mit Ihnen trinken, aber Stoney ist gerade fies wie 'n Ochsenziemer.»

«Wieso? Was ist mit ihm?»

«Weiß der Himmel. Ist vor ein paar Tagen verschwunden, und seit seiner Rückkehr macht er auf fies und harter Kerl.»

«Wo ist er denn hingefahren?»

«Hat er nicht gesagt, jedenfalls ist er seither

414

fies. Ich warte hier auf Sie, während Sie die Post abholen.»

«Müssen Sie nicht, Willie. Ich hab noch ein paar andere Dinge zu erledigen.»

«Na, wenn Sie's partout so wollen.» Er setzte zurück und fuhr über die High Street davon.

Im Postamt war es noch halb dunkel, der Boden frisch gebohnert, und ein Schild mahnte «Vorsicht, Rutschgefahr».

Seit das alte Postamt gebaut worden war, gehörte uns das Postfach mit der Nummer sieben. Ich gab den Code «G ½ R» ein und nahm einen Stapel Broschüren sowie an den «Postfachinhaber» adressierte Reklame an mich. Papierkorbfutter, mehr nicht. Ich schlenderte über die High Street, auf dem Weg zu einer Tasse Kaffee, wollte im letzten Moment dann aber doch keinen, oder ich wollte nicht reden, oder... ach, ich weiß auch nicht. Ich wollte einfach nicht ins «Foremaster»-Café. Meine Güte, was für ein Chaos liederlicher Anwandlungen ein Mann doch ist – und eine Frau vermutlich auch.

Ich fegte den Bürgersteig, als Mr. Baker pünktlich wie ein Uhrwerk aus der Elm Street einbog, um zur Zeitschlosszeremonie zu schreiten. Und ich arrangierte halbherzig Zuckermelonen in den Stellagen vor der Tür, als der altmodische grüne

Panzerwagen vor der Bank hielt. Zwei wie Soldaten bewaffnete Wachen stiegen hinten aus und trugen graue Geldsäcke in die Bank. Nach knapp zehn Minuten kehrten sie zurück, kletterten in ihre fahrbare Festung und brausten davon. Ich nehme an, sie hatten warten müssen, bis Morph die Scheine gezählt und Mr. Baker die Summe geprüft und ihnen eine Quittung ausgestellt hatte. Es kostet verdammt viel Mühe, auf Geld achtzugeben. Wie Morph schon sagte, man kann einen regelrechten Widerwillen gegen das Geld anderer Leute entwickeln. Nach Größe und Gewicht der Säcke zu urteilen, erwartete die Bank zum langen Wochenende ziemlich viele Barabhebungen. Wäre ich ein Nullachtfünfzehn-Bankräuber, wäre jetzt wohl der richtige Zeitpunkt für einen Überfall. Aber ich war eben kein Nullachtfünfzehn-Bankräuber. Alles, was ich wusste, verdankte ich meinem Kumpel Joey, der, wenn er denn gewollt hätte, ein ganz Großer hätte sein können. Ich fragte mich nach dem Grund seines Widerstrebens, nur um seine Theorie probehalber einmal anzuwenden.

An diesem Morgen herrschte ein ziemliches Gedränge im Laden, es ging sogar schlimmer zu, als ich befürchtet hatte. Die Sonne brannte heiß herab, und es wehte kaum ein Lüftchen; die

Art Wetter, die Menschen zwangsläufig in den Urlaub treibt. Kunden warteten in einer langen Schlange darauf, bedient zu werden. Und mir wurde endgültig klar, dass ich, komme, was wolle, eine Aushilfe brauchte. Falls Allen nicht spurte, würde ich ihn feuern und mir jemand anders holen.

Mr. Baker betrat gegen elf den Laden und war in Eile. Ich musste meine Kunden im Stich lassen, als ich mit ihm in den Lagerraum ging.

Er drückte mir einen großen und einen kleinen Umschlag in die Hand und hatte so wenig Zeit, dass er mich in einer Art Telegrammstil anbellte: «Tom Watson sagt, Besitzverhältnisse in Ordnung, wenn auch ungewiss, ob beurkundet. Er glaubt, nicht. Hier die Übereignung. Bitte da unterzeichnen, wo ich ein Kreuz gemacht habe. Geld ist markiert, Nummern sind notiert. Und hier der ausgestellte Scheck. Bloß noch unterschreiben. Tut mir leid, dass ich so in Eile bin, Ethan. Hasse es, auf diese Art Geschäfte zu machen.»

«Finden Sie wirklich, dass ich es durchziehen sollte?»

«Verdammt, Ethan, nach all der Mühe, die ich mir gemacht habe ...»

«Entschuldigung, tut mir leid! Ich weiß ja, dass Sie recht haben.» Ich legte den Scheck in einen

Karton Milchdosen und unterschrieb mit doku-
mentenechter Tinte.

Mr. Baker hatte es dann allerdings nicht so
eilig, dass er sich nicht die Zeit genommen hätte,
den Scheck zu prüfen. «Bieten Sie anfangs zweitausend. Und erhöhen dann um jeweils zweihundert. Sie wissen aber hoffentlich, dass Sie
nur noch fünfhundert auf Ihrem Konto haben.
Gott helfe Ihnen, wenn Sie zu knapp bei Kasse
sind.»

«Wenn alles klargeht, könnte ich dann einen
Kredit auf den Laden aufnehmen?»

«Natürlich können Sie das, wenn Sie wollen,
dass Ihnen die Zinsen die Haare vom Kopf fressen.»

«Ich weiß gar nicht, wie ich Ihnen danken
soll.»

«Nun werden Sie nicht sentimental, Ethan.
Und lassen Sie sich nichts einreden. Wie alle Itaker kann er ziemlich überzeugend sein. Vergessen Sie einfach Regel Nummer eins nicht.»

«Ich bin Ihnen jedenfalls dankbar.»

«Muss los», sagte er. «Sonst komme ich noch
in den Mittagsverkehr.» Auf dem Weg nach draußen rannte er an der Tür fast Mrs. Willow um, die
jede Melone zweimal umdrehte.

Danach wurde es kein bisschen ruhiger. Ich

glaube, die drückende Hitze in den Straßen machte die Leute reizbar, regelrecht streitsüchtig. Es sah geradezu aus, als ob sie nicht für einen Urlaub einkauften, sondern sich Vorräte für eine Katastrophe zulegten. Und selbst wenn ich es gewollt hätte, hätte ich keine Zeit gefunden, Morph ein Sandwich vorbeizubringen.

Ich musste nicht nur bedienen, sondern auch die Augen offen halten. Viele Kunden waren Sommerfrischler, fremd in der Stadt, und diese Leute stehlen, wenn man nicht aufpasst. Fast als könnten sie gar nicht anders, und oft Dinge, die sie nicht mal brauchen. Am schlimmsten betroffen sind die kleinen Gläser mit Leckereien, mit Gänseleber, Kaviar oder Champignons. Deshalb hat Marullo dafür gesorgt, dass diese Sachen hinter dem Tresen aufbewahrt werden, wo Kunden nichts zu suchen haben. Er hat mir auch beigebracht, dass es nicht gut fürs Geschäft ist, einen Ladendieb zu erwischen. Macht die Leute nervös, vielleicht, weil – nun, zumindest in seinen Augen – alle verdächtig sind. Außerdem kann man den Verlust letztlich nur auf die anderen Kunden abwälzen. Wenn ich allerdings sehe, dass sich jemand gewissen Regalen nähert, kann ich sein Vorhaben manchmal durchkreuzen, indem ich etwa sage: «Diese Silberzwiebeln sind heute besonders günstig.» Ich habe schon erlebt, dass Kunden daraufhin zusammengezuckt sind, als hätte ich ihre Gedanken gelesen. Am meisten verabscheue ich jedoch das Misstrauen. Es ist unangenehm, misstrauisch sein zu müssen. Das ärgert mich, als ob durch einen einzigen Menschen alle anderen geschädigt würden.

Bedrückend schleppte sich der Tag dahin, und die Zeit verging immer langsamer. Nach fünf kam Polizeichef Stoney vorbei, hager, grimmig und verbissen. Er kaufte ein Fertiggericht – Steak, Karotten, Kartoffelbrei, das Ganze tiefgefroren in einer Aluminiumschale.

«Sie sehen aus, als hätten Sie einen leichten Sonnenbrand.»

«Hab ich aber nicht, mir geht's gut.» Er sah elend aus.

«Wollen Sie zwei davon?»

«Eins reicht. Meine Frau ist weggefahren, nur für Polizisten gibt es keinen Urlaub.»

«Wie schade.»

«Vielleicht besser so. Bei dem Gesindel, das sich da draußen rumtreibt, komm ich sowieso kaum nach Hause.»

«Ich hab gehört, Sie waren fort?»

«Wer hat das behauptet?»

«Willie.»

«Der sollte besser mal lernen, seine große Klappe zu halten.»

«Er hat's nicht bös gemeint.»

«Dafür hat der gar nicht genug Hirn. Hat vielleicht nicht mal genug Hirn, um nicht ins Kittchen zu wandern.»

«Wer hat das schon?», sagte ich in einer bestimmten Absicht, und die Reaktion fiel stärker aus, als ich erwartet hatte.

«Was soll das heißen, Ethan?»

«Ich meine, wir haben so viele Gesetze, dass man kaum atmen kann, ohne gegen eins zu verstoßen.»

«Wohl wahr. Sie wissen ja gar nicht, wie wahr.»

«Was ich Ihnen noch erzählen wollte – beim Aufräumen habe ich letztens einen alten Revolver gefunden, ganz schmutzig und verrostet. Marullo sagt, ihm gehört er nicht, und mir gehört er erst recht nicht. Was fange ich jetzt damit an?»

«Geben Sie ihn mir, falls Sie keinen Waffenschein beantragen wollen.»

«Ich bringe ihn morgen von zu Hause mit. Hab ihn in einen Ölkanister gelegt. Was passiert eigentlich mit solchen Sachen, Stoney?»

«Tja, wir prüfen, ob er aktenkundig ist, und wenn nicht, werfen wir ihn ins Meer.» Er schien sich jetzt besser zu fühlen, aber der Tag war lang und heiß gewesen. Ich durfte ihn noch nicht zur Ruhe kommen lassen.

«Erinnern Sie sich an diesen Fall vor einigen Jahren, als die Polizei konfiszierte Waffen verkauft hat?»

Stoney lächelte das liebliche Lächeln eines Alligators, fröhlich und unschuldig. «Ich hab eine höllische Woche hinter mir, Eth. Eine höllische Woche. Wenn Sie vorhaben, mir auf die Nerven zu fallen, lassen Sie's lieber – die Woche war wirklich grauenhaft.»

«Tut mir leid. Gibt es irgendwas, was ein nüchterner Bürger für Sie tun kann? Sich zum Beispiel mit Ihnen betrinken?»

«Würde ich wahnsinnig gern. Nichts lieber als das.»

«Und warum tun Sie's nicht?»

«Das wissen Sie nicht? Nein, wie denn auch. Wenn ich nur wüsste, wozu und woher.»

«Wovon reden Sie?»

«Vergessen Sie's, Eth. Nein – vergessen Sie's nicht. Sie sind ein Freund von Mr. Baker. Hat er gerade was am Laufen?»

«So gut sind wir nun auch wieder nicht befreundet.»

«Und was ist mit Marullo? Wo steckt er?»

«Ist nach New York gefahren. Er will seine Arthritis begutachten lassen.»

«Allmächtiger. Ich weiß nichts. Ich weiß rein gar nichts. Gäbe es wenigstens eine Andeutung, wüsste ich schon eher... was ich zu tun hätte.»

«Stoney, das klingt alles ziemlich wirr.»

«Weiß ich doch, aber ich hab schon zu viel gesagt.»

«Ich bin nicht gerade der Hellste, aber wenn Sie's sich von der Seele reden möchten...»

«Will ich nicht, nein, bestimmt nicht. Die finden sonst raus, dass ich das Leck bin, dabei weiß ich gar nicht, wer die sind. Vergessen Sie's, Eth. Ich mach mir einfach nur Sorgen.»

«Was mich betrifft, wär's gar kein Leck, Stoney. Was war los – Grand Jury[91]?»

«Dann wissen Sie also Bescheid?»

«Ein wenig.»

«Worum geht es eigentlich?»

«Um den Fortschritt.»

Stoney rückte näher, und seine eiserne Hand umklammerte meinen Oberarm so fest, dass es wehtat. «Ethan», stieß er hervor, «halten Sie mich für einen guten Polizisten?»

«Für den besten.»

«Das will ich auch sein. Unbedingt. Eth – finden Sie's richtig, dass man jemanden zwingt, seine Freunde anzuschwärzen, nur um sich selber zu retten?»

«Nein.»

«Ich auch nicht. So eine Regierung kann ich nicht gutheißen. Und mir macht Angst, Eth, dass ich jetzt vielleicht kein so guter Polizist mehr bin, weil ich nicht mehr voll und ganz hinter dem stehe, was ich tue.»

«Hat man Sie bei was erwischt?»

«Na ja, Sie haben's ja selber gesagt: so viele Gesetze, dass man kaum noch Luft holen kann, ohne eins zu übertreten. Aber verdammt! Diese Jungs waren meine Freunde. Und Sie lassen auch bestimmt nichts durchsickern, Ethan?»

«Nein, natürlich nicht. Sie haben Ihre Strohwitwermahlzeit vergessen.»

«Ach so, ja», sagte er. «Ich geh jetzt nach Hause, ziehe meine Schuhe aus und schau mir an, wie die Fernsehpolizisten ihre Fälle lösen. Wissen Sie, so ein leeres Haus ist manchmal eine echte Erholung. Bis dann, Eth.»

Ich mochte Stoney. Ich halte ihn für einen guten Polizisten und frage mich jetzt, wann er der Sache wohl auf die Spur kommt.

Ich schloss gerade ab und schob die Obstkästen vom Eingang in den Laden, als Joey Morphy hereinspazierte.

«Rasch!», sagte ich, schloss die Doppeltür und zog die dunkelgrüne Markise herunter. «Und nur flüstern!»

«Was haben Sie denn?»

«Sonst kommt womöglich noch jemand und will was einkaufen.»

«Ah, verstehe. Verdammt, ich hasse diese langen Wochenenden. Bringen das Schlimmste im Menschen zum Vorschein. Sie brechen auf wie die Wilden und kehren pleite und völlig erledigt nach Hause zurück.»

«Wollen Sie was Kaltes trinken, während ich diese Decken über meinen Liebling breite?»

«Gern. Haben Sie ein kaltes Bier?»

«Nur zum Mitnehmen.»

«Ich nehm's ja mit. Könnten Sie es mir aufmachen?»

Ich stieß zwei dreieckige Löcher in die Dose, und er setzte an und leerte sie in einem Zug. «Ah!», sagte er und stelle die leere Dose auf den Tresen.

«Wir fahren über die Feiertage weg.»

«Sie armer Teufel. Wohin denn?»

«Keine Ahnung. Darüber haben wir uns noch nicht gestritten.»

«Irgendwas ist im Busch. Wissen Sie was drüber?»

«Geben Sie mir einen Anhaltspunkt.»

«Kann ich nicht. Ich spüre es nur. Mein Haar kitzelt im Nacken. Ein sicheres Zeichen. Irgendwie sind alle leicht aus dem Takt.»

«Vielleicht bilden Sie sich das nur ein.»

«Vielleicht. Aber Mr. Baker fährt nie in Urlaub. Und heute konnte er gar nicht schnell genug aus der Stadt rauskommen.»

Ich lachte. «Haben Sie schon die Bücher geprüft?»

«Wissen Sie was? Das hab ich tatsächlich.»

«Das ist ein Witz, oder?»

«Ich hatte mal einen Bekannten, Postbeamter in einer kleinen Stadt. Und der hatte einen Blödmann, der für ihn arbeitete, hieß Ralph – helles Haar, Brille, schmales Kinn und Polypen groß wie ein Kropf. Sie haben ihn wegen Briefmarkendiebstahl drangekriegt, 'ne ganze Menge Briefmarken, so für rund achtzehnhundert Dollar. Konnte nichts dagegen machen. War einfach ein Blödmann.»

«Sie meinen, er hatte gar nicht gestohlen?»

«Falls nicht, wäre es auch kein Unterschied gewesen. Ich bin da ein bisschen mehr auf der Hut. Lass mich jedenfalls nicht drankriegen, falls ich's irgendwie verhindern kann.»

«Haben Sie deshalb nie geheiratet?»

«Mein Gott, wenn ich jetzt so drüber nachdenke, ist das wohl tatsächlich einer der Gründe.»

Ich faltete meine Schürze zusammen und legte sie in die Schublade unter der Registrierkasse. «Kostet zu viel Zeit und Mühe, Joey, ständig misstrauisch zu sein. Ich hätte gar nicht die Zeit dafür.»

«Die muss man sich in einer Bank aber nehmen. Man verliert schließlich nur einmal. Und dafür braucht es kaum mehr als ein Flüstern.»

«Aber *Sie* sind doch nicht misstrauisch!»

«Ist ein Instinkt. Wenn irgendwas auch nur ein bisschen vom Normalen abweicht, schrillen bei mir die Alarmglocken.»

«Wie kann man nur so leben? Das meinen Sie nicht ernst, oder?»

«Vielleicht nicht. Ich hab bloß gerade gedacht, wenn Ihnen was zu Ohren kommt, sollten Sie's mir erzählen – natürlich nur, sofern es mich was angeht.»

«Ich fürchte, ich erzähle allen Leuten einfach alles. Vielleicht erzählt mir ja deshalb niemand was. Gehen Sie nach Hause?»

«Nein, ich glaub, ich geh gegenüber was essen.»

Ich schaltete das Eingangslicht aus. «Nehmen

427

wir die Tür zur Gasse, ja? Hören Sie, morgen mache ich Ihnen Ihre Sandwiches vor dem großen Ansturm. Roggenbrot, eins mit Schinken, eins mit Käse, beide mit Salat *und* Mayonnaise, richtig? Außerdem ein Viertelliter Milch.»

«Sie sollten in einer Bank arbeiten», sagte er.

Vermutlich war er auch nicht einsamer als andere, nur weil er allein wohnte. Vor der Tür zum «Foremaster» trennten wir uns, und einen Augenblick lang war ich drauf und dran, ihn zu begleiten, da ich fürchtete, es könnte zu Hause ziemlich chaotisch zugehen.

Und so war es auch. Mary hatte unseren Ausflug geplant. Es sollte zum Montauk Point gehen, wo es eine Ferienranch mit all dem Schnickschnack gab, den man heutzutage mit dem Wilden Westen verbindet. Der Witz ist, dass dies die älteste Farm Amerikas war. Dort hatte man schon vor der Entdeckung von Texas Vieh gehalten. Die erste Besiedlungserlaubnis stammte von Karl II.,[92] und auf Montauk Point grasten Herden, die New York einst mit Fleisch versorgt hatten. Die Viehtreiber wurden wie die Mitglieder einer Jury für eine begrenzte Zeit im Losverfahren bestimmt. Natürlich sieht man überall silberne Sporen und Cowboykram, aber auf den Hochmooren grasen immer noch die roten Rinder. Mary fand, es wäre doch nett, die Nacht zum Montag in einer der dortigen Pensionen zu verbringen.

Ellen wollte nach New York, in einem Hotel absteigen und sich zwei Tage auf dem Times Square vergnügen. Allen wollte überhaupt nicht weg, nirgendwohin, was eine seiner Möglichkeiten war, unsere Aufmerksamkeit auf sich zu ziehen und zu beweisen, dass es ihn auch noch gab.

Das Haus brodelte vor Aufregung – Ellen rannen dicke, träge Tränen übers Gesicht, Mary war müde und hochrot vor lauter Verzweiflung, während Allen beleidigt in der Ecke hockte und sich von seinem kleinen Transistorradio mit Musik beschallen ließ, einem wummernden, winselnden, mit geradezu hysterischer Stimme vorgetragenen Song über Liebe und Verlust: *«You promised to be true, and then you took and threw, my lovin' lonely heart right to the floor.»*

«Bald geb ich's auf», sagte Mary.

«Sie versuchen doch nur zu helfen.»

«Sie geben sich größte Mühe, alles nur noch schwieriger zu machen.»

«Nie darf ich, was ich will», schniefte Ellen.

Im Wohnzimmer drehte Allen das Radio auf: *«… my lovin' lonely heart right on the floor.»*

«Können wir sie nicht im Keller einsperren und allein losfahren, meine kleine Karotte?»

«Ehrlich gesagt, im Augenblick wünsche ich mir genau das.» Sie musste lauter reden, um das Wummern des *lovin' lonely heart* zu übertönen.

Ganz unvermittelt packte mich die Wut. Ich machte kehrt und marschierte Richtung Wohnzimmer mit dem Vorsatz, meinen Sohn in Stücke zu reißen, seinen *lonely lovin'* Leichnam zu Boden zu werfen und zu zertrampeln. Als ich durch die Tür polterte, verstummte die Musik. «Wir unterbrechen unser Programm für eine Sondermeldung. Beamte aus New Baytown und dem Bezirk Wessex wurden heute Nachmittag vorgeladen, um vor einer Grand Jury zu Vorwürfen Stellung zu nehmen, die vom laxen Umgang mit Strafzetteln bis zur Annahme von Bestechungsgeldern und der Vergabe von Schmiergeldern bei Stadt- und Bezirksaufträgen reichen…»

Und dann kam es: «der Stadtdirektor», «der Stadtrat», «die Richter», alles, was Rang und Namen hatte. Ich hörte es, ohne richtig hinzuhören – traurig und schwermütig. Mag sein, dass sie getan hatten, was ihnen vorgeworfen wurde, aber sie führten ihre Geschäfte schon so lang auf diese Weise, dass ihnen jedes Unrechtsbewusstsein abhandengekommen war. Selbst wenn sie sich als unschuldig erwiesen, würde der Freispruch nicht vor den anstehenden Kommunalwahlen erfolgen, und sogar dann würde immer etwas hängen bleiben. Es gab keinen Ausweg. Sie mussten es gewusst haben. Ich wartete darauf, dass Stoneys Name fiel, doch wurde er nicht genannt, weshalb ich annahm, dass ihm für seine Aussage Straffreiheit gewährt worden war. Kein Wunder, dass er sich so nackt und bloß fühlte.

Mary stand in der Tür und hörte zu. «Tja!», sagte sie. «So viel Aufregung haben wir lange nicht gehabt. Ethan, glaubst du, es stimmt, was die sagen?»

«Das ist egal», sagte ich. «Darum geht es nicht.»

«Ich frage mich, was Mr. Baker davon hält.»

«Er ist im Urlaub, aber ich frage mich auch, wie ihm wohl zumute ist.»

Allen wurde langsam unruhig, weil keine Musik mehr gespielt wurde.

Die Nachrichten, das Abendessen und der Abwasch schoben die Probleme unseres Ausflugs auf, bis es für eine Entscheidung oder weitere Tränen und erneutes Quengeln zu spät war.

Im Bett zitterte ich am ganzen Leib. Bei dem Gedanken an die kalte, leidenschaftslose Grausamkeit des Angriffs überlief es mich eiskalt, trotz der warmen Sommernacht.

«Liebster, du hast ja überall Gänsehaut», sagte Mary. «Du wirst doch nicht krank, oder?»

«Nein, mein Herz, ich habe wohl nur nach-
empfunden, wie es diesen Männern gehen muss.
Sie fühlen sich bestimmt schrecklich.»

«Hör auf damit, Ethan. Du kannst dir nicht die
Probleme anderer Leute aufladen.»

«O doch, ich tu's ja gerade.»

«Ich weiß echt nicht, ob je ein Geschäftsmann
aus dir wird. Du bist einfach zu sensibel, Ethan,
dabei sind es doch gar nicht deine Verbrechen.»

«Ich frage mich, ob es nicht... unser aller Verbrechen ist.»

«Versteh ich nicht.»

«Ich eigentlich auch nicht, meine Süße.»

«Wenn wir nur jemanden hätten, der sie beauf-
sichtigen könnte.»

«O ja, meine Kolombine, das wäre zu schön.»

«Ich würde so furchtbar gern allein mit dir
fortfahren. Ist schon eine Ewigkeit her.»

«Wir haben einfach zu wenig alleinstehende
ältere Frauen in der Verwandtschaft. Das sollten
wir ändern. Wenn wir sie bloß für eine Weile pö-
keln oder einmachen könnten! Mary, Madonna,
mache es möglich. Ich sehne mich so sehr danach, an einem unbekannten Ort mit dir allein zu
sein. Wir könnten in den Dünen spazieren gehen,
nachts nackt schwimmen und dann auf einem
Bett aus Farnen herumtollen.»

«Liebling, das weiß ich. Ich weiß doch, wie schwer du's hast. Glaub nicht, ich würde das nicht mitkriegen.»

«Nimm mich in den Arm. Lass uns einen Weg finden.»

«Du zitterst ja immer noch. Ist dir kalt?»

«Kalt und heiß, voll und leer – und müde.»

«Ich denk mir was aus. Versprochen. Natürlich liebe ich sie, aber…»

«Ich weiß, und ich könnte meine Fliege tragen…»

«Ob sie sie einsperren?»

«Ich wäre froh, wenn wir…»

«Diese Männer?»

«Nein, das wird nicht nötig sein. Sie können frühestens nächsten Dienstag wieder vor der Jury erscheinen, und am Donnerstag sind Wahlen. Darum geht's doch.»

«Das ist zynisch, Ethan. Und so gar nicht deine Art. Wenn du zynisch wirst, müssen wir erst recht in Urlaub fahren, weil… Das war kein Witz, oder? Ich weiß, wann du Witze machst, und das eben hast du ernst gemeint.»

Angst durchzuckte mich. Ich ließ zu viel durchblicken. Das durfte nicht sein. «Ach übrigens, Miss Mäuschen, willst du mich heiraten?»

«Hört, hört!», rief meine Mary.

Die plötzliche Angst, mich zu verraten, war groß. Ich hatte mir eingeredet, dass die Augen keine Fenster zur Seele seien; einige der gefährlichsten, verfänglichsten Frauen aber, denen ich je begegnet war, hatten das Gesicht und die Augen eines Engels. Und auch wenn sie nur selten vorkommen, gibt es doch Exemplare, die durch Haut und Mark direkt ins Innerste sehen können. Die Menschen interessieren sich allerdings meist nur für sich selbst. Einmal hat mir eine junge Kanadierin schottischer Abstammung eine Geschichte erzählt, die sich ihr zutiefst eingeprägt hatte und die sich auch mir tief einprägte, als ich sie hörte. Sie erzählte, als sie heranwuchs, habe sie stets das Gefühl gehabt, alle Blicke seien auf sie gerichtet, und keineswegs wohlmeinende Blicke, sodass sie erst errötete, dann weinte, dann wieder von vorn anfing, bis ihr Großvater aus den Highlands, dem ihr Kummer nicht entging, sie anfuhr: «Du tätst dich nicht drum scheren, was die Leute über dich denken, wenn du wüsstest, wie selten die überhaupt an wen anders denken.» Das kurierte sie, und mir gab es meine Privatsphäre zurück, denn es ist wahr. Dennoch hatte Mary, die gewöhnlich in einem Haus voll selbst gezogener Blumen lebt, einen schiefen Ton gehört oder einen schneidenden Wind gespürt. Diese Gefahr würde bleiben, bis der morgige Tag vorüber war.

Wäre mir mein tödlicher Plan gänzlich ausgearbeitet in den Sinn gekommen, hätte ich ihn als Humbug abgetan. So was macht man einfach nicht, doch in Gedanken spielt man so manches durch. Und mein Spiel fing mit Joeys Regeln für einen erfolgreichen Banküberfall an. Aus Langeweile bei der Arbeit griff ich seine Überlegungen auf, und alles fügte sich – Allen und die Mickymausmaske, die kaputte Toilettenspülung, die rostige Pistole, das lange Wochenende und Joey, der eine Papierkugel ins Schloss der Hintertür stopfte. Ich spielte es durch, nahm die Zeit, inszenierte, probte das Ganze. Revolverhelden, die sich mit Polizisten einen Schusswechsel liefern – sind das nicht jene kleinen Jungen, die mit ihren Spielzeugpistolen üben, bis sie so schnell ziehen können, dass sie ihre Fertigkeit einfach unter Beweis stellen müssen?

Ich weiß nicht mehr, wann mein Spiel aufhörte, ein Spiel zu sein. Vielleicht, als mir klar wurde, dass ich womöglich den Laden kaufen und für den Anfang Geld brauchen würde. Zudem fällt es schwer, einen perfekten Plan einfach aufzugeben, ohne ihn nicht wenigstens auszuprobieren. Was die Unehrlichkeit anging, nun, so richtete sich die Straftat schließlich nicht gegen Menschen, es ging bloß um Geld. Niemand würde verletzt werden, und Geld ist versichert. Die wahren Verbrechen indes galten Menschen, galten Danny und Marullo. Gegenüber dem, was ich getan hatte, was ich hatte tun können, blieb ein bloßer Diebstahl bedeutungslos. Zudem war all das nur vorübergehend. Nichts davon würde wiederholt werden müssen. Plan, Requisiten und Timing waren eigentlich bereits perfekt, ehe ich begriff, dass es kein Spiel mehr war. Der Junge mit der Spielzeugpistole hielt plötzlich eine .45er in der Hand.

Unvorhergesehenes war natürlich stets möglich, aber das gilt auch, wenn man eine Straße überquert oder unter einem Baum durchgeht. Ich glaube nicht, dass ich Angst empfand, dafür hatte ich zu lange geübt. Allerdings überkam mich eine Atemlosigkeit wie den Schauspieler das Lampenfieber, wenn er beim Premierenabend hinter den Kulissen wartet. Es war ein Spiel, bei dem jeder mögliche Zufall inspiziert und eliminiert worden war.

Trotz der Sorge, nicht schlafen zu können, schlief ich tief und fest und, soweit ich weiß, auch traumlos; ich verschlief sogar. Eigentlich hatte ich mir am frühen, noch dunklen Morgen die beruhigende Medizin der Kontemplation verabreichen wollen, doch als ich die Augen aufriss, musste der Schwanz der Kuh am See schon mindestens eine halbe Stunde zu sehen gewesen sein. Ich erwachte mit einem Ruck wie von der Druckwelle einer Explosion, ein Erwachen, bei dem man sich durchaus einen Muskel zerren kann, jedenfalls wackelte das Bett so sehr, dass auch Mary wach wurde und fragte: «Was ist denn los?»

«Ich hab verschlafen.»

«Unsinn, es ist noch früh.»

«O nein, mein Ablativus absolutus[93]. Das wird für mich ein ungeheuerlicher Tag. Die Welt wird heute gar nicht genug kriegen können vom Lebensmittelhandel. Bleib du nur liegen.»

«Du brauchst ein ordentliches Frühstück.»

«Weißt du was? Ich hol mir im ‹Foremaster› einen Becher Kaffee, und dann falle ich wie ein Wolf über Marullos Regale her.»

«Ehrlich?»

«Sei beruhigt, mein mausiges Mäuschen, und versuch lieber, eine Möglichkeit zu finden, wie wir unsere reizenden Kinder loswerden können. Das haben wir dringend nötig. Es ist mein Ernst.»

«Ich weiß. Ich lass mir was einfallen.»

Ich war angezogen und aus dem Haus, ehe sie etwas jahreszeitlich Angemessenes für meinen Schutz und mein Wohlergehen empfehlen konnte.

Joey saß im Café und klopfte auf den Barhocker neben sich.

«Kann nicht, Morph, bin spät dran. Annie, gibst du mir ein Quart[94] Kaffee zum Mitnehmen?»

«Geht nur in zwei Pint-Bechern, Eth.»

«Gut, besser sogar.»

Sie füllte den Kaffee ab, drückte Deckel auf die Becher und reichte sie mir in einer Tüte.

Joey trank aus und begleitete mich.

«Sie werden Ihr Hochamt heute ohne den Bischof abhalten müssen.»

«Mhm. Sagen Sie, was halten Sie von den Neuigkeiten?»

«Ich kann's gar nicht fassen.»

«Wissen Sie noch, wie ich Ihnen gesagt habe, dass hier irgendwas stinkt?»

«Ich musste dran denken, als es in den Nachrichten kam. Sie haben eine verdammt gute Nase.»

«Gehört zum Beruf. Baker kann jetzt zurückkommen. Frag mich nur, ob er's auch tut.»

«Zurückkommen?»

«Riechen Sie denn nichts?»

Ich sah ihn hilflos an. «Mir entgeht irgendwas, und ich weiß nicht mal, was.»

«Herr Jesus.»

«Sie meinen, mir sollte was auffallen?»

«Allerdings. Es gilt noch immer das Gesetz des Dschungels.»

«Mein Gott, es gibt bestimmt eine ganze Welt, die ich übersehe. Ich hab mich gerade zu erinnern versucht, ob Sie gern Salat *und* Mayonnaise auf Ihren Sandwiches haben.»

«Beides.» Er riss das Zellophan von seiner Schachtel Camel, rollte es zusammen und schob das Kügelchen ins Schloss.

«Ich muss los», sagte ich. «Heute gibt es Tee im Sonderangebot. *Schicken Sie den Packungsdeckel ein, und Sie kriegen von uns ein Baby!* Kennen Sie Damen, die in Frage kämen?»

«Aber sicher, nur wär das so ungefähr der letzte Preis, den sie gewinnen möchten. Wegen der Sandwiches brauchen Sie übrigens nicht vorbeizukommen, ich hol sie mir selber ab.» Er trat durch die Tür, und ohne ein Klicken im Schloss fiel sie hinter ihm zu. Ich konnte nur hoffen, dass Joey nie herausfinden würde, was für ein guter Lehrer er mir war. Er unterrichtete nicht bloß mit Worten, sondern auch mit Taten und hatte mir, ohne es zu wissen, den Weg bereitet.

Für alle, die sich mit solchen Dingen auskennen, für die Experten also, steht fest, dass einzig

Geld mehr Geld zeugt, und dabei ist der simple Weg oft der beste. Die schockierende Einfachheit des Ganzen war der größte Vorteil meines Plans. Tatsächlich jedoch hielt ich ihn lediglich für einen lebhaften Tagtraum, bis Marullo eines Tages wie umnachtet und ohne eigenes Verschulden den Schritt in den Abgrund machte. Erst als halbwegs sicher schien, dass ich das Geschäft übernehmen konnte, landeten die hochfliegenden Träume auf dem Boden der Wirklichkeit. Eine gute, wenn auch nicht sonderlich sachkundige Frage wäre: Wenn ich das Geschäft übernahm, wofür brauchte ich dann noch Geld? Mr. Baker hätte sie verstanden, ebenso Joey, und Marullo übrigens auch. Ein Laden ohne Betriebskapital ist schlechter als gar keiner. Die Via Appia des Bankrotts ist von den Gräbern ungesicherter Unternehmungen gesäumt. Und ein Grab habe ich schon an dieser Straße. Selbst der dümmste Soldat versucht keinen Durchbruch ohne Mörser, ohne Reserve- oder Ersatztruppen, doch bei so manchem Geschäft im Anfangsstadium wird genau das probiert. Marys Geld in markierten Scheinen beulte meine Gesäßtasche aus, allerdings würde Marullo mir davon abnehmen, so viel er kriegen konnte. Und dann kommt der Monatserste. Die Großhändler sind nicht gerade freizügig mit Krediten für Betriebe, die sich noch nicht bewährt haben. Also brauchte ich weiterhin Geld, und dieses Geld wartete hinter tickenden Stahltüren auf mich. Das Vorgehen, mit dem ich mir das Geld besorgen wollte, war in Tagträumen geplant worden, hielt einer Überprüfung aber erstaunlich gut stand. Dass Bankraub gegen das Gesetz verstieß, kümmerte mich wenig. Marullo war kein Problem. Wäre er nicht das Opfer, wäre er vielleicht selbst auf die Idee gekommen. Danny machte mir eher Sorgen, auch wenn ich annehmen durfte, dass er mit hoher Wahrscheinlichkeit längst erledigt war. Mr. Bakers stümperhafter Versuch, Danny Ähnliches anzutun, lieferte mir mehr Rechtfertigungsgründe, als die meisten Menschen gebraucht hätten. Dennoch blieb Danny ein brennender Schmerz in meinem Innern, mit dem ich mich abfinden musste, wie man sich in erfolgreich geführter Schlacht mit einer Wunde abfindet. Ich würde damit leben müssen, vielleicht aber würde sie mit der Zeit verheilen oder sich durch Vergessen abkapseln, wie Knorpelgewebe einen Granatsplitter abkapselt.

Das Dringlichste war Geld, und die Schritte, die mich zu ihm führen sollten, waren so sorgsam geplant und berechnet wie ein elektrischer Stromkreis.

Die Morphy-Regeln waren überzeugend, ich wusste sie noch auswendig und hatte sie sogar um eine weitere ergänzt. Erste Regel: keine Vorstrafen. Nun, die hatte ich nicht. Nummer zwei: keine Komplizen, keine Mitwisser. Die hatte ich ganz sicher nicht. Nummer drei: keine leichten Damen. Tja, die Einzige, auf die diese Beschreibung vielleicht zuträfe, war Margie Young-Hunt, und ich hatte nicht vor, aus ihrem Pantoffel Champagner zu schlürfen. Nummer vier: Das Geld nicht mit vollen Händen ausgeben. Auch das hatte ich nicht vor. Ich wollte damit nur nach und nach die Rechnungen der Großhändler begleichen. Und ich kannte ein Versteck. Die Schachtel für meinen Tempelritterhut besaß zum Schutz einen doppelten Boden, und diesen zweiten, aus samtbezogener Pappe bestehenden Boden in Form und Umfang meines Kopfes hatte ich bereits von der Schachtel gelöst und den Rand mit Kontaktkleber bestrichen, sodass ich ihn im Handumdrehen wieder befestigen konnte.

Identifizierung – eine Mickymausmaske. Etwas anderes würde niemand zu sehen bekommen. Einer von Marullos alten Baumwollregenmänteln – diese braunen Mäntel sahen alle gleich aus – und ein Paar abreißbarer Einmalhandschuhe von der Rolle. Die Maske war schon vor Tagen ausgeschnitten, Schachtel und Müsli die Toilette hinabgespült worden, was hinterher auch mit Maske und Handschuhen geschehen würde. Die versilberte alte Iver-Johnson-Pistole war mit Lampenruß schwarz gefärbt worden, und in der Toilette wartete ein Motorölkanister, in den die Waffe wandern würde, bis ich sie bei der erstbesten Gelegenheit in Polizeichef Stoneys Hände gab.

Ich hatte meine eigene, letzte Regel hinzugefügt: Sei nicht habgierig. Nimm nicht zu viel und meide große Scheine. Konnte ich irgendwas zwischen sechs- und zehntausend in Zehnern und Zwanzigern ergattern, würde das genügen und war leicht zu handhaben und zu verstecken. Auf der Kühltheke stand eine Kuchenschachtel, die als Zwischenbehältnis für das Geld dienen sollte, und beim nächsten Mal, da jemand sie zu Gesicht bekäme, würde sie wieder nur Kuchen enthalten. Ich hatte versucht, mit diesem grässlichen quiekenden Bauchrednerding meine Stimme zu ändern, den Gedanken aber bald aufgegeben und mich für stumme Gesten entschieden. Also war alles bereit.

Fast fand ich es schade, dass nur Morph, Harry Robbit und Edith Allen da sein würden, nicht aber Mr. Baker. Der Ablauf war bis auf den Sekundenbruchteil geplant. Um fünf vor neun würde ich den Besen am Eingang abstellen. Ich hatte es wieder und wieder geprobt. Schürze hochbinden, Gewicht an die Toilettenkette hängen, damit ständig Wasser lief. Jeder, der den Laden betrat, würde das Rauschen hören und daraus die entsprechenden Schlüsse ziehen. Mantel, Maske, Kuchenschachtel, Waffe, Handschuhe. Punkt neun über die Gasse, Hintertür aufstoßen, Maske aufsetzen und die Bank betreten, sobald das Zeitschloss summte und Joey die Safetür öffnete. Den dreien mit der Pistole bedeuten, dass sie sich auf den Boden legen sollten. Sie würden keinen Ärger machen. Wie Joey schon sagte: Das Geld war versichert, er nicht. Das Geld nehmen, in die Kuchenschachtel legen, die Gasse überqueren, Handschuhe und Maske die Toilette runterspülen, Waffe in Ölkanister stecken, Mantel ausziehen, Schürze runterlassen, Geld in Hutschachtel, Kuchen in Kuchenschachtel, Besen nehmen, den Bürgersteig fegen und zur Stelle und sichtbar sein, wenn der Alarm losging. Das Ganze dauerte eine Minute und vierzig Sekunden, geprobt, überprüft und nochmals geprüft. Aber obgleich ich alles sorgfältig geprüft und geprobt hatte, war ich doch leicht außer Atem, als ich den Laden ausfegte, ehe ich die Doppeltür öffnete. Ich trug die

Schürze vom Vortag, sodass weitere Falten nicht auffallen würden.

Und man mag es glauben oder nicht, aber die Zeit stand still, als hätte ein Josua mit Hemdkragen die Sonne in ihrem Lauf angehalten.[95] Der Minutenzeiger auf der großen Uhr meines Vaters verharrte und wollte nicht weiter vorrücken.

Es war lange her, seit ich laut mit meiner Gemeinde geredet hatte, an diesem Morgen aber tat ich es, vielleicht weil ich so nervös war.

«Meine Freunde», begann ich, «ihr werdet nun Zeugen eines Mysteriums werden. Ich weiß, ich kann mich auf euer Schweigen verlassen. Falls aber einer von euch moralische Bedenken hat, so fordere ich ihn auf, nun zu gehen.» Ich legte eine Pause ein. «Keine Einwände? Sehr gut. Sollte aber je eine Auster oder ein Kohlkopf gegenüber Fremden ein Wort darüber verlieren, lautet die Strafe: Tod durch die Gabel. Außerdem möchte ich euch allen danken. Gemeinsam waren wir ergebene Arbeiter in diesem Weinberg,[96] ich ein Diener genau wie ihr. Nun jedoch stehen Veränderungen an. Ich werde von jetzt an euer Herr sein, nur verspreche ich, ein guter, gütiger und verständnisvoller Herr zu sein. Die Zeit naht, meine Freunde, der Vorhang hebt sich – lebt wohl!»

Und als ich mit dem Besen in der Hand zur Vordertür ging, hörte ich meine eigene Stimme rufen: «Danny! Danny! Verschwinde aus mir!» Und mich überkam ein so heftiges Schaudern, dass ich mich einen Moment lang auf den Besen stützen musste, ehe ich die Tür öffnen konnte.

Mit ihrem schwarzen, stummeligen Stundenzeiger zeigte die Uhr meines Vaters auf neun, der lange, schlanke Minutenzeiger wies auf sechs Minuten vor. Und wie ich sie ansah, konnte ich ihren Herzschlag in meiner Hand spüren.

## 15

Es war ein Tag so verschieden von anderen Tagen, wie Hunde sich von Katzen unterscheiden, von Chrysanthemen, Flutwellen oder Scharlach. In vielen Staaten, insbesondere in unserem, hat es laut Gesetz an langen Wochenenden zu regnen, wie sonst könnten die Massen durchnässt und übellaunig werden? Die Julisonne vertrieb eine Vielzahl kleiner Federwolken, scheuchte sie vor sich her, doch drängten vom Westen, vom Hudson River Valley, erste Gewitterwolken heran, muskelbepackte, blitzbewaffnete Regenbringer, die bereits leise vor sich hin grummelten. Wurde das Gesetz befolgt, hielten sie sich zurück, bis eine maximale Anzahl ameisenfroher, sommerlich gekleideter und sommerlich gestimmter Menschen sich auf den Highways oder an den Stränden tummelten.

Die meisten Geschäfte öffneten erst um halb zehn. Mein Frühstart war Marullos Idee gewesen, in der Hoffnung, ein paar mickrige Kröten mehr zu ergattern. Das würde ich ändern. Es sorgte bei den anderen Ladeninhabern für weit mehr schlechte Stimmung, als der Profit rechtfertigen konnte. Marullo scherte das nicht, falls er es überhaupt je bemerkt hatte. Er war ein Ausländer, ein Itaker, ein Gauner, ein Tyrann, ein Ausbeuter der Armen, ein Dreckskerl und achtfacher Hundesohn. Da ich ihn vernichten würde, ist es wohl nur zu verständlich, dass sich mir seine Fehler und Vergehen nun in blendend hellem Licht zeigten.

Ich spürte den alten großen Zeiger auf der Uhr meines Vaters vorrücken und merkte, wie energisch und angespannt ich den Laden ausfegte und dabei auf den Augenblick des schnellen, entschiedenen Handelns wartete. Ich atmete durch den Mund, und mein Magen drückte gegen die Lungen, wie er es meiner Erinnerung nach stets vor einem Angriff getan hatte.

Es war der Samstagmorgen vor dem Wochenende des Unabhängigkeitstags, trotzdem waren
nur wenige Leute unterwegs. Ein Fremder – ein
alter Mann – kam vorbei, eine Angel und einen
grünen Angelkasten aus Plastik in den Händen.
Er war auf dem Weg zur Stadtmole, um dort den
ganzen Tag zu hocken und eine schlaffe Leine
mit einem Streifen Tintenfisch als Köder ins Wasser zu halten. Er blickte nicht mal auf, aber ich
sorgte dafür, dass er mich wahrnahm.

«Ich hoffe, Sie fangen ein paar große.»

«Fang nie was», antwortete er.

«Manchmal gibt's hier Wolfsbarsche.»

«Glaub ich nicht.»

Ein echter Optimist, aber wenigstens würde er
sich nun an mich erinnern.

Und Jennie Single rollte über den Bürgersteig.
Sie bewegte sich, als hätte sie Rädchen unter den
Füßen, und in ganz New Baytown gab es wohl
keine unzuverlässigere Zeugin. Einmal hatte sie
den Gasofen aufgedreht und vergessen, ihn anzuzünden. Wäre ihr eingefallen, wo die Streich-
hölzer lagen, hätte sie sich glatt in die Luft ge-
sprengt.

«Morgen, Miss Jenny.»

«Guten Morgen, Danny.»

«Ich bin Ethan.»

«Ja, natürlich. Ich will heute einen Kuchen backen.»

Ich bemühte mich, eine Spur in ihrem Gedächtnis zu hinterlassen. «Was denn für einen?»

«Tja, die Packung ist von Fannie Farmer, aber das Etikett ist abgefallen, und jetzt weiß ich nicht, was es für einer wird.»

Na, die würde ja eine schöne Zeugin abgeben, dabei brauchte ich genau das, einen Zeugen. Und warum hatte sie mich «Danny» genannt?

Etwas Stanniol widersetzte sich dem Besen, also musste ich mich bücken und den Streifen mit dem Fingernagel lösen. Diese Bankangestellten tanzten wirklich wie die Mäuse auf den Tischen, seit die Katze Baker außer Haus war. Dabei hatte ich es gerade auf sie abgesehen. Es war nicht mal mehr eine Minute bis neun, als sie endlich aus dem Café stürzten und über die Straße rannten.

«Jetzt aber schnell», rief ich ihnen zu, und sie grinsten verlegen, als sie die Tür zur Bank aufstießen.

Nun wurde es Zeit. Ich durfte nicht länger über das Ganze nachdenken – musste einfach einen Schritt nach dem andern tun, genau wie geprobt. Ich drängte meinen aufgeregten Magen an seinen angestammten Platz zurück. Schritt Nummer eins: den Besen an den Türrahmen lehnen, wo jeder ihn sehen würde. Meine Bewegungen waren langsam und beherrscht.

Aus dem Augenwinkel sah ich ein Auto die Straße entlangkommen und blieb stehen, um es vorbeizulassen.

«Mr. Hawley!»

Ich wirbelte herum wie ein in die Enge getriebener Gangster im Film. Ein staubüberzogener, dunkelgrüner Chevrolet schob sich an den Bürgersteig, und – großer Gott! – dieser Regierungsbeamte von der Eliteuni stieg aus. Der feste Steinboden unter mir schwankte wie ein Spiegelbild im Wasser. Unfähig, mich zu rühren, sah ich den Mann über den Gehweg näher kommen. Er schien eine Ewigkeit zu brauchen, dabei war es schlicht so, dass mein lang überlegter, perfekter Plan vor meinen Augen zu Staub zerfiel wie ein lang vergrabener Fund, der plötzlich der Luft ausgesetzt wird. Ich erwog, zur Toilette zu stürzen und die Sache trotzdem durchzuziehen, aber es würde nicht klappen. Ich konnte Morphys Gesetz nicht aufheben. Gedanke und Licht müssen mit etwa derselben Geschwindigkeit reisen. Natürlich ist es ein Schock, einen so lang gehegten Plan einfach aufzugeben, etwas so oft Geprobtes, dass die Ausführung nur einer weiteren Wiederholung gleichkäme, aber ich ließ ihn sausen, verwarf ihn, machte Schluss damit. Mir blieb keine andere Wahl. Und ein lichtschneller Gedanke sagte mir: Zum Glück ist er nicht eine Minute später aufgetaucht. Das wäre genau jener fatale Zufall gewesen, über den in Kriminalromanen so oft geschrieben wird.

Und in all dieser Zeit machte der junge Mann vier steife Schritte über den Bürgersteig.

Irgendetwas musste er mitbekommen haben.

«Was ist mit Ihnen, Mr. Hawley? Ist Ihnen schlecht?»

«Durchfall», sagte ich.

«Da darf man nicht warten. Laufen Sie, ich bleibe solange hier.»

Ich rannte zur Toilette, schloss die Tür und zog an der Kette, damit das Wasser rauschte. Das Licht ließ ich aus, weshalb ich im Dunkeln saß. Mein unruhiger Magen spielte mit; nur einen Moment, und ich musste tatsächlich, woraufhin der Druck in mir langsam nachließ. Ich fügte dem Kodex Morphy eine eigene Regel hinzu: Tritt etwas Unvorhergesehenes ein, ändere den Plan – sofort!

In einer Krise oder einem Augenblick großer Gefahr ist es mir schon früher passiert, dass ich aus mir selbst heraustrete und wie ein interessierter Beobachter meinen Bewegungen zuschaue,

451

meine Gedanken höre, aber immun bin gegenüber den Gefühlen des Beobachteten. Wie ich da im Dunkeln saß, sah ich diesen anderen Menschen seinen perfekten Plan zusammenfalten, in eine Schachtel legen, den Deckel schließen und das Ding nicht nur aus dem Blick, sondern auch ganz aus seinem Kopf schieben. Als ich aufstand, die Hose hochzog, die Schürze glatt strich und die Hand an die dünne Sperrholztür legte, war ich daher wieder ein Lebensmittelverkäufer, bereit für einen geschäftigen Tag. Mit Heimlichtuerei hatte das nichts zu tun, es war wirklich so. Ich fragte mich, was der junge Mann wollte, allerdings nur mit jener leichten Anspannung, die aus unserer leisen Furcht vor Polizisten erwächst.

«Tut mir leid, dass Sie warten mussten», sagte ich. «Weiß auch nicht, was ich Falsches gegessen habe.»

«Es grassiert ein Virus», sagte er. «Meine Frau hat es letzte Woche erwischt.»

«Tja, dieser Virus jedenfalls war bewaffnet – er zwang mich zur Toilette. Was kann ich für Sie tun?»

Er wirkte verlegen, fast schüchtern und so, als wollte er sich entschuldigen. «Manchmal macht man komische Sachen», sagte er.

Ich widerstand dem Impuls, ihm ‹Jeder nach

seiner Art› zu erwidern, und bin froh, dass ich den Mund gehalten habe, denn seine nächsten Worte lauteten: «In meinem Metier trifft man Menschen jeder Art.»

Ich trat hinter den Tresen und schloss die Hutschachtel mit einem Tritt. Dann stützte ich mich mit den Ellbogen auf die Theke.

Schon seltsam. Noch vor fünf Minuten hatte ich mich mit dem Blick anderer Leute betrachtet. Es war unumgänglich. Was sie sahen, war wichtig. Und als dieser Mann über den Bürgersteig auf mich zukam, war er für mich mein riesiges, schwarzes, unausweichliches Schicksal, ein Feind, ein Ungeheuer. Seit mein Vorhaben aber beiseitegelegt und nicht länger ein Teil von mir war, sah ich ihn wieder losgelöst von allem – nicht mehr auf Gedeih und Verderb mit mir verbunden. Er war wohl ungefähr in meinem Alter, wenn auch durch eine Schule geprägt, durch einen Stil, vielleicht gar durch einen Kult: ein hageres Gesicht, das Haar sorgsam zu einem kurzen Bürstenschnitt getrimmt, das weiße Hemd aus grob gewebtem Leinen, die Knöpfe des Button-down-Kragens geschlossen und der Schlips von seiner Frau ausgesucht und zweifellos von ihr gerade gezupft, als er aus dem Haus ging. Er trug einen dunkelgrauen Anzug, seine Nägel waren nicht von einer Maniküre behandelt, aber gepflegt, an der linken Hand hatte er einen breiten goldenen Ehering, im Knopfloch einen kleinen Balken anstelle der militärischen Auszeichnungen, die er sich nicht anstecken mochte. Der Mund und die dunkelblauen Augen waren auf Entschlossenheit trainiert, weshalb es umso seltsamer wirkte, dass jetzt keine Entschlossenheit in ihnen lag. Irgendwie hatte sich in ihm ein Loch aufgetan. Er war nicht mehr der Mann, dessen Fragen kurzen, stählernen, präzise aufeinandergeschichteten Vierkantstangen geglichen hatten.

«Sie waren schon mal hier», sagte ich. «Was führt Sie erneut zu mir?»

«Ich arbeite für das Justizministerium.»

«Also führt Justitia Sie her?»

Er lächelte. «Ja, zumindest hoffe ich das. Allerdings komme ich nicht in offizieller Funktion, bin mir nicht mal sicher, ob das Ministerium mein Tun gutheißen würde. Aber was soll's, heute ist mein freier Tag.»

«Was kann ich für Sie tun?»

«Ist irgendwie kompliziert. Weiß nicht so genau, wo ich anfangen soll. Dafür gibt's keine Vorschrift. Hawley, ich bin seit zwölf Jahren im Dienst, aber so was ist mir noch nie untergekommen.»

«Vielleicht kann ich Ihnen helfen, wenn Sie mir sagen, worum es geht.»

Er lächelte erneut. «Ist nicht so einfach zu bewerkstelligen. Bin drei Stunden aus New York hergefahren und muss im Wochenendverkehr wieder drei Stunden zurück.»

«Klingt nach was Ernstem.»

«Allerdings.»

«Sie heißen Walder, wenn ich mich recht erinnere?»

«Richard Walder.»

«Gleich werden Kunden den Laden stürmen, Mr. Walder. Weiß gar nicht, warum sie nicht schon längst da sind. Das große Hotdogs-und-Relish-Geschäft. Fangen Sie also lieber an. Stecke ich in Schwierigkeiten?»

«Mein Beruf bringt mich mit Menschen jeder Art zusammen. Mit harten Kerlen, Lügnern, Schwindlern, Zockern, Idioten und hellen Köpfen. Meist kann man sich einfach über sie ärgern und legt sich eine passende Einstellung zurecht, die hilft, damit klarzukommen. Verstehen Sie?»

«Nein, ich fürchte nicht. Hören Sie, Walder, was zur Hölle treibt Sie denn um? Ich bin ja nicht völlig blöd, hab mit Mr. Baker von der Bank geredet. Sie sind hinter Mr. Marullo her, meinem Chef.»

«Und habe ihn drangekriegt», antwortete er leise.

«Wofür?»

«Illegale Einwanderung. Ist nicht auf meinem Mist gewachsen. Man wirft mir nur eine Akte zu, und ich arbeite sie ab. Ich klage nicht an und richte auch nicht.»

«Wird man ihn ausweisen?»

«Ja.»

«Kann er das anfechten? Kann ich ihm irgendwie helfen?»

«Nein. Das will er nicht. Er bekennt sich schuldig und will zurück.»

«Ich fass es nicht!»

Sechs, acht Kauflustige kamen herein. «Ich hab Sie gewarnt», rief ich ihm zu und half meinen Kunden, das zu finden, was sie brauchten oder doch zu brauchen meinten. Zum Glück hatte ich einen ganzen Berg Hotdogs und Hamburgerbrötchen bestellt.

Walder rief: «Was nehmen Sie für das Piccalilli[97]?»

«Steht auf dem Etikett.»

«Neununddreißig Cent, Ma'am», hörte ich ihn sagen. Und er machte sich an die Arbeit, wog ab, tütete ein und addierte. Er langte an mir vorbei, um einen Betrag in die Kasse einzutippen. Als er sich neuen Kunden zuwandte, nahm ich eine Tüte vom Stapel, öffnete die Schublade, und indem ich die Tüte wie einen Topflappen hielt, ergriff ich die Pistole, trug sie nach hinten zur Toilette und ließ sie in den dort wartenden Motorölkanister fallen.

«Sie können das gut», sagte ich, als ich zurückkam.

«Hab früher nach der Schule immer bei Grand Union[98] gearbeitet.»

«Das merkt man.»

«Haben Sie denn keine Aushilfe?»

«Ich will meinen Sohn anlernen.»

Kunden kommen immer in Scharen, nie einzeln in regelmäßigen Abständen. Als Verkäufer nutzt man die Pausen, um sich auf den nächsten Ansturm vorzubereiten. Und noch etwas: Wenn zwei Menschen zusammenarbeiten, gleichen sie sich einander an, Unterschiede in den Ansichten werden unschärfer. Die Armee fand heraus, dass Schwarze und Weiße sich nicht länger bekämpfen, wenn sie einen gemeinsamen Feind haben, den sie bekämpfen können. Meine unterschwellige Angst vor Polizisten verflüchtigte sich, als Walder ein Pfund Tomaten abwog und eine Zahlenreihe auf einer Tüte addierte.

Der erste Ansturm war vorbei.

«Sie erzählen mir lieber rasch, was Sie von mir wollen», sagte ich.

«Ich habe Marullo versprochen, herzukommen. Er möchte Ihnen das Geschäft überlassen.»

«Sie sind ja nicht bei Trost. Entschuldigen Sie, Ma'am, ich habe mit meinem Freund geredet.»

«Ach so, natürlich. Also, wir sind zu fünft – drei Kinder. Wie viele Würstchen brauche ich da?»

«Fünf für jedes Kind, drei für Ihren Mann, zwei für Sie, macht zusammen zwanzig.»

«Sie glauben, die essen fünf?»

«Die Kinder glauben's auf jeden Fall. Machen Sie ein Picknick?»

«Hm, ja.»

«Dann würde ich noch fünf extra nehmen, für die, die ins Feuer fallen.»

«Wo ist denn der Stöpsel fürs Waschbecken?»

«Hinten beim Putzzeug und dem Salmiak.»

Auf diese Weise wurde unsere Unterhaltung immer wieder unterbrochen, was auch zu erwarten gewesen war. Blendete man die Kundengespräche aus, verlief es etwa auf folgende Weise.

«Es war ein Schock für mich. Ich mache nur meine Arbeit und habe es meist mit Gaunern zu tun. Wenn man aber auf Ganoven, Lügner und Betrüger eingestellt ist, kann einen die Be-

458

gegnung mit einem ehrlichen Menschen schon ziemlich erschüttern.»

«Ehrlich? Mein Chef? Der hat noch nie irgendwas umsonst weggegeben. Ist ein richtig harter Hund.»

«Weiß ich doch. Wir haben ihn dazu gemacht. Er hat es mir erzählt, und ich glaube ihm. Schon bevor er rüberkam, kannte er die Worte auf dem Sockel der Freiheitsstatue, hatte sie auswendig gelernt und konnte sie aufsagen, mit italienischem Akzent. Die Verfassung waren eherne Worte für ihn. Und dann wollte man ihn nicht ins Land lassen. Also musste er einen anderen Weg finden. Ein netter Mann kam ihm zu Hilfe – nahm ihm alles, was er besaß, und setzte ihn in der Brandung ab, sodass er an Land waten musste. Es hat eine ganze Weile gedauert, bis er begriff, wie in Amerika der Hase läuft, aber er hat gelernt – er hat gelernt. ‹Wer es zu was bringen will, muss sich seine Dollars verdienen. Und immer die Regel Nummer eins beachten!› Er hat gelernt. Er ist ja nicht dumm. Und er hat sich stets an Regel Nummer eins gehalten.»

Waldens Bericht wurde immer wieder von Kunden unterbrochen, weshalb es nicht auf einen dramatischen Höhepunkt hinauslief, sondern nur eine Abfolge kurzer Äußerungen war.

«Und deshalb war er auch nicht sauer, als ihn jemand verpfiffen hat.»

«Ihn verpfiffen hat?»

«Klar. Dazu war nur ein Anruf nötig.»

«Wer macht denn so was?»

«Wer weiß? Das Ministerium ist wie eine Maschine. Hat man die Nummer gewählt, läuft der Rest so automatisch ab wie das Programm einer Waschmaschine.»

«Warum ist er nicht untergetaucht?»

«Er ist müde, müde bis auf die Knochen. Und angewidert. Außerdem hat er ein bisschen Geld zur Seite gelegt und will nach Sizilien zurück.»

«Das mit dem Laden begreife ich immer noch nicht.»

«Ihm geht es da wie mir. Mit Schlitzohren komme ich zurecht. Ist mein Beruf. Aber ein ehrlicher Mensch vermasselt mir die Arbeit, bringt mich völlig aus dem Konzept. Genau das ist ihm auch passiert. Da war einer, der nicht versucht hat, ihn zu hintergehen, ihn zu bestehlen oder zu betrügen, der ihm nichts vorgejammert hat. Er wollte dem Kerl beibringen, wie man es in diesem Land zu was bringt, bloß interessierte den das gar nicht. Lange Zeit hat Marullo Angst vor Ihnen gehabt. Er hat versucht herauszufinden, was Ihre

Masche ist, nur um festzustellen, dass Ihre Masche Ehrlichkeit ist.»

«Und was, wenn er sich irrt?»

«Davon geht er nicht aus. Er will Sie zu einer Art Wahrzeichen dessen machen, woran er einmal geglaubt hat. Ich habe die Übertragungsurkunde draußen im Wagen. Sie brauchen sie nur noch einzureichen.»

«Ich verstehe das nicht.»

«Ich weiß auch nicht so richtig, ob ich es verstehe. Sie wissen ja, wie er spricht – als ob Puffmais in seinem Mund zerplatzt. Aber ich will versuchen, Ihnen auseinanderzusetzen, was er mir erklären wollte. Er glaubt, jeder Mensch ist auf bestimmte Weise geformt und folgt einer bestimmten Richtung. Ändert er die Richtung, geht was in die Brüche, er kommt aus dem Takt, wird krank. Es ist… na ja, wie ein ganz privater Gerichtshof. Man muss für seine Vergehen geradestehen. Und Sie sind so etwas wie seine erste Anzahlung, damit das Licht nicht ausgeht.»

«Aber warum sind Sie hier rausgefahren?»

«Weiß ich auch nicht so genau. Ich… vielleicht musste ich einfach herkommen… damit das Licht nicht ausgeht.»

«Du meine Güte!»

Der Laden füllte sich mit lärmenden Kindern

461

und verschwitzten Frauen. Mindestens bis zum Mittag würde es jetzt keinen ruhigen Moment mehr geben.

Walder ging zu seinem Wagen, kam zurück, bahnte sich durch die Wogen hektischer Sommerweiber einen Weg zum Tresen und legte mir eines dieser mit Bindfaden verschnürten, dickbauchigen Pappkuverts hin.

«Muss wieder los. Bei dem Verkehr brauche ich mindestens vier Stunden. Mein Frau ist stinksauer, sagte, so was hätte doch Zeit. Hatte es aber nicht.»

«Ich warte hier schon seit zehn Minuten, dass man mich endlich bedient.»

«Bin gleich bei Ihnen, Ma'am.»

«Ich habe ihn gefragt, ob ich Ihnen noch was ausrichten soll, und er hat geantwortet: ‹Sagen Sie ihm Lebwohl›. Haben Sie etwas, was ich ihm ausrichten soll?»

«Sagen Sie ihm Lebwohl.»

Die Woge schlecht kaschierter Bäuche schloss sich wieder um mich, und mir war das auch recht. Ich ließ den Umschlag in die Schublade unter der Registrierkasse gleiten und mit ihm – all meine Verzweiflung.

## 16

Der Tag verging rasch und schien doch endlos zu dauern. Der Ladenschluss hatte keinen Bezug mehr zur Ladenöffnung, die schon so lange vorbei zu sein schien, dass ich mich kaum noch daran erinnern konnte. Joey kam, als ich gerade schließen wollte, und ohne ihn zu fragen, öffnete ich eine Bierdose, reichte sie ihm und machte mir selbst auch eine auf, was ich noch nie zuvor getan hatte. Ich wollte ihm von Marullo und dem Geschäft erzählen, merkte aber, dass ich es nicht fertigbrachte, dass ich ihm nicht einmal jene Geschichte erzählen konnte, die ich mir im Tausch gegen die Wahrheit zurechtgelegt hatte.

«Sie sehen müde aus», sagte er.

«Ja, das bin ich wohl auch. Gucken Sie sich die Regale an – leer geräumt. Die haben sogar Sachen gekauft, die sie nicht wollten und nicht brauchen.» Ich leerte den Inhalt der Kasse in den grauen Leinenbeutel, legte das Geld dazu, das Mr. Baker mir gegeben hatte, packte den dicken Umschlag obendrauf und band den Beutel mit einer Schnur zu.

«Sie sollten das nicht hier rumliegen lassen.»

«Nein, wohl nicht. Ich werd's verstecken. Wollen Sie noch ein Bier?»

«Klar.»

«Ich auch.»

«Sie sind ein zu guter Zuhörer», sagte er. «Ich fang schon an, meine eigenen Geschichten zu glauben.»

«Welche denn?»

«Zum Beispiel die über meine exquisiten Instinkte. Heute Morgen bin ich mit einer Vorahnung aufgewacht. Hab sie wahrscheinlich nur geträumt, aber sie war so stark, dass sich mir die Nackenhaare aufgestellt haben. Es war keine Vermutung, dass die Bank heute überfallen wird, ich habe es *gewusst*. Ich lag im Bett und habe es gewusst. Wir schieben kleine Keile unter die Bodenalarmknöpfe, damit sie nicht versehentlich ausgelöst werden. Die hab ich heute Morgen als Erstes entfernt. Ich war mir völlig sicher, habe fest damit gerechnet. Wie erklären Sie sich das?»

«Vielleicht hat irgendwer einen Überfall geplant, Sie haben seine Gedanken gelesen, und er hat aufgegeben.»

«Sie machen es einem leicht, in allen Ehren einen Irrtum einzugestehen.»

«Wie erklären Sie sich's denn dann?»

«Weiß der Himmel. Ich fürchte, für Sie bin ich schon so lange Mr. Allwissend, dass ich fast selber dran glaube. Aber das heute ist mir doch ziemlich an die Nieren gegangen.»

«Wissen Sie was, Morph, ich bin sogar zum Ausfegen zu müde.»

«Lassen Sie den Zaster bloß nicht hier. Nehmen Sie ihn mit nach Hause.»

«Na schön, wenn Sie meinen.»

«Irgendwie hab ich immer noch das Gefühl, dass da irgendwas nicht ganz koscher ist.»

Ich öffnete die Lederschachtel, legte Geldsack nebst Federhut hinein und verzurrte sie wieder. Joey, der mir dabei zusah, sagte: «Ich fahr nach New York, besorg mir ein Hotelzimmer, zieh die Schuhe aus und glotz zwei ganze Tage lang auf den Wasserfall am Times Square gegenüber.[99]»

«Mit Ihrer neuen Freundin?»

«Der hab ich abgesagt. Ich bestell mir eine Flasche Whisky und weibliche Begleitung aufs Zimmer. Mit beiden brauch ich nicht zu reden.»

«Wir machen einen kleinen Ausflug – aber das hab ich Ihnen ja schon erzählt.»

«Hoffentlich klappt's. Sie haben ihn nötig. Sind Sie so weit?»

«Muss noch ein paar Dinge erledigen. Gehen Sie ruhig schon, Joey, ziehen Sie sich die Schuhe aus.»

Als Erstes rief ich Mary an und sagte ihr, dass ich ein bisschen später kommen würde.

«Schön, aber mach schnell, schnell, schnell. Es gibt gute Neuigkeiten!»

«Kannst du mir die nicht jetzt berichten, meine Süße?»

«Nein, ich will dein Gesicht dabei sehen.»

Ich hängte die Mickymausmaske an ihrem Gummiband so an die Registrierkasse, dass sie das kleine Fenster verdeckte, in dem die Zahlen angezeigt werden. Dann zog ich meinen Mantel an, setzte den Hut auf, knipste das Licht aus, hockte mich auf den Tresen und ließ die Beine baumeln. Ein nackter schwarzer Bananenstrunk stach mir in die Seite, die Kasse schmiegte sich wie eine Buchstütze an meine linke Schulter. Die Jalousien waren noch hochgezogen, sodass abendliches Sommerlicht durch die Fenstergitter fiel, und es war still, eine Stille wie ein Rauschen, genau das, was ich jetzt nötig hatte. Ich tastete in meiner linken Tasche nach dem harten Etwas, das die Kasse an mich drückte. Der Talisman – ich nahm ihn in beide Hände, um ihn zu betrachten. Gestern hatte ich geglaubt, ihn zu brauchen. Hatte ich nur vergessen, ihn zurückzulegen? War es wirklich ein Zufall, dass ich ihn bei mir behalten hatte? Ich weiß es nicht.

Wie immer meinte ich seine Macht zu spüren, als ich mit dem Finger an dem Ornament entlangfuhr. Mittags schimmerte er hellrosa, am Abend aber nahm er eine dunklere Färbung an, ein purpurnes Erröten, fast als hätte er ein bisschen Blut aufgenommen.

Ich musste nicht nachdenken, sondern mich neu ordnen und meine Pläne anpassen, so als befände ich mich in einem Garten, dem über Nacht das Haus abhandengekommen war. Ehe ich mit dem Neubau beginnen konnte, brauchte ich eine behelfsmäßige Unterkunft. Ich hatte mich in die Arbeit geflüchtet, bis ich Neues langsam wieder zulassen, es sichten und einordnen konnte. Die Regale, die den ganzen Tag lang bestürmt worden waren, wiesen viele Lücken auf, wo hungrige Horden die Verteidigungslinie durchbrochen hatten, Reihen wie abgebrochene Zähne, eine ummauerte Stadt nach dem Bombardement.

«Lasset uns beten für unsere dahingegangenen Freunde», begann ich. «Ihr kurze Reihe Ketchupflaschen, ihr galanten Essiggurken und ihr Gewürze bis hin zu den kleinen glatzköpfigen Kapern. Wir können nicht widmen, nicht weihen... nein, so nicht. Es ist an uns, den Lebenden... nein, so auch nicht. Alfio – ich wünsche Ihnen Glück, und mögen Ihre Schmerzen vergehen. Sie haben sich geirrt, natürlich, aber auch ein Irrtum kann Linderung verschaffen. Sie brachten ein Opfer dar, weil Sie selbst ein Opfer gewesen sind.»

Die Passanten auf der Straße warfen flackernde Schatten in den Laden. Ich grub mich durch die Trümmer des Tages zu Walders Worten vor und zu der Miene, mit der er sie vorgebracht hatte: «Ein selbst ernannter Gerichtshof. Man muss für seine Vergehen geradestehen. Und Sie sind so etwas wie seine erste Anzahlung, damit das Licht nicht ausgeht.»

Genau das hatte der Mann gesagt. Walder in seiner verlässlichen Gaunerwelt, tief erschüttert von einem hellen Strahl der Ehrlichkeit.

Damit das Licht nicht ausgeht. Hatte Alfio sich so ausgedrückt? Walder wusste es nicht, doch hatte er gewusst, was Marullo sagen wollte.

Ich fuhr die Schlange auf dem Talisman entlang und kam zum Anfang zurück, also zum Ende. Es war ein altes Licht – vor dreitausend Jahren fanden die Marulli ihren Weg durch die *lupariae* zum Lupercal am römischen Palatin, um dem Pan von Lykaion ein Weihegeschenk darzubringen, da er die Herden vor den Wölfen schützte.[100] Und dieses Licht war nicht ausgegangen. Marullo, der Itaker, der Spagettifresser, der Kanake, demselben

Gott geopfert aus denselben Gründen. Ich sah ihn wieder den Kopf aus dem Wulst seines speckigen Nackens heben, sah, wie sehr ihn die Schultern schmerzten, sah das edle Haupt, die feurigen Augen – und sah das Licht. Ich fragte mich, wann ich meine Schuld begleichen musste und wann sie eingefordert würde. Nähme ich meinen Talisman zum Alten Hafen mit und würfe ihn ins Meer – würde das genügen?

Ich zog die Jalousien nicht herab. An langen Wochenenden ließen wir sie oben, damit die Polizisten gelegentlich einen Blick in den Laden werfen konnten. Im Lagerraum war es dunkel. Ich schloss die Gassentür ab und war schon halb über die Straße, als mir die Hutschachtel hinterm Tresen einfiel.

Ich kehrte nicht um. Es war, als stellte ich damit eine Frage. An diesem Samstagabend frischte der Wind auf, blies schrill und heftig aus Südost, wie es sein muss, wenn Regen die Urlauber durchnässen soll. Ich überlegte, ob ich am Dienstag nicht eine Schale Milch für den grauen Kater hinausstellen und ihn einladen sollte, Gast in meinem Laden zu sein.

## 17

Ich weiß nicht genau, wie andere Menschen in ihrem Innern beschaffen sind – alle verschieden und doch alle einander ähnlich. Ich kann nur vermuten. Allerdings weiß ich, dass ich mich drehe und winde, um schmerzliche Wahrheiten zu meiden, und dass ich sie, wenn mir denn keine andere Wahl mehr bleibt, aufschiebe und hoffe, sie würden sich in Luft auflösen. Sagen andere Leute zimperlich: «Ich denke morgen darüber nach, wenn ich ausgeruht bin», um sich dann einer erhofften Zukunft oder bereinigten Vergangenheit zuzuwenden wie ein Kind, das sich mit aller Macht gegen die unvermeidlich drohende Schlafenszeit wehrt?

Meine Trödelschritte nach Hause führten mich durch das Minenfeld der Wahrheit. Die Zukunft war mit fruchtbaren Drachenzähnen[101] übersät. Es war zwar nicht unnatürlich, sich an einen sicheren Ankerplatz in der Vergangenheit zu flüchten, doch verstellte Tante Deborah diesen Weg, eine ausgezeichnete Schützin, die Lügenschwärme mit Augen aufs Korn nahm, in denen Fragezeichen blitzten.

Ich hatte so lange ins Fenster des Juweliergeschäfts mit seinen Armbanduhren und Brillenfassungen gestarrt, wie es der Anstand eben noch zuließ. Der feuchte, böige Abend kündete ein Gewitter an.

Anfang des letzten Jahrhunderts hatte es so manche Frauen vom Schlage meiner Großtante Deborah gegeben, Horte der Neugier und des Wissens. Vielleicht wurden sie in die Welt der Bücher getrieben, weil sie getrennt lebten von Ihresgleichen, vielleicht lag es auch am endlosen Warten auf die Heimkehr der Schiffe, manchmal drei Jahre, manchmal für den Rest ihres Lebens, ein Warten, dass sie zu Büchern greifen ließ, wie sie sich auf unserem Dachboden stapelten. Deborah jedenfalls war die größte aller Großtanten, Sybille und Pythia[102] zugleich, die mir magische Unsinnsworte sagte, Worte, die ihre Magie behielten, wenn ich sie nachschlug, nicht aber ihren Unsinn.

«*Me beswac fah wyrm thurh faegir word*», sagte sie in schicksalsschwerem Ton. «Und: *«Sel leo gif heo blades onbirigth abit arest hire ladteow.»*»[103] Es mussten wahrhaft wundersame Worte gewesen sein, da ich mich bis heute an sie erinnerte.

Seitwärts wie ein Krebs schob sich der Stadtdirektor an mir vorbei, den Kopf gesenkt, und grüßte mich erst, nachdem ich ihm einen guten Abend gewünscht hatte.

Aus der Entfernung eines halben Häuserblocks konnte ich mein Haus spüren, das alte Hawley-Haus. Gestern Abend war es noch wie in Trübsinn eingesponnen gewesen, an diesem donnergrollenden Abend aber leuchtete es vor Erregung. Ein Haus nimmt wie ein Opal die Farben des Tages an. Meine närrische Mary hörte meine Schritte und flackerte wie eine Flamme durch die Fliegengittertür nach draußen.

«Das errätst du nie!», sagte sie mit ausgestreckten Händen, die Handflächen nach oben, als trüge sie ein Paket.

Da es mir gerade durch den Kopf ging, antwortete ich: *«Seo leo gif heo blades onbirigth abit aerest hire ladteow.»*

«Tja, gut geraten, stimmt aber nicht.»

«Ein geheimnisvoller Verehrer hat uns einen Dinosaurier geschenkt.»

«Wieder falsch, aber die Wahrheit ist mindestens genauso schön. Allerdings verrate ich sie dir erst, nachdem du dich gewaschen hast, denn du musst sauber sein, wenn du sie hören willst.»

«Was ich höre, ist der Liebesgesang eines blauärschigen Pavians.» Und genau den hörte ich – er röhrte aus dem Wohnzimmer, wo Allen in phlegmatischer Revolte seine Seele malträtierte. *«Just when I was ready to ask you to go steady, they said I didn't*

*know my mind. Your glance gives me ants whenever we*
*romance, and they say I couldn't know my mind.»*

«Ich glaube, himmlisches Weib, ich werde ihn verbrennen.»

«Wirst du nicht. Nicht, wenn du's gehört hast.»

«Kann ich's nicht in ungewaschenem Zustand erfahren?»

«Nein.»

Ich ging durchs Wohnzimmer. Mein Sohn reagierte auf meinen Gruß, indem er laut eine Kaugummiblase zerplatzen ließ.

«Ich hoffe, du hast dein *lonely lovin' heart* zusammengefegt.»

«Hä?»

«Es heißt ‹Wie bitte?›. Zuletzt hat mir deine Musik noch versichert, jemand hätte dein Herz gestohlen und es auf den Boden geworfen.»

«Die Nummer eins», erwiderte er, «landesweit die Nummer eins. Hat sich in zwei Wochen eine Million Mal verkauft.»

«Prima! Freut mich, dass die Zukunft in deinen Händen liegt.» Und während ich nach oben ging, stimmte ich in den nächsten Refrain ein. *«Your glance gives me ants whenever we romance, and they say I couldn't know my mind.»*

Mit einem Buch in der Hand, einen Finger zwischen den Seiten, lauerte Ellen mir auf. Ich kannte ihre Methode. Sie würde eine Frage stellen, von der sie glaubte, dass ich sie interessant finden könnte, um dann zu verraten, was Mary mir sagen wollte. Die Erste zu sein ist für sie eine Art Triumph. Womit ich nicht behaupten will, dass sie eine Petze ist, aber eigentlich ist sie es doch. Ich legte einen Finger auf meinen Mund.

«Kein Wort!»

«Aber Daddy...»

«Ich sagte, kein Wort, Fräulein Laber-Rhabarber, und genauso meine ich es auch.» Dann knallte ich die Tür hinter mir zu und rief: «Das Bad ist mein stilles Örtchen», was sie zum Lachen brachte. Ich traue meinen Kindern nicht, wenn sie über meine Witze lachen. Ich schrubbte mein Gesicht, zog ein frisches Hemd an und band mir als Zeichen des Protests ebendie Fliege um, die meine Tochter so sehr verabscheute.

Meine Mary konnte es vor Ungeduld kaum mehr aushalten, als ich endlich vor ihr stand.

«Du wirst es nicht glauben.»

«*Seo leo gif heo blades onbiright.* Sprich!»

«Margie ist die netteste Freundin, die ich je gehabt habe.»

«Ich zitiere: ‹Der Mann, der die Kuckucksuhr erfand, ist tot. Nichts Neues, aber trotzdem gut.›»[104]

«Du errätst es nie! Sie nimmt die Kinder, damit wir unseren Ausflug machen können.»

«Willst du mich veräppeln?»

«Ich hab sie nicht mal gefragt, sie hat es von sich aus angeboten.»

«Die werden sie bei lebendigem Leib verschlingen.»

«Sie freuen sich irrsinnig. Am Sonntag will Margie mit ihnen im Zug nach New York fahren und in der Wohnung einer Freundin übernachten. Am Montag wollen sie dann zusehen, wie vor dem Rockefeller Center die neue Flagge mit den fünfzig Sternen aufgezogen wird, danach die Parade und … einfach alles.»

«Ich fass es nicht.»

«Ist das nicht furchtbar nett?»

«Allerdings. Und wir beide, Miss Mäuschen, fliehen hinaus in die Moore von Montauk?»

«Ich hab schon angerufen und ein Zimmer reserviert.»

«Der helle Wahn! Ich platz gleich. Ich spüre schon, wie ich anschwelle.»

Ich hatte vorgehabt, ihr die Sache mit dem Laden zu berichten, aber allzu viele Neuigkeiten stumpfen nur ab. Es war besser, damit noch zu warten und es erst in Montauk zu erzählen.

Ellen kam in die Küche geschlittert. «Daddy? Dieses rosige Ding ist nicht mehr in der Vitrine.»

«Ich hab's, hier in meiner Tasche. – Da, du kannst es zurückstellen.»

«Du hast uns gesagt, dass wir es niemals rausnehmen dürfen.»

«Das gilt immer noch – bei Todesstrafe.»

Beinahe gierig griff sie nach dem Talisman und trug ihn mit beiden Händen ins Wohnzimmer zurück.

Mary musterte mich mit seltsam finsterem Blick. «Warum hast du ihn mitgenommen, Ethan?»

«Ich brauchte einen Glücksbringer, Liebste, und es hat geklappt.»

18

Am Sonntag, dem dritten Juli, regnete es, ganz wie es sich gehörte, und es regnete dickere Tropfen als gewöhnlich. Wir reihten uns in unseren Abschnitt der nassen Verkehrsschlange ein und fühlten uns ein wenig erhaben, aber auch ein bisschen hilflos und verloren und so verängstigt wie freigesetzte Käfigvögel, wenn die Freiheit ihre Zähne zeigt. Mary saß aufrecht neben mir und roch nach frisch gebügelter Baumwolle.

«Bist du glücklich? Freust du dich?»

«Ich denke immer noch, gleich hör ich die Kinder.»

«Ich weiß. Tante Deborah nannte das ‹einsames Glück›. Fliege, mein Vogel! Diese langen Flatterdinger an deinen Schultern sind Flügel, mein Gänschen.»

Sie lächelte und schmiegte sich an mich. «Alles ist gut, auch wenn ich die Ohren spitze und mich frage, was die Kinder gerade machen.»

«So ungefähr alles, was du dir vorstellen kannst, nur werden *die* sich kaum fragen, was *wir* machen.»

«Bestimmt hast du recht. Es kümmert sie wirklich nicht sehr.»

«Dann wollen wir es ihnen gleichtun. Als ich sah, wie deine Barke an meiner Seite anlegte, o Schlange des Nils, da wusste ich, der Tag ist unser. Octavian wird heute Nacht einen griechischen Ziegenhirten um ein Stück Brot bitten.»[105]

«Du hast ja nicht alle Tassen im Schrank. Allen passt nie auf, wo er hintritt. Eines Tages latscht er noch bei Rot über die Ampel.»

«Jaja. Und die arme kleine Ellen mit ihrem Klumpfuß – nun, sie hat ein gutes Herz und ein hübsches Gesicht. Irgendwer wird sich bestimmt in sie verlieben und ihr die Füße amputieren.»

«Ach, jetzt lass mir doch meine kleinen Sorgen um die Kinder. Dann fühl ich mich einfach wohler.»

«So gut hat das noch keiner formuliert. Wollen wir zusammen alle schauderhaften Möglichkeiten durchgehen?»

«Du weißt, was ich meine.»

«Das weiß ich, aber du, meine Königin, hast es in die Familie gebracht. Es pflanzt sich nur über die weibliche Linie fort. Die kleinen Scheißerchen.»

«Niemand liebt seine Kinder so wie du.»

«Meine Schuld ist zehnfach, denn ich bin ein Schuft.»

«Also ich mag dich.»

«Mir gefällt jedenfalls, wie du dir Sorgen machst. Siehst du das da? Schau mal, wie sich Heide und Ginster festklammern und der Sand wie erstarrte kleine Wellen unter ihnen vorlugt. Der Regen klatscht auf die Erde und steigt als dünner Nebel wieder auf. Ich fand schon immer, dass es hier ein bisschen so aussieht wie im englischen Dartmoor oder Exmoor, auch wenn ich diese Gegenden nie mit eigenen Augen gesehen habe, sondern bloß auf Bildern. Bestimmt haben sich die ersten Siedler aus Devon in dieser Gegend ganz zu Hause gefühlt. Findest du nicht, dass es aussieht, als gingen dort Gespenster um?»

«Falls nicht, wirst du hier eines Tages herumgeistern.»

«Du solltest mir keine Komplimente machen, wenn du sie nicht ernst meinst.»

«Wir müssten bald da sein. Achte auf die Abzweigungen. ‹Moorcroft› sollte auf dem Schild stehen.»

So war es auch, und das Schöne an diesem schlanken, spindligen Ende von Long Island ist, dass der Regen einfach versickert und keinen Schlamm hinterlässt.

Wir hatten ein Puppenhaus ganz für uns allein, putzig und adrett, dazu in landesweiter Werbung gepriesene Zwillingsbetten, prall wie zwei Muffins.

«Getrennte Betten kann ich aber gar nicht gutheißen.»

«Dummerchen – wir können doch Händchen halten.»

«Geliebte Metze, ich kann mir was weit Besseres vorstellen, als Händchen zu halten.»

In fetttriefender Würde schlemmten wir gekochten Maine-Hummer, den wir mit Weißwein hinunterspülten – so viel Weißwein, dass die Augen meiner Mary zu glitzern begannen, woraufhin ich sie noch zu einigen Cognacs verführte, sodass mir bald selbst der Schädel brummte. *Sie* war es dann, die sich an die Nummer unseres Puppenhäuschens erinnerte, und *sie* fand auch das Schlüsselloch. Allerdings war ich nicht zu beschwipst, mich mit ihr zu vergnügen, denke jedoch, sie hätte sich mir entziehen können, wenn sie es denn gewollt hätte.

Stöhnend vor Behagen schmiegte sie schläfrig ihren Kopf an meinen rechten Arm, lächelte und ließ kleine Gähnlaute hören.

«Machst du dir wegen irgendwas Sorgen?»

«Kein Gedanke! Du träumst ja, noch bevor du schläfst.»

«Du gibst dir solche Mühe, mich glücklich zu machen. Aber ich kann einfach nicht in dich reinsehen. Machst du dir also Sorgen?»

Ein seltsamer, weitsichtiger Augenblick, der Moment vor dem Einschlafen.

«Ja, ich mache mir Sorgen. Zufrieden? Nur wiederhole es nicht, sonst fällt noch der Himmel herab und ein Stück davon mir auf den Sterz.»[106]

Selig schlummerte sie ein, auf den Lippen ihr pangöttisches Lächeln. Ich zog meinen Arm unter ihr fort und stand gleich darauf zwischen den Betten. Bis auf ein Tröpfeln vom Dach hatte der Regen aufgehört, und der Viertelmond spiegelte sich nun in einer Milliarde Spritzer. «*Beaux rêves*,[107] mein Liebling. Lass den Himmel nicht auf uns fallen.»

Mein Bett war kühl und allzu weich, aber ich sah den Sichelmond, wie er durch die landeinwärts fliehenden Wolken schnitt. Und ich hörte den gespenstischen Ruf einer Rohrdommel. Ich legte beide Zeigefinger auf meinen Mund – ein zeitweiliges Aus, ein doppeltes Aus. Mir fiel nur eine Erbse auf den Sterz.

Falls die Dämmerung mit einem Donnern anbrach, so habe ich nichts davon gehört. Als ich wach wurde, war alles goldgrün – dunkle Heide, heller Farn, der Dünensand gelblich rot, und ganz in der Nähe schimmerte der Atlantik wie gehämmertes Silber. Eine alte, verschlungene Eiche neben unserem Haus hatte nahe den Wurzeln Flechte angesetzt, dick wie ein Kissen, eine erstarrte Woge aus perlgrauem Weiß. Ein gewundener Kiesweg führte durch die kleine Siedlung von Puppenhäusern zu jenem schindelgedeckten Bungalow, aus dem sie alle hervorgegangen waren. Dort gab es auch ein Büro, Postkarten, Andenken und Briefmarken sowie einen Speisesaal mit blau-weiß karierten Tischdecken, wo wir Püppchen essen konnten.

Der Geschäftsführer saß in seinem Kontor und

prüfte irgendeine Liste. Er war mir aufgefallen, als wir uns an der Rezeption angemeldet hatten, ein Mann mit schütterem Haar, dem eine Rasur gutgetan hätte. Auf den ersten Blick hielt ich ihn für einen verstohlenen, verschlagenen Mann, der angesichts unserer guten Laune so sehr gehofft hatte, wir würden mit unserem Ausflug den rechten Weg verlassen, dass ich uns ihm zuliebe beinahe als «John Smith und Frau» eingetragen hätte. Er schnüffelte geradezu nach Sünde, und mir war, als könnte er wie ein Maulwurf mit seiner langen, empfindsamen Nase sehen.

«Guten Morgen», sagte ich.

Er wandte mir seine Nase zu. «Gut geschlafen?»

«Wunderbar. Sagen Sie, könnte ich meiner Frau das Frühstück wohl auf einem Tablett ins Zimmer bringen?»

«Frühstück servieren wir nur im Esszimmer, von halb acht bis halb zehn.»

«Ich würde es selber rübertragen…»

«Das verstieße gegen die Regeln.»

«Könnten wir dieses eine Mal nicht darüber hinwegsehen? Sie wissen ja, wie's ist», schob ich nach, da er sich ebendies offensichtlich erhoffte.

Seine Freude war mir Belohnung genug, ihm wurden die Augen feucht, und seine Nase zuckte. «Ist ein bisschen schüchtern, wie?»

«Ach, na ja, Sie wissen doch sicher, wie's ist.»

«Nur weiß ich nicht, was der Koch dazu sagt.»

«Fragen Sie ihn und deuten Sie an, dass ihn am nebligen Gipfel ein Dollar auf Zehenspitzen erwartet.»

Der Koch war ein Grieche und einem Dollar nicht abgeneigt. Schon bald darauf schleppte ich ein riesiges, mit einer Serviette abgedecktes Tablett über den Kiesweg und stellte es kurz auf einer rustikalen Bank ab, um einen Strauß mikroskopisch kleiner Wildblumen zu pflücken, die das königliche Frühstück meiner Liebsten zieren sollten.

Auch wenn sie bereits wach gewesen sein mochte, schlug sie dennoch erst jetzt die Augen auf und sagte: «Ich rieche Kaffee. Ach! Oh! Was bist du für ein lieber Gatte… und… und… Blumen!» All jene kleinen Laute, die nie ihren Wohlklang verlieren.

Wir frühstückten, tranken Kaffee und tranken noch mehr Kaffee, wobei meine im Bett sitzende Mary jünger und unschuldiger aussah als ihre Tochter. Und wir versicherten einander ehrerbietig, wie gut wir geschlafen hatten.

Meine Zeit war gekommen. «Mach's dir bequem. Ich habe Neuigkeiten für dich, gute und schlechte.»

«Sehr schön. Hast du mir das Meer gekauft?»

«Marullo steckt in Schwierigkeiten.»

«Wieso?»

«Er ist vor vielen Jahren nach Amerika eingewandert, ohne um Erlaubnis zu bitten.»

«Na und?»

«Jetzt bittet man ihn, das Land wieder zu verlassen.»

«Er wird abgeschoben?»

«Ja.»

«Aber das ist schrecklich.»

«Schön ist es nicht.»

«Was können wir da machen? Was willst du machen?»

«Die Zeit der halben Sachen ist vorbei. Er hat mir das Geschäft verkauft – vielmehr hat er es dir verkauft. Ist ja dein Geld. Er muss all seinen Besitz veräußern, und er mag mich, hat mir den Laden praktisch geschenkt – dreitausend Dollar.»

«Unglaublich! Das heißt… das heißt, der Laden gehört jetzt dir?»

«Ja.»

«Du bist kein Verkäufer mehr! Kein Verkäufer!»

Sie barg ihr Gesicht im Kissen und weinte, schluchzte aus tiefstem Herzen, so wie ein Sklave weinen mag, wenn ihm das Halseisen endlich abgenommen wird.

Ich setzte mich auf die Puppenhaustreppe und blieb in der Sonne hocken, bis sie sich gefangen hatte, und als sie sich ausgeweint, das Gesicht gewaschen, das Haar gekämmt und den Morgenmantel übergezogen hatte, öffnete sie die Tür und rief mich. Sie war anders, würde immer anders sein. Es bedurfte keiner Worte, ihre Haltung verriet alles. Sie trug den Kopf hoch. Wir waren wieder ehrbare Leute.

«Können wir Mr. Marullo nicht irgendwie helfen?»

«Ich fürchte nicht.»

«Wie ist es passiert? Wer hat das rausgekriegt?»

«Keine Ahnung.»

«Er ist ein guter Mann. Man sollte ihm das nicht antun. Wie hat er es hingenommen?»

«Mit Würde und Stolz.»

Wir spazierten zum Strand, wie wir es uns vorgenommen hatten, saßen im Sand, sammelten schimmernde kleine Muscheln, zeigten sie einander, ganz wie es sich gehört, und sprachen mit keineswegs unüblichem Staunen über die Natur, das Meer, die Luft, das Licht, die windgekühlte Sonne, als hörte der Schöpfer zu und wartete auf unsere Komplimente.

Mary wirkte abgelenkt. Ich glaube, sie wollte nach Hause, ihre neue Stellung genießen und den gewandelten Blick in den Augen der Frauen sehen, auf der High Street den veränderten Ton in ihrem Gruß hören. Ich glaube, sie war nicht länger die «arme Mary Hawley, die so hart arbeitet». Sie war jetzt Mrs. Ethan Allen Hawley, was sie von nun an auch immer bleiben würde. Dafür musste ich sorgen. Sie absolvierte den Tag, weil wir ihn geplant und bezahlt hatten, die wahren Muscheln aber, die sie aufklaubte und umdrehte, waren die glänzenden Tage, die sie erwarteten.

Wir aßen im blau-weiß karierten Speisesaal zu Mittag, wo Marys Haltung, ihre neue Stellung, ihr Selbstbewusstsein Herrn Maulwurf enttäuschten. Seine empfindliche Nase, die so freudig den Ruch der Sünde gewittert hatte, war wie verrenkt. Und seine Ernüchterung ließ sich wohl kaum mehr überbieten, als er an unseren Tisch treten musste, um uns mitzuteilen, dass Mrs. Hawley am Telefon verlangt werde.

«Wer weiß denn, dass wir hier sind?»

«Margie natürlich. Schon wegen der Kinder musste ich es ihr doch sagen. Ach, ich hoffe… Du weißt doch, er passt nie auf, wo er hintritt.»

Als sie zurückkam, bebte sie wie ein Stern. «Das errätst du nie! Niemals.»

«Ich kann erraten, dass es was Gutes ist.»

«Sie hat gefragt: ‹Habt ihr die Nachrichten gehört? Im Radio?› Und ich hab schon an ihrer Stimme gemerkt, dass es keine Hiobsbotschaft ist.»

«Erzähl mir doch erst mal das *Was*, ehe du das *Wie* erklärst.»

«Ich glaub's einfach nicht!»

«Wie wär's, wenn du mich mal versuchen lässt, es zu glauben?»

«Allen wird mit einer ehrenvollen Erwähnung ausgezeichnet.»

«Was? Allen? Schieß los!»

«Im Aufsatzwettbewerb… eine ehrenvolle Erwähnung… vor dem ganzen Land.»

«Nein!»

«Doch. Nur fünf ehrenvolle Erwähnungen insgesamt – und eine Armbanduhr. Außerdem kommt er ins Fernsehen. Und? Glaubst du's jetzt? Eine Berühmtheit in unserer Familie.»

«Nein, das glaube ich nicht. Du meinst, seine Rumgammelei war nur Theater? Was für ein Schauspieler! Ist sein *lonely lovin' heart* also doch nicht am Boden zerschellt.»

«Sehr lustig. Denk doch nur, unser Sohn ist einer von fünf Jungen aus den gesamten Vereinigten Staaten, die ehrenvoll erwähnt werden – und er kommt ins Fernsehen.»

«Und kriegt eine Armbanduhr! Ob er die Zeit schon ablesen kann?»

«Ethan, wenn du alles bloß lustig findest, glauben die Leute, du wärst eifersüchtig auf deinen eigenen Sohn.»

«Ich bin nur erstaunt, weil ich angenommen hatte, sein Prosastil sei in etwa mit dem von General Eisenhower zu vergleichen. Allen hat schließlich keinen Ghostwriter.»

«Ich kenne dich, Eth. Du machst ein Spiel daraus, über sie herzuziehen, dabei bist du derjenige, der sie grenzenlos verwöhnt. Bloß tust du's auf die heimliche Tour. Und jetzt will ich wissen: Hast du ihm bei dem Aufsatz geholfen?»

«Geholfen? Er hat ihn mir nicht mal gezeigt.»

«Tja, dann wäre das immerhin geklärt. Ich wäre nämlich nicht auf deinen eingebildeten Blick erpicht gewesen, wenn *du* den Aufsatz geschrieben hättest.»

«Ich kann's immer noch nicht fassen. Das Ganze beweist mal wieder, wie wenig wir unsere eigenen Kinder kennen. Und wie nimmt Ellen es auf?»

«Natürlich stolz wie ein Pfau. Margie war so aufgeregt, dass sie kaum ein Wort rausgebracht hat. Die Zeitungen wollen ein Interview mit Allen – und das Fernsehen! Er tritt im Fernsehen auf! Weißt du, dass wir nicht mal einen eigenen Apparat haben, auf dem wir ihn sehen könnten? Margie sagt, wir können bei ihr gucken. Eine Berühmtheit in unserer Familie! Ethan, ich finde, wir brauchen einen Fernseher.»

«Wir besorgen uns einen. Gleich morgen früh. Oder bestell doch einfach du einen.»

«Können wir... Ethan, ich hab vergessen, dass dir das Geschäft jetzt gehört, hab's völlig vergessen! Begreifst du das – eine echte Berühmtheit?»

«Ich hoffe, wir dürfen trotzdem noch mit ihm zusammenwohnen.»

«Gönn ihm seinen Triumph. Wir müssen nach Hause zurück, sie kommen mit dem Zug um sieben Uhr achtzehn. Wir sollten unbedingt da sein, sollten ihm einen Empfang bereiten.»

«Und einen Kuchen für ihn backen.»

«Mach ich.»

«Und Girlanden spannen.»

«Du bist doch nicht eifersüchtig, oder?»

«Nein, überwältigt. Ich finde Girlanden toll, sie sollten überall im Haus hängen.»

«Aber nicht draußen. Das würde zu... zu prahlerisch wirken. Margie meinte, wir könnten doch auch so tun, als ob wir noch nichts wüssten, und uns alles von Allen erzählen lassen.»

«Da bin ich anderer Meinung. Es würde ihn

sicher nur verlegen machen. Und es sähe aus, als ob uns nichts daran läge. Nein, er soll nach Hause kommen und mit Jubel, Triumphgeschrei und einem Kuchen empfangen werden. Wenn heute irgendein Laden offen hätte, würde ich sogar Wunderkerzen besorgen.»

«Die Stände an der Straße…»

«Aber ja! Auf der Fahrt nach Hause – falls die noch welche übrig haben.»

Mary senkte einen Moment den Kopf, als spräche sie ein Dankgebet. «Dir gehört das Geschäft, und Allen ist berühmt. Wer hätte geglaubt, dass an einem Tag so viel passieren kann? Ethan, wir müssen nach Hause. Wir sollten da sein, wenn sie kommen. Was ziehst du denn für ein Gesicht?»

«Es hat mich nur gerade wie eine Welle überschwemmt – wie wenig wir über andere wissen. Da packt mich der reinste Katzenjammer. Ich weiß noch, dass mich sogar an Weihnachten, einem Tag, an dem wir uns doch alle freuen sollten, der Wälschmärz überkommen konnte.»

«Was ist das denn?»

«So habe ich es damals verstanden, wenn Großtante Deborah ‹Wältschmärz› sagte.

«Und was ist das?»

«Ein Gefühl, als würde ein Engel über dein Grab laufen.»

«Ach so, das! Na gut, aber krieg das jetzt nicht, ja? Ich glaube nämlich, heute ist der schönste Tag unseres ganzen Lebens, und es wäre irgendwie undankbar... wenn wir's gar nicht wüssten. Also lächle und vertreibe deinen Wälschmärz. Komisches Wort, Ethan, Wälschmärz. Aber egal. Bezahl die Rechnung, und ich packe unsere Sachen.»

Ich zahlte unsere Rechnung mit Scheinen, die ich zu kleinen Vierecken gefaltet hatte, und fragte Herrn Maulwurf: «Verkaufen Sie an Ihrem Stand auch Wunderkerzen?»

«Ich glaub schon. Müssten noch welche da sein... Hier sind sie ja. Wie viele wollen Sie?»

«Ich nehme alle», sagte ich. «Unser Sohn ist nämlich berühmt geworden.»

«Wirklich? Berühmt? Was für eine Art Berühmtheit denn?»

«Es gibt nur eine.»

«Sie meinen berühmt wie Dick Clark[108] oder so wer?»

«Oder Chessman oder Dillinger.»[109]

«Sie machen Witze, ja?»

«Er kommt im Fernsehen.»

«Auf welchem Kanal? Welche Uhrzeit?»

«Weiß ich nicht – noch nicht.»

«Ich halt die Augen offen. Wie heißt er denn?»

«Genau wie ich: Ethan Allen Hawley, wird aber Allen genannt.»

«Also, es war wirklich eine Ehre, Sie und Mrs. Allen hier bei uns zu haben.»

«Mrs. Hawley.»

«Natürlich. Ich hoffe, Sie kommen bald wieder. Hier steigen viele Berühmtheiten ab. Sie suchen... die Ruhe.»

Auf dem goldenen Weg nach Hause saß Mary kerzengerade und stolz in der langsam dahinrollenden, blitzenden Blechlawine.

«Ich habe eine ganze Schachtel Wunderkerzen gekauft. Über hundert Stück.»

«Das passt schon eher zu dir, Liebster. Du, ich frag mich gerade, ob die Bakers wohl schon zurück sind.»

## 19

Mein Sohn zeigte sich von seiner besten Seite. Er war gelassen und freundlich, übte keine Rache und befahl keine Exekutionen. Lob und Komplimente nahm er ohne Eitelkeit, aber auch ohne übertriebene Bescheidenheit als den ihm zustehenden Tribut entgegen. Noch ehe die hundert Wunderkerzen zu schwarzen Stäbchen herabgebrannt waren, ging er zu seinem Sessel im Wohnzimmer und schaltete sein Transistorradio ein. Es war offensichtlich, dass er uns all unsere Zudringlichkeiten vergab. Nie habe ich einen Jungen erlebt, der sich so würdevoll mit seiner Größe abfand.

Es schien wahrlich eine Nacht der Wunder zu sein. War Allens problemloser Aufstieg in den Himmel bereits überraschend, galt dies umso mehr für Ellens Reaktion. Etliche Jahre aufmerksamer und nachhaltiger Beobachtung hatten mich gelehrt, dass Ellen vor Neid erblassen, ja, am Boden zerstört sein und sicherlich auch danach trachten würde, den Ruhm ihres Bruders irgendwie zu mindern. Doch sie trickste mich aus. Niemand sang Allens Loblied so laut wie sie. Ellen war es auch, die uns erzählte, wie sie nach einem zauberhaften Abend in einem eleganten Apartment in der 67th Street gesessen und ohne große Aufmerksamkeit die CBS-Spätnachrichten geguckt hatten, als Allens Triumph verkündet wurde. Ellen war es, die wiedergab, was genau gesagt wurde, wie sie aussahen und wie überwältigt sie alle gewesen waren. Allen saß still und entrückt da, während Ellen berichtete, dass er mit den vier anderen Geehrten auftreten und seinen Aufsatz vorlesen solle, wobei ihm Millionen zusehen und zuhören wür-

den, und sooft Ellen eine Pause einlegte, gab Mary
ein zufriedenes Glucksen von sich. Ich spähte zu
Margie Young-Hunt hinüber. Sie wirkte so in sich
gekehrt, als läse sie gerade aus den Karten. Und
eine düstere Stille kroch ins Zimmer.

«Es führt kein Weg dran vorbei», sagte ich,
«dieser Abend schreit geradezu nach einem eis-
kalten Root Beer[110].»

«Das soll Ellen uns holen. Wo ist sie denn?
Ständig schwebt sie rein und raus wie eine Rauch-
wolke.»

Margie Young-Hunt erhob sich nervös. «Das
hier ist eine Familienfeier. Ich glaube, ich gehe
jetzt lieber.»

«Aber Margie, du gehörst doch dazu. Wo ist
Ellen hin?»

«Mary, zwing mich nicht, dir zu gestehen, dass
ich doch ein klein wenig erschöpft bin.»

«Natürlich, du Liebe. Daran hab ich überhaupt
nicht gedacht. Dabei kann ich dir gar nicht sagen,
wie prächtig wir uns ausgeruht haben – allein
dank dir.»

«War mir ein Vergnügen. Hätte nur ungern
drauf verzichtet.»

Margie wollte fort, und das auf der Stelle. Sie
nahm unseren Dank entgegen, auch den von Allen, und floh.

Leise sagte Mary: «Wir haben ihr gar nichts vom Laden erzählt.»

«Lass nur. Seine jugendliche Eminenz hätte dann nicht länger im Mittelpunkt gestanden, dabei hat er es heute verdient. Wo ist Ellen eigentlich hin?»

«Ins Bett gegangen», sagte Mary. «Sehr rücksichtsvoll von dir, Liebling, und du hast recht. Allen, es war ein anstrengender Tag. Für dich wird's auch Zeit, ins Bett zu gehen.»

«Ich glaub, ich bleib noch ein Weilchen», erwiderte Allen freundlich.

«Aber du musst dich ausruhen.»

«Tu ich doch gerade.»

Mary sah sich hilfesuchend nach mir um.

«Dies sind die Zeiten, die uns auf die Probe stellen. Ich könnte ihm die Hammelbeine lang ziehen, wir können ihm aber auch einen Sieg über uns gönnen.»

«Im Grunde ist er doch noch ein kleiner Junge. Er braucht seinen Schlaf.»

«Er braucht so manches, Schlaf gehört im Moment allerdings nicht dazu.»

«Jeder weiß, dass Kinder ihren Schlaf brauchen.»

«Was jeder weiß, stimmt in der Regel nicht. Hast du je von einem Kind gehört, das an Überarbeitung gestorben wäre? Nein – so was passiert nur Erwachsenen. Kinder sind dafür zu schlau. Sie schlafen, wenn sie Schlaf brauchen.»

«Aber es ist schon nach Mitternacht.»

«So ist es, Liebling, und dann schläft er morgen eben bis Mittag. Wir beide müssen aber um sechs Uhr aufstehen.»

«Willst du wirklich ins Bett und ihn hier sitzen lassen?»

«Was er braucht, ist seine Rache – dafür, dass wir ihn in die Welt gesetzt haben.»

«Was redest du da! Was denn für eine Rache?»

«Du bist wütend, deshalb möchte ich mit dir ein Abkommen schließen.»

«Bin ich auch! Du redest Unsinn.»

«Folgendes: Wenn er nicht binnen einer halben Stunde nach uns in sein Nest raufschleicht, bekommst du siebenundvierzig Millionen achthundertsechsundzwanzig Dollar und achtzig Cent von mir.»

Tja, ich habe verloren und muss bezahlen. Erst fünfunddreißig Minuten nachdem wir ihm Gute Nacht gewünscht hatten, knarrten die Treppenstufen unter dem Gewicht unserer Berühmtheit.

«Ich kann's nicht ausstehen, wenn du recht behältst», sagte meine Mary. Sie hatte damit gerechnet, die ganze Nacht mit gespitzten Ohren wach liegen zu müssen.

«Ich habe nicht recht behalten, Liebes, sondern um fünf Minuten verloren. Darf ich nur nicht vergessen.»

Danach schlief sie ein. Sie hörte nicht mehr, wie Ellen nach unten schlich, ich wohl. Ich sah meinen roten Pünktchen im Dunkeln zu und ging meiner Tochter nicht nach, denn ich hörte das leise Klicken, mit dem sich der Messingschlüssel im Schloss drehte, und wusste daher, dass sie ihre Batterien wieder auflud.

Meine roten Pünktchen waren äußerst rege. Sie wimmelten vor meinen Augen und flitzten davon, sobald ich mich auf sie zu konzentrieren versuchte. Der alte Käpt'n mied mich. Seit… nun ja, seit Ostern hatte ich ihn nicht mehr deutlich gesehen. Mit ihm ist es nicht wie mit Tante Harriet – möge sie im Himmel weilen –, denn ich weiß, dass ich den alten Käpt'n nie deutlich sehen kann, wenn ich mit mir selbst nicht im Reinen bin. Das ist so eine Art Test meiner persönlichen Beziehung zu mir.

In dieser Nacht zwang ich ihn herbei. Ich lag ausgestreckt und starr im Bett, am äußersten Rand meiner Hälfte, spannte jeden Muskel an, vor allem an Nacken und Kiefer, legte die geballten Fäuste auf meinen Bauch und zwang ihn herbei, stellte mir die trüben kleinen Augen vor, den struppigen weißen Schnurrbart und die gebeugten Schultern, die bewiesen, dass er einmal ein kräftiger Mann gewesen war und seine Kraft auch zu nutzen gewusst hatte. Ich brachte ihn sogar dazu, die blaue Mütze mit dem schmalen, glänzenden Schirm und dem aus zwei Ankern geformten H aufzusetzen, jene Mütze, die er zu Lebzeiten nur selten getragen hatte. Der alte Knabe widersetzte sich, aber schließlich hatte ich ihn so weit, dass er zu mir kam, und platzierte ihn auf dem bröckelnden Damm am Alten Hafen, nicht weit weg von meinem Ort. Ich hieß ihn auf einem Haufen Ballaststeine Platz nehmen und legte seine Hände auf den Knauf seines Narwalstocks. Mit dem Stock hätte er einen Elefanten umhauen können.

«Ich brauche etwas, was ich hassen kann. Bedauern und Verständnis zeigen, das ist doch Larifari. Ich suche echten Hass, an dem ich mich abreagieren kann.»

Erinnerungen vermehren sich wie die Karnickel. Man fange mit einem klaren, deutlichen Bild an, und schon geraten sie in Bewegung und lassen sich, einmal angestupst, vor- und zurückspulen wie ein Film.

Der alte Käpt'n regte sich und wies mit seinem Stock aufs Meer. «Zieh bei Flut eine Linie vom dritten Felsen hinter der Brandung zur Spitze von Porty Point; eine halbe Kabellänge abseits dieser Linie liegt sie, zumindest das, was von ihr übrig ist.»

«Wie weit ist eine halbe Kabellänge?»

«Wie weit? Natürlich ein halbes Hundert Faden. Bei auflaufender Flut schwojte sie vor Anker. Zwei Jahre Pech. Die Hälfte der Öltonnen leer. Ich war an Land, als sie Feuer fing, etwa gegen Mitternacht. Das Öl brannte so wild, dass die Stadt hell war wie zur Mittagszeit, und über den Ölschlick züngelten die Flammen bis runter nach Osprey Point. Konnten sie nicht an den Strand steuern wegen der Gefahr, die Docks in Brand zu setzen. Nach kaum einer Stunde ging sie unter. Kiel samt Loskiel[III] liegen jetzt auf Grund – und sind intakt. Waren aus Eiche von Shelter Island, die Spanten auch.»

«Wie hat es angefangen?»

«Keine Ahnung, ich war ja an Land.»

«Und wer wollte sie abfackeln?»

«Na, die Besitzer.»

«Du warst der Besitzer.»

«Bloß zur Hälfte. Ich könnte kein Schiff abfackeln. Würde mir gern mal Kiel und Spanten

499

ansehen, nur um festzustellen, in was für einem Zustand die sind.»

«Das war's schon, Käpt'n, danke.»

«Bisschen wenig Futter für Hass.»

«Besser als nichts. Sobald ich reich bin, lasse ich den Kiel raufholen. Ich tu's für dich – Linie bei Flut vom dritten Felsen bis Porty Point, fünfzig Faden weit ins offene Meer.» Ich schlief nicht. Fäuste und Unterarme waren steif und fest an meinen Bauch gepresst, damit mir der alte Käpt'n nicht verblasste, doch kaum ließ ich ihn gehen, überkam mich der Schlaf.

Hatte der Pharao einen Traum, rief er Sachverständige zu sich, damit sie ihm sagten, wie es um Gegenwart und Zukunft des Königreichs stand, und er tat recht daran, war doch der Pharao das Reich. Wenn unsereins einen Traum hat, gehen wir damit zu einem Fachmann, der uns sagt, wie es um das Reich unseres Innern bestellt ist. Ich hatte einen Traum, für den man keinen Spezialisten brauchte. Wie die meisten modernen Menschen glaube ich weder an Prophetie noch an Magie, verbringe dann aber die halbe Zeit damit, beides zu praktizieren.

Als Allen sich im Frühjahr müde und bedrückt fühlte, verkündete er, er sei Atheist, zur Strafe Gottes und seiner Eltern. Ich riet ihm, sich lieber nicht zu weit aus dem Fenster zu lehnen, denn sonst bliebe ihm keine Möglichkeit, unter Leitern durchzugehen, eine schwarze Katze mittels Spucke und Daumen unschädlich zu machen oder sich bei Neumond etwas zu wünschen.

Die sich am meisten vor ihren Träumen fürchten, reden sich gern ein, sie hätten gar keine. Mir fällt es nicht schwer, meinen Traum zu deuten, nur ist er deshalb um nichts weniger beängstigend.

Danny übermittelte mir eine Bitte, auf welchem Wege, weiß ich nicht. Er würde mit dem Flugzeug verreisen und wollte von mir noch einige Dinge, die ich selbst anfertigen musste. Er wünschte sich für Mary eine Mütze. Sie sollte aus dunkelbraunem Lammwildleder sein, mit Wolle gefüttert. Das Leder sollte wie das meiner alten Lammfellpantoffeln aussehen, die Mütze wie eine Baseballkappe mit großem Schirm. Außerdem wollte er einen Windmesser, nicht diese im Kreis wirbelnden kleinen Halbkugeln, sondern handgemachte Schälchen aus der dünnen, steifen Pappe von Regierungspostkarten[112], befestigt an Bambusstreifen. Und er bat mich, ihn vor seiner Abreise noch einmal zu treffen. Ich hatte den Narwalstock des alten Käpt'n dabei, der heutzutage in dem als Schirmständer dienenden Elefantenfuß in unserem Flur steht.

Als wir den Elefantenfuß geschenkt bekamen, sah ich die großen, elfenbeinfarbenen Zehennägel und warnte meine Kinder: «Wer die mit Nagellack anmalt, kriegt ein paar hinter die Löffel. Verstanden?» Da sie mir gehorchten, musste ich sie selbst anmalen – mit knallrotem Lack von Marys Haremstisch.

Zum Treffen mit Danny fuhr ich mit Marullos Pontiac; der Flughafen war das Postamt von New Baytown. Als ich den Wagen abstellte, legte ich den krummen Stock auf den Rücksitz, doch zwei fies aussehende Polypen im Streifenwagen fuhren vorbei und sagten: «Nicht auf den Sitz!»

«Verstößt das gegen das Gesetz?»

«Sie sind ja wohl 'n ganz Schlauer.»

«Ich hab doch nur gefragt.»

«Tja, legen Sie ihn einfach nicht auf den Sitz.»

Danny war hinten im Postamt und sortierte Pakete. Er trug die Lammfellmütze und hielt den Windmesser aus Pappe in der Hand. Sein Gesicht war hager, die Lippen ziemlich spröde, die Hände jedoch angeschwollen und wärmflaschengroß wie von Bienenstichen.

Er stand auf, um mir die Hand zu geben, und meine Rechte wurde von einer warmen, gummiartigen Masse ergriffen. Er legte mir etwas in die Hand, es war klein, schwer und kühl, ungefähr so groß wie ein Schlüssel, nur war es kein Schlüssel – etwas aus Metall, seltsam geformt, mit scharfen, geschliffenen Kanten. Was es war, weiß ich nicht, weil ich es mir nicht ansah, ich habe es nur gefühlt. Dann beugte ich mich vor und küsste ihn auf den Mund, meine Lippen auf seinen trockenen, spröden, ganz rauen Lippen.

Dann wurde ich wach, zitternd und durchfroren. Es dämmerte. Ich konnte den See erkennen, nicht aber die darin stehende Kuh; und noch immer fühlte ich die trockenen, rauen Lippen. Mit einem Ruck stand ich auf, weil ich nicht im Bett liegen und über den Traum nachdenken wollte. Ich machte keinen Kaffee, schlenderte aber zum Elefantenfuß und sah, dass der elende, Spazierstock genannte Knüppel immer noch darin stand.

Es war die pulsierende Zeit der Dämmerung, heiß und stickig, denn der morgendliche Wind hatte noch nicht eingesetzt. Die Straße war silbrig grau, der Bürgersteig übersät mit dem Dreck menschlicher Hinterlassenschaften. Das «Foremaster»-Café hatte noch nicht geöffnet, aber ich wollte sowieso keinen Kaffee. Ich ging durch die Gasse, schloss die Hintertür zu meinem Laden auf, betrat den vorderen Teil und sah nach der ledernen Hutschachtel hinter dem Tresen. Dann öffnete ich eine Kaffeedose, kippte den Kaffee in den Abfalleimer, drückte zwei Löcher in eine Dose Kondensmilch, goss die Milch in die Kaffeedose, machte die Hintertür auf, verkeilte sie und stellte die Dose in den Eingang. Der Kater war tatsächlich da, traute sich aber erst vor, als ich in den Verkaufsraum zurückgegangen war. Von dort aus hatte ich ihn im Blick, ein grauer Kater in einer grauen Gasse, der Milch schleckte. Als er den Kopf hob, trug er einen weißen Schnäuzer. Dann setzte er sich, wischte sich über das Maul und leckte sich die Pfoten.

Ich klappte die Hutschachtel auf und holte die geordneten und mit Büroklammern zusammengehefteten Quittungen vom Samstag heraus. Dann entnahm ich dem braunen Bankumschlag dreißig Hundertdollarscheine, und die restlichen zwanzig Scheine steckte ich wieder zurück. Diese dreitausend Dollar sollten meine Sicherheitsreserve sein, bis der Laden schwarze Zahlen schrieb. Marys restliche zweitausend Dollar würde ich wieder auf ihrem Konto deponieren, und sobald ich es mir leisten konnte, wollte ich die dreitausend nach und nach zurückzahlen. Die dreißig Scheine steckte ich in meine neue Brieftasche, die dadurch so dick wurde, dass sie kaum noch in meine Gesäßtasche passte. Dann holte ich Kisten und Kartons aus dem Lagerraum, riss sie auf und begann, die leer geräumten Regale wieder zu füllen, während ich mir auf einem Stück Packpapier notierte, was ich nachbestellen musste. Die leeren Kartons stapelte ich anschließend für die Müllabfuhr in der Gasse, danach goss ich noch einmal Milch in die Kaffeedose, aber der Kater ließ sich nicht mehr blicken. Entweder war er satt, oder er fand nur an dem Gefallen, was er stibitzen konnte.

Es muss wohl Jahre geben, die sich von anderen Jahren unterscheiden, wie sich ein Tag in Wetter, Stimmung und Entwicklung von einem andern unterscheidet. Das Jahr 1960 war ein Jahr der Veränderung, ein Jahr, in dem geheime Ängste publik wurden, in dem Missvergnügen nicht länger gezügelt wurde, sondern nach und nach in Wut umschlug. Das ging nicht allein mir so und blieb auch nicht auf New Baytown beschränkt. Die Nominierungen zur Präsidentschaftswahl standen an; schwelendes Missvergnügen schlug in Wut um, begleitet von jener Anspannung, die mit solcher Wut einhergeht. Und das galt nicht allein für dieses Land; die ganze Welt plagten Ruhelosigkeit und Unbehagen, während Missvergnügen zu Wut wurde und die Wut ein Ventil in der Tat suchte, in welcher Tat auch immer, solange sie nur gewalttätig genug war – Afrika, Kuba, Südamerika, Europa, Asien, der Nahe Osten, sie alle waren so nervös wie Rennpferde in der Startmaschine.

Ich wusste, dass Dienstag, der fünfte Juli, bedeutender sein würde als andere Tage. Ich glaubte sogar zu wissen, was geschah, ehe es geschah, doch weil es dann tatsächlich geschah, werde ich dies wohl nie mit Gewissheit behaupten können.

Ich glaube, ich wusste, dass der hochkarätige, stoßfeste, wie ein Uhrwerk tickende Mr. Baker eine Stunde vor Öffnung der Bank an meiner Ladentür rütteln würde. Er tat es jedenfalls, ehe ich geöffnet hatte. Ich ließ ihn ein und schloss hinter ihm wieder ab.

«Was für eine scheußliche Sache», sagte er. «Ich hatte ja keine Ahnung. Sobald ich davon gehört habe, bin ich auf schnellstem Weg zurückgekommen.»

«Welche scheußliche Sache denn?»

«Na, der Skandal! Diese Männer sind meine Freunde, alte Freunde, da kann ich doch nicht untätig bleiben.»

«Vor der Wahl wird man sie nicht einmal verhören – man wird nur Anklage erheben.»

«Ich weiß. Könnten wir nicht öffentlich bekannt geben, dass wir von ihrer Unschuld überzeugt sind? Notfalls mittels einer bezahlten Anzeige?»

506

«Aber wo, Mr. Baker? Der ‹Bay Harbor Messenger› erscheint erst am Donnerstag.»

«Na ja – aber irgendetwas müssen wir doch tun.»

«Ja, sicher.»

Das Ganze war bloßes Gerede. Ihm musste klar sein, dass ich Bescheid wusste. Und doch wich er meinem Blick nicht aus und wirkte aufrichtig besorgt.

«Wenn wir nichts unternehmen, ruinieren uns die Extremisten die Stadtratswahl. Wir müssen neue Kandidaten aufstellen. Uns bleibt nichts anderes übrig. Es ist schrecklich, alten Freunden sowas anzutun, andererseits wären sie die Ersten, die einsähen, dass diese extremistischen Eierköpfe nicht das Sagen haben dürfen.»

«Warum reden Sie nicht mit ihnen?»

«Sie sind tief verletzt und völlig durcheinander. Hatten noch keine Zeit, sich Gedanken zu machen. Ist Marullo gekommen?»

«Er hat einen Freund geschickt. Ich habe ihm das Geschäft für dreitausend abgekauft.»

«Gut. Ein richtiges Schnäppchen. Haben Sie die Papiere?»

«Ja.»

«Prima, die Scheine sind registriert für den Fall, dass er einen Rückzieher machen will.»

«Der wird keinen Rückzieher machen. Er ist müde und will nur noch weg.»

«Ich hab ihm nie über den Weg getraut. Konnte nie rauskriegen, wo der überall seine Finger drin hat.»

«Ist er ein Gauner, Mr. Baker?»

«Ein ziemlich durchtriebener Kerl, hat immer ein doppeltes Spiel gespielt. Wenn er seinen gesamten Besitz abstoßen kann, ist er ein reicher Mann, aber dreitausend – das ist praktisch geschenkt.»

«Er mochte mich.»

«Offenbar. Wen hat er geschickt? Die Mafia?»

«Einen Regierungsbeamten. Sehen Sie, mir hat Marullo vertraut.»

Mr. Baker griff sich an die Stirn, was so gar nicht seiner Gewohnheit entsprach. «Warum habe ich nicht gleich daran gedacht? Sie sind der Richtige. Gute Familie, verlässlich, Grundstücksbesitzer, Geschäftsmann, angesehen. Und Sie haben in der Stadt keinen einzigen Feind. Natürlich sind Sie der richtige Mann.»

«Der richtige Mann?»

«Für den Posten des Stadtdirektors.»

«Unternehmer bin ich doch erst seit Samstag.»

«Sie wissen schon, was ich meine. Um Sie herum könnten wir eine Reihe seriöser neuer Gesichter versammeln. Herrgott, das ist die perfekte Lösung.»

«Vom Verkäufer zum Stadtdirektor?»

«Niemand hat einen Hawley je für einen Verkäufer gehalten.»

«Ich schon. Und Mary auch.»

«Aber Sie sind keiner. Wir können es heute noch bekannt geben, bevor diese Extremisten sich durchsetzen.»

«Das muss ich mir erst gründlich überlegen.»

«Dafür bleibt keine Zeit.»

«Und wen hatten Sie vorher im Sinn?»

«Vorher?»

«Na, ehe der bisherige Stadtrat in Verruf geriet. Lassen Sie uns später weiterreden. Samstag war hier die Hölle los. Ich hätte sogar die Waagschalen verkaufen können.»

«Machen Sie was aus dem Laden, Ethan, Sie können das. Ich rate Ihnen, bauen Sie ihn aus und verkaufen Sie ihn dann. Kunden bedienen ist nichts für Sie, dafür sind Sie ein zu wichtiger Mann. Irgendwas Neues von Danny?»

«Noch nicht, nein.»

«Sie hätten ihm kein Geld geben sollen.»

«Vielleicht nicht, aber ich habe geglaubt, etwas Gutes zu tun.»

«Natürlich haben Sie etwas Gutes getan. Natürlich.»

«Mr. Baker – was ist eigentlich mit der ‹Belle-Adair› passiert?»

«Was mit ihr passiert ist? Na, verbrannt ist sie.»

«Im Hafen, aber wie hat es denn angefangen?»

«Komischer Zeitpunkt für diese Frage. Ich weiß nur, was ich gehört habe. Ich selbst kann mich nicht daran erinnern, war noch zu klein. Diese alten Schiffe waren mit Öl durchtränkt. Ich nehme an, irgendein Matrose hat ein Streichholz fallen lassen. Ihr Großvater war der Kapitän, aber kurz vorher an Land gegangen, soweit ich weiß. Waren gerade zurückgekommen.»

«Von einer schlechten Fahrt.»

«So habe ich's auch gehört.»

«Gab es Probleme mit der Versicherung?»

«Na ja, Gutachter werden immer geschickt, aber nein, wenn ich mich recht erinnere, hat es zwar eine Weile gedauert, aber wir haben das Geld bekommen, die Familien Hawley und Baker.»

«Mein Großvater hat geglaubt, sie sei in Brand gesetzt worden.»

«Wieso das denn?»

«Um das Geld zu kassieren. Mit dem Walfang ging es ja zu Ende.»

«So etwas habe ich ihn nie sagen hören.»

«Wirklich nie?»

«Ethan – worauf wollen Sie hinaus? Warum kommen Sie jetzt mit diesen uralten Kamellen an?»

«Weil es schrecklich ist, ein Schiff zu verbrennen. Das ist Mord. Eines Tages werde ich den Kiel bergen lassen.»

«Den Kiel?»

«Ich weiß genau, wo die ‹Belle-Adair› liegt. Eine halbe Kabellänge vom Ufer entfernt.»

«Und wozu soll das gut sein?»

«Ich würde gern wissen, ob das Holz noch brauchbar ist. Der Kiel ist aus Shelter-Island-Eiche. Und sollte der noch intakt sein, ist sie nicht vollends tot. Übrigens müssen Sie jetzt gehen, wenn Sie das Öffnen des Safes absegnen wollen. Und ich muss den Laden aufmachen.»

Schon setzten sich seine Zeiger wieder in Bewegung, und er tickte hinüber zur Bank.

Heute glaube ich, dass ich sogar mit Biggers gerechnet hatte. Anscheinend verbrachte der arme Kerl den Großteil seiner Zeit mit der Beobachtung von Hauseingängen. Und allem Anschein nach hatte er in Sichtweite darauf gewartet, dass Mr. Baker sich verzog.

«Ich hoffe, Sie springen mir nicht an die Gurgel.»

«Warum sollte ich?»

«Ich könnte es ja verstehen, wenn Sie einge-schnappt wären. Ich war wohl nicht besonders … diplomatisch.»

«Nein, vielleicht nicht.»

«Haben Sie sich mein Angebot überlegt?»

«Ja.»

«Und? Was meinen Sie?»

«Ich meine, sechs Prozent wären besser.»

«Ich weiß nicht, ob B. B. da mitgehen würde.»

«Liegt ganz bei denen.»

«Vielleicht räumen sie Ihnen fünfeinhalb ein.»

«Und Sie räumen dann das fehlende halbe Pro-zent ein.»

«Herrgott noch mal, und ich hab Sie für ein Landei gehalten. Sie gehen ja hart ran.»

«Alles oder nichts.»

«Welchen Umfang hätten denn die Bestellun-gen?»

«Eine unvollständige Liste liegt neben der Kas-se.»

Er studierte den Streifen Packpapier. «Okay, da-mit haben Sie mich am Haken. Aber Mannomann, Sie lassen mich ganz schön bluten. Kann ich die heutige Bestellung komplett übernehmen?»

«Morgen wär besser und die Bestellung grö-ßer.»

«Sie meinen, Sie bestellen nur noch bei uns?»

«Wenn Sie artig sind.»

«Meine Güte, Sie müssen Ihren Boss bestens im Griff haben. Kommen Sie damit durch?»

«Das werden wir ja sehen.»

«Na gut, vielleicht kann ich bei der Freundin von diesem Handelsvertreter landen. Mann, Sie müssen kalt wie 'n Hering sein. Ich sag Ihnen, sie ist 'ne echte Augenweide.»

«Freundin meiner Frau.»

«Oh, verstehe, zu nah am heimischen Herd. Gibt bloß Ärger. Sie sind ganz schön gerissen. Hätt ich das nicht vorher schon kapiert, dann spätestens jetzt. Sechs Prozent. Meine Güte! Morgen früh.»

«Vielleicht noch heute am späten Nachmittag, falls ich die Zeit finde.»

«Lassen wir's lieber bei morgen früh.»

Am Samstag waren die Kunden in schnellen Schüben gekommen, am heutigen Dienstag hatte sich das Tempo gänzlich geändert. Die Leute ließen sich Zeit. Sie wollten über den Skandal reden, wollten loswerden, wie schlimm das Ganze war, wie schrecklich, traurig und beschämend, und es gleichzeitig genießen. Wir hatten schon lange keinen Skandal mehr erlebt. Den bevorstehenden Parteitag der Demokraten in Los Angeles erwähnte niemand auch nur mit einem einzigen Wort. New Baytown ist natürlich eine Stadt der Republikaner, aber ich glaube, man interessiert sich sowieso eher für das, was in der unmittelbaren Umgebung passiert. Wir kannten die Menschen, auf deren Gräbern wir tanzten.

Polizeichef Jackson kam um die Mittagszeit, er wirkte müde und sorgenvoll.

Ich stellte den Ölkanister auf den Tresen und fischte mit einem Stück Draht die alte Pistole heraus.

«Hier ist das Beweisstück. Nehmen Sie es bitte mit. Es macht mich nervös.»

«Wischen Sie doch bitte das Öl ab, ja? Jetzt sieh sich einer das an! Ein Iver Johnson, früher hat man die Zwei-Dollar-Revolver genannt. Haben Sie jemanden, der auf den Laden aufpassen kann?»

«Nein.»

«Wo ist Marullo?»

«Nicht in der Stadt.»

«Dann müssen Sie den Laden vielleicht für eine Weile schließen.»

«Was ist denn?»

«Nun, Charley Pryors Junge ist heute Morgen von zu Hause weggelaufen. Haben Sie nicht was Kaltes zu trinken für mich?»

«Klar doch. Orangensaft, Rahm, Zitronensaft, Cola?»

«Geben Sie mir eine 7 Up. Charley ist schon ein komischer Kauz. Tom, sein Junge, ist acht. Er denkt, die ganze Welt sei gegen ihn, und deshalb wollte er von daheim durchbrennen und Pirat werden. Jeder andere Vater hätte ihm wohl den Hintern versohlt, nicht aber Charley. Machen Sie die nicht auf?»

«Entschuldigung. Hier, bitte. Aber was hat Charley mit mir zu tun? Ich mag ihn natürlich, aber...»

«Nun, Charley regelt so manches anders als die meisten Leute. Er hat sich gedacht, er könne Tom am besten von seiner Idee abbringen, indem er ihm hilft. Also haben die beiden sich nach dem Frühstück einen Schlafsack besorgt und ein großes Mittagessen eingepackt. Tom wollte zu seinem Schutz noch ein großes japanisches Schwert mitnehmen, aber da die Spitze über den Boden schleifte, hat er sich für ein Bajonett entschieden. Charley hat den Jungen ins Auto geladen und aus der Stadt rauschauffiert, damit er gut loskommt. Drüben bei Taylors Wiese hat er ihn dann rausgelassen – Sie wissen schon, da, wo die Taylors früher ein Haus hatten. Das war heute Morgen, so gegen neun. Charley hat seinen Jungen anschließend noch eine Weile beobachtet. Der hat sich als Erstes hingesetzt, um sechs belegte Brote und zwei hartgekochte Eier zu verdrücken. Und dann ist der tapfere Kerl mit seinem Bündel und dem Bajonett über die Wiese davongestapft, und Charley fuhr wieder nach Hause.»

Jetzt kam es. Ich wusste es, wusste es. Fast war es eine Erleichterung, es endlich hinter mich zu bringen.

«Gegen elf ist der Junge dann flennend auf die Straße gerannt und per Anhalter nach Hause gefahren.»

«Ich glaube, den Rest kann ich erraten – es geht um Danny, stimmt's?»

«Leider ja. Unten im Kellerloch des alten Hauses. Eine Kiste Whisky, zwei Flaschen leer, dazu ein Fläschchen Schlaftabletten. Tut mir leid, dass ich Sie das fragen muss, Eth. Lag schon ziemlich lange da, und irgendwas hat sich an seinem Gesicht zu schaffen gemacht, Katzen vielleicht. Wissen Sie, ob er irgendwelche Merkmale oder Narben hatte?»

«Ich will ihn mir nicht ansehen müssen, Chief.»

«Tja, wer will das schon. Also, irgendwelche Narben?»

«Ich erinnere mich an eine Stacheldrahtnarbe überm linken Knie und... und» – ich rollte

516

meinen Ärmel hoch – «er hatte ein Herztattoo genau wie das hier. Haben wir als Kinder selber gemacht. Mit einer Rasierklinge, dann die Tinte reingerieben. Ist immer noch gut zu erkennen, oder?»

«Na ja, das könnte reichen. Noch irgendwas?»

«Ja – eine große Narbe unterm linken Arm. Bevor es diese neuen Medikamente gab, hatte er eine Rippenfellentzündung, und da wurde ihm ein Stück Rippe entfernt und eine Drainage gelegt.»

«Wenn ihm wirklich ein Stück Rippe fehlt, sollte das reichen. Dann brauch ich vielleicht nicht mal selber zurück. Soll der Coroner seinen Arsch bewegen. Falls es aber tatsächlich Danny ist, müssen Sie Ihre Aussage unter Eid wiederholen.»

«Kein Problem, solange ich ihn mir nicht ansehen muss, Stoney. Sie wissen ja… er war… war mein Freund.»

«Geht klar, Ethan. Sagen Sie, ist an dem Gerücht was dran, dass Sie Stadtdirektor werden?»

«Ist mir neu. Chief, wären Sie wohl so nett, zwei Minuten auf den Laden…»

«Ich muss los.»

«Wirklich nur zwei Minuten. Ich lauf bloß eben über die Straße und besorg mir einen Drink.»

«Ach so, klar. Verstehe. Sicher – dann mal los. Mit dem neuen Stadtdirektor muss ich mich doch gut stellen.»

Ich kippte einen Drink und brachte mir noch ein Pint mit. Kaum war Stoney gegangen, schrieb ich «Bin um zwei zurück» auf eine Karte, schloss ab und ließ die Jalousie herunter.

Dann setzte ich mich hinter meinen Tresen auf die lederne Hutschachtel und blieb in der dämmrig grünen Dunkelheit meines Ladens hocken.

## 20

Um zehn vor drei ging ich zur Hintertür hinaus und um die Ecke zum Haupteingang der Bank. Morph in seinem bronzenen Käfig zog den Stapel Geldscheine und Schecks an sich, den braunen Umschlag sowie die Einzahlungsbelege. Mit zu einem Y gespreizten Fingern breitete er die Sparbücher aus und notierte mit einer flüsternden Stahlfeder kleine, spitzwinklige Nummern auf dem Papier. Als er mir die Sparbücher zurückgab, musterte er mich vorsichtig mit verhangenem Blick.

«Ich werde kein Wort dazu sagen, Ethan. Ich weiß, er war Ihr Freund.»

«Danke.»

«Wenn Sie jetzt rasch nach draußen huschen, laufen Sie dem Boss vielleicht nicht über den Weg.»

Dieses Glück blieb mir versagt. Womöglich hatte Morph ihn selbst mit dem Summer angelockt. Jedenfalls schwang die Milchglastür zu Mr. Bakers Büro auf, und er – adrett, dezent und grau – fragte leise: «Hätte Sie vielleicht einen Moment Zeit für mich, Ethan?»

Es aufzuschieben hatte keinen Sinn. Also marschierte ich in die eisige Höhle, und er schloss die Tür hinter mir so leise, dass ich nicht einmal hörte, wie der Riegel ins Schloss glitt. Sein Schreibtisch war mit einer Glasplatte abgedeckt, unter der Listen mit getippten Nummern zu sehen waren. Vor seinem großen Sessel standen, schräg nebeneinander wie Zwillingsmilchkälber, zwei Kundensessel. Sie waren bequem, aber niedriger als der Schreibtischsessel, weshalb ich, sobald ich saß, aus einer Bittstellerhaltung zu Mr. Baker aufsehen musste.

«Bedauerliche Angelegenheit.»

«Ja.»

«Aber ich finde nicht, dass Sie die ganze Schuld auf sich nehmen sollten. Wäre wahrscheinlich sowieso irgendwann passiert.»

«Wahrscheinlich.»

«Und ich bin mir sicher, dass Sie geglaubt haben, das Richtige zu tun.»

«Ich fand, er hatte eine Chance verdient.»

«Natürlich.»

Hass stieg in mir auf wie ätzende Säure, doch wurde mir davon eher übel, als dass er meine Wut schürte.

«Von der menschlichen Tragödie und dem Verlust einmal abgesehen, wirft sein Tod ein Problem auf. Wissen Sie, ob er irgendwelche Verwandte hatte?»

«Ich glaube nicht.»

«Ein Mensch mit Geld hat immer Verwandte.»

«Aber er hatte kein Geld.»

«Ihm gehörte die Wiese der Taylors, schuldenfrei und unbelastet.»

«Ach ja? Nun, eine Wiese und ein Kellerloch...»

«Ethan, ich habe Ihnen doch erzählt, dass wir für unseren Bezirk einen Flugplatz brauchen. Die Wiese ist eine ebene Fläche. Sollten wir die nicht nutzen können, müssen wir Millionen für das Abtragen von Hügeln ausgeben. Und selbst wenn Danny keine Erben hat, kommt die Sache vor Gericht. Das kann Monate dauern.»

«Verstehe.»

Sein Zorn brach sich Bahn. «Ich bezweifle wirklich, dass Sie das verstehen. Sie mit Ihren guten Absichten haben das Ganze nämlich unendlich kompliziert gemacht. Manchmal könnte man wirklich glauben, dass es auf der Welt nichts Schlimmeres gibt als Menschen mit guten Absichten.»

«Da haben Sie vielleicht recht. Ich sollte jetzt wohl besser zurück in den Laden.»

«Es ist Ihr Laden.»

«Allerdings, nicht wahr? Ich kann mich noch gar nicht daran gewöhnen. Vergesse es immer wieder.»

«Ja, Sie vergessen. Das Geld, das Sie ihm gegeben haben, war Marys Geld. Davon wird sie nichts wiedersehen. Sie haben es zum Fenster rausgeworfen.»

«Danny hatte Mary gern. Er wusste, dass es ihr Geld war.»

«Davon hat sie jetzt herzlich wenig.»

«Ich dachte, er wollte sich einen Scherz mit mir erlauben, als er mir die hier gegeben hat.» Ich zog die beiden linierten Blätter aus meiner Innentasche, in die ich sie mit dem Wissen gesteckt hatte, dass ich sie genau so würde zücken müssen, wie es jetzt geschah.

Mr. Baker strich sie auf der Glasplatte seines

Schreibtischs glatt. Während er las, zuckte ein Muskel an seinem rechten Ohr und brachte das Ohrläppchen zum Wackeln. Dann wanderte sein Blick erneut über die Papiere, diesmal auf der Suche nach einem Schlupfloch.

Als mich der Hundesohn dann anschaute, entdeckte ich Furcht in seinen Augen. Er sah jemanden vor sich, von dessen Existenz er nichts gewusst hatte, und er brauchte einen Moment, um sich auf diesen Fremden einzustellen. Aber er war gut. Er stellte sich auf ihn ein.

«Was verlangen Sie?»

«Einundfünfzig Prozent.»

«Wovon?»

«Von der Firma, der Gesellschaft, was auch immer.»

«Ist ja lächerlich.»

«Sie wollen einen Flugplatz. Und ich habe die einzige dafür geeignete Fläche.»

Sorgsam putzte er sich die Brille mit einem Papiertaschentuch, dann setzte er sie wieder auf, sah mich aber nicht an. Sein Blick wanderte einmal durchs ganze Zimmer, ließ mich jedoch aus. Schließlich fragte er: «Wissen Sie, was Sie getan haben, Ethan?»

«Ja.»

«Und? Fühlen Sie sich wohl dabei?»

«Ich glaube, ich fühle mich wie der Mann, der mit einer Flasche Whisky zu Danny ging, um sich ein Papier unterschreiben zu lassen.»

«Hat er Ihnen das erzählt?»

«Ja.»

«Er war ein Lügner.»

«Das hat er mir auch gesagt. Hat mich vor seinen eigenen Lügen gewarnt. Vielleicht gibt es in diesen Papieren ja irgendeinen Dreh.» Behutsam sammelte ich sie von seinem Tisch ein und faltete die beiden schmutzigen, mit Bleistift beschriebenen Blätter zusammen.

«Es gibt bei dem Ganzen tatsächlich einen Dreh, Ethan. Diese Papiere sind allerdings unanfechtbar, datiert, beglaubigt, einwandfrei. Aber vielleicht hat er Sie gehasst, und der Dreh bei alldem ist, dass er einen ehrbaren Mann zugrunde richten wollte.»

«Mr. Baker, in meiner Familie hat noch niemand ein Schiff in Brand gesetzt.»

«Wir werden weiterhin miteinander verkehren, Ethan, werden Geschäfte zusammen machen und Geld verdienen. Auf den Hügeln rund um die Wiese dürfte eine kleine Stadt entstehen. Und jetzt werden Sie wohl Stadtdirektor werden müssen.»

«Das geht leider nicht. Ergäbe einen Interessenkonflikt. Ein paar ziemlich betrübte Männer dürften das in diesem Augenblick herausfinden.»

Er seufzte – ein vorsichtiger Seufzer, fast als fürchtete er, in seiner Kehle etwas aufzuschrecken.

Ich erhob mich und stützte mich mit den Händen auf dem halbrunden, lederbezogenen Rücken des Bittstellersessels ab. «Sie werden sich wohler fühlen, Mr. Baker, sobald Sie sich mit der Tatsache abgefunden haben, dass ich kein sympathischer Trottel bin.»

«Warum haben Sie mich nicht ins Vertrauen gezogen?»

«Mitwisser sind gefährlich.»

«Dann kommen Sie sich also wie ein Verbrecher vor?»

«Nein, Verbrecher sind immer die anderen. Jetzt muss ich aber wirklich den Laden wieder aufmachen, auch wenn er mir gehört.»

Meine Hand lag auf der Türklinke, als er leise fragte: «Wer hat Marullo angezeigt?»

«Ich nehme an, das waren Sie.» Er sprang auf, ich jedoch schloss hinter mir die Tür und ging in meinen Laden zurück.

Kein Mensch auf der Welt gibt einer Party oder einem Fest einen solchen Glanz wie meine Mary. Was sie schimmern lässt wie ein Juwel, ist jedoch nicht ihr eigener Beitrag, sondern das, was sie davon hat. Ihre Augen leuchten, und jeder noch so müde Witz wird durch ihren lächelnden Mund, ihr rasches Lachen aufgewertet. Organisiert meine Mary eine Party, fühlen sich alle attraktiver und gescheiter als je zuvor, und so werden sie denn tatsächlich attraktiv und gescheit. Ansonsten trägt Mary nichts weiter dazu bei, und das ist auch nicht nötig.

Als ich heimkam, erstrahlte das ganze Haus Hawley im Festtagsglanz. Bunte Plastikfähnchen spannten sich vom Deckenlicht bis zu den Bilderrahmen, und bunte Plastikwimpel zierten das Treppengeländer.

«Du glaubst es nicht», rief Mary, «aber die hat Ellen von der Esso-Tankstelle geliehen bekommen. George Sandow hat sie ihr gegeben.»

«Und was wird gefeiert?»

«Einfach alles. Ruhm und Ehre.»

Ich wusste nicht, ob sie schon über Danny Taylor im Bilde war oder ob sie es gehört und vorläufig verdrängt hatte. Von mir jedenfalls war er bestimmt nicht zu unserem Fest eingeladen worden, dennoch schlich er ums Haus herum. Ich wusste, später würde ich zu ihm nach draußen gehen müssen, aber hereinbitten wollte ich ihn nicht.

«Man könnte glauben, Ellen sei diejenige, die ausgezeichnet wurde», sagte Mary. «Sie ist sogar noch stolzer, als wenn sie selbst die Berühmtheit wäre. Sieh dir nur die Torte an, die sie gebacken hat.» Es war eine große, weiße Torte, auf der in roten, grünen, gelben und blauen Buchstaben «Held» stand. «Heute gibt es Brathähnchen *samt* Füllung *und* Bratensauce *und* Kartoffelbrei, und all das mitten im Sommer.»

«Gut, Liebling, sehr gut. Und wo ist unsere jugendliche Berühmtheit?»

«Tja, ihn hat das Ganze offenbar auch verändert. Er nimmt ein Bad und zieht sich zum Abendessen um.»

«Wahrlich ein Tag der Zeichen und Wunder, meine Sibylle. Irgendwo hat ein Muli gefohlt, und am Himmel erschien ein neuer Komet. Ein Bad vor dem Abendessen. Ist das zu fassen?»

«Du wirst dich sicher auch noch umziehen wollen. Ich habe übrigens eine Flasche Wein besorgt, und ich finde, selbst wenn es nur Familie ist, wäre eine kurze Rede oder ein Trinkspruch durchaus angebracht.» Sie steckte das ganze Haus mit ihrer Partylaune an. Ich ertappte mich dabei, wie ich nach oben rannte, um zu duschen und dann mitzufeiern.

Als ich an Allens Tür vorbeikam, klopfte ich an, hörte ein Grunzen und trat ein.

Er stand vor dem Wandspiegel, in der Hand einen kleineren Spiegel, sodass er sein Profil betrachten konnte. Mit irgendwelchem schwarzen Zeug, womöglich Marys Wimperntusche, hatte er sich einen schmalen Schnäuzer auf die Oberlippe gemalt, die Brauen nachgedunkelt und deren äußere Enden zu satanischen Spitzen hochgezogen. Als ich eintrat, lächelte er gerade mit weltmännischem, zynischem Charme in den Spiegel. Außerdem trug er meine gepunktete blaue Fliege. Es schien ihm kein bisschen peinlich zu sein, von mir überrascht zu werden.

«Ist nur eine Probe», sagte er und legte den Handspiegel hin.

«Mein Sohn, ich glaube, in all der Aufregung habe ich dir noch gar nicht gesagt, wie stolz ich auf dich bin.»

«Es ist… na ja, es ist ein Anfang.»

«Offen gestanden habe ich nicht geglaubt, dass du auch nur halb so gut schreiben kannst wie unser Präsident, was mich ebenso überrascht wie erfreut. Wann wirst du der Welt deinen Aufsatz darbieten?»

«Sonntag um halb fünf, eine landesweite Übertragung. Ich muss dafür nach New York. Ein Charterflugzeug bringt mich hin.»

«Hast du ordentlich geübt?»

«Ach, wird schon gut gehen. Ist nur ein Anfang.»

«Na, wohl eher ein Riesensprung – einer von fünf im ganzen Land.»

«Landesweite Übertragung», sagte er und fing an, sich mit einem Wattebausch den Schnäuzer abzuwischen, wobei ich erstaunt feststellte, dass er über ein vollständiges Make-up-Set mit Lidschatten, Schminke und Cold Cream verfügte.

«Im Augenblick passiert so viel gleichzeitig. Weißt du eigentlich, dass ich den Laden gekauft habe?»

«Klar, hab ich gehört.»

«Tja, wenn Wimpel und Lametta wieder abgehängt wurden, werde ich wohl deine Hilfe brauchen.»

«Was soll das heißen?»

«Das hab ich dir doch schon gesagt, ich brauche Hilfe im Laden.»

«Dürfte kaum möglich sein», sagte er und inspizierte seine Zähne im Handspiegel.

«Was dürfte nicht möglich sein?»

«Ich hab ein paar Gastauftritte und soll zu ‹What's My Line?› und ‹Mystery Guest›. Außerdem ist die Rede von ‹Teen Twisters›,[113] einer neuen Quizsendung, die ich vielleicht sogar moderieren werde. Du siehst, ich hab einfach keine Zeit.» Aus einer Dose sprühte er sich irgendwas Klebriges ins Haar.

«Deiner Karriere steht also nichts mehr im Weg, was?»

«Wie gesagt, ist nur ein Anfang.»

«Na, ich will heute Abend kein Kriegsbeil ausgraben. Wir reden später darüber.»

«Irgendein Typ von NBC versucht dich telefonisch zu erreichen. Geht vielleicht um einen Vertrag, weil ich ja noch minderjährig bin.»

«Denkst du eigentlich auch an die Schule, mein Sohn?»

«Warum sollte ich, wenn ich einen Vertrag kriege?»

Ich verdrückte mich, so schnell ich konnte, ging ins Bad, duschte kalt und ließ eisiges Wasser über meine Haut laufen, bis die Kälte meine bebende Wut linderte. Als ich dann sauber und glänzend und nach Marys Parfüm duftend herauskam, hatte ich mich wieder im Griff. Kurz vor dem Abendessen setzte sich Ellen auf meine

Sessellehne, rutschte mir dann auf den Schoß und schlang die Arme um mich.

«Ich hab dich lieb», sagte sie. «Ist das alles nicht aufregend? Und ist Allen nicht wunderbar? Man könnte meinen, er wäre dafür geboren.» Und dies war das Mädchen, das ich für sehr egoistisch und ein wenig gemein gehalten hatte.

Vor der Torte brachte ich dann einen Trinkspruch auf unseren jungen Helden aus, wünschte ihm Glück und endete mit den Worten: «‹Nun ward der Winter unseres Missvergnügens glorreicher Sommer durch diesen Sohn Yorks.›»

«Shakespeare», sagte Ellen.

«Gewiss, geliebte Närrin, doch welches Stück, wer sagt es und wann?»

«Hab nicht den leisesten Schimmer», meinte Allen. «Ist doch bloß was für Spießer.»

Ich half, das Geschirr in die Küche zu tragen. Mary strahlte noch immer. «Reg dich nicht auf», sagte sie. «Er wird seinen Weg finden, wird wieder ins Lot kommen. Bitte hab Geduld mit ihm.»

«Hab ich doch, mein heiliger Aal.»

«Übrigens hat ein Mann aus New York angerufen. Geht wohl um Allen. Ist das nicht aufregend, dass sie ihm extra ein Flugzeug schicken? Ich kann mich gar nicht dran gewöhnen, dass dir jetzt der Laden gehört. Übrigens weiß ich's schon – es geht der ganzen Stadt rum, dass du der neue Stadtdirektor wirst.»

«Stimmt aber nicht.»

«Also mir wurde das mindestens ein Dutzend Mal erzählt.»

«Ist aus geschäftlichen Gründen unmöglich. Ich geh noch mal ein Weilchen raus, Liebling. Muss zu einem Treffen.»

«Vielleicht wünsch ich mir eines Tages, du wärst wieder Verkäufer. Da warst du abends wenigstens zu Hause. Und was ist, wenn der Mann wieder anruft?»

«Der kann warten.»

«Wollte er aber nicht. Wird's spät?»

«Weiß ich nicht. Hängt davon ab, wie's läuft.»

«Ist das mit Danny Taylor nicht traurig? Nimm den Regenmantel mit.»

«Ja, ist es.»

Im Flur setzte ich meinen Hut auf, und einer plötzlichen Eingebung folgend griff ich mir den Narwalstock des alten Käpt'n aus dem Elefantenfuß, als Ellen neben mir auftauchte.

«Kann ich mitkommen?»

«Heute Abend nicht.»

«Ich hab dich lieb.»

Einen Moment lang blickte ich meiner Tochter

tief in die Augen. «Ich habe dich auch lieb», sagte ich, «und bei meiner Rückkehr schenke ich dir Juwelen. Irgendwelche besonderen Wünsche?»

Sie kicherte. «Wieso nimmst du deinen Stock mit?»

«Zu meinem Schutz.» Ich schwang das gedrechselte Elfenbein wie einen Säbel.

«Bleibst du lange weg?»

«Nein, nein.»

«Warum nimmst du den Stock denn nun wirklich mit?»

«Nur zur Zierde, um damit anzugeben, zu drohen oder aus Angst und dem letzten Rest des Verlangens, eine Waffe zu tragen.»

«Ich bleibe wach und warte auf dich. Darf ich das rosige Ding in der Hand halten?»

«O nein, du wirst schön schlafen, meine kleine Wonnenblume. Das rosa Ding? Du meinst den Talisman? Ja, sicher.»

«Was ist ein Talisman?»

«Schlag es im Lexikon nach. Weißt du, wie man es buchstabiert?»

«T-a-l-i-s-s-m-a-n-n.»

«Nein, T-a-l-i-s-m-a-n.»

«Warum sagst du's mir nicht einfach?»

«Weil du es dir besser merken kannst, wenn du das Wort nachschlägst.»

Sie schlang ihre Arme um mich, drückte sich an mich und ließ mich ebenso rasch wieder los.

Schwer und dunkel schloss sich die Nacht um mich, die schwüle Luft so sämig wie Hühnersuppe. Den im dichten Laub der Elm Street verborgenen Straßenlaternen entsprossen dunstige, vielfach durchbrochene Strahlenkränze.

Ein berufstätiger Mann sieht nur wenig von der normalen Tageslichtwelt. Kein Wunder, dass er seine Neuigkeiten und Anschauungen über seine Frau erhält. Sie weiß, was passiert und wer was darüber gesagt hat, nur wird dies durch ihre Weiblichkeit gefiltert, weshalb die meisten Männer in Lohn und Brot die Tageslichtwelt mit den Augen einer Frau wahrnehmen.

In der Nacht aber, wenn Geschäft oder Büro geschlossen ist, erwacht die Welt des Mannes – für eine Weile.

Der gedrechselte Stock aus Narwalelfenbein fühlte sich gut an, auch der schwere, silberne, von der Hand des alten Käpt'n polierte Knauf.

Früher, vor langer Zeit, als ich noch in der Tageslichtwelt lebte, habe ich mich, wenn mir die Welt zu viel wurde, immer ins Gras gelegt. Mit dem Gesicht nach unten, die grünen Stängel nahe vor Augen, wurde ich eins mit den Ameisen, Asseln und Blattläusen und war nicht länger ein Riese. In einem wilden Grashalmdschungel fand ich jene Ablenkung, die mir Frieden schenkte.

In dieser Nacht aber wollte ich zum Alten Hafen und zu meinem Ort, dahin, wo die unausweichliche Welt der Zyklen von Leben, Zeit und Gezeiten meine Zerrissenheit vielleicht ein wenig linderte.

Rasch ging ich die High Street entlang und warf, als ich am «Foremaster» vorbeikam, nur einen flüchtigen Blick auf die grünen Jalousien meines Ladens. Vor der Feuerwehr saß der dicke Willie mit puterrotem Gesicht im Streifenwagen und schwitzte wie ein Schwein.

«Na, wieder auf Streifzug, Eth?»

«Jep.»

«Schreckliche Sache, das mit Danny Taylor. War 'n feiner Kerl.»

«Schrecklich», sagte ich und eilte weiter.

Einige Autos fuhren vorbei, sorgten für einen kurzen Luftzug, Spaziergänger aber waren keine unterwegs. Niemand mochte eine solch schweißtreibende Anstrengung riskieren.

Am Denkmal bog ich zum Alten Hafen ab und sah die Ankerlichter einiger Yachten und küstennaher Fischerboote. Dann bemerkte ich jemanden, der aus der Porlock Street auf mich zu-

kam; an Gang und Haltung erkannte ich Margie
Young-Hunt.

Sie blieb vor mir stehen und ließ mir keine
Chance, einfach an ihr vorbeizuhuschen. Manche
Frauen können auch in einer heißen Nacht tau-
frisch aussehen; vielleicht lag es an der luftigen
Bewegung ihres Baumwollrocks.

«Sie suchen nach mir, nicht wahr?», sagte sie
und strich sich übers Haar, an dem es nichts zu
richten gab.

«Wie kommen Sie denn darauf?»

Sie wandte sich um, nahm meinen Arm, und
ihre Finger drängten mich, weiterzugehen. «Weil
Sie die richtige Sorte Mann für mich sind. Ich war
im ‹Foremaster›, sah Sie durchs Fenster und dachte mir, dass Sie mich suchen, also bin ich schnell
um den Block geflitzt, um Sie abzufangen.»

«Und woher wissen Sie, wohin ich will?»

«Keine Ahnung. Ich wusste es einfach. Hören
Sie die Zikaden – die versprechen weitere heiße, windstille Tage. Keine Sorge, Ethan, wir sind
gleich aus dem Licht. Wenn Sie mögen, kommen
Sie doch mit zu mir. Ich spendiere Ihnen einen
Drink – einen großen, kühlen Drink von einer
großen, heißen Frau.»

Ich ließ zu, dass ihre Finger mich in den Schatten eines verwilderten Ligusterdickichts leiteten.

Gelbe Blüten nahe am Boden leuchteten in der Dunkelheit.

«Das hier ist mein Haus – eine Garage mit einer Lustkuppel obendrauf.»

«Wie kommen Sie auf die Idee, ich würde nach Ihnen suchen?»

«Nach mir oder jemandem wie mich. Haben Sie je einen Stierkampf gesehen, Ethan?»

«Einmal, in Arles, kurz nach dem Krieg.»

«Mein zweiter Mann hat mich oft zu solchen Veranstaltungen mitgenommen. Er hat sie geliebt. Ich finde, Stierkämpfe sind was für Männer, die nicht besonders tapfer sind, es aber gern wären. Wenn Sie mal einen gesehen haben, sind Sie ja im Bilde. Wissen Sie noch, wie es ist, wenn der Stier nach all dem Gefuchtel mit der *capa* etwas zu töten versucht, was gar nicht da ist?»

«Ja.»

«Wissen Sie auch noch, wie verwirrt und beklommen er dreinsieht, wie er dasteht und nach einer Antwort sucht? Tja, und damit sein Herz nicht bricht, braucht es ein Pferd. Er muss seine Hörner in etwas Festes versenken, sonst verliert er seinen Kampfgeist. Nun, ich bin dieses Pferd. Und genau diese Art Mann braucht mich: verwirrte, verstörte Männer. Wenn die ihr Horn in mich versenken, ist das für sie ein kleiner

Triumph. Danach können sie zurück zu *muleta* und *espada*[114].»

«Margie!»

«Einen Augenblick noch, ich suche meinen Schlüssel. Riechen Sie das Geißblatt?»

«Aber ich hatte gerade einen Triumph.»

«Ach ja? Haben Sie eine *capa* erwischt – und sind darauf herumgetrampelt?»

«Woher wissen Sie das?»

«Ich weiß es einfach, wenn ein Mann auf der Suche nach mir ist – oder einer anderen Margie. Vorsicht auf der Treppe, sie ist ziemlich schmal. Und stoßen Sie sich den Kopf nicht an. Aha, hier ist der Schalter – sehen Sie? Eine Lustkuppel, gedämpftes Licht, Moschusgeruch – bis hinab zum sonnenlosen Meer[115]!»

«Ich glaube, Sie sind wirklich eine Hexe.»

«Sie wissen verdammt gut, dass ich eine bin, eine arme, bedauernswerte Kleinstadthexe. Setzen Sie sich hierher, ans Fenster. Ich schalte den Lüfter ein und ziehe mir dann rasch was Bequemes an – sagt man nicht so? –, und dann besorge ich Ihnen einen großen, kühlen Rachenputzer.»

«Woher kennen Sie das Wort?»

«Sie wissen, woher.»

«Haben Sie ihn gut gekannt?»

«Einen Teil von ihm. Jenen Teil, den eine Frau

537

kennenlernen darf. Manchmal ist es der beste Teil, aber nicht oft. Bei Danny war es so. Er hat mir vertraut.»

Das Zimmer war ein Album der Erinnerungen an andere Zimmer, fußnotengleiche Bruchstücke fremder Leben. Der Ventilator am Fenster säuselte leise vor sich hin.

Sie kehrte zurück in langem, lose flatterndem Blau, umweht von einem Hauch Parfüm. Als ich schnuppernd die Luft einsog, sagte sie: «Keine Sorge, dieses Parfüm hat Mary nie an mir gerochen. Und hier ist Ihr Drink – Gin Tonic. Ich hab das Glas nur mit Tonic ausgespült, es ist Gin, reiner Gin. Wenn Sie die Eiswürfel klimpern lassen, können Sie sich einbilden, Sie hielten was Kühles in der Hand.»

Ich schüttete den Gin wie Bier in mich hinein und spürte, wie sich seine trockene Hitze über Schultern und Arme ausbreitete und meine Haut zum Glühen brachte.

«Ich glaub, das haben Sie gebraucht», sagte sie.

«Glaub ich auch.»

«Ich mache einen tapferen Stier aus Ihnen – so viel Widerstandskraft, dass Sie meinen, einen Triumph zu erleben. Stiere brauchen das.»

Ich blickte auf meine Hände, die vom Öffnen der Kisten mit Kratzern und winzigen Schnitten

übersät waren, auf meine nicht besonders sauberen Fingernägel.

Sie nahm den Elfenbeinstock vom Sofa, wo ich
ihn hatte fallen lassen. «Ich will ja doch hoffen,
Sie brauchen den nicht für Ihre schlaffe Leidenschaft.»

«Sind Sie jetzt meine Feindin?»

«Ich? New Baytowns Gespielin Ihre Feindin?»

Ich blieb so lange stumm, dass ich ihre wachsende Ungeduld spüren konnte. «Lassen Sie sich
ruhig Zeit», sagte sie. «Und wenn es Ihr ganzes Leben dauert. Ich besorg Ihnen noch einen
Drink.»

Ich nahm das volle Glas von ihr entgegen, und
Lippen und Mund waren so trocken, dass ich
einen Schluck trinken musste, ehe ich etwas sagen konnte, und als ich es dann tat, entwich meiner Kehle nur ein heiseres Flüstern.

«Was wollen Sie?»

«Ich hätte mich vielleicht mit Liebe begnügt.»

«Von einem Mann, der seine Frau liebt?»

«Mary? Die kennen Sie nicht mal.»

«Ich weiß, dass sie zärtlich ist, lieb und auch ein
bisschen hilflos.»

«Hilflos? Die ist zäh wie Leder. Sie marschiert
noch munter weiter, wenn Sie längst auf der Strecke geblieben sind. Mary ist wie eine Möwe, die

mit dem Wind fliegt, ohne mit den Flügeln zu schlagen.»

«Stimmt doch gar nicht.»

«Gibt's mal echte Schwierigkeiten, schwebt sie locker drüber weg, während Ihnen die Puste ausgeht.»

«Was wollen Sie eigentlich?»

«Und Sie? Wollen Sie mir nicht an die Wäsche? Wollen Sie Ihren Hass nicht mit Ihren Hüften auf der guten alten Margie austoben?»

Ich stellte mein halb geleertes Glas auf den Nebentisch, doch schnell wie eine Schlange hob sie es an, schob einen Aschenbecher darunter und wischte mit der Hand den feuchten Ring auf der Tischplatte trocken.

«Margie – ich möchte Sie gern besser kennenlernen.»

«Quatsch. Sie würden gern wissen, was ich von Ihrer Vorstellung halte.»

«Ich komme nicht dahinter, was Sie von mir wollen, solange ich Sie nicht besser verstehe.»

«Ich glaube, der Mann meint's ernst – also das volle Programm. Margie Young-Hunt mit Lupe und Zielfernrohr. Ich war ein gutes kleines Mädchen, ein kluges kleines Mädchen und eine mittelschlechte Tänzerin. Traf, was man einen älteren Herrn nennt, und heiratete ihn. Er hat mich nicht geliebt – er war in mich verknallt. Wurde dem guten klugen Mädchen auf einem Silbertablett serviert. Ich habe nie gern getanzt und erst recht nicht gern gearbeitet. Als ich ihm den Laufpass gab, war er so durcheinander, dass er im Scheidungsvertrag die Wiederverheiratungs- klausel vergaß. Hab dann einem andern Kerl das Jawort gegeben und lebte auf großem Fuß, ver- anstaltete einen solchen Wirbel, dass er darin umkam. Zwanzig Jahre lang trudelte der Scheck pünktlich an jedem Monatsersten ein. Zwanzig Jahre lang habe ich keinen Finger gerührt, nur gelegentlich Geschenke von Verehrern angenom- men. Kommt mir nicht wie zwanzig Jahre vor, war aber so. Heute bin ich kein gutes kleines Mädchen mehr.»

Sie ging in ihre kleine Küche, kam mit drei Eiswürfeln in der Hand zurück, ließ sie in ihr Glas fallen und kippte Gin darüber. Der murmelnde Ventilator wehte den Geruch von Meeresgrund herüber, den die Ebbe freigab. Leise sagte Margie: «Sie werden eine Menge Geld verdienen, Ethan.»

«Sie wissen über meinen Handel Bescheid?»

«Einige der edelsten Römer waren auch nur lausige Kriecher.»

«Reden Sie ruhig weiter.»

Sie machte eine weit ausholende Geste, und ihr

Glas flog an die Wand; wie Würfel prallten die Eisstückchen davon ab.

«Mein verliebter Esel hatte letzte Woche einen Schlaganfall. Kratzt er ab, ist Schluss mit den Schecks. Ich bin alt und faul, und ich habe Angst. Ich hatte Sie als meine Rückversicherung vorgesehen, aber ich trau Ihnen nicht. Sie könnten gegen die Regeln verstoßen. Sie könnten ehrlich sein. Ich sage Ihnen, ich hab Angst.»

Ich stand auf und merkte, wie schwer meine Beine waren – nicht wacklig, nur schwer und als gehörten sie nicht zu mir.

«Was haben Sie sonst noch in der Hinterhand?»

«Marullo war ebenfalls mein Freund.»

«Verstehe.»

«Wollen Sie nicht mit mir ins Bett? Ich bin gut. Jedenfalls sagt man mir das.»

«Ich hasse Sie nicht.»

«Deshalb traue ich Ihnen nicht.»

«Wir lassen uns was einfallen. Ich hasse Baker. Vielleicht sollten Sie sich den mal zur Brust nehmen.»

«Was sind denn das für Ausdrücke? Und lassen Sie sich ja nicht einfallen, Ihren Drink zu verschmähen.»

«Eigentlich trinke ich nur, wenn es mir gut geht.»

«Weiß Baker, was Sie mit Danny gemacht haben?»

«Ja.»

«Und? Wie hat er's aufgenommen?»

«Geht so, allerdings würde ich ihm nie den Rücken zukehren.»

«Alfio hätte Ihnen auch nie den Rücken zukehren sollen.»

«Was soll das heißen?»

«Ich rate nur, aber im Raten bin ich ziemlich gut. Keine Sorge, ich sag nichts. Marullo ist mein Freund.»

«Ich glaube, ich verstehe. Sie wollen Hass in sich schüren, um das Schwert schwingen zu können, Margie. Bloß ist Ihr Schwert aus Gummi.»

«Glauben Sie, ich wüsste das nicht, Eth? Aber ich habe alles auf eine bloße Vermutung gesetzt.»

«Wollen Sie's mir erzählen?»

«Warum nicht. Ich wette, dass zehn Generationen Hawleys Ihnen in den Hintern treten, und wenn die Sie in Ruhe lassen, haben Sie immer noch Ihre eigenen enttäuschten Hoffnungen und genügend Salz, es sich in die Wunden zu reiben.»

«Falls dem so wäre – was hat das mit Ihnen zu tun?»

«Sie brauchen jemanden, mit dem Sie reden können, und ich bin der einzige Mensch auf der

Welt, der dafür in Frage kommt. Geheimnisse machen schrecklich einsam, Ethan. Und es würde Sie nicht viel kosten, nur einen kleinen Prozentsatz.»

«Ich glaub, ich geh jetzt lieber.»

«Trinken Sie noch aus.»

«Ich mag nicht mehr.»

«Stoßen Sie sich auf der Treppe nicht den Kopf an, Ethan.»

Ich war bereits halb unten, als sie mir nachgelaufen kam. «Sollte der Stock bei mir bleiben?»

«Um Himmels willen, nein.»

«Hier. Ich dachte schon, Sie wollten eine Art… Opfer darbringen.»

Es regnete, und bei Regen riecht das Geißblatt nachts besonders süß. Ich war so wacklig auf den Beinen, dass mir der Narwalstock jetzt zupasskam.

Der dicke Willie hatte eine Rolle Papiertücher auf dem Beifahrersitz liegen, um sich den Schweiß von der Stirn zu wischen.

«Könnte wetten, dass ich weiß, wer sie ist.»

«Sie würden gewinnen.»

«Hören Sie mal, Eth, da ist wer auf der Suche nach Ihnen – so ein Kerl in einem fetten Chrysler, sogar mit Chauffeur.»

«Und was will er?»

«Keine Ahnung. Wollte von mir wissen, ob ich Sie gesehen hätte. Hab keinen Mucks gesagt.»

«Damit haben Sie sich ein Weihnachtsgeschenk verdient, Willie.»

«Sagen Sie, Eth, was ist mit Ihren Beinen?»

«Hab Poker gespielt, und sie sind eingeschlafen.»

«Klar, so was passiert. Falls ich den Kerl sehe, soll ich ihm dann sagen, dass Sie nach Hause gegangen sind?»

«Sagen Sie ihm, er soll morgen in den Laden kommen.»

«Ein Chrysler Imperial. So 'n Riesending, groß wie ein Güterwaggon.»

Joey-Boy stand auf dem Bürgersteig vor dem «Foremaster» und sah schlaff und verschwitzt aus.

«Dachte, Sie wollten nach New York und sich was Kaltes bestellen?»

«Zu heiß. Konnte mich nicht aufraffen. Kommen Sie rein, Ethan, trinken wir ein Glas. Ich fühl mich nicht besonders.»

«Ist zu heiß für Alkohol, Morph.»

«Sogar für ein Bier?»

«Davon wird mir nur noch heißer.»

«Die Geschichte meines Lebens. Wenn das letzte Spiel verloren ist, bleibt einem nichts mehr –

kein Ort, wo man hingehen, kein Mensch, mit dem man reden kann.»

«Sie sollten heiraten.»

«Dann hat man erst recht niemanden, mit dem man reden kann.»

«Schon möglich.»

«Ja, doch, verdammt. Niemand ist so einsam wie ein durch und durch verheirateter Ehemann.»

«Woher wollen Sie das denn wissen?»

«Ich beobachte sie. In diesem Moment hab ich einen vor mir. Schätze, ich besorg mir ein paar Dosen kaltes Bier und frag Margie Young-Hunt, ob sie Lust hat auf ein Spielchen. Die kennt keine Öffnungszeiten.»

«Ich glaube nicht, dass sie in der Stadt ist, Morph. Meiner Frau hat sie gesagt – zumindest hab ich es so in Erinnerung –, dass sie nach Maine fahren will, bis die Hitze abgeklungen ist.»

«Mist. Na ja, ihr Verlust ist der Gewinn des Wirts. Ich erzähle ihm die traurigen Episoden meines missratenen Lebens – aber zuhören wird er auch nicht. Also machen Sie's gut, Eth. Gehen Sie mit Gott, wie man in Mexiko sagt.»

Während der Narwalstock übers Pflaster pochte, fragte ich mich verwundert, warum ich Joey diese Geschichte aufgetischt hatte. Margie würde nichts ausplaudern. Das würde ihre Pläne vereiteln. Sie musste dafür sorgen, dass der Sicherungsstift in der Handgranate blieb. Warum, weiß ich nicht.

Als ich aus der High in die Elm Street einbog, sah ich den Chrysler vor dem alten Hawley-Haus stehen, nur erinnerte der mich eher an einen Leichenwagen als an einen Güterwaggon, schwarz, doch wegen der vielen Regentropfen und Schlammspritzer ohne jeden Glanz. Die Standlichter waren aus Mattglas.

Es musste schon sehr spät sein. In den schlafenden Häusern der Elm Street brannte kein Licht. Ich war vom Regen völlig durchweicht und unterwegs anscheinend in eine Pfütze getreten; die Schuhe machten beim Gehen ein schmatzendes Geräusch.

Durch die beschlagene Windschutzscheibe sah ich einen Mann mit Chauffeurmütze. Ich blieb neben dem Ungetüm von einem Auto stehen, pochte mit den Fingerknöcheln ans Glas, und mit einem elektrischen Summen glitt das Fenster nach unten. Auf meinem Gesicht spürte ich die unnatürliche Luft der Klimaanlage.

«Ich bin Ethan Hawley. Suchen Sie mich?» Ich sah Zähne im Dämmerlicht – blitzende Zähne, angeleuchtet von unserer Straßenlaterne.

Wie von selbst flog die Tür auf, und ein schlanker, gut angezogener Mann sprang er heraus. «Ich komme von Dunscombe, Brock und Schwin, Fernsehabteilung. Ich muss mit Ihnen reden.» Er sah zum Fahrer. «Nicht hier. Können wir reingehen?»

«Glaub schon. Sind sicher schon alle im Bett. Wenn Sie leise sprechen …»

Er folgte mir über die in den vollgesogenen Rasen eingelassenen Pflastersteine. Im Flur brannte das Nachtlicht. Beim Hereinkommen stellte ich den Narwalstock in den Elefantenfuß zurück.

Ich schaltete die Leselampe über meinem großen, durchgesessenen Sessel ein.

Das Haus war still, nur schien es mir eine falsche Stille zu sein – eine nervöse Stille. Ich spähte die Treppe hinauf zu den Schlafzimmertüren im Obergeschoss.

«Muss ja wichtig sein, wenn Sie so spät noch kommen.»

«Ist es.»

Ich sah ihn jetzt deutlich. Die Zähne waren seine Botschafter, denen die müden, aber wachsamen Augen keinerlei Beistand leisteten.

«Wir möchten, dass dies hier unter uns bleibt. Wie Sie wissen, war es für uns ein ziemlich schlechtes Jahr. Erst der Absturz wegen der Quizz-Skandale[116], anschließend die Aufregung

wegen Payola[117] und dann die Untersuchungsaus-
schüsse. Wir müssen auf alles ein Auge haben.
Die Zeiten sind zu gefährlich.»

«Können Sie mir nicht einfach sagen, was Sie
von mir wollen?»

«Haben Sie den ‹Ich liebe Amerika›-Aufsatz
Ihres Sohns gelesen?»

«Nein. Er wollte mich damit überraschen.»

«Das dürfte ihm gelingen. Ich weiß nicht, warum es uns nicht gleich aufgefallen ist, aber daran
lässt sich nun nichts mehr ändern.» Er hielt mir
einen blauen Aktendeckel hin. «Lesen Sie das
Angestrichene.»

Ich ließ mich in meinen Sessel sinken und
schlug den Hefter auf. Der Text war gedruckt
oder auf einer dieser neuen Maschinen getippt,
sodass er aussah wie gedruckt, nur war er an beiden Rändern durch dicke schwarze Bleistiftbal-
ken verunziert.


«Ich liebe Amerika»
von
Ethan Allen Hawley II.


Was ist der Mensch? Ein Atom, fast unsichtbar
ohne Vergrößerungsglas – ein bloßes Staubkorn
im Weltall, sein Leben keine Sekunde im Ver-

gleich zur unermesslichen, niemals beginnenden, niemals endenden Ewigkeit, ein Tropfen Wasser in der großen Tiefe, der verdunstet und vom Wind davongetragen wird, ein Sandkorn, das bald in jenen Staub zurückfällt, aus dem es hervorging. Darf ein derart kleines, unbedeutendes, so flüchtiges, vergängliches Etwas sich dem Vormarsch einer großen Nation in den Weg stellen, einer Nation, die Jahrhundert um Jahrhundert fortbestehen wird? Darf es sich jener langen Reihe der Nachkommenschaft widersetzen, die, unseren Lenden entsprungen, fortdauern wird, solange die Welt besteht? Werfen wir einen Blick auf unser Land, erheben wir uns zur würdevollen Haltung reiner, selbstloser Patrioten und retten wir unser Land vor aller drohenden Gefahr. Was sind wir alle, was ist jeder Einzelne denn wert, wenn er nicht bereit und willens ist, sich für sein Land zu opfern?»

Ich überflog die Seiten und sah überall die schwarzen Balken.

«Haben Sie es erkannt?»

«Nein. Es klingt allerdings vertraut, wie etwas aus dem letzten Jahrhundert.»

«Stimmt. Es ist eine Rede von Henry Clay, gehalten 1850.»

«Und der Rest? Alles Clay?»

«Nein – querbeet, manches von Daniel Webster[118], anderes von Jefferson und, Gott bewahre, sogar ein Auszug aus Lincolns Antrittsrede zur zweiten Amtszeit. Keine Ahnung, wie uns das durchrutschen konnte. Vermutlich weil es so viele tausend Einsendungen waren. Zum Glück wurde es noch rechtzeitig bemerkt – und das nach dem Quizshow-Skandal mit Van Doren und all den übrigen Problemen.»

«Klingt nicht gerade wie der Schreibstil eines Teenagers.»

«Ich weiß nicht, wie das passieren konnte. Und es wäre vielleicht sogar durchgegangen, wäre da nicht die Postkarte gewesen.»

«Postkarte?»

«Eine Postkarte mit einem Bild des Empire State Building.»

«Wer hat die geschickt?»

«War anonym.»

«Und von wo wurde sie abgeschickt?»

«New York.»

«Zeigen Sie sie mir.»

«Die ist unter Verschluss, falls es Probleme geben sollte. Aber Sie werden doch keine Schwierigkeiten machen, oder?»

«Was wollen Sie?»

«Ich möchte, dass Sie das Ganze vergessen. Wir lassen alles auf sich beruhen und vergessen es – sofern Sie dazu bereit sind.»

«So etwas kann man nicht so leicht vergessen.»

«Verdammt, ich meine ja nur, dass Sie den Mund halten sollen – machen Sie uns keinen Ärger. Ist ein schlechtes Jahr, in einem Wahljahr kann schließlich alles Mögliche ausgegraben werden.»

Ich schloss das blaue Heft und gab es ihm zurück. «Ich werde Ihnen keinen Ärger machen.»

Seine Zähne schimmerten wie aufgereihte Perlen. «Ich wusste es. Das habe ich denen gesagt. Ich habe Erkundigungen eingezogen. Und Sie haben eine saubere Akte. Gute Familie…»

«Würden Sie jetzt bitte gehen?»

«Bitte seien Sie versichert, dass ich weiß, wie Ihnen zumute ist.»

«Danke. Und ich weiß, wie *Ihnen* zumute ist. Was Sie unter den Teppich kehren können, existiert für Sie nicht länger.»

«Ich möchte ungern fahren, wo Sie doch so wütend sind. Öffentlichkeitsarbeit ist mein Metier, und wir könnten uns bestimmt auf irgendetwas verständigen. Auf ein Stipendium, auf etwas… Ehrenwertes.»

«Streikt die Sünde für eine Lohnerhöhung? Nein, gehen Sie einfach – bitte!»

«Wir lassen uns was einfallen.»

«Davon bin ich überzeugt.»

Ich brachte ihn zur Tür, setzte mich wieder, löschte das Licht und horchte in die Nacht. Das Haus wummerte wie ein Herz, vielleicht war es aber auch mein eigenes Herz und das Haus nur ein ächzendes altes Haus. Ich überlegte, ob ich zur Vitrine gehen und den Talisman in die Hand nehmen sollte – war schon aufgestanden, um ihn zu holen.

Ich hörte ein Knirschen, ein Wiehern wie von einem verschreckten Fohlen, gleich darauf rasche Schritte über den Flur, dann Stille. Meine Schuhe schmatzten die Treppe hinauf. Ich eilte in Ellens Zimmer und knipste das Licht an. Sie lag zusammengerollt unter einem Laken, ihr Kopf auf dem Kissen. Als ich das Kissen anheben wollte, klammerte sie sich daran fest, sodass ich es ihr aus den Händen reißen musste. Aus ihrem Mundwinkel tröpfelte Blut.

«Ich bin im Bad ausgerutscht.»

«Aha. Ist es schlimm?»

«Ich glaub nicht.»

«Mit anderen Worten, es geht mich nichts an.»

«Ich wollte nicht, dass er ins Gefängnis muss.»

Allen saß auf dem Bettrand, nackt bis auf ein Paar Boxershorts. Seine Augen – sie ließen mich an eine Maus in der Ecke denken, die sich bereit macht, gegen einen Besen zu kämpfen.

«Diese blöde Petze.»

«Hast du alles mit angehört?»

«Ich hab gehört, was diese blöde Petze gemacht hat.»

«Hast du auch gehört, was *du* gemacht hast?»

Die in die Ecke gedrängte Maus griff an. «Ist doch egal! Machen doch alle. So läuft's nun mal.»

«Und das glaubst du?»

«Liest du keine Zeitungen? Alle, bis ganz nach oben – guck einfach in die Zeitung. Wenn du dir mal wieder besonders tugendhaft vorkommst, lies die Zeitung. Ich wette, zu deiner Zeit hast du auch das eine oder andere Ding gedreht, weil's nämlich alle machen. Ich werd jedenfalls nicht die Prügel für andere einstecken. Mir ist das Ganze piepegal. Bloß nicht diese blöde Petze.»

Mary wird nur langsam wach, aber jetzt war sie wach. Vielleicht hatte sie gar nicht geschlafen. Sie war in Ellens Zimmer, saß auf dem Bettrand. Im Licht der Straßenlaterne konnte man sie einigermaßen deutlich sehen, nur ihr Gesicht lag im Schatten der Blätter. Sie war ein Fels, ein großer Granitbrocken in der Brandung. Es stimmte. Sie war zäh wie Leder, reglos, unnachgiebig und sicher.

«Kommst du zu Bett, Ethan?»

Sie hatte also zugehört.

«Jetzt nicht, mein liebster Schatz.»

«Gehst du noch mal raus?»

«Ja – spazieren.»

«Du brauchst deinen Schlaf. Es regnet noch. Musst du denn wirklich weg?»

«Ja. Es gibt da einen Ort, da muss ich hin.»

«Nimm deinen Regenmantel mit. Den hast du vorhin vergessen.»

«Ja, mein Liebling.»

Ich gab ihr keinen Kuss. Wegen der zusammengerollten, zugedeckten Gestalt an ihrer Seite war das nicht möglich, aber ich strich ihr über die Schulter, strich ihr über das Gesicht, und sie war zäh wie Leder.

Ich ging kurz ins Bad, um mir ein Päckchen Rasierklingen zu holen.

Ich war im Flur und angelte im Schrank nach dem Regenmantel, wie Mary es gewollt hatte, als ich eine Unruhe spürte, ein Wirbeln und Rennen, ehe Ellen sich auf mich stürzte, schniefend und schluchzend. Sie vergrub ihre blutende Nase an meiner Brust und drückte mir meine Ellbogen in die Rippen, als sie mich umschlang.

Ich griff nach ihrer Stirnlocke und hob ihren Kopf ins Nachtlicht.

«Nimm mich mit.»

«Dummerchen, das geht nicht. Aber wenn du mich in die Küche begleitest, wasch ich dir dein Gesicht.»

«Nimm mich mit. Du kommst doch nicht zurück.»

«Was soll das heißen, meine kleine Heldin? Natürlich komme ich zurück. Ich komme immer zurück. Geh nur ins Bett und schlaf. Danach fühlst du dich wohler.»

«Du nimmst mich nicht mit?»

«Wo ich hingehe, wird man dich nicht reinlassen. Willst du denn im Nachthemd draußen stehen?»

«Du darfst nicht.»

Wieder packte sie mich, und ihre Hände liebkosten und streichelten meine Arme, meine Seiten, und sie stopfte die geballten Fäuste in meine Taschen, sodass ich fürchtete, sie könnte die Rasierklingen finden. Sie ist schon immer ein liebkosendes, ein streichelndes, auch ein überraschendes Mädchen gewesen. Plötzlich aber gab sie mich frei, stand erhobenen Hauptes da, der Blick ruhig, die Augen tränenlos. Ich küsste sie auf die verschmierte Wange und spürte ihr getrocknetes Blut auf meinen Lippen. Dann wandte ich mich zur Tür.

«Brauchst du denn deinen Stock nicht?»

«Nein, Ellen, diesmal nicht. Geh zu Bett, Liebes, geh schlafen.»

Ich rannte. Ich glaube, ich rannte vor ihr davon und vor Mary. Und ich konnte Mary hören, wie sie gemessenen Schritts die Treppe hinunterstieg.

## 21

Die Flut kam. Ich watete ins warme Wasser der Bucht und stakste an meinen Ort. Eine träge Grundströmung schwappte in den Eingang und wieder zurück, durchnässte meine Hose. An meinem Gesäß schwoll die dicke Brieftasche an und wurde unter meinem Gewicht wieder dünner, während sie sich gänzlich mit Wasser vollsog. Das sommerliche Meer war übersät mit winzigen, stachelbeergroßen Quallen voller herabbaumelnder Tentakeln mit den Nesselzellen. Als sie mir an Beine und Bauch wogten, spürte ich ihre Stiche als kleine, wütende Flammen, während die Wellen wie bedächtige Atemzüge in meinen Ort brandeten. Der Regen war nur noch ein dünner Nebel, der all die Sterne und Laternen der Stadt sammelte, um sie dann gleichmäßig wieder zu verteilen – ein dunkler, zinnfarbener Schimmer. Ich konnte den dritten Felsen ausmachen, von meinem Ort aus aber ließ er sich nicht in eine Linie bringen mit der Stelle über dem versunkenen Kiel der «Belle-Adair». Eine stärkere Welle hob meine Beine an, bewirkte, dass sie sich frei fühlten, wie losgelöst von mir, und aus dem Nichts erhob sich ein scharfer Wind und trieb die Nebelwolken wie Schafe vor sich her. Dann sah ich einen Stern, der spät am Horizont aufging – zu spät. Ein Boot kam hereingetuckert, dem langsamen, feierlichen Klang des Motors nach zu urteilen ein Boot mit Segeln. Ich konnte das Mastlicht über dem gezackten Gewühl der Brandungswellen erkennen, die roten und grünen Positionslampen aber befanden sich unterhalb meines Blickfelds.

Meine Haut brannte von den Lanzenstichen der Quallen. Ich hörte einen Anker ins Wasser platschen, das Mastlicht ging aus.

Marullos Licht brannte noch, auch das Licht des alten Käpt'n und Tante Deborahs Licht.

Es stimmt nicht, dass es eine Gemeinschaft der Lichter gibt, Freudenfeuer der Welt. Jeder trägt sein eigenes Licht, sein eigenes, einsames Licht.

Ein Schwarm winziger, futtersuchender Fische huschte mit leisem Säuseln nahe am Ufer entlang.

Mein Licht ist aus. Nichts ist schwärzer als ein erloschener Docht.

Ich will heim, sagte ich mir – nein, nicht heim, auf die andere Seite von daheim, dorthin, wo die Lichter vergeben werden.

Geht ein Licht aus, ist die Dunkelheit vollkommen, weit dunkler, als wenn es nie gebrannt hätte. Die Welt ist voller dunkler Wracks. Der bessere Weg… die Marulli des alten Rom hätten es gewusst… es kommt der Augenblick für einen anständigen, ehrenhaften Rückzug, nichts Dramatisches, keine Strafe für einen selbst oder die Familie… nur ein Lebwohl, ein warmes Bad und geöffnete Adern, das warme Meer und eine Rasierklinge.

Die Grundströmung der steigenden Flut wollte meinen Ort einnehmen, hob meine Beine an, die Hüfte, schwang sie beiseite und trug meinen nassen, noch zusammengefalteten Regenmantel aufs Meer hinaus.

Ich rollte mich auf die Seite, tastete in meiner Tasche nach den Rasierklingen und fand den Hügel. Verblüfft erinnerte ich mich an die Liebkosungen, die streichelnden Hände der Lichtbringerin. Einen Moment lang widersetzte er sich, wollte sich nicht von der nassen Tasche lösen. Dann sammelte er in meiner Hand noch den letzten Funken Licht und glomm rot, dunkelrot.

Eine hohe Woge drängte mich in den hintersten Teil meiner Höhle zurück, und die Wellen kamen jetzt in immer rascherer Folge. Wollte ich hinaus, musste ich dagegen ankämpfen, und ich musste hinaus. Brusttief in der Brandung, schob, drängte und platschte ich voran, während die schäumenden Wellen mich gegen die alte Hafenmauer drückten.

Ich musste zurück – musste den Talisman seiner neuen Besitzerin wiederbringen.

Sonst erlosch vielleicht ein anderes Licht.

# Anmerkungen

1 In den beiden Kontinentalkongressen (September/ Oktober 1774 und Mai 1775 bis März 1789) traten die Delegierten der 13 Kolonien Nordamerikas zusammen, um sich gegen Beschränkungen seitens der brit. Kolonialmacht zur Wehr zu setzen.

2 Anspielung auf das Gedicht «The Building of the Ship» des US-amerik. Dichters H. W. Longfellow (1807–1882): *«Thou, too, sail on, O Ship of State! / Sail on, O Union, strong and great! / Humanity with all its fears, / With all the hopes of future years, / Is hanging breathless on thy fate!»*

3 Eine mit einem Geländer umgebene Plattform auf dem Dach. Angeblich hielten von dort aus die Seemannsfrauen nach ihren Männern Ausschau, tatsächlich handelt es sich jedoch um ein architektonisches Schmuckelement, das viele im 19. Jh. erbaute Häuser an der nordamerik. Küste aufweisen.

4 Fantasielatein.

5 Delbert W. Halsey (1919–1942) befehligte im Zweiten Weltkrieg einen Flugzeugträger und wurde für seinen außergewöhnlichen Heldenmut im Kampf gegen die Japaner posthum mit dem zweithöchsten militärischen Orden der USA, dem Navy Cross, geehrt.

6 Der Memorial Day wird jedes Jahr am letzten Montag im Mai zu Ehren all jener begangen, die im Krieg fürs Vaterland gefallen sind. Der Independence Day («Unabhängigkeitstag») oder Fourth of July am 4. Juli

ist der Nationalfeiertag, mit dem der Ratifizierung der Unabhängigkeitserklärung der Vereinigten Staaten durch den Kontinentalkongress am 4. Juli 1776 gedacht wird. Der Labor Day (Tag der Arbeit) ist in den USA ein Feiertag am ersten Montag im September.

7 Fantasielatein.

8 Lk 22,66.

9 Lk 23,44/45

10 Lk 23,28 und 31.

11 Nach dem engl. Sprichwort *«Step on a crack, break your mother's back»* bringt es Unglück, auf die Ritzen zwischen Pflastersteinen zu treten.

12 Gemäß einem auf die Pennsylvania-Deutschen zurückgehenden Aberglauben verkündet das Murmeltier am 2. Februar, dem *Groundhog Day*, ein Wetterorakel: Kommt es an diesem Tag aus seinem Bau und erblickt unter wolkenlosem Himmel einen Schatten, zieht es sich wieder zurück, und der Winter hält weitere sechs Wochen an. Sieht es jedoch keinen Schatten, weil der Himmel grau ist, steht ein baldiger Frühling bevor.

13 In den USA ist der County Clerk ein städtischer Angestellter mit vielfältigen, von der jeweiligen Kommune festgelegten Aufgaben. Im Bundesstaat New York kümmert er sich u. a. um die Ausstellung von Urkunden in Grundstücksangelegenheiten sowie von Bescheinigungen und Zertifikaten für Handel und Gewerbe.

14 Wortspiel: «Mr. Bigger» von *big*, «groß», «Mr. Bogger» von *to bog*, «stecken bleiben», «im Schlamm versinken» und «Mr. Bugger» («Mistkerl») von *to bug*, «ärgern», «auf die Nerven gehen».

15 Mt 27,31 ff.

16 Mt 21,5: «‹Saget der Tochter Zion: Siehe, dein König kommt zu dir sanftmütig und reitet auf einem Esel und auf einem Füllen der lastbaren Eselin.›» Mit «Tochter Zion» ist das personifizierte Jerusalem, die Bevölkerung der Stadt Jerusalem, gemeint.

17 Mk 15,34: «Und um die neunte Stunde rief Jesus laut und sprach: ‹Eli, Eli lama asabthani?›, das ist verdolmetscht: ‹Mein Gott, mein Gott, warum hast du mich verlassen?›»

18 Möglicherweise eine Anspielung auf das Gedicht «The Swallow» («Die Schwalbe») der US-amerik. Lyrikerin und Schriftstellerin Celia Thaxter (1853–1894). Dort heißt es allerdings (VII,1): *«O happy creature! what stirs thee so?»*, während Steinbeck schreibt: *«Oh! happy fowl – what thrills thee so?»*

19 Das Imperium des Medienmoguls William Randolph Hearst Sr. (1863–1951) umfasste in den 1940er-Jahren knapp 50 Zeitungen, zwölf Radiosender, ein Filmstudio, einen Fernsehsender und weitere Unternehmen; nach seinem Tod entwickelte sich daraus der Hearst-Communications-Konzern. Hearst war ein Pionier des Boulevard- und Sensationsjournalismus, den er gezielt zur Steigerung der Auflagen, zur Meinungsmanipulation wie auch zur politischen Einflussnahme einsetzte.

20 Daniel Webster (1782–1852) vertrat Massachusetts im Senat und war einer der angesehensten Rechtsanwälte seiner Zeit; berühmt ist seine 1830 vor dem Senat gehaltene Rede «Reply to Hayne», in der er mit flammenden Worten die unteilbare Einheit der Union und die Freiheit ihrer Bürger verfocht. Der Rechtsanwalt, Plantagenbesitzer und Staatsmann Henry Clay (1777–1882) vertrat den Bundesstaat Kentucky im Se-

nat und im Repräsentantenhaus. Die Schriftsteller Henry David Thoreau (1817–1862), Walt Whitman (1819–1892) und Ralph Waldo Emerson (1803–1882) traten u. a. für eine einfache Lebensweise des Menschen im Einklang mit der Natur ein und waren entschiedene Verfechter der Demokratie.

21 Nekromantie bedeutet «Totenbeschwörung», Thaumaturgie «Wundertätigkeit» (das Vermögen, Wunder bewirken zu können). Juju ist ein westafrik. spirituelles System, das auf dem Glauben an die Wirksamkeit magischer Praktiken basiert.

22 Oliver Cromwell (1599–1658) ließ 1649 König Karl I. hinrichten und war von 1653 bis zu seinem Tod Lordprotektor von England, Schottland und Irland in der kurzen republikanischen Phase Englands von 1649 bis 1660.

23 Karl II. (1630–1685), Sohn des hingerichteten Karl I. (vgl. vorige Anm.), verbrachte die Jahre der engl. Republik in Frankreich im Exil und zog nach dem Tod Cromwells und nachdem ihm das Parlament die Königswürde verliehen hatte, im Mai 1660 unter dem Jubel der Bevölkerung wieder in London ein.

24 Der schott. Architekt, Innenarchitekt und Möbeldesigner Robert Adam (1728–1792) und sein Bruder James (1732–1794) waren die Väter der klassizistischen, d. h. an der griech. und röm. Bauweise der Antike orientierten Architektur in Großbritannien und Nordamerika.

25 Mos 1,9: «Da sprach der Herr zu Kain: Wo ist dein Bruder Abel? Er sprach: Ich weiß nicht; soll ich meines Bruders Hüter sein?»

26 Spiralförmige Verzierung ähnlich einer Geigenschnecke am Bug.

27 Übersetzung der lat. Redensart «*Astra inclinant, non necessitant*» (auch «*Astra inclinant, sed non obligant*»).

28 Von Juni 1812 bis Februar 1815 wurde in Ost- und Zentralnordamerika der Britisch-Amerikanische Krieg (auch Zweiter Unabhängigkeitskrieg) zwischen den Vereinigten Staaten und Großbritannien ausgetragen.

29 Der amerik. Entdecker, Politiker und Soldat John C. Frémont (1813–1890) leitete von 1842 bis 1854 insgesamt fünf Vermessungsexpeditionen zur Erforschung des amerik. Westens. Seine dritte Expedition (1845–1846) führte ihn nach Kalifornien, von 1821 bis 1847 mexik. Provinz, wo er mit seiner gut 60 Mann starken Privatarmee das Misstrauen des mexik. Gouverneurs weckte und ausgewiesen wurde.

30 Der neue oder fantasievoll verzierte Hut *(Easter bonnet)* ist ein Überbleibsel der angloamerik. Tradition, zu Ostern neue Kleidung zu tragen, um die jahreszeitliche wie auch die spirituelle Erneuerung festlich zu begehen.

31 Nathan Leopold (1904–1971) und Richard Loeb (1905–1936) ermordeten 1924 den 14-jährigen Bobby Franks, und zwar lediglich um ihre angebliche intellektuelle Überlegenheit zu beweisen, indem sie das perfekte Verbrechen verübten. Dummerweise vergaß Nathan seine Brille, eine Spezialanfertigung, am Tatort, was die Ermittler auf die Spur der Täter führte.

32 Zitat aus *Alice in Wonderland*, Anfang Kapitel 2 (hier in der Übersetzung von Hans Magnus Enzensberger): «‹*Curiouser and curiouser!*› *cried Alice (she was so much surprised that for the moment she quite forgot how to speak good English)*»; der korrekte Komparativ lautet *more curious*.

33 Im 19. Jh. verwendeten von Europa nach Nordamerika fahrende Frachtschiffe Bruchstein als Ballast, der

dann in einigen Ostküstenstädten als Baumaterial für Häuser oder (Geh-)Wege verwendet wurde.

34 Der Knights-Templar-Orden ist eine Bruderschaft der Freimaurer, Ende des 18. Jh. in England gegründet. Zum Habit gehören ein Schwert und ein federgeschmückter Hut.

35 *Chatterbox*, eine der ältesten und langlebigsten Zeitschriften für (ältere) Kinder, wurde 1866 von dem brit. Kleriker John Erskine Clarke (1827–1920) ins Leben gerufen und erschien bis 1948. Rollo ist der jugendliche Protagonist einer Reihe von Büchern (z. B. *Rollo at Work*) des US-amerik. Kinder- und Jugendbuchautors Jacob Abbott (1803–1879). Der frz. Maler und Grafiker Gustave Doré (1832–1883) illustrierte Werke der Weltliteratur, u. a. Dante Alighieris *Divina Commedia* (*Göttliche Komödie*, um 1307–1321) mit dem ersten Teil *Inferno (Die Hölle)*. *Le Morte d'Arthur* ist eine Sammlung verschiedener Erzählungen der frz. und brit. Artus-Epik, die der engl. Schriftsteller Sir Thomas Malory (um 1415–1471) zusammenstellte; 1894 erschien sie in einer Ausgabe mit Illustrationen des stilbildenden, aber höchst exzentrischen engl. Illustrators Aubrey Beardsley (1872–1898).

36 Ein Märchen des dän. Schriftstellers Hans Christian Andersen (1805–1875) mit dieser Episode ließ sich leider nicht ausfindig machen.

37 Aus einer Rede des US-amerik. Anwalts, Plantagenbesitzers und Redners Patrick Henry (1736–1799), gehalten am 23. März 1775 in Richmond, Virginia.

38 Die Bezeichnung Payola setzt sich aus den Worten *pay* und Victrola (ein Grammophon-und Plattenspielerhersteller) zusammen und bezieht sich auf die Praxis des *pay for play*: Plattenfirmen bestechen DJs und

Programmredakteure von Rundfunk- und Fernsehsendern, um den Verkauf eines bestimmten Musiktitels durch häufiges Abspielen populär zu machen und somit den Verkauf anzukurbeln. Der Begriff Payola wurde erstmals 1938 in der Zeitschrift *Variety* erwähnt, wuchs sich aber erst Anfang 1959 zum Skandal aus, als die großen Plattenfirmen den damals marktbeherrschenden Independent-Labels vorwarfen, diese hätten ihre Dominanz lediglich Payola zu verdanken. Nachdem eine Untersuchungskommission eingesetzt worden war, die DJs, Redakteure, Radio- und Fernsehsender überprüfte, begann eine regelrechte Hetzjagd mit Drohungen und Denunziationen. In der Öffentlichkeit wurde der Eindruck erweckt, die kriminelle Payola-Praxis sei eine Begleiterscheinung des ohnehin jugendgefährdenden Rock'n'Roll. Das Ganze endete erst 1962 mit der Anklage und Verurteilung von sechs DJs.

39 Frz. «Der Herrscher», «Der Eremit», «Der Wagen», «Gerechtigkeit», «Der Narr», «Der Teufel».

40 Frz. König, Königin, Ritter (Bube).

41 Der poln. Landadelige Kazimierz Michał Wacław Wiktor Pułaski (1745–1779), amerik. Casimir Pulaski, kam 1777 in die Vereinigten Staaten, um im Amerikanischen Unabhängigkeitskrieg als Kavallerieoffizier zu dienen. Bereits nach seinem ersten Kriegseinsatz, mit dem er eine verheerende Niederlage verhinderte und George Washington das Leben rettete, wurde er zum Brigadegeneral ernannt; er gilt als «Vater der amerik. Kavallerie».

42 Vgl. Mt 6,28: «Und warum sorget ihr für die Kleidung? Schaut die Lilien auf dem Felde, wie sie wachsen: sie arbeiten nicht, auch spinnen sie nicht.»

43 Eine vermutete german. Frühlingsgöttin, deren Namen Jacob Grimm (1785–1863) aus dem Werk *De temporum ratione* des angelsächs. Mönchs und Kirchenhistorikers Beda Venerabilis (673–735) herleitete, welcher die Herkunft des Wortes *Easter* mit einer früheren german. Göttin namens Eostrae erklärte.

44 Der brit. Astronom und Architekt Sir Christopher Wren (1632–1722) entwarf u. a. die Londoner St Paul's Cathedral; hier sind aber wohl seine etwas schlichteren, jedoch ebenfalls im klassizistischen Stil errichteten Sakralbauten wie z. B. St Lawrence Jewry in der City of London gemeint, eine Basilika mit flachem Giebeldach und aufgesetztem Spitzturm.

45 Das Bekenntnis von Nicäa wurde vom ersten ökumenischen Konzil überhaupt, dem von Nicäa im Jahr 325, herausgegeben und lehrt die Wesenseinheit des Vaters mit dem Sohn. Im praktischen Gebrauch wurde es abgelöst durch eine 381 in Konstantinopel beschlossene, modifizierte und erweiterte Fassung, das Nicäno-Konstantinopolitanum (ebenfalls oft als nicänisches Glaubensbekenntnis bezeichnet), bis heute das Glaubensbekenntnis der meisten christlichen Kirchen.

46 Ps 23,1 f.

47 Lk 2,32; das *Nunc dimittis*, einer der drei Lobgesänge (Cantica) des Lukasevangeliums (Lk 2,29–32).

48 Lk 2,29 (vgl. vorige Anm.).

49 Die USS «Maine», ein 1888/1889 erbautes Schlachtschiff der US-Marine, explodierte am 15. Februar 1898 im Hafen von Havanna, wo sie militärische Überlegenheit demonstrieren sollte. Die US-Regierung mutmaßte einen span. Terroranschlag und nahm den Vorfall zum Anlass für den Spanisch-Amerikanischen Krieg (23. April bis 12. August 1898).

50 Möglicherweise eine Anspielung auf das antike Trank-
opfer, bei dem in Verbindung mit dem griech. Eid
(Vertragsschluss) und dem Totenkult ungemischter
Wein direkt auf den Erdboden gegossen wurde.

51 Eine Widerstandsaktion am 16. Dezember 1773: Bo-
stoner Bürger, als Indianer verkleidet, warfen drei La-
dungen Tee von – dort vor Anker liegenden – Schiffen der brit. East India Company ins Meer, um gegen
die brit. Zoll- und Steuerpolitik zu protestieren. Dies
zog ähnliche Aktionen in weiteren nordamerik. Kolonien und einen sich stetig verschärfenden Kon-
flikt mit der brit. Krone nach sich und mündete 1775
schließlich in den Amerikanischen Unabhängigkeitskrieg.

52 Vgl. Hld 7,2: «Wie schön ist dein Gang in den Schu-
hen, du Fürstentochter!»

53 Aus dem Kinderreim «Rock-a-bye Baby»: *«Rock-a-
bye baby, on the treetops / When the wind blows, the cradle
will rock / When the bough breaks, the cradle will fall / And
down will come baby, cradle and all.»*

54 Das schott. Volkslied «The Skye Boat Song» erinnert
an die Flucht Prinz Charles Edward Stuarts (engl.
Bonnie Prince Charlie) nach seiner Niederlage in der
Schlacht bei Culloden 1746, dem Schlusspunkt seiner
versuchten Invasion Großbritanniens.

55 Aus Hamlets berühmtem «Sein oder Nichtsein»-Mo-
nolog (III,1): «Sterben – schlafen – schlafen! Vielleicht auch träumen! – Ja, da liegt's» (Übersetzung
August Wilhelm Schegel).

56 Ein Song der Original Dixieland Jazz Band aus dem
Jahr 1917, vom Autor nicht ganz korrekt zitiert: *«My
little Margie / I'm always thinking of you / Margie, I'll tell
the world I love you».*

57 Alexander Andrejewitsch Baranow (1746–1819) leitete ab 1799 als Hauptverwalter der Russisch-Ame-
rikanischen Kompagnie die Gebiete Russisch-Ame-
rikas (Alaska, Teile der Aleuten und Besitzungen in
Kalifornien).

58 Ital. «Verwandte».

59 Die *lares familiares* waren gemeinsam mit den *dii pe-
nates*, den Schutzgöttern der Vorräte, in der röm. Re-
ligion die Schutzgeister der Familie. Sie symbolisier-
ten den Haushalt und wurden mit den vergöttlichten
Seelen der gestorbenen Vorfahren gleichgesetzt.

60 Vor dem Aufkommen wasserabweisender oder leicht
zu imprägnierender Kunstfasern überzog man dünne
Gewebe wie Seide mit einem Öl (z.B. Leinöl), das
unter Einwirkung von Sauerstoff eine durchsichtige,
wasserabweisende, dabei aber weiche Oberfläche bildete.

61 Der im Mai 1921 verabschiedete «Emergency Quota
Act» beschränkte die Zahl der Einwanderer nach Quo-
ten: Aus jedem Land durften nur so viele Personen
einwandern, dass ihr Anteil drei Prozent an den bereits aus dem betreffenden Land Eingewanderten (gemäß Volkszählung 1910) nicht überschritt. Dies bedeutete insbesondere eine erhebliche Einschränkung
der Zuwanderung aus Süd- und Osteuropa; die Folge
war ein deutlicher Anstieg der illegalen Immigration.

62 Im Jahr 1911 im Staat New York erlassenes Waffen-
kontrollgesetz, benannt nach dem Politiker Timothy
Sullivan (1862–1913): Der nichtlizenzierte Waffen-
besitz war ein Vergehen, das Tragen von Waffen ohne
Lizenz in der Öffentlichkeit eine Straftat.

63 Lat. «Kunst ist, was Kunst verbirgt». Gemeint ist
eigentlich die Kunst die Rhetorik, zu deren Strate-

gien das «Verbergen der Kunst» gehört, nämlich des Gedrechselten, Absichtsvollen, Inszenierten, sodass beim Hörer der Eindruck von Spontaneität und Authentizität entsteht.

64 Lat. «Hier war zu beweisen» oder «Dieser war zu beweisen». Korrekt lautet die Formel *quod erat demonstrandum*, «was zu beweisen war», der Abschluss einer logischen oder mathematischen Beweisführung.

65 Ital. «Ich glaube es».

66 Möglicherweise eine Anspielung auf Jack Londons Erzählung *The Heathen* (1910; dt. *Otoo, der Heide*), in der Charley, ein amerik. Perlenaufkäufer, und der Tahitianer Otoo als Einzige einen Schiffbruch überleben. Während sie in den Wellen treiben, japst Charley, der sich dem Tode nahe wähnt: *«Good-by, Charley! I'm finished!»*

67 Veteranenorganisation der US-Army mit konservativer, betont patriotischer Einstellung.

68 «Old Blue» ist ein populärer Folksong aus dem 19. Jh., außerdem eine herkömmliche Bezeichnung für die Yale University. Sweet George Brown spielt wohl auf den Jazzstandard «Sweet Georgia Brown» aus dem Jahr 1925 an, komponiert von Ben Bernie und Maceo Pinkard, Text von Kenneth Casey. Dorian Grey verweist auf Oscar Wildes berühmten Roman *The Picture of Dorian Gray (Das Bildnis des Dorian Gray)*, 1891 in London erschienen.

69 Der brit. Politiker Harold Macmillan, 1. Earl of Stockton OM (1894–1986), Mitglied der Conservative Party, von 1957 bis 1963 Premierminister Großbritanniens.

70 Leda, eine Königstochter aus der griech. Mythologie, wurde von Zeus in Gestalt eines Schwans umworben und geschwängert.

71 Von 1831 bis 1955 erschienenes, sehr populäres Land-
wirtschaftsmagazin. 1955 betrug die Auflage knapp
drei Millionen Exemplare; im selben Jahr ging *The
Country Gentleman* in dem noch etwas größeren *Farm
Journal* auf.

72 Prinzessin Ozma, die gütige Herrscherin des Landes
Oz, und die Böse Hexe des Ostens sind Figuren aus
der Fantasyromanreihe über das Land Oz des US-
amerik. Autors L. Frank Baum (1856–1919), deren erster und berühmtester Band, *The Wonderful Wizard of Oz*
(1900; *Der Zauberer von Oz*), mehrfach verfilmt wurde.

73 Eine vorwiegend im Zweiten Weltkrieg gebaute und
eingesetzte dt. Flugabwehrkanone mit der korrekten
Bezeichnung «8,8-cm-FlaK 18/36/37», die auch häufig gegen Bodenziele zum Einsatz kam.

74 Etwas abwertende Bezeichnung für die Restoration
Movement, eine Erweckungsbewegung im 19. Jh., ini-
tiiert von den ir. Presbyterianern Thomas und Alexander Campbell (Vater und Sohn) sowie dem amerik.
Pfarrer Barton W. Stone. Ziel war es, das Christentum
hinsichtlich der Theologie wie auch der täglichen Le-
bens- und Gemeindepraxis wieder auf seine neutesta-
mentlichen Grundlagen zurückzuführen.

75 Die Anfangsverse von William Shakespeares (1564–
1616) Drama *Richard III.*; mit der «Sonne York(shire)s»
ist Richard selbst gemeint.

76 Anspielung auf das Shakespeare-Drama *Richard II.*
(III,2): «Ums Himmels willen, lasst uns niedersit-
zen / Zu Trauermären von der Könige Tod» (Übersetzung Christoph Martin Wieland).

77 Mt 10,29: «Kauft man nicht zwei Sperlinge um einen
Pfennig? Dennoch fällt deren keiner auf die Erde
ohne euren Vater.»

78 Der Pitcher (Werfer) Satchel Paige (1906–1982) wurde, nicht zuletzt aufgrund seiner ungewöhnlich langen aktiven Laufbahn (1924 bis 1966), bereits zu Lebzeiten zu einer Baseball-Legende.

79 Hauptstadt des Bundesstaats New York.

80 In den USA werden den Fahrgästen eines Karussells kleine Metallringe hingehalten, die sie im Vorbeifahren erhaschen müssen. Die meisten dieser Ringe bestehen aus Eisen und einer (oder einige wenige) aus Messing. Wer es schafft, den Messingring zu schnappen, erhält eine Belohnung, meist eine Freifahrt. Daraus resultiert die Redewendung *«grabbing the brass ring»* («nach dem höchsten Ziel streben»).

81 Bereits 1827 erschien *The Speeches of Henry Clay,* das erste Buch mit Parlamentsreden, das in den USA veröffentlicht wurde. Anders als seine Senatskollegen verzichtete Clay in seinen Reden auf klassische Zitate und gedrechselten Satzbau und richtete sich stattdessen mit volkstümlichen Wendungen und einfachen, unmittelbar einleuchtenden Argumenten an ein breites Publikum. Zu Clay selbst vgl. Anm. 20.

82 Ein fiktives County in Anspielung auf das Suffolk County im Osten von Long Island, das ebenfalls einen aus England entlehnten Namen trägt.

83 Der ital. Schauspieler Rudolph Valentino (1895–1926) kam 1913 in die USA und avancierte zu einem der großen Stars der Stummfilmzeit; sein attraktives, südländisches Äußeres und die dunklen Glutaugen prägten das filmische Rollenfach des Latin Lover.

84 Francisco «Pancho» Villa (1878–1923), einer der prominentesten Generale der Mexikanischen Revolution, wurde von seinen Zeitgenossen als außerordentlich emotionaler, impulsiver Mensch geschildert,

dessen Großzügigkeit rasch in Grausamkeit umschlug und vice versa.

85 Vgl. Anm. 15.

86 Lat. «Bitte für mich», der Formel «*ora pro nobis*» («bete für uns») des Ave-Maria-Gebets entlehnt.

87 Der engl. Politiker und Bischof von Winchester William of Wykeham (1324–1404) gründete 1382 in Südengland das Winchester College für Jungen, um armen Stipendiaten eine Ausbildung zu ermöglichen.

88 Vgl. AT, Ri 4 und Ri 5.

89 Miss Rheingold war eine im Jahr 1883 gegründete Bierbrauerei in New York, deren Marktanteil im Bundesstaat von 1950 bis 1960 bei 35 Prozent lag. Die Etiketten der Bierdosen zierten die Schönheiten des seit 1940 veranstalteten «Miss Rheingold»-Wettbewerbs.

90 Am 21. August 1959 wurde Hawaii der 50. Bundesstaat der Vereinigten Staaten.

91 Ein Geschworenenkomitee, das gemäß US-Strafprozessrecht in einem nichtöffentlichen Verfahren über die Eröffnung eines Strafverfahrens befindet. Die Entscheidung, ob eine Anklage wegen eines Verbrechens gerechtfertigt ist oder nicht, wird per Abstimmung getroffen (je nach Bundesstaat mit Zweidrittel- oder Dreiviertelmehrheit).

92 Der brit. König vergab *charters* (Urkunden), die die Kolonisten mit unterschiedlichen Rechten ausstatteten, welche von der Erlaubnis zur Ansiedlung bzw. Landnutzung über Handelslizenzen bis hin zur Selbstverwaltung unter einem Gouverneur reichten. Der unter der Regierung Karls II. (vgl. Anm. 23) geführte Englisch-Niederländische Krieg (1665–1667) hatte den Rückzug der Niederlande aus Nordamerika zur Folge, was den Briten u. a. die Provinz Nieuw

Amsterdam eintrug (zu Ehren des Duke of York, Karls jüngerem Bruder, in Province of New York umbenannt).

93 Lat. Partizipialkonstruktion.

94 US-amerik. Hohlmaß: 0,95 l; ein Pint entspricht 0,47 l.

95 Jos 10,12 f: «Da redete Josua mit dem Herrn des Tages, da der Herr die Amoriter dahingab vor den Kindern Israel, und sprach vor dem gegenwärtigen Israel: Sonne, stehe still zu Gibeon, und Mond, im Tal Ajalon! Da stand die Sonne und der Mond still, bis dass sich das Volk an ihren Feinden rächte.»

96 Das Gleichnis von den Arbeitern im Weinberg findet sich bei Mt 20,1–16.

97 Eine aus Indien entlehnte Würzsauce aus eingelegtem Gemüse und Gewürzen; die Zusammensetzung variiert regional beträchtlich, im Nordosten der USA ist die Saucenbasis meist Paprika oder grüne Tomate.

98 Eine 1872 in Pennsylvania gegründete Supermarktkette mit Filialen vorwiegend im Nordosten der USA.

99 Anspielung auf eine riesige Neonreklame für (zur Zeit der Romanhandlung) Pepsi Cola, die den ganzen Block von der 44th bis zur 45th Street auf dem Times Square einnahm. Sie bestand aus einem gut 8 m hohen, knapp 40 m breiten Wasserfall, flankiert von je einer 15 m hohen Colaflasche an den Hausecken. Gegenüber lag (bis 1967) das Nobelhotel «Astor», in dem Joey offenbar zu logieren gedenkt.

100 Mit «*lupariae*» latinisiert der Autor die ital. Bezeichnung für die Pflanze Wolfs-Eisenhut. Im Lupercal, einer Höhle am Palatin-Hügel, fanden die Luper-

calien statt, das Hauptfest des röm. Herdengotts Faunus, der altitalischen Entsprechung des griech. Pan, der den Beinamen Lupercus («Wolfsabwehrer») führte. Im Altertum glaubte man, der Name *lupercalia* verweise auf eine Verbindung zum archaischen Pan-Ritual im arkad. Lykaion-Gebirge, das mit Wölfen (griech. *lýkos*, lat. *lupus*) zu tun hatte und bei dem, wie man annahm, Menschenopfer dargebracht wurden.

101 Umgangssprachliche Bezeichnung für höcker- oder zahnförmige Panzersperren aus Beton, wie sie z.B. im Zweiten Weltkrieg am Westwall verwendet wurden. *Dragon's teeth* ist außerdem die engl. Bezeichnung für die Spargelerbse.

102 Beides Prophetinnen der griech. Antike mit dem Unterschied, dass die Pythia als amtierende weissagende Priesterin im Orakel von Delphi von Ratsuchenden befragt wurde, während eine Sibylle dem Mythos nach ursprünglich unaufgefordert und wohl oft in zweideutiger oder rätselhafter Form die Zukunft weissagte.

103 Angelsächs. *«Mé nædre beswác, fáh wyrm þurh fægir word»*, «Die feindliche Schlange täuschte mich mit redlichen Worten», und angelsächs. *«Seó leó gif heó blódes onbirigþ ábít ǽrest hire ládteów»*, «Die Löwin, so sie Blut kostet, zerfleischt ihren Wärter zuerst».

104 Ein Zitat aus Mark Twains Reisebericht *Following the Equator* (1897). Twain hatte sich oft über die lautstarken Kuckucksuhren geärgert, die sich als bevorzugtes Souvenir aus Deutschland oder der Schweiz in den USA großer Beliebtheit erfreuten.

105 Anspielung auf den Kampf des Marcus Antonius (um 83–30 v. Chr.) und Octavians (63 v. Chr.–14 n. Chr.), des späteren Kaiser Augustus, um die Allein-

herrschaft im Römischen Reich: Während Marcus Antonius zusammen mit Kleopatra in Ägypten ein ausschweifendes Leben führte, brachte Octavian bei kleineren Feldzügen in Dalmatien ein schlagkräftiges Heer in Form. Gemeint ist: Der Feind ist weit weg, dem ungestörten Liebesspiel steht nichts im Wege.

106 Zitat aus dem populären US-amerik. Volksmärchen «Chicken Little» über eine kleine Henne, die an das unmittelbar bevorstehende Ende der Welt glaubt, nachdem ihr ein Blatt von einem Baum auf den Schwanz gefallen ist. Die Schlüsselworte *«The sky is falling!»* sind als Redewendung in die engl. Sprache eingegangen und bezeichnen den hysterischen (Irr-) Glauben an eine nahende Katastrophe.

107 Frz. «süße Träume».

108 Der Radio- und Fernsehmoderator, TV-Produzent und Filmschauspieler Richard «Dick» Clark (1929–2012) war ein früher US-Medienstar; u. a. moderierte und produzierte er von 1957 bis 1987 das enorm populäre Musik-TV-Format «American Bandstand».

109 Caryl Chessman (1921–1960) war 1948 wegen Raub, Kidnapping und Vergewaltigung zum Tode verurteilt worden, erreichte aber achtmal eine Verschiebung seiner Hinrichtung. Während seiner zwölfjährigen Haftzeit verfasste er vier Bücher, darunter das 1955 (und 1977) verfilmte Werk *Cell 2455, Death Row*. Der US-amerik. Gangster John Dillinger (1903–1934) hatte sich mit seiner Bande auf Bankraub spezialisiert, wurde zum «Staatsfeind Nummer eins» erklärt und landesweit gesucht. Nach dem Verrat durch eine Bekannte wurde er beim Verlassen eines Kinos von FBI-Beamten erschossen.

110 In Nordamerika beliebtes alkoholfreies, kohlensäu-
rehaltiges Erfrischungsgetränk, dem Zutaten wie
Sassafras-Aroma, Birken-, Fichten- oder Löwen-
zahnsaft einen eigentümlichen Geschmack verleihen, der den Europäer an Hustensaft oder Mund-
wasser erinnert.

111 Im traditionellen Holzschiffbau eine an der Unter-
seite des eigentlichen Kiels angebrachte starke Holz-
planke, die sich bei Grundberührung dank ihrer relativ leichten Befestigung vom Schiff lösen konnte,
um den Kiel vor Leckagen zu schützen.

112 Der Ausdruck geht auf das 19. Jh. zurück, als qua Re-
gierungserlass die US-Bundespost ein Monopol auf
*Post Cards* hatte; Postkarten privatwirtschaftlicher
Hersteller mussten den Aufdruck *Private Mailing
Cards* tragen. In den 1950er-Jahren wurden diese
Karten aus preiswertem Karton mit hohem Hadern-
anteil hergestellt.

113 *What's My Line?* ist eine tatsächlich existierende
Quizsendung (von 1950 bis 1967 auf CBS Television
Network ausgestrahlt), bei der ein prominent be-
setztes Team die Berufe von Studiogästen sowie –
mit verbundenen Augen – einen Stargast (engl. *mystery guest*) erraten muss. «Mystery Guest» und «Teen
Twisters» hingegen sind Erfindungen des Autors.

114 Die *muleta* ist das sprichwörtliche «rote Tuch», klei-
ner als die pinkfarbene *capa*, in der der Torero den
Degen, *espada*, verbirgt, mit dem er den Stier – im
Idealfall – mittels eines einzigen Stichs durch den
Nacken ins Herz tötet.

115 Zitat aus dem Anfangsvers des Gedichts «Kubla
Khan» des engl. Dichters Samuel Taylor Coleridge
(1772–1834), eines der berühmtesten Werke der engl.

Romantik. Das Poem beginnt mit einer Beschreibung von Kublai Khans Hauptstadt Xanadu, unweit des Flusses Alph gelegen, welcher in ein dunkles oder totes Meer mündet: *«Where Alph, the sacred river, ran / Through caverns measureless to man / Down to a sunless sea.»*

116 In den 1950er-Jahren kam heraus, dass mehrere populäre Quizshows manipuliert wurden, entweder um Kandidaten den Gewinn des Hauptpreises unmöglich zu machen oder um vorher von der Produktionsgesellschaft festgelegten Kandidaten zum Sieg zu verhelfen. So veranlasste beispielsweise 1956 der Produzent von «Twenty One» den Kandidaten Herb Stempel, gegen seinen Kontrahenten Charles Van Doren zu verlieren.

117 Vgl. Anm. 38.

118 Vgl. Anm. 20.

# Nachwort

*Pietisten und Piraten oder:*
*Jeder trägt sein eigenes Licht, sein eigenes,*
*einsames Licht*

Die Frage, die John Steinbecks letzter Roman aufwirft, ließe sich vielleicht so formulieren: Ist es möglich, ab und an ein paar Stunden falsch zu leben, um anschließend wieder das richtige Leben im falschen zu führen, nur auf einem komfortableren Niveau und gesellschaftlich anerkannter? Oder direkter gefragt: Darf ich täuschen, lügen, denunzieren, rauben und den Tod eines Freundes einkalkulieren, um danach wieder anständig weiterzumachen? Die Frage so zu stellen nimmt die Antwort vorweg. Im Roman jedoch verwirren sich die Eindeutigkeiten für den Protagonisten – und womöglich auch für Leserinnen und Leser. Gibt es überhaupt ein richtiges Leben? Oder führt Ethan Allen Hawley gar ein falsches Leben im richtigen? Oder worum geht es?

Innerhalb von zwanzig Jahren – von der Depressionszeit, dem «New Deal» Franklin D.

Roosevelts über Pearl Harbor, den Zweiten Weltkrieg, über Hiroshima und Nagasaki bis zum Beginn des Kalten Krieges, den Hexenjagden unter McCarthy, dem Koreakrieg, der rasanten wissenschaftlichen und technologischen Entwicklung und dem Aufblühen des US-amerikanischen *way of life* – hatten sich die USA wie die Welt in bis dahin ungekannter Schnelligkeit verändert. In den Dreißigerjahren war es Steinbeck geglückt, der unmittelbaren Gegenwart und ihren sozialen Kämpfen literarisch gerecht zu werden, herausragend sind dabei die Erzählung *Von Mäusen und Menschen* (1937) sowie der Roman *Die Früchte des Zorns* (1939).

1953 muss die Frage eines französischen Journalisten, ob die amerikanischen Autoren die Gegenwart zugunsten der Vergangenheit preisgegeben hätten, bei Steinbeck einen Erkenntnisschock *(«a shock of recogniton»)* ausgelöst haben, wie er es selbst nennt. *«It has occured to me that we may be so confused about the present that we avoid it because it is not clear to us»*, schrieb er an seine Agentin. *«But why should that be a deterrent? If this is a time of confusion, then that should be the subject of a good writer if he is to set down his time.»* Als Beispiel bzw. möglichen Stoff weist er auf die Auswirkungen der McCarthy Anhörungen/Verhöre

hin, die jene, die es betraf, ein Leben lang begleiten würden. Für Steinbeck stellte sich die Frage,
ob er als Schriftsteller seiner Gegenwart tatsächlich gewachsen war. Eine schnelle Antwort darauf
fand er nicht.

Von 1956 bis 1959 widmete er sich einem Buch,
das ihn seit seinen Kindertagen begleitet hatte und
das auch im *Winter* Erwähnung findet, Thomas
Malorys *King Arthur* aus der Mitte des 15. Jahrhunderts. Um der Welt von König Artus und
seiner Tafelrunde näher zu sein, hatte Steinbeck
zeitweise im englischen Somerset gelebt. Im
Herbst 1959 legte er sein Manuskript von *The Acts
of King Arthur* beiseite – es sollte erst postum veröffentlicht werden – und kehrte nach New York
zurück. Obwohl nie unkritisch, muss Steinbeck
gerade im Kontrast von englischem Landleben
und New York die US-amerikanische Wirklichkeit in ihrer Widersprüchlichkeit, in ihrer Gran-
diosität und Immoralität als besonders drastisch
erfahren haben.

1947 hatte der Lyriker Charles Olson eine Stu-
die über Herman Melville veröffentlicht. *Call me
Ishmael* ist ein Genre für sich und steht heute im
Range eines Klassikers.

Charles Olson war es gelungen, einen Teil

der Bibliothek von Melville aufzuspüren. Dreh- und Angelpunkt von Olsons Essay sind die Anstreichungen und Kommentare Melvilles in den Shakespeare-Dramen.

«*Moby Dick*», so Olson (in der deutschen Übersetzung Wulf Teichmanns), «das waren zwei zwischen dem Februar 1850 und August 1851 geschriebene Bücher. Das erste Buch hat Ahab nicht enthalten. Es hat vielleicht auch Moby Dick nicht enthalten, höchstens beiläufig.» Olson zitiert Melville: «Soweit ich persönlich interessiert & unabhängig von meiner Tasche bin, ist es mein ernster Wunsch, die Art Bücher zu schreiben, von denen man sagt, dass sie ‹schiefgehen›.»

Im Juli 1850 arbeitet Melville an seinem Essay *Hawthorne und seine Moose* über Nathaniel Hawthorne und William Shakespeare. Melville: «Irgendwie hänge ich an der seltsamen Lieblingsvorstellung, dass tief verborgen in allen Menschen – wie auch in einigen Pflanzen und Mineralien – gewisse wundersame und geheimnisvolle Eigenschaften schlummern, die durch irgendeinen glücklichen, aber sehr seltenen Zufall (wie Bronze dadurch entdeckt wurde, dass beim Brand von Korinth Eisen und Kupfer miteinander verschmolzen) auf dieser Erde in Erscheinung treten können.»

Olson schlussfolgert: «Melville und Shakespeare zusammen hatten ein Korinth ergeben, und aus dem Brand entstand Moby Dick, Bronze.» Es ist faszinierend zu lesen, wie Olson seine These glaubhaft zu machen versteht. Hier nur ein paar wenige Stichworte: die Rolle des Narren, der es sich nicht versagt anzudeuten, was er wusste (Lear-Narr/Ahab-Pip); die positiven Eigenschaften der Schurken und ihre Fähigkeit, Liebe zu erwecken; Figuren wie Edmund und Regan aus *König Lear* liegen laut Olson «hinter der Erschaffung eines Ahab, eines Fedallah und des weißen, allerliebsten, monströsen Wals»; die Desillusionierung, die er durch Freundschaft und deren Zerfall darstellt; der Wal in der Funktion des Todes in der Elisabethanischen Tragödie; die Struktur von An- und Absteigen, die retardierenden Momente, die die Handlung zügeln, die Tragödie unter den Bedingungen der Demokratie etc.

Ob John Steinbeck *Call me Ishmael* gelesen hat, ist (meines Wissens) nicht bekannt. Die Art und Weise jedoch, mit der er sich seinem Stoff nähert, scheint mir der Melvilles verwandt zu sein. Schon allein der Titel des Buches – es ist die erste Zeile aus William Shakespeares *Richard III.* – wie auch die Empfehlung zu Beginn des ersten Kapitels,

*Moby Dick* zu lesen, geben Anlass, in diese Richtung weiter zu fragen.

Schnell stellt man fest, dass es kaum eine Passage des Romans gibt, die nicht durch irgendein literarisches Muster aufgeladen und gehalten wird. Neben Shakespeare und Melville sind dies die Bibel und, zurückhaltender, der Sagenkreis um König Artus, um nur die wichtigsten Geburtshelfer zu nennen. Diese literarischen Bezüge modellieren Steinbecks Gegenwartsstoff, seine Figuren gewinnen dadurch größere Plastizität und einen über sie hinausweisenden Resonanzraum. Der Roman erhält dank der Muster und Schichten unter der Gegenwartsebene auch eine «Zufuhr» von Menschheitserfahrung. Je nach der Konstellation der Figuren wird ein Muster (eine Schicht) zur bestimmenden. Oder anders gesagt: Seine Figuren, allen voran Ethan, werden mehrfach besetzt.

Die Rolle der ersten Fassung des *Moby Dick* bei Melville, könnte für Steinbeck ein von ihm 1955 geschriebenes Stück gespielt haben: *How Mr. Hogan Robbed a Bank, or the American Dream, an unpublished, unproduced, unconsidered play in One Act by John Steinbeck.* Das Stück wurde tatsächlich nie aufgeführt und nicht einmal veröffentlicht. Und es kam noch eine andere Erfahrung hinzu. 1950 war Steinbeck von Kalifornien nach New

York übersiedelt und hatte kurz darauf Elaine Scott geheiratet, seine dritte Ehefrau. Die beiden erwarben ein Haus in Sag Harbor, einer alten Walfänger-Kleinstadt auf Long Island, nicht weit von Montauk. Sag Harbor wurde zum Vorbild für New Baytown. John Steinbeck konnte «am Ort der Handlung» wie auch in ihrer Zeit leben. Er schrieb *Der Winter unseres Missvergnügens* in der ersten Jahreshälfte 1960 – also beinah in Echtzeit: Der erste Teil des Romans beginnt am Karfreitag und reicht bis zum Dienstag nach Ostern (15.– 19. April), der zweite Teil spielt gut zwei Monate später in den Tagen vor dem 4. Juli 1960, dem Unabhängigkeitstag. (Er muss auch sehr schnell gearbeitet haben, im September brach er bereits zu seiner Recherche für *Reise mit Charlie* auf; im Roman selbst deuten einige Unstimmigkeiten auf schnelles Arbeiten hin, u.a. wird das Alter von Marullo einmal mit 68, einmal mit 52 angegeben.)

Wenn Olson über Melville schreibt: «Er hatte eine Prosa-Welt, eine NEUE./Aber sie war eine ‹Tragödie›, alt./Shakespeare vermachte ihm eine Trickkiste./Das Quod-erat-demonstrandum: *Moby-Dick*.», dann ließe sich dies variiert auch auf den *Winter* anwenden: Steinbeck wollte und konnte sich nicht länger der Aufgabe entziehen, die neuartige Erfahrung, jene *«time of con-*

*fusion»*, darzustellen. Er hatte ein «Setting» (Sag Harbor) und eine Art Plot (sein Stück). Mit Hilfe der «Trickkiste», die ihm vor allem Shakespeare vermachte, aber auch Melville, die Bibel (Altes und Neues Testament) und die Artussage, entdeckte Steinbeck im profanen Alltag seiner Gegenwart die amerikanische Tragödie.

Mary, geweckt «vom schönen goldenen Aprilmorgen», sieht als erstes die Grimasse ihres Mannes, der seinen Mund zum Froschmaul verzieht. Mary – Maria – wird wie eine Prinzessin eingeführt, Ethan hingegen als Spaßmacher, als Narr. Das Froschmaul hingegen lässt offen, ob er ein Monster ist oder ein verzauberter Prinz.

Die beiden parlieren, als stünden sie tatsächlich auf einer Broadway-Bühne. Allerdings ist Karfreitag. Neben dieser ersten unterschwelligen Verdüsterung benennt Ethan, der in seiner alteingesessenen Familie Pietisten und Piraten, Pilgerväter und Walfangkapitäne vorzuweisen hat, kurz darauf jenen Widerspruch, den die folgenden Dialoge und seine Monologe zur Grundlage haben werden: «Wären meine großartigen Vorfahren stolz, wenn sie wüssten, dass sie einen gottverdammten Verkäufer in einem gottverdammten Itakerladen in jener Stadt hervorgebracht haben, die einmal ihnen gehört hat?» Zwischen dem Anspruch der Familiengeschichte und seiner gegenwärtigen Existenz klafft ein Zwiespalt, der größer kaum sein könnte.

Ethan ist aus dem Zweiten Weltkrieg zurückgekehrt – sein Name steht in silbernen Lettern an der Stele für die Kriegsteilnehmer von New Baytown, die goldene Schrift ist den Gefallenen vorbehalten. Das Heldenepos liegt bereits glücklich hinter ihm, der Ritter hat die Abenteuer bestanden und ist zu Hause bei Weib und Kindern. Dem Happy End aber folgt das Missgeschick: Er versagt als Geschäftsmann. Der Rest des Vermögens, den sein Vater noch nicht verloren hatte, verliert Ethan. Und nicht nur das: Es ist ein Ausländer, ein Einwanderer, an den er seinen Lebensmittelladen verkaufen musste, um seine Schulden abzahlen zu können. Und dabei darf sich Ethan noch glücklich schätzen, von dem «Itaker» wieder angestellt worden zu sein. Allein die letzte Bastion des ehrwürdigen Familiennamens, das Wohnhaus, verblieb in Ethans Besitz. Für Ethan ist der amerikanische Traum geplatzt. Sein *way of life* besteht aus einem Überleben ohne Luxus. Immerhin reicht es, um die Raten für den Kühlschrank abzuzahlen. Und Ethan scheint sich mit seinem Los als Lohnarbeiter abgefunden zu haben. Tapfer harrt er aus im Alltag seines Miss-vergnügens.

Mit Marys Mitteilung: «Margie Young-Hunt liest mir heute wieder die Karten», eröffnet sich ein Reigen, in den sich jede Begegnung Ethans einfügt und jenen Zwiespalt zwischen der Existenz seiner Vorfahren und seiner gegenwärtigen vertieft. Als erster kreuzt Joey Morphy, Kassierer in der First National Bank, seinen Weg. Für ein Sandwich verrät der ihm die vier Gesichtspunkte, unter denen man Bankräuber fängt, und folgert daraus: «Man tue in allen Punkten genau das Gegenteil.»

Die zweite Person, an die Ethan gerät, ist Mr. Baker, der Direktor der Bank, der ihm Vorwürfe macht: «Reißen Sie sich zusammen, Ethan. Sie schulden der ‹Belle-Adair› ein bisschen Mumm.»

Die «Belle-Adair» ist das große Walfänger-schiff, das Ethans Großvater und Mr. Bakers Vater gehört hatte. Mit dem Walfängerschiff liegt auch eine ganze Industrie auf dem Meeresgrund, die im 19. Jahrhundert eine US-amerikanische geworden war. Seit 1855 in Pennsylvania Erdöl entdeckt und zu Petroleum fraktioniert wurde, war deren Ende besiegelt. Ethan wundert sich selbst, dass sein Großvater zum Kapitän eines Walfängers avancierte, als deren große Zeit schon vorüber war.

Drittens erscheint jene «Wahrsagerin» Mrs. Margie Young-Hunt, die Ethan umgarnt. Da er nicht darauf eingeht, droht sie ihm: «Wissen Sie, was ich tun werde? Ich sage heute eine wahrhaft teuflische Zukunft voraus. Und Sie werden darin eine große Rolle spielen, denn alles, was Sie von nun an in die Hand nehmen, wird zu Gold – Sie sind ein wahrer Anführer! (...) Leben Sie wohl, Sie Heilsbringer!»

Als vierter erteilt Marullo, der Ladenbesitzer, ihm eine Lektion im Geschäftemachen: «Jungchen, vielleicht sind Sie zu nett – zu freundlich. Geld ist nicht freundlich. Geld will keine Freunde, will nur mehr Geld.» Als fünfter tritt Mr. Biggers, ein Vertreter für Lebensmittel, in Ethans Laden. Er will ihn bestechen und anstiften, den Rabatt des neuen Zulieferers in die eigene Tasche zu stecken. Ethan jedoch widersteht. Joey begreift Ethans Verhalten nicht. «Ich würde mich dafür auf die Hinterfüße setzen und Männchen machen. (...) Seien Sie nicht dumm.» Gekränkt fordert Ethan ihn auf, sein Geschäft zu verlassen, um sich einen Augenblick später zu revidieren und sich mit dem Hinweis auf die heutigen Begegnungen und diesen «schrecklichen Feiertag» zu entschuldigen. Von Jahr zu Jahr bedränge ihn dieser Tag mehr. «Vielleicht verstehe ich auch nur besser, was sie bedeuten, diese einsamen Worte ‹lama sabach thani›.» Es ist weniger das körperliche Leiden, das Ethan an der Kreuzigung trifft, sondern jenes: «Mein Gott, mein Gott, warum hast Du mich verlassen?», die Einsamkeit dessen, der auch noch an der letzten Gewissheit zweifeln musste. Ethan quälen keine religiösen Zweifel. Ihn quälen die Angriffe auf sein Vertrauen in die Welt, in der er lebt, auf seinen Platz und sein Verhalten in ihr: die Aufforderung, mit dem Geld seiner Frau zu spekulieren (Mr. Baker), sie zu betrügen (Margie), das Geschäft allein wegen des Profits zu betreiben (Marullo), sich bestechen zu lassen zum eigenen Vorteil (Mr. Bigger), das Gutheißen der Bestechung (Joey) machen Ethan an diesem Karfreitag einsamer und verzweifelter. Ethan hält den Versuchungen noch stand. Deshalb beschimpft Margie ihn auch als «Heilsbringer». Das Lebensmittelgeschäft, ein Tante-Emma-Laden, wird vom Erzähler zu einem sakralen Ort aufgewertet, an dem «indirektes Kirchenlicht», ja «ein diffuses Licht wie in der Kathedrale von Chartres» herrscht, in dem die Dosentomaten Orgelpfeifen bilden, die Senf- und Olivengläser zu Kirchtürmen emporwachsen und die Sardinendosen «aberhundert ovale Gräber» darstellen. Durch diese Aura wird Ethan, der Heils-

bringer, in seiner Einsamkeit und seinen Selbst-
zweifeln zu einem Gekreuzigten. Zugleich liegt
in Ethans Verhalten auch eine scheinbar nicht
mehr zeitgemäße Ritterlichkeit, ein Stolz und
eine Würde, die ihn auszeichnen und die erklären, warum andere von ihm fasziniert sind.

Am Ende des ersten Kapitels ist die Atmo-
sphäre um ihn so hochgradig von Versuchung
und Zweifel verdichtet, dass es nur noch eines
Funkens bedarf, um etwas Neues beginnen zu
lassen. Diesen Funken liefert die Familie. Denn
inzwischen hat die «Hexe» Margie wie angedroht
ihr Werk vollbracht und Mary in einen Glückszu-
stand versetzt: «Du wirst einer der bedeutendsten
Männer dieser Stadt», zeigt sie sich überzeugt.
«Jede Karte, die sie aufgedeckt hat, versprach
Geld, Geld und noch mehr Geld.»

Mary polemisiert gegen seine «altmodischen,
überkandidelten Ideen», und die Kinder des
Paars, Ellen und Allen, die sich am nationalen
Aufsatz-Wettbewerb «Warum ich Amerika liebe»
beteiligen, beschweren sich bei ihm. In der Schule gelte man nichts, wenn man zu Hause keinen
Fernseher und kein Auto habe.

Nachdem Ethan den «blanken Stahl ihrer
Wünsche» gesehen hat, nachdem erstmalig das
«Gift» zum Vorschein gekommen ist, zieht sich

Ethan über Nacht an «seinen Ort» zurück, ein Relikt der alten Schiffswerft seiner Familie, wo er immer hingeht, «um Bilanz zu ziehen». Erst jetzt, mit dem dritten Kapitel, beginnt die Ich-Erzählung Ethans, als wäre er nun von der Bühne heruntergestiegen.

«Große Veränderungen führen mich her – große Veränderungen.» Nichts aber ist schwieriger in der Literatur, als die Veränderung einer Figur plausibel darzustellen.

«Wollte ich es in ein Bild fassen», erklärt Ethan, «würde ich an ein nasses Tuch denken, das in herrlichem Wind flattert und trocknet, sodass dessen Weiß immer heller leuchtet.» Angefacht haben jenen «herrlichen Wind» allerdings ande-re, vor allem Margies Karten. «Könnten sie mich auch dazu drängen, einen Geschäftssinn zu ent-wickeln, den ich nie besessen habe, einen mir fremden Erwerbssinn? Könnten sie in mir die Neigung wecken, etwas zu wollen, was ich nie wollte? Man frisst oder wird gefressen.» Ethan will nicht wahrhaben, dass er sich bereits ver-ändert hat, und entpersonalisiert seine Entschei-dung, als würden die Karten in ihm etwas ver-ändern, worauf er selbst keinen Einfluss mehr hat. Sein Nachdenken soll keinesfalls als «Nachden-ken» gelten, als hätte er nicht kurz zuvor behaup-

tet, an seinem Ort gerade besonders gut nachdenken zu können. Beinah trotzig behauptet er
schließlich: «Was hier auch geschieht, es ist das
Richtige für mich, ob es nun gut ist oder nicht.»
Bei der Begegnung mit dem Nachtpolizisten verhält er sich bereits so, als brauche er ein Alibi.
Noch bevor er sein Haus erreicht, trifft Ethan
auf seinen einstigen Freund Danny Taylor, der,
aus bestem Hause und einstiger Schüler einer
Militärakademie, zum Stadtsäufer geworden ist.
In Dannys Gestalt erscheint Ethan das Zerrbild
seines eigenen Lebens. Danny ist bereits dieser
Penner, als den Mary Ethan beschimpft hat. Dass
sich Ethan in dieser durchwachten Nacht tatsächlich verändert hat, wird durch die anderen Figuren
offensichtlich. Statt erschöpft und übermüdet aus-
zusehen, bemerken Mary, Marullo, Margie und
selbst Mr. Baker an ihm eine Verjüngung, eine
stärkere Ausstrahlung, ja den Willen, etwas zu beginnen. Und sie deuten dies jeweils in ihrem Sinn.

Wenn gegen Ende des ersten Teils Ethan die
beiden Anfangsverse aus *Richard III.* «singt», sind
die Würfel längst gefallen. Margies Karten, die ja
nichts anderes offenbaren als das kollektive Wünschen, haben Geld, Geld und Geld versprochen,
und Ethan folgt ihrer Verheißung auch in dieser
Dreizahl: die Bank überfallen, damit Marullo den

Laden abkaufen (und den Rabatt von Mr. Biggers einstreichen), das Land von Danny zum Spottpreis erwerben. Der Verweis auf den Brudermörder und Denunzianten Richard III. ist nicht falsch und brandmarkt Ethan so eindeutig, wie er als widerständiger Heilsbringer/Gekreuzigter eingeführt worden ist. Doch es ist eine andere Tragödie Shakespeares, die Steinbeck nachspielt.

> «... Doch Angst macht mir
> dein Wesen, zu voll von Milch der Mensch-
> lichkeit,
> das Einfachste zu tun. Du wärst gern groß;
> du hast den Drang danach, doch fehlt
> Gemeinheit,
> die dazugehört: Was du auch willst,
> du willst es edel, lehnst Falschspiel ab,
> doch willst auf falschem Weg zum Ziel.»

So klagt Lady Macbeth, noch bevor sie ihren Mann nach der erfolgreichen Schlacht wiedergesehen hat. Macbeth ist nicht von Anbeginn die Kröte, das Monster in Menschengestalt. Selbst die Weissagungen der Hexen haben ihn noch nicht seine Skrupel verlieren lassen: «Wenn die Gelegenheit/ mich krönt, dann soll sie's tun, doch ich tu nichts dafür.»

Es sind die sich als richtig erweisenden Voraussagen der Hexen wie das Insistieren seiner Frau, die Macbeth zum mörderischen Handeln treiben. Ohne sie hätte er nicht gewagt, seinen Machtgelüsten zu folgen.

Die Stationen der Macbeth-Tragödie, 1) des erfolgreich aus dem Krieg heimkehrenden Helden, 2) die Weissagung der Königswürde durch Hexen, 3) das Insistieren der Ehefrau, die Verheißung beim Wort zu nehmen, 4) die erste Tat, 5) die erneute Befragung der Hexen, 6) das Morden und 7) das tatsächliche Erreichen des Ziels, liegen als literarisches Muster unter der Alltagsebene dieses Romans.

1) Ethan kehrt als Hauptmann und dekoriert aus dem Krieg zurück. 2) Die weissagende Margie wird mehrfach als Hexe bezeichnet und mit einigen Attributen ausgestattet, ihre Finger sind «Krallen», die ihr Alter verraten. 3) Die zum Handeln drängende Funktion der Lady Macbeth wird auf verschiedene Personen aufgeteilt (Mr. Baker, Joey-Boy, Mr. Bigger), wobei vor allem die hexengläubige Mary zum literarischen Geschlecht der ehrgeizigen Lady gehört. Gerade im Kontrast zu Marys Rolle als liebende Hausfrau trifft Ethan (und die Leser) ihre Verachtung der gesellschaftlichen Position ihres Mannes besonders

hart. 4) Die tausend Dollar vorgeblich für Dannys Entziehungskur, das Planen des Bankraubs, die Denunziation Marullos illegaler Einreise entsprechen den Morden. 5) Bei Margies Einladung in die Hexenküche (in das «Foremaster» mit seinen alles verzerrenden pseudoantiken Fenstern) gesteht Ethan sich beim Anblick des draußen vorübergehenden Danny ein, dass er ihm 6) vergiftetes Geld geschenkt hat. Im zweiten Teil führt alles auf 7) das Gelingen seiner Pläne hin – und in Richtung Tragödie.

Steinbecks Figuren umspielen allerdings nur ihre Vorbilder. Sie sind differenzierter. Gerade ihre Ambivalenz ist das, was am meisten berührt. Wir wissen nie, wie sie sich entscheiden werden. Die zur Identifikation verführende Eloquenz, Intelligenz und anfängliche Unbestechlichkeit Ethans wie auch der Wechsel der Erzählperspektive in die erste Person Singular ketten den Leser an ihn, wir werden zu Ethans literarischen Komplizen und damit unentwegt selbst auf die Probe gestellt. Mitunter glaubt man die dunklen Strudel der Tragödie zu spüren, die unter dem dünnen Eis, auf dem die Steinbeckschen Figuren agieren, stets anwesend sind.

Macbeth (wie Richard III.) geht es nicht vorrangig um Besitz, sondern um Macht, so wie Ethan im Geld nicht das Ziel seiner Wünsche sieht, sondern allein das Mittel, um seiner Familie zu mehr Zufriedenheit, Ansehen und Respekt zu verhelfen. Muss Macbeth nach der Prophezeiung der Hexen fürchten, dass es nicht seine Nachfahren sein werden, die künftig auf dem Thron sitzen, so lässt Steinbeck keinen Zweifel daran, dass im Jahre 1960 einem kleinen Lebensmittelladen nicht gerade die Zukunft gehört. Mary kauft das Brathuhn für die Familienfeier heimlich im verhassten Discounter, Woolworth baut bereits in der Stadt.

Ähnlich wie im Elisabethanischen Drama gibt es auch in diesem Roman einen Aufstieg und einen Abstieg. Wenn in *Moby Dick* die Erklärungen über den Walfang den Fortgang der Handlung sowohl bremsen als auch Spannung aufbauen und eine zusätzliche Reflexionsebene schaffen, so haben diese Funktion im *Winter* Ethans Monologe.

Der zweite Teil des Romans, der in den Tagen vor dem Unabhängigkeitstag angesiedelt ist, beginnt wie schon der erste mit zwei auktorial erzählten Kapiteln (was nicht zwingend erscheint), bevor die Stimme wieder auf Ethan übergeht.

Steinbeck aber macht nun, da alles mit einer gewissen Folgerichtigkeit ablaufen könnte, etwas Überraschendes. Vereinfacht gesagt, lässt er der

Kaskade der Versuchung, wie sie in den ersten beiden Kapiteln des Buches auf Ethan niedergeht, im zweiten Teil die Kaskade der Bekehrung zum Guten folgen.

Mary erlaubt Ethan im blinden Vertrauen, über ihr ererbtes Geld nach Belieben zu verfügen; Mr. Baker will ihm tatsächlich helfen (wenn auch durch zweifelhafte Geschäfte), weil ihn offenbar Schuldgefühle gegenüber Ethans Familie plagen; Marullo, von Ethan denunziert, schenkt ihm das Geschäft, statt es ihm günstig zu verkaufen, worauf Ethans Denunziation eigentlich abzielte; Margie zieht im Hintergrund für ihn die Strippen – wenn auch nicht ganz uneigennützig, aber so sind Hexen nun mal. Schließlich ist es ein Vertreter des Staates, ein FBI-Mann namens Walder, der, einem *deus ex machina* gleich, durch sein Erscheinen nicht nur den Banküberfall verhindert, sondern ihn auch überflüssig macht. Voll staunender Bewunderung über den Großmut Marullos will Walder die Nachricht von der Schenkung des Geschäfts Ethan persönlich überbringen. Auch Joey-Boy, dem man als Leser eine Konspiration mit Ethan hätte unterstellen können, da er alle Details über die Bank ausgeplaudert hat, verhält sich korrekt. Da auch die Kungelei der Stadtverwaltung mit Investoren auffliegt, soll Ethan sogar zum neuen Stadtdirektor ernannt werden. Ethan steht, da er es wie alle machen will, schon wieder auf der anderen Seite. Die Tragödie findet auch in ihm selbst statt.

Er verdankt seine beiden größten «Erfolge» denjenigen, die er denunziert oder zum Selbstmord verleitet hat. Danny hatte die eigentliche Absicht erfasst, die hinter Ethans Tausend-Dollar-Geschenk steckte. Was aber hat Marullo, für den offenbar nur Geld zählte, dazu gebracht, Ethan das Geschäft zu übertragen?

Am Ende wird ein Motiv dominant, das in seiner symbolischen Bedeutung bisher nicht benannt wurde: das Licht. Indirekt war es von den ersten Seiten an im Motiv des Heilsbringers, des Gekreuzigten («Ich bin das Licht der Welt») präsent. Im Verhältnis von Ethan zu Danny spielt das biblische Deutungsmuster die entscheidende Rolle. Ethan wird zum Judas durch den Kuss, den er Danny gibt, und zum Kain, indem er sich zweimal als Hüter seines Bruders bezeichnet. Als Ethan sich von Danny durchschaut sieht, verhärtet sich nicht nur sein Gesicht, sondern er schließt «die Tür zur Gasse so bedächtig, als wäre sie die Tür zu einer Gruft».

Es ist bezeichnenderweise der Staatsbeamte Walder, der den Begriff explizit einführt: Marullo «will Sie zu einer Art Wahrzeichen dessen machen, woran er einmal geglaubt hat. (…) Und Sie sind so etwas wie seine erste Anzahlung, damit das Licht nicht ausgeht.» Als Ethan sich mit dem chinesischen Talisman in der Tasche auf den Weg macht zu «seinem Ort» und von Margie abgefangen wird, trägt er als Zeichen des Triumphs den Narwalstock des alten Käpt'n. Auf seinem Weg durch New Baytown hört es sich fast so an, als ginge Ahab mit seinem Bein aus Walknochen übers Deck.

Ethans Schuld wird auf eine ihn überraschende Art und Weise eingefordert. Sein Sohn Allen ist zwar einer der Preisträger im Aufsatz-Wettbewerb «Warum ich Amerika liebe», aber sein Beitrag war ein Plagiat, zusammengeschrieben aus den Büchern, die Mary auf den Dachboden verbannt hatte. Ethan hatte seine am Vortag gehaltene Laudatio auf den noch nicht entthronten Preisträger Allen mit den beiden Eingangszeilen aus *Richard III.* beendet, in diesem Falle auch ein Selbstzitat. Es wirkt wie eine Prophezeiung. Oder ahnt er bereits, dass die Devise der Piraten nicht nur in ihm, sondern auch in seinem Sohn weiterlebt? «Von nichts kommt nichts. Reich werden ohne Mühen.»

Wegen des Schwindels zur Rede gestellt, wird Allen, ohne es zu ahnen, zum Ankläger seines Vaters. «Ich wette, zu deiner Zeit hast du auch das eine oder andere Ding gedreht, weil's nämlich alle machen. Ich werde jedenfalls nicht die Prügel für andere einstecken. Mir ist das Ganze piepegal.» Für Ethan stand «das Ganze» nicht im Gegensatz zu seinem eigenen Leben. Jetzt, da er diese Beziehung aufgekündigt hat, bleibt ihm nur Resignation, ja Verzweiflung. Denn auch zwischen ihm und Mary ist etwas kaputtgegangen. Für Ethan war sie sein Licht. Am Ende fährt er Mary über die Wange und findet sie genauso verhärtet, wie er es an sich erfahren hat.

Der Verrat Ellens durch ihre Postkarte an die Preisrichter ist wie die spiegelbildliche Denunziation Marullos durch Ethan. Doch muss man ihr nicht glauben, dass sie ihren ungeliebten Bruder tatsächlich vor Schlimmerem beschützen wollte? Im vorletzten Kapitel will Ellen ihren Vater begleiten, weil sie ahnt, was Ethan plant. Es zieht ihn «auf die andere Seite von daheim, dorthin, wo die Lichter vergeben werden». Dass er sich gegen den Selbstmord entscheidet, liegt allein an seiner Tochter, deren Licht er bewahren will. Das rettet ihn aus der Hexenküche «seines Ortes» und vor den Rasierklingen. Anfang und Ende berühren sich hier wie die Schlange auf dem chinesischen Talisman, die zugleich im biblischen Sinn als Zeichen der Überwindung des Todes gelesen werden kann.

Die Brechtsche Provokation: «Was ist ein Einbruch in eine Bank gegen die Gründung einer Bank?» liegt außerhalb von Ethans Horizont. Dabei gibt er sich auf seine Frage: «Wurde eines der großen Vermögen, die wir bestaunen, je ohne Rücksichtslosigkeit erlangt?», selbst die passende Antwort: «Mir fällt keines ein.» Rücksichtslosigkeit ist ein grober Euphemismus. Was Ethan plante, war kriminell, auch wenn es im Falle des Bankraubs nicht ausgeführt wurde und im Falle von Danny nicht nachweisbar ist.

Anders als in *Die Früchte des Zorns* ist der Anspruch auf Veränderung im *Winter unseres Missvergnügens* kein gesellschaftlicher. Doch selbst wenn Ethan nicht an «eine Gemeinschaft der Lichter» glaubt, so bedeutet das nicht, dass dies eine Absage ans «Ganze» ist. Das «Ganze», so ließe sich unterstellen, ist mehr als das «Land». Und ohne die Verantwortung des Einzelnen gibt es das Ganze nicht. Das Licht des Einzelnen ist unersetzbar, ob nun im richtigen oder im falschen Leben. «Geht ein Licht aus, ist die Dunkelheit vollkommen, weit dunkler als wenn es nie gebrannt hätte.»

*Ingo Schulze*

# Inhalt

Titel der amerikanischen Ausgabe:
«The Winter of our Discontent» (1961)

Diese Buchausgabe der *Manesse Bibliothek*
wurde von Greiner & Reichel in Köln
aus der Berthold Bembo gesetzt,
von der Druckerei Friedrich Pustet in Regensburg
auf FSC-zertifiziertem Papier
gedruckt und in Fadenheftung gebunden.
Umschlag und Vorsatz gestaltete das Münchner Favoritbüro
unter Verwendung eines Motivs von
© Advertisement for DuPont Dacron, 1965 (colour litho),
American School, (20th century) /
Hagley Museum & Library,
Wilmington, Delaware, USA / Bridgeman Images
Printed in Germany 2018
ISBN 978-3-7175-2432-8

www.manesse-verlag.de

# MANESSE

**Tania Blixen**
**JENSEITS VON AFRIKA**
Übersetzung: Gisela Perlet
Nachwort: Ulrike Draesner

**Jean Cocteau**
**THOMAS DER SCHWINDLER**
Übersetzung: Claudia Kalscheuer
Nachwort: Iris Radisch

**Jerome K. Jerome**
**DREI MANN IN EINEM BOOT**
Übersetzung: Gisbert Haefs
Nachwort: Harald Martenstein

**Franz Kafka**
**DAS SCHLOSS**
Nachwort: Norbert Gstrein

**Sinclair Lewis**
**BABBITT**
Übersetzung: Bernhard Robben
Nachwort: Michael Köhlmeier

**Sinclair Lewis**
**MAIN STREET**
Übersetzung: Christa E. Seibicke
Nachwort: Heinrich Steinfest